은산철벽

은산철벽

충북소설 19집_ 16人 소설 選(통권 19호)

펴 낸 날 2016년 11월 30일

지 은 이 문상오 외 15人
발 행 처 충북소설가협회

펴 낸 이 최지숙
편집주간 이기성
편집팀장 이윤숙
기획편집 허나리, 윤일란
표지디자인 허나리
책임마케팅 하철민, 장일규
펴 낸 곳 도서출판 생각나눔
출판등록 제 2008-000008호
주   소 서울시 마포구 동교로 18길 41, 한경빌딩 2층
전   화 02-325-5100
팩   스 02-325-5101
홈페이지 www. 생각나눔.kr
이 메 일 webmaster@think-book.com

• 책값은 표지 뒷면에 표기되어 있습니다.
  ISBN 978-89-6489-661-7 03810
• 이 도서의 국립중앙도서관 출판 시 도서목록(CIP)은 서지정보유통지원시스템 홈페이지
  (http://seoji.nl.go.kr)와 국가자료공동목록시스템(http://www.nl.go.kr/kolisnet)에서
  이용하실 수 있습니다(CIP제어번호: CIP2016028670).

※ 이 책의 제작비 일부는 **충북문화재단 기금을** 지원 받았습니다.

충북소설-2016-19호

은산철벽

문상오 외

16人
단편소설 選

문상오 / 박희팔 / 안수길 / 강준희
지용옥 / 최창중 / 전영학 / 김창식
강순희 / 이귀란 / 권정미 / 김승일
송재용 / 김미정 / 오계자 / 정순택

충북 청소년
소설문학상 당선작

「부조화」, 우해민

생각나눔

울력 분위기

'봉충 다리의 울력 걸음'이란 말이 있다. 봉충 다리란, 사람이나 물건의 한쪽이 짧은 다리를 말한다. 그래서 한쪽 다리를 저는 사람을 보면, "저 사람 한쪽이 봉충 다리구면." 하고, 안정되지 못하고 기우뚱대는 책상이 성가셔서, "책상의 봉충 다리 밑을 괴었다."라고 말한다. 그러니 사람에게 있어 봉충 다리의 사람은 그렇지 않은 사람에 비하면 어떤 일을 함에 있어 능력이 떨어질 수 있다. 그런데 이 능력이 좀 모자라는 봉충 다리의 사람도 그렇지 않은 사람들과 여럿이 함께하는 일에는 한몫 낄 수 있다는 것이다. 그러니까 정상적인 두 다리의 사람들과 함께 어우러지다 보면 자신도 모르게 정상적인 두 다리 노릇을 할 수 있게 된다는 거다. 이걸 '봉충 다리의 울력 걸음'이라 한다. 이는 능력이 좀 모자라도 울력이란 분위기에 휩싸이면 충분히 능력을 발휘할 수 있음을 의미한다.

그래서 자신의 능력의 한계를 느낀 사람들은 이 울력 분위기에 젖어보려고 갖가지 노력을 한다. 내로라하는 지식인이 강연하는 강연장도 찾아가고, 무슨, 무슨 학술심포지엄에도 나가보고, 갖가지 세미나에도 참석하고, 서점에 가서 여러 신간 서적도 알아보고, 여러 전시장도 들러보고, 멀리 가

까이 여행도 다녀보고, 그리고 각종 지역행사에도 가본다 하여 그 분위기에 젖다 보면 그 울력으로 처졌던 심신에 활력이 새로 솟음을 느낀다.

동호인들의 모임은 그래서 필요하고 유익하다. 정기적으로 모여 이야기를 나누다 보면 거기서 모르고 있던 자기 분야의 여러 가지 정보도 입수하기도 하고, 몰랐던 새 지식을 배울 수 있으며 간접적인 경험도 쌓을 수 있다. 그렇게 되면 '봉충 다리 울력 걸음'이 돼서 자신의 능력 부족분을 다분히 채울 수 있게 된다.

그리하여 우리 충북소설가협회원들은 오늘도 모인다.

2016년 11월

충북소설가협회 회장 박희팔

충북소설-2016-19호
16人 소설 選

책머리에_

    울력 분위기 **박희팔**

충북 청소년
소설 문학상

단편
소설

은산철벽

•

문 상 오

　　돌아가셨구나! 기어이. 부음을 전해온 건 휴대폰 문자메시지였다. 모친 별세, 경희. 황망해서였겠지만 언제 돌아가셨는지, 빈소는 어디에 모셨고, 장지는 어디인지 뭉텅 잘라낸 채 '모친별세'가 전부였다. 경희…? 경희가 누구였더라. 쉽게 떠오를 리 없었다. 일주일 내내 잠 한숨 자지 않고 줄곧 한 일이 지워내기였다. 과거를 지우고 기억을 지웠다. 기름때 묻은 옷을 표백하듯 지우고 또 지웠다. 인연의 끄나풀이 닿았던 것이면 죽은 동생의 늙은 사진까지도 비 오기 전 거미가 제집을 철거하듯 지워냈다. 그렇게 지우고 지웠는데 생각날까? 저 멀리 소실점 너머로 사라지는 나그네. 그 나그네가 바로 나란 놈일 거라고 믿었다. 그렇게 사라져 가는 나를 보면서 나는 공부가 썩 돼가는 줄 알았다. 그런데 웬걸, 1분이라니! 정말이다. 경희란 이름과 내게는 백모가 되는 그녀 모친의 얼굴이 떠오른 것은 고개 두어 번 돌리고 나서였으니, 정확히 말하자면 채 1분도 걸리지 않은 셈이었다.

　　'젠장 할, 몹쓸 놈의 휴대폰!' 하려다가 눈을 감았다. 애꿎은 휴대폰 탓을 해선 뭣하나? 사중에까지 들고 온 것이 불찰이고, 철야정진 중에 그 휴대폰을 열어본 것이 더 큰 불찰인 것을. 별이 보였다. 은하 강변 무리별 속에 떠돌다 지쳐, 나처럼 눈을 감아버린 깜빡이별. 더는 흘러갈 곳도 더는 바라볼 곳도 없는 네 처지나 내 신세나.

전선이 울었다. 제석골의 바람은 요란하기로 유명했다. 건들바람에도 숲이 흔들리고 오늘같이 늦은 봄, 신록이 만연할 때도 격류로 소용돌이 쳤다. 격류, 그랬다. 바람은 거대한 물줄기였고, 눈을 감고 있으면 우르릉 쾅쾅하고 물 흘러가는 소리를 냈다. 사람들은 그게 다 원혼들이 울부짖는 통곡이라고 했다. 멸망한 백제 유민들로부터 동 학년 곰나루 함성까지. 어디 그뿐인가? 곳곳을 돌아다니다 보면 유난히 눈에 띄는 산성이요, 정려비였다. 그 산성에서 죽어갔을 혼령과 정려비에 새겨진 글자 깊이보다 더 아팠을 속내가 그러하고도 남을 거라는 거였다. 금계가 용의 알을 품는다는 계룡산에, 산새 알보다 많은 사찰이며 당집이 들어선 이유도 그렇기 때문이라고. 어디론가 떠나보냈어야 할 사연을 움켜쥔 채 전선은 그렇게 울부짖고 있었다.

춘계 용맹정진, 기간 5월 11일부터 5월 17일까지. 수행할 납자나 대중은 종무소로 연락 바람. 정원을 넘길 경우, 신청순에 의함. 사찰 홈페이지 공지사항을 읽는 순간 아, 여기구나 싶었다. 전화를 받은 종무소 여직원은 친절했다. 간편한 복장으로 세면도구만 챙겨오면 된다고 했다. 그러면서 수행 기간 소임을 맡을 용상방을 짜야 하니 전날 오후 세시까지 선원에 와 달라고 했다.

도무지 견뎌낼 재간이 없었다. 이렇게 집에만 있다간 어찌 될 것만 같았다. 회전교차로에 들어선 세발자전거마냥 갈피를 잡을 수가 없었다. 바람이나 쐬자고 안산엘 내려간 게 화근이었다. 부장의 말마따나 회사에 누를 끼쳤으면 고분고분 시말서나 쓰고 말 일이지, 무슨 객기로 사직서까지 냈단 말인가? 그래도 10여 년을 넘게 근무한 직장이고 동료들인데, 설마하니 곧이곧대로 처리하겠나 생각한 것도 순진했다.

"귀하께서 신청하신 사직원은 정히 수리되었음을 알려드립니다. 제세
공과금을 제한 퇴직금 및 위로금은 금일중 입금예정이니 확인 바랍니
다. 건승을 기원드립니다.' ㈜새싹키움' 전자 우편으로 보내온 해직통고
서였다. 문서함의 델 키를 누르자 쌀 포대의 실밥이 풀리듯 조르륵 떨어
져 나갔다. 10여 년 세월이, 정확히 말해서 11년 9개월 며칠이란 세월이
흔적도 없었다. 허공을 걷는 노고지리의 발자국처럼 그렇게.

그래. 잘 나왔지, 잘 나왔어. 종기를 키워 고름을 짜내는 흡혈귀들, 배
추밭에 배추벌레만도 못한 놈들. 그래 잘 나왔다고, 그런 놈들 곁에 더
있어 봤자 무슨 낙이 있겠냐고. 미련 같은 건 없었다. 그럴 리도 없겠지
만, 사장이 찾아와서 애걸복걸한다 해도 다시는 들어가고 싶지 않았다.
사채업자라고 다 그런 건 아니겠지만 새싹키움 같은, 서민을 대상으로
하는 대출전문 회사는 이게 대부업체인지 조폭단체인지 모를 정도로 지
독했다. 상환기일에서 단 하루만 밀려도 추심명령을 들고 쫓아와 딱따
구리처럼 쪼아댔다. 비전이 있는 것도, 그렇다고 자긍심이 있는 것도 아
니었다. 젊은 놈이 뭐 할 게 없어 서민들의 등골이나 빼먹는단 말인가!
없이 사는 사람들 눈물 훑는 것도 이젠 지긋지긋했다.

그러나 후련한 속과는 달리 일상은 그렇지가 못했다. 사표가 정리되
고 며칠간은 그럭저럭 견딜 만했다. 영화관으로 자연공원으로, 덕수궁
이며 인사동이며, 용추계곡에서 해운대까지, KTX도 타보고 레일바이
크를 굴려보기도 했다. 하지만 그것도 며칠 못 가 동이 났다. 짧은 안목
에 어디 미술관을 갈 수가 있나, 뮤지컬을 볼 수가 있나? 노는 것도 공
부란 말이 실감 났다. 마음에도 없는 걸 억지로 한다는 건, 그게 구세군
냄비에 성금 넣는 일이라 해도 못 할 짓이었다. 무엇보다 이런 현실을 아
내에게 숨겨야 한다는 게 고역이었다.

주말 오후, 넌지시 운을 떼어본 적이 있었다. 다니고 있는 회사 말인데, 아무래도 아닌 것 같다. 적성에 맞고 안 맞고야 월급 받고 하는 일이니 그렇다 쳐도 사채놀이, 이건 정말이지 사람으로선 할 짓이 아니다. 견뎌보긴 하는데 언제까지 버텨낼지 모르겠다, 하려는데 TV 화면이 먼저 경기를 해댔다. 뭔 배부른 소리? 요새 같은 불경기에 굶어 죽지 않고 사는 게 누구 덕인데? 막말로 손가락질 좀 받으면 어때? 나부터 살고 봐야지. 당신 연봉이면 하루 일당이 얼만지나 알아? 배부른 소리 그만하고 니은이 씻길 시간이야. 기역이 데리고 공원에나 갔다 와!

아무것도 없다. 보이는 것도 없고, 들리는 것도 없다. 빛도 없고 소리도 없고, 너도 없고 나도 없고, 길마중 해줄 조사도 없다. 선방은 그저 침묵만이 먼지로 쌓일 뿐 자리를 틀고 앉으면 그걸로 끝이다. 좀이 쑤시고 어깨가 결린다고 움직일 수도 없다. 목구멍이 간질거리던 눈꺼풀이 천근이 되던 일단 참선에 든 이상엔 버텨야 했다. 헛기침은 고사하고 침 삼키는 소리까지도 조심하는 게 선방의 법도였다. 입승 스님의 장군죽비만이 저승사자처럼 어슬렁거릴 뿐 촛불도 그 무게를 이겨내지 못해 납작 엎드렸다.

들어올 땐 그래도 잠이야 재워주겠지 했다. 아무리 용맹정진이라 해도 하루 이틀도 아닌데 그렇게 무지막지할까? 그러나 그 희망은 보기 좋게 깨졌다. 수행일정표 어디에도 취침시간은 없었다. 하루 세 번의 공양시간을 빼고는 모든 시간이 참선, 참선, 참선이었다. 쉬는 시간은 있었다. 45분간 참선을 하고 나면 15분의 경행이 주어지는데, 이 시간이 쉬는 시간의 전부였다. 달리 어떤 일정표에도 잠잘 시간은 없었다. 원래가 이러냐고 묻자, 선참 도반이 빙그레 웃었다. 때깔 좋게 차려입은 선복에

선 도력이 물씬 풍겼다. 바리캉으로 산뜻하게 민 머리부터가 나와는 격이 달라도 한참 달라 보였다. 예전엔 지대방에서 가끔 졸곤 했는데, 이번 기에는 스리랑카에서 오신 스님이 있어 아마 곤란하지 싶습니다. 정힘드시면 청중 스님에게 칭병을 청해도 가할 겁니다. 나도 기세 좋게 웃어 보였다. 합장 대신 주먹을 쥐었다. 남들이라고 다 하는데 죽기 아니면 까무러치기겠지. 쪽팔리게 칭병은 무슨? 결기 하나 믿고 그렇게 시작한 용맹정진이었다.

하루가 지났다. 또 하루가 지나고 쇠북이 서른세 번을 울었다. 사흘째 되던 날, 뿌옇게나마 가능성이 보였다. 나흘에 접어들자 비로소 자신이 생겼다. 나 자신도 놀랐다. 불가사의했다. 깨우침이란 게 뭔지는 모르겠지만, 나도 하면 되겠구나. 큰 소리에 놀라지 않는 사자같이, 무소의 뿔처럼 그렇게 혼자서도 갈 수 있겠구나. 물론, 도반의 격려가 컸다. 청중 스님의 보살핌도 분에 넘쳤다. 무엇보다 입승 스님의 자애가 없었다면 진작 포기했을 일이었다.

"팀장님, 요새 메르스다 뭐다 답답하실 텐데 바람이나 쐬고 오시죠?"

서 대리가 지방출장을 제안했다. 딴에는 생각해준답시고 꺼낸 말이었다.

"좋지. 어딘데?"

"안산요."

"안산이라…, 외국인 많은 동네?"

"다른 데로 바꿔드릴까요?"

"갔다 오지 뭐. 대신 출장비는 수당 통장에 넣어줘."

그렇게 나선 길이었다. 바람이나 쐬자고. 고작 300만 원짜리 대출 건이었다. 현지실사고 뭐고 휴대폰만 있으면 누구나 가능한 금액이었다. 자판기에 동전 넣기보다 쉬운 게 소액대출이었다. 무상담 무보증 대출. 강아지도 사람 말만 되면 된다는 광고 카피가 새싹키움, 내가 다니는 회사에서 나왔다. 그러나 어디, 세상에 공짜라는 게 있던가? 일반금리가 정부에서 정한 최고금리인 연 30%를 웃돌았다. 3%에도 못 미치는 제1금융권에 비하면 말 그대로 고리대금인 셈이었다.

그러나 보다 더 심각한 작폐는 연체이자였다. 여기에 걸려들었다 하면 1년도 못되어 원금의 곱에 곱이 이자로 불어났다. 정해진 이율이 있는데 그게 말이 되느냐고 묻는 사람이 있을지 모르겠다. 그러나 강아지라도 사람 말만 되면 된다는 회사였다. 안 되는 게 이상하지 않겠는가? 돈을 빌려 간 사람 쳐놓고 이 덫에 걸려들지 않은 사람은 보질 못했다. 그런데도 꾸역꾸역 몰려들었다. 블랙리스트 명단에 올라 있는 신용불량자들, 말하자면 이 사회의 가장자리로 밀려난 열외 군상들인 셈이었다. 대출은 고사하고, 예금을 한다고 해도 그 돈이 어디서 나왔는지 해명부터 해야 하는 사람들이었다. 그들이라고 사채의 무서움을 왜 모르겠는가? 그러나 발등의 불을 끄지 않으면 내가, 온 가족이 불구덩이 속으로 내몰릴 급박한 사정임에랴. 그나마 사채라도 빌려 쓸 데가 있다는 게 오히려 고마웠다.

안산역에서 그녀의 집까지는 가까웠다. 멀다 해도 바람이나 쐬자고 간 길이었으므로 걸었을 것이다. 놀랐다. 시내 한복판에 이렇게 낡은 집도 있던가? 옥탑에서 내려오는 사람을 보았을 땐 더 놀랐다. 한쪽 다리가 짧은 듯 기우뚱했다. 계단을 디딜 때마다 쇳소리가 났다. 얼굴을 들었을 땐 그예 기겁을 했다. 그래, 어디서 많이 본 듯하더라니! 이름을 묻자 삼지연이라고 했다. 아닌데, 아닌데…. 이제야 기억이 났다. 한 치에서 더하고 빼고도 할 것 없이, 그녀는 딱 백모였다. 내 생에 단 한 번도 큰어머니라고 불러본 적 없는 백모. 비슷한 사람은 봤어도 저렇게 똑같이 생긴 사람도 다 있다니.

"일, 이, 삼 할 때 그 삼입니까? 공 씨는 아니구요?" 여자는 뭔가 비끌어졌다고 생각했는지 말끝에 힘을 주었다. 삼씨가 왜요? 이씨도 있고, 사씨, 오씨도 있다고 들었습네다만."

들고 보니 그랬다. 백씨에 천씨 만씨, 그뿐인가? 억, 조, 경, 해씨까지 있고 보면 삼씨라고 해서 이상할 건 없었다. 백두산 기슭에 살고 계신 할아버지가 어디가 살든 고향은 잊지 말라고 지어준 이름이란다. 삼지연이란 백두산 중턱쯤에 있는 연못 이름으로, 세 개의 못이 마치 한 몸인 듯 연해 있는데, 물이 들어오는 곳도 나가는 곳도 없단다. 그런데도 한결같이 깨끗하고 수온 역시 일정하다며 마치 자신의 일인 양 자랑스러워했다.

"저어… 아즈바이!"

연길에서 왔다는 그녀는 나를 부를 때 꼭 '아즈바이'라고 했다. '새싹키움 고객지원팀장'이란 은박 명함을 보고도 번번이 아즈바이였다.

"아즈바이, 저의 두 모녀 목숨이 아즈바이 손에 달려 있구만요." 가슴이 탁 막혔다. 그래, 우선 얘기나 들어보자. 그렇고 그런 얘기라도 오죽 답답했으면 돈 300만 원에 목을 맬까? 그나저나 세상에 이렇게 똑같이 생긴 사람도 있다니. 나는 백모를 생각했고, 그녀는 남편을 떠올렸다.

할머니는 시집올 때 아들 하나를 데리고 왔다. 진씨 성을 가진 아이는 우리 집에 들어설 때부터 천덕꾸러기였다. 어디 가서 얻어터지고 와도 누구 하나 편드는 사람이라곤 없었다. "오살헐 놈!" 할아버지나 할머니가 거든다고 하는 말은 이 말이 전부였다. 있어봤자 가문의 욕이라고 생각했던지, 소 여물단 하나 짊어질 나이쯤 되자 짝을 채워 분가를 시켰다. 유랑하던 상이군인 딸이라는데, 호적도 없고 어디가 고향인지도 몰랐다. 새색시란 말이 무색할 정도로 겉늙어 보였다. 거기에다 백치였다. 열 번을 속이면 열 번을 다 속아 넘어가는 그녀는, 동네 아이들의 놀림 감으로 제일 인기가 좋았다. 나를 부를 땐, 내가 그 소릴 얼마나 싫어하는지도 모르고 꼭 '조카'라고 했다.

눈치도 없고, 요령도 없던 백모는 평생을 스펀지 같이 살았다. 세상을 향해 묵묵히 받아들이기만 했지, 저 스스로 토해낼 줄 모르는 스펀지.

"바보여 바보. 벌건 대낮에 젖탱일 내놓군 글쎄, 강아지한테 물리는 게 아니것어. 죽은 지 새끼 보듯 뭐라고 한참 중얼거리는데 돈 거 같기두 하구. 오셨시유 인사하는 걸 봐선 아닌 거 같기두 하구. 숭허게 그기 무신 짓이냐니까. 사람이나 짐승이나 목심은 목심인디유. 허이구, 내가 말을 말지. 그런 반편이 하고 사는 원술이 속도 어지간할 겨."

이런 욕 아닌 욕을 듣고도 그녀는 '히' 하고 웃을 뿐이었다. 어디 요양 원에 있다는 소린 들었지만, 한 번도 찾아갈 생각을 못 했으니. '무심했었구나. 사람 도리가 그게 아닌데…. 큰아버지의 성이 다르다 해도 큰어머니는 큰어머니 아닌가?'

살아있을 때처럼 히 하고 웃어 보이던 백모의 얼굴도 사라졌다. 살아 있었어도 죽은 것이나 마찬가지였던 사람이 운명했다고 해서 새삼스러울 건 없었다. 형성된 것은 소멸한다는 법 앞에서 백모는 떠나야 할 때 떠난 것이다. 그렇게 되어야 할 것이 그렇게 된 것일 뿐 앞당겨진 것도 아니요, 미뤄졌던 일도 아니다. 봄밤에 흩어지는 새소리와 같이 곡두 놀음에 놀아나는 헛것들. 돌부리에 채이고 소용돌이에 거꾸러지면서도 끝내는 무지개로 피었다 지는 물방울 같은 것들. 그래서 세존께서는 '허공에 아물거리는 꽃'이라 하지 않았던가. 백모의 얼굴이 떠나간 자리에 그녀의 잔영이었을까? 백모하고 똑같은 얼굴이 물결처럼 굽이쳤다.

그녀의 남편이 한국에 들어온 것은 저지난해 이맘때라 했다. 만 2년이 지난 셈이었다. 나름대로 재미를 들였다. 돈벌이도 그만하면 됐고, 무엇보다 연길에 놔두고 온 식구들이 안심이었다. 힘은 들었지만, 그 힘은 송금하는 재미로 다시 채워졌다. 11월 초순이었는데 서리가 무성했다. 그날따라 몸이 무거웠다. 여느 때처럼 아파트 공사장에서 철근을 나르던 그가 휘청하는가 싶었는데 시야에서 사라졌다. 비계 난간에서 떨어진 것이다. 거의 굶어 지내다시피 한 체력이 바닥났으리라. 난간에 내린 무서리보다 공사를 독촉하는 현장감독의 서슬이 더 시퍼랬을 것이고. 철근더미에서 그를 찾아냈을 때는 이미 숨이 끊어진 상태였다.

영안실 냉동고에 돌덩이처럼 얼어있을 남편을 어떻게든 꺼낼 수만 있다면 뭐든지 하겠다고 했다. 장례만 치르고 나면 무슨 수를 써서든 그 돈은 꼭 갚겠으니, 사람 하나 믿고 융통해 달라고 했다. 내가 이러지도 저러지도 못하고 있자, 그녀가 고개를 푹 숙였다. 소매 끝에 묻어있는 눈물 자국이 촛농처럼 얼어붙었다.

"설명 드렸다시피 곤란합니다. 수입이 있는 것도 아니고 잡아둘 물건이 있길 하나⋯. 장례만 끝나면 돌아가야 하지 않겠습니까? 주변에 누가 보증이라도 서 줄 사람이라도 있으면 또 어떻게든 해보겠는데⋯."

그러면서 건설회사 사장한테 부탁을 좀 해보면 어떻겠냐 하자, 찾아가보긴 했는데 하는 말이, 자기들은 인력시장에서 소개해 주는 인부만 썼을 뿐으로 그리로 가보라 하더란다. 인력시장에 있던 용역회사는 공교롭게도 남편이 죽어 나간 다음 날 폐업을 해서, 그녀가 찾아갔을 땐 자물

통만 걸려있더라고. 경찰에 협조를 구해보라고 하려다 그만두었다. 내국인 범죄만 해도 차고 넘칠 판에, 중국 국적을 가진 이주노동자에까지 신경을 써줄 것 같진 않았다.

딱했다. 딱한 정도가 아니라 내 돈이라도 있으면 보태줄 심정이었다. 그러나 그녀는 엄연한 중국 국적을 가진 외국인 아닌가. 제도권 은행이었다면 심사 자체부터 거부할 판이었다. 말해 봐야 쓸데없는 대출조건을 의례적으로 설명했다. 월 3부 이자에, 하루라도 지연되었다간 일할 계산으로 연체를 물어야 한다. 심사에 통과된다고 해도 300만 원을 전부 주는 게 아니라 선이자 10%를 떼고 270만 원만 입금한다. 연체가 석 달을 넘어서면 추심이 들어가는데 딱따구리가 피나무에서 벌레 쪼아 먹는 건, 유도 아니다. 말이 설명이었지 다분히 겁박조였다. 그래도 여자는, 다 좋으니 어떻게든 대출만 받게 해달라고 사정을 했다.

헛말이 될 줄 뻔히 알면서 물었다. 담보물로 잡힐 만한 게 있느냐고, 남편 되시는 분이 2년간이나 여기서 살았다면 뭐라도 있지 않겠느냐고. 보고서를 쓰자면 구체적이고 현실성이 있어야 했다. 그러나 그럴 것 같지가 않았다. 상환능력이 있을 리 없지 않은가? 일정한 벌이가 있는 것도 아니고, 내다 팔 패물이 있는 것도 아니었다. 초상이 났다는 데도 개미 새끼 한 마리 찾아오지 않는 만 리 먼 이역에, 누가 있어 보증을 서준단 말인가?

딱한 사정은 알겠는데 어쩔 수 없노라고 일어서려는데 울음소리가 들렸다. 키득거리는 것이 쥐 소리 아닌가 했으나, 자세히 들어보니 분명 아기 우는 소리였다. 아이가 울지 않느냐고 하자 그제야 커튼을 열었다. 쪽방을 둘로 나눈 커튼이 열리자 날개가 떨어져 나간 풍뎅이처럼 버둥거리는 갓난것이 보였다. 자궁을 빠져나올 때의 고통이 아직도 남아 있던 탓일까, 아니면 앞으로 살아갈 길을 지레짐작하고 있는 것일까? 어린 것의 얼굴은 쪼글쪼글했다.

사기그릇이 보였다. 희멀건 암죽이 달빛처럼 막사발에 떴다. 멀건 암죽을 넘긴 어린 것이 옹알이를 했다. 너도 한번 먹어볼래? 엉거주춤한 자세로 서 있던 가슴 한쪽이 무너졌다. 요즘에도 암죽을 먹고 크는 애가 있다니! 가슴이 먹먹했다.

아무것도 못 한다는 것, 할 수 없다는 것. 고통이었다. 천지사방 널려진 시간 한가운데서 생각할 아무것도, 궁리할 어떤 것도 없이 앉아 있어야 한다는 것. 잠은 비 오듯 쏟아지고 머릿속은 회분을 칠한 벽처럼 뿌옇다. 답답하기 그만이다. 결박이었다. 손가락 하나 까닥할 수도 없이, 보이지 않는 사슬에 묶인 채 거대한 철벽에 갇혀 있어야 했다. 철벽, 그랬다. 바늘 한 자리 꽂을 틈이 없는 철벽. 은산철벽을 마주하고 있는 것이다. 가슴이 터지고 머리가 쪼개졌다. 저 벽을 뚫어야 한다. 요령이란 있을 수 없고, 꼼수 같은 게 통할 리도 없다. 사생 결단으로 나아갈 뿐이다.

차라리 처음 며칠간의 무릎 통증이 고마웠다. 통증을 느낄 땐 적어도 나란 몸뚱이란 건 자각할 수는 있었다. 그 고통마저 사라지자 텅 비어버렸다. 그렇다고 그 텅 빈 자리가 명징한 것도 아니었다. 몸이고 마음이고 그저 흐리멍덩할 뿐. 망상에 시달리고 잡념에 시달리고, 까무룩 조는 듯 몽환에 빠져들다가도 천둥 같은 죽비소리에 놀라 기겁하며 챙겨 들어야 하는 질문 하나.

무엇이냐? 이 몸뚱이는 무엇이냐? 몸뚱이 속을 무상으로 들고나는 나란 놈은 무엇이냐? 배문호! 항쇄바위에서 순교 당한 성자 배문호? 우금

치나 황토현 어디쯤에서 자주를 외치다 산화해 갔을 동학 농민군의 배문호? 그도 아니면 여름날 가시덤불 아래서, 1분 1초라도 더 살아보겠다고 발버둥 치는 하루살이 배문호? 그 배문호가 아닌, 어상천 범바우골에서 태어난 1981년생 배문호! 그 배문호가 누구냐 말이다.

어미가 없었다. 누군가에게서 태어났으니, 그 누군가가 어미였을 테지만, 각혈하듯 갓난것을 버려놓고는 종적을 감췄다. 아비란 작자는 뭘 그렇게 잘못했는지는 몰라도 노상 경찰에 쫓기느라 제 자식이 태어났는지조차 모르고 지냈다.

등이 구부정한 노파가 부채를 들면 젊은 새댁이 냄비를 들고 뒤를 따랐다. 쌀 알갱이가 멀겋게 푹 퍼질 때까지 아궁이 앞에 앉은 두 모녀는 부채로 부치고 호호 불어댔다. 늙은 노파는 죽으면서도 며느리를 욕했다. 독한 년, 짐승만도 못한 년! 용부원으로 개가를 한 고모는 지금도 나를, 자신이 낳은 자식들보다 앞에 내세운다. 내 두 손으로 받아 키운 내 새끼. 그래서 그런지 지금도 나는 우유를 먹지 못한다. 마트에서 파는 생우유는 물론, 버터나 치즈 같은 유제품까지도.

쌀알이 덜 물렀던지 암죽을 넘기던 갓난것이 얼굴을 찡그렸다. 분유 살 형편이 안 되면 모유라도 먹이시지요? 여자가 한숨을 탁 쉬었다. 첫애 낳고 먹을 건 없지, 얼굴은 퉁퉁 붓지…. 애를 봐서래도 뭐든 먹긴 해야겠고, 고추장 담그고 남은 엿질금이 있길래 밥을 해 먹었더니, 그 후론 젖이 말라버렸다고. 자식 내길 해선 안 되는 년이 어쩌자고 달만 보면 들어서는지 모르겠다고 버릇처럼 한숨을 뱉었다.

아이가 불쌍했다. 저 어린 것이 무슨 죄가 있어 멀건 미음으로 연명해야 한단 말인가? 쥐어짜고 쥐어짜 낸 방법이 중고차였다. 거래업체에 딸린 중고차 매매상사를 찾아갔다. 모모한 사정으로 담보 물건이 필요한

데 연식 오래되지 않으면서 헐값에 나온 물건이 있는지 물었다. 갑이 물어오니 을이 어쩌겠는가? 말도 안 되는 소린 줄 알지만, 차마 안 된다는 소리는 못하고 입맛을 쩝 다셨다. 성의 좀 보이라고 닦달하자, 머리를 긁적이더니 폐차 직전의 차가 한 대 있긴 있단다. 사고가 난 차인데 엔진이 왕창 나가 운행은 불가능하다고. 그걸 담보로 잡았다. 그녀가 외국인이어서 명의이전은 힘들다기에 매매계약서로 대체했다. 가액을 600만으로 잡아놓고 300만 원을 대출해 주었다. 엉터리였지만 서류만큼은 그럴싸했다. 2009년식 하이브리드 아반떼. 사진으로 보나 주행거리로 보나, 겉으로 보아선 하자가 없어 보였다.

그녀에게 돈을 건네주며 말했다. 시신을 찾아 화장하는 데 쓰고 경비를 제하고 해도 비행기 탈 돈은 될 것이다. 뒷일은 내가 알아서 할 테니 돌아가시라. 그래도 되냐고 물었다. 그래도 된다고, 걱정 말라고, '원술이 처' 백모를 대하듯 안심시켰다. 돌아간 다음엔 아예 이쪽에는 쳐다보지도 말라는 당부까지 하면서.

서류가 조작됐다는 걸 안 신용관리팀에서 길길이 뛰었다. 사장까지 보고하느니 어쩌느니 하는 걸 부장이 나서서 겨우 막았다. 같은 동료끼리, 일부러 그런 것도 아니고, 차 주인이란 놈이 사고를 내놓곤 매매상사 사장까지 교묘히 속인 걸, 배 팀장인들 알았겠냐고? 설득 반 강압 반, 부장의 힘으로 간신히 무마는 되었지만 계속 다닐 처지는 못 되었다. 누가 봐도 고의적이었다. 내심 모든 책임을 감수하기로 하고 결행한 일이었다. 두려움 같은 건 없었다. 회사에서도 구상권 얘기는 없었다. 그 일로 사직을 하게 됐고 실업자가 되긴 했지만, 후회는 안 했다. 그렇다고 딱히 내세우고 싶지도 않았다. 그녀가 무사히 돌아갔기를, 어린 것이 잘 커 주기를 그렇게 간절히 바랄 뿐이었다. 내가 저지른 잘못에 대한 '죄

갚음'이라고 생각했다.

젊은 목숨이 번개탄으로 갔다. 그 번개탄 열기가 식기도 전에 압류증서를 붙였다. 늙은 노모의 집을 찾아가선 밥솥에다 법에도 없는 딱지를 붙였다. 잔뜩 주눅이 든 채 제 할미 치마폭으로 기어들던 어린 것의 손엔, 그 밥솥에서 쪄낸 고구마가 들려있었다.

10여 년 넘는 세월을 그렇게 살아왔다. 나도 어쩔 수 없다고, 내게도 처자식이 있는데 어쩌란 말이냐고? 돈을 떼먹은 것이 잘못이지, 빚 갚으라고 닦달하는 게 잘못은 아니지 않느냐고. 그렇게 자위하며 지내왔다. 그런데 그 대상이 이번엔 나 자신, 다시는 떠올리고 싶지 않던 어릴 적 나 자신으로 뒤바뀐 것이다. 막사발 때문에, 막사발에 둥둥 떠다니던 쌀알 때문에. 암죽을 먹던 아이와 그 어미의 인연이 내게 닿아 있었음은 복을 짓지는 못할망정, 앞으로 더는 업을 쌓지 말라는 부처님의 경책일 것만 같았다.

해제하는 날, 청중 스님이 그동안 공부가 얼마나 늘었는지를 일일이 점검했다. 깨우침은커녕 혼침과 망상 털어내기에도 바빴던 나는 그저 앞으로 더 열심히 정진하겠다는 결의로 대신했다. 아침 공양을 마친 후, 정리 소임을 맡은 자원봉사자는 공양간으로, 나머지 도반들은 관음봉까지를 목표로 산행에 나섰다. 그러나 나는 도반들에게 인사할 틈도 없이 곧바로 차에 올랐다. 길이 멀기도 했지만, 뒷일이 궁금했다. 삼지연 그 여자는 무사히 돌아갔는지, 회사에서는 다른 말은 없는지…? 한 생각이 일자 다른 생각이, 오징어 낚시에 오징어 딸려 나오듯 꼬리에 꼬리를 물었다. 머릿속이 몽롱했다. 졸음쉼터에다 차를 세워놓고 쪽잠을 청했다. 잠이 올 것 같지는 않았다.

휴대폰 전원 키를 눌렀다. 따르륵 따르륵. 쌓여있던 문자메시지가 쏟아졌다. 회사에서 보내온 편지함부터 열었다. 신용관리팀에서 보내온 문자였는데 서술형이었다. 배 팀장 재직 시 승인된 대출건의 전수조사 지시임. 일부 문제점이 있는 것 같으나…. 쓴웃음이 나왔다. 문제가 있는 것 같은 게 아니라 문제가 있겠지. 담보 물건 날아간 건 이미 다 아는 사실이고, 채무자 행불이면 끝이지 뭘. 지들이 알아서 결손 처리하면 될 걸 가지고. 아무려면 국내도 아니고, 백두산 산속으로 숨어든 사람을 어찌할 텐가? 내국인이라도 주민등록이 말소되면 한 2년간은 찾아다니고 어쩌고 하다가 외주업체에 넘겼다. 실적만큼을 보상으로 받아 챙겨야 하는 업체에선 단 한 건이라도 더 회수하기 위해 혈안이 됐다. 그러나 종적을 감춘 채무자에 대해선 그들이라고 뾰족한 수가 있을 리 없었다. 결국엔 결손처리로 장부상 가액을 털어냈다.

채무자가 없어졌다는 줄 알았다. 그럴 거라고 믿었다. 그런데 다음 글이 이상했다. 삼지연 건에 대해선 회수방안 강구 중이니 안심하시기 바람. 몇 번을 읽어봤지만, 해독이 불가한 난수표였다. 연길에 있는 그녀의 집 주소라도 알아냈단 말인가? 아니면 달리, 독지가라도 나타났단 말인가? 시치밀 딱 떼고 상환기일이 아직도 멀었는데 무슨 일이 있느냐고 전화를 넣어볼까 하다간 그만두었다. 내 눈으로 직접 확인해 봐야 할 것 같았다.

대출심사 말고도 두 번 정도 다녀온 길이라 찾아가는 데 어려움은 없었다. 쪽문을 가로지른 쇳대를 달그락거리자 노인이 일어섰다. 찢어진 재활용 봉투를 붙이고 있던 손엔 스카치 테이프와 가위가 들려있었다. 70대 초반쯤 됐을까? 직장 다닐 나이는 지났고, 그렇다고 경로당엘 가봐야 말석으로 밀려 잔심부름이나 할 어중간한 나이였다. 한 번인가 스치듯 본 적은 있었지만, 말을 나눠보진 않았었다. 이번에도 그냥 지나 옥탑계단으로 올라서려는데 노인이 손을 내저었다.

"곱슬머리 안사람 찾으러 왔는감?"

내가 고개를 끄덕여 보이자 노인이 가위로 허공을 뭉텅 잘라냈다. 그 잘라낸 한쪽 끝에 신호등이 서 있고, 깜빡거리는 신호등 불빛을 타고 횡단보도가 일렁거렸다.

"바람 불던 게… 그저께였나? 바람도, 바람도 그런 바람이 있을까? 큰 차도 아니고 째까만 승용찬데, 허긴 요샌 여자들이 더 달린다군 하데만."

무슨 말씀이신지? 옥탑에 살던 여자가 아직까지 여기 살고 있었냐고 묻자, 노인은 이번에도 허공을 가위로 뭉텅 잘라내더니 혀를 끌끌 찼다. 교통사고가 났다고 했다. 애 딸린 여자가 일을 하면 뭔 일을 한다고 파트타임인지 뭔지, 시도 때도 없이 들락거리더니 언젠간 사달 날 줄 알았다고. 차를 몰아간 여자도 그렇지, 바람이 암만 셌다고 해도 그래 봐야 봄바람인데 우째 그리 씨게 몰았는지…. 차가 박살 난 거로 봐선 그만한 게 천행이라며 또 혀를 끌끌 찼다. 어린 것 흉사를 먼저 치를 것 같아 데려다주고 오는 길인데, 갈빗대 몇 대 나간 거 말고는 멀쩡하더라면서 병원 이름을 알려줬다. 내가 떠나려 하자 노인이 볼멘소리를 냈다.

"그 정도 되면 애를 어디다 맡기든지, 동 직원이 데려간다 해도 막무가내로 방패막이만 하고 있으니 고집두 그런 고집하구는. 어른보다 애가 딱하게 됐어."

월세 보증금도 이달로 바닥이라면서 이번엔 한숨을 탁 쉬었다.

큰 사고는 아닌 것 같아 안심은 되었다. 그러나 이상했다. 그만큼 돌아가라고 당부를 했건만 아직까지 머물고 있었다니. 고향 집 뒷산 들쭉나무숲에 뿌릴 거라던 유골함도 내 눈으로 확인하지 않았던가. 아무리 생각해도 돌아가지 못할 일이란 없었다. 또 한참을 생각하자니 서운한 마음도 들었다. 내가 누구 때문에 이 고생을 하고 있는데…. 회사를 그만두었다는 것까지는 모른다 해도 자신의 일로 곤경에 처해 있다는 것쯤은 알 것 아닌가?

입원실 문을 열자 여자가 한눈에 들어왔다. 붕대로 칭칭 감긴 그녀는 꼭 미라같이 보였다. 죽고 나서도 영생을 꿈꾸는 미라. 그랬다. 그녀는 미라였다. 아니, 백모였다. 얼굴 어디 한군데 성한 곳 없는 생채기투성이로 누구인지조차 몰라볼 정도였으나, 내 눈엔 분명 백모였다.

멀쩡하다던 노인의 말이 무색했다. 나를 알아본 여자가 먼저 반가워했다. 어찌 된 일이냐고 물으려다, 왜 아직까지 여기 있었냐고 따져 물었다. 내 물음에, 여자는 잠깐 무슨 생각을 하는가 싶더니 말했다. 희미하던 목소리가 갈수록 또렷했다.

"사람이 그럴 수 있겠습네까? 내 떠나면 아즈바이 곤경 당하는 꼴 우째 보겠음? 내 죽기로 했으이 먼 수를 내서도 그 돈은 갚고서야 말지. 우리 고향에 가믄 이런 말이 있수다, 누데기에 살아두 진둥개는 되지 말라구. 사람이 사람 공을 모른다믄 그기 어이 진둥개하구 무시 다를 기요?"

가슴이 먹먹했다. 코에 물이라도 들어갔는지 코끝이 알싸했다. 무슨 말을 더 하겠는가? 사직까지 하면서 정리한 일이니 걱정 말라고 얘기해줄까 하다간, 그녀 속만 더 아프게 할 것 같아 그만두었다. 그러고 보니 신용관리팀에서 보내온 문자가 뭘 뜻하는지 어렴풋이 알 것도 같았다.

"이런 마당에 고맙다 하기도 그렇고…. 힘드시겠지만 몸조리 잘하세요. 혹시 자동차 보험회사나 우리 회사 직원이 나와서 뭔 말을 하든 딱 모른다고만 하시구요. 제가 알아서 처리해드릴 테니."

알싸한 코끝에 묻어난 코를 키잉 하고 풀려는데, 침대 한쪽 귀퉁이에서 얼굴만 내민 채 꼼지락거리고 있는 어린것이 눈에 들어왔다. 순간, 노인의 말이 떠올랐다. 동사무소 직원이 찾아와 아기를 데려가려 하자, 뜬금없이 아주버이만 찾더라고.

"그나저나 여기 입원실 이렇게 좁아서야…. 어떠세요? 입원해 계실 동안만이라도 아기는 제가 돌봐주었으면 하는데?"

어린 것을 본 순간 나도 모르게 튀어나온 말이었다. 그러나 그 말은 깊이 생각할 겨를도 없이 순간적으로 튀어나온 말이긴 했지만, 말을 하고 보니 꼭 그래야 할 것만 같았다. 여자가 머뭇거리는 사이, 그러하기로 결정이라도 된 듯 나는 아기를 안아 들었다. 이름이 뭐냐고 묻자 고개를 저었다.

"그럼, 디근이 어떻겠습니까? 디근요! 우리 큰애가 기역이고 작은 것이 니은인데."

그제야 여자가 안심이 된다는 듯 빙그레 웃었다.

환청이었을까? 철벽이 무너지듯 창문 밖에서 "조카!" 하는 소리가 들렸다. 전봇대에 턱을 괴고 졸고 있던 햇살이 툭 떨어졌다. 보리밭이었다. 싱그러운 보리 싹이 은 비늘처럼 파닥거렸다. 대지는 온통 시리도록 고운 연두색 물결로 가득했다.

문상오

충청일보 신춘문예 단편소설 당선, 새농민 창간기념공모 단편소설 당선
소설집 『소무지』 외, 칼럼집 『도화원별기』, 한국소설가협회 중앙위원
010-5460-6678, m6678@hanmail.net
27000 충북 단양군 적성면 적성로 174-54

솥발이

•

박 희 팔

강아지가 첫배 새끼를 낳았다. 하도 신실해서 맏이가,

"강아지가 새끼 났어, 새끼 났어!"

소리 지르면서 방문을 화들짝 열었다. 그랬더니 아들애가 뛰쳐나가고 딸애가 뒤따르고 안사람도,

"그리유!"

하면서 어슬렁어슬렁 방문을 나서는데 팔순의 어머니가 정색을 하면서,

"새끼 난 어미보고 '강아지'가 뭐여, 강아지가?"

하신다. 참 그렇다.

"하지만 엄니, 코꼬는 우리 집에선 아직도 동네 송아지마냥 '우리 강아지'잖어유."

'코꼬'는, 갓 젖 뗀 강아지 한 마리를 애들 이모가 갖다 주면서,

"진돗개 튀기래요. 족본 없지만 제 어미가 꽤 영리하다니까 이놈두 영리할 꺼야요. 잘 길러봐요, 형부."

했던 놈인데, 코언저리에 꼬막 같은 점이 있다 해서 애들이 붙인 이름이다. 해서 이놈이 집안의 마스코트처럼 돼서 '우리 강아지, 우리 강아지' 한 것이 벌써 1년이 지나 새끼까지 배서 이제 낳았는데도 아직도 입에 배 있는 것이다.

"하지만 말여, 인제 어미가 됐잖느냐? 어미 된 입장은 사람이나 짐승

28

이나 다 똑같은 것이여. 사람은 시집, 장가가서 애 낳아 어미·아비가 되면 처자니 도령이니 또는 처녀·총각 때의 이름을 함부로 부르지 않고 어른 대우를 하지 않느냐? 아무리 짐승이라도 마찬가지다. 인제 '어미 개'니, '강아지 어미'니 하든지, 아니면 그냥 '코꼬'라구 이름 불러."

"알었어요, 엄니."

"그런데 새끼는 몇 마리여?"

"세 마리요."

"세 마리, 세 마리믄 솥발이잖여. 거 참 경사네. 이건 진짜 '솥발이'구먼!"

'솥발이', 맏이 형제들은 세쌍둥이다. 어머닌 당시로선 참으로 희한하게 여긴 세쌍둥이를 낳았다. 온 동네가 수군수군대면서 이들 셋을 솥발이에 비유했다. 한배에서 난 세 마리의 강아지를 '솥발이'라고 하는데, 사람의 배 속에서 세 애가 나왔으니 하는 말이었다. 물론 우스갯소리로 한 말이지만, 사람을 짐승에 비유했으니, 당사자 부모들로서는 비하하는 말로 들려 한꺼번에 세 아들을 낳았다는 즐거운 마음보다는 침울한 심경이 돼 서로가 눈도 맞추지 못하고 있었다. 이때 남편이,

"개가 말이요, 보통 한배에 대여섯 마리, 일고여덟 마리씩 낳지만, 세 마리를 낳으면 세 솥발처럼 튼튼하게 버티면서 무럭무럭 잘 자란다고 해서 '솥발이'라고 하지 않소. 그리고 명 길라고 귀여운 자식들에게 '강아지'니, '돼지'니 하고 이름 대신 부르지 않소. 그러니 우리 애들 셋도 튼튼하고, 명 길라고 흡족한 마음으로 아주 '솥발이'라고 부릅시다."

했다. 해서 맏이 형제들은 동네 솥발이가 됐는데, 어머닌 이를 두고 이번에 난 세 마리의 강아지를 '진짜 솥발이'라며 좋아하신다.

맏이는 이 진짜 솥발이들이 젖이 떨어지자, 어머니의 분부대로 수놈

만 남겨 놓고 암놈 두 마리는 인근 타 동네로 각각 살림나 사는 두 아우들에게 분양해 주었다.

그런데 하루는 맏이의 중학교 동창 내외가 꽤 오랜만에 손님으로 찾아왔다. 참으로 절친했던 사이어서 어머니도 잘 아신다. 헌데 이 친구가 돌아갈 때 마당에서 꼬리를 흔들며 손님들에게 재롱을 부리는 수놈 솥발이와 엉겨 놀더니,

"얘, 저 에미가 또 새끼 날 거 아냐. 이 강아지는 내가 가져갈란다."

하고는 주인의 허락도 없이 무조건 차에 널름 싣는다.

"그래요, 참 예쁘고 귀엽네!"

그의 안에서도 맞장구를 친다. 어정쩡하게 일을 당하자, 떠나가는 차 뒤에서 맏이보다 어머니가 빈 입맛을 쩍쩍 다시며 더 서운해하신다.

그리고 어머니 생신을 맞이한 날 맏이네로 두 아우가 왔다. 그런데 이 둘째와 셋째가 자리에 앉기가 바쁘게 어머닌 솥발이 형제들의 안부부터 묻는다.

"그래, 니들 집 솥발이들은 잘 크겄제?"

이에 둘째가 머뭇머뭇하더니,

"어무닌 사람 안부는 안 묻고 강아지 안부부터 물어유? 그거 동네 사람이 탐을 내서 줘버렸어유."

그러자 어머니가 셋째에게 얼굴을 홱 돌리더니,

"니넨?"

하며 차갑게 묻는다.

"우린 처남이 가져갔어유."

그랬는데 이 말이 떨어지자마자, 어머니의 안색이 붉으락푸르락 대더니만 그 서슬로 언성을 높이며, 울구락불그락대더니만

"이 못난 것들아, 그 강아지들이 여느 강아지들이냐? 그것들 하나 건사를 못해. 냉큼들 가서 찾아와, 찾아와. 어여어여!"

역정을 내며 세 형제의 등을 떠밀어 밖으로 내몬다.

허허, 이를 어쩔거나! 세 형제가 어정쩡히 내몰려 밖으로 쫓겨났다. 이를 알 리 없는 코꼬가 제집에서 이들을 보고 꼬리를 흔들어대며 껑충껑충 거린다. 맏이가 코꼬에게 다가간다. "코꼬야, 솥발이 한배 또 낳아줘야겠다. 얼른얼른!"

그러면서 코꼬의 머리를 쓰다듬는다.

___뚜껑밥

이제 살 만해지고 세상이 바뀌었는데도 아내는 여전히 자신과 남편을 차별한다. 남편은 이게 못마땅하다. 그래서 하루는 작심하고 아내와 마주 앉았다.

"임자, 나를 위하는 임자의 마음은 백번 고마운 일이나 내가 불편하고 미안해서 안 되겠으니, 이제는 너무 나한테만 생각을 두지 말고 임자한테도 생각을 좀 두구려. 내외는 한 마음이고 한 몸이라 하지 않소. 서로가 차별이 없어야지."

"무슨 말씀이어요? 지금 이만큼 살게 된 것도, 애들 공부시켜 살림 내 논 것도 다 당신 허리 휜 덕분이고, 이날 이때까지 내 말 고깝게 듣지 않고 받아준 것만 해도 얼마나 고마운 일인데 어떻게 당신을 허투루 대해요."

"그야 임자 아녔으믄 나 혼잔 어림도 없는 일이었잖소. 그리고 임자 말

은 백번 옳았으니까 그런 거고. 내 말은 당장이라도 먹는 것부터 나만 차
별해 챙기지 말고 임자도 같이 챙기라 그거요."

"암만 그래도 내는 내 생각대로 할 테니 그것만은 가타부타 말을 마
시오."

"허어, 참…."

아내는 시집오던 때부터 고생바가지였다. 그때는 나 남 없이 곤궁한
삶이었지만, 소작농 하는 남편과 함께 홀시어머니를 모시며 사는 삶이
녹록할 리가 없었다. 한데도 아내는 용케도 비록 깡보리밥, 깡조밥, 깡
수수밥일망정 똑같이 한 사발씩 그득 채워 밥상을 차려냈다. 죽도 그
랬다. 멀건 보리죽, 조당수, 그리고 누름 국수, 수제비, 호박 풀대기 등
도 세 사람 똑같이 사발을 채워 내놓았다. 그땐 그게 그렇게도 맛있더
니. 그런데 후에 어머니가 노라 해서 돌아가시기 몇 해 전, 조용히 아들
에게 일러주었다.

"니 처 말이다. 지난 옛날 그 몹시도 끼니가 어려웠던 시절 '뚜껑밥'으
로 연명했느니라." "예, 뚜껑밥?"

"그래, 우리 둘에게는 밥사발에 밥을 그득 채워주었지만 제 것은 사발
바닥에다 공기를 엎어 놓고 위만 살짝 밥을 깔았단 말이다."

"예, 그래요?"

그러고 보니 아내는 그때의 밥상에서 밥을 몇 숟갈 뜨다 말고 숭늉
을 떠 오겠다며 밥사발을 들고 부엌으로 나가선 한참 만에 들어오곤 했
었다.

"그걸 어머닌 어떻게 아셨어요?"

"내는 다 안다. 알구말구. 그러니 그런 줄 알고 네 처 앞으로도 더 잘
위해줘야 혀."

'당신은 다 아신다고? 알구말구라고? 그렇다면 같은 경험자란 말인가?'

아들은 어렸을 적 초등학교 시절을 문득 떠올렸다.

"야, 니 도시락은 엄청 커서 밥도 많이 들었네. 니 집 부잔가비다."

보리밥이긴 하나, 여느 양은도시락보다 큰 나무도시락에 그득 담긴 점심 도시락을 보고 짝꿍이 부러워하는 소리였다. 실은 아침엔 조밥을 먹었다. 그때 엄만 당신의 밥그릇엔 수저를 대지 않은 채, 학교 늦겠다며 얼른 먹고 가라면서 자식에게만 서둘렀다. 그런데 학교 도시락은 그 큼지막한 나무도시락에 한가득의 보리밥이다. 그러고 보니 그 시절의 어머닌 밥상 자리에서 같이 밥그릇을 비운 적이 없다.

"어서 먼저 먹고 일어서거라. 내는 집에 있응께 낭중에 먹어도 된다."

라면서 자식이 다 먹기를 기다려 상을 들고 부엌으로 나가시곤 했다. 그러니 돌이켜 보면 어머닌 벌써, '사발 바닥에다 다른 작은 그릇이나 접시를 엎어놓고 담은 밥' 또는 '밑에는 잡곡밥을 담고 위만 쌀밥을 담은 밥'이라는 그 '뚜껑밥'으로 연명했음이 틀림없을 거였다. 생각이 여기에 이르자, 남편은 어머님 말씀대로 그 뚜껑밥의 아내에게 더욱 잘해줘야겠다는 마음에서 신경을 써보지만, 아내는 들은 체를 안 하면서 여전히 이렇게 남편에 대한 차별화를 고집하는 것이다.

해서 남편은 새 작전을 세워 실행으로 들어갔다. 그런데 작전실행 하루도 안 돼 아내에게서 반응이 왔다.

"당신, 오늘 아침때도, 점심때도 갈치조림엔 손도 안 댔어요. 당신 그거 참 좋아하잖어요. 왜 인제 싫어요?"

"임자두 안 먹었잖어?"

"언젠 뭐 당신 잡수라고 해 놓는 거지, 나 먹자구 해놓는 거유?"

"왜 나만 먹어?"

"아니, 이 양반이 왜 이러셔. 얼른 잡숴!"

"싫어. 인젠 임자 안 먹으면 나두 안 먹어."

"난 이런 거 별루예요. 좋아하는 당신이나 드시우."

"애들이 제주도 식당에서 사줬을 땐 잘 먹었잖어."

"그럼 그 비싼 걸 아깝게 남겨요?"

"그럼 이 갈치조림은 안 삐싸구 안 아까워. 인제 임자가 나하구 같이 안 먹으면 난 먹구 싶어 죽겠어두 고대루 남길 텐데."

그러자 아내는 한숨을 내리 쉬며 남편을 빤히 쳐다보더니,

"알았어요, 알았어요. 나두 인제 먹을 테니 당신두 얼른 드시우."

하며 웃음을 쿡쿡 삼킨다.

이후 남편은 아내가 자신에게만 차별을 두던 모든 음식에 이 작전을 쓰니, 아내는 그 뚜껑밥의 고집을 누그러뜨리고 말았다. 남편은 이제 옷도 그리하리라 마음먹었다. 아내가 장날에 남편의 옷만 사 오면 절대 입지 않으리라고.

밥빼기

엄마와 아버진 형을 "밥빼아! 밥빼아!" 불렀다. 그래서 형의 이름이 '밥빼'인 줄 알았다. 그런데 이상했다. 밖에서 애들하고 놀 때는 애들이 '기영'이라고 부른다. 그래서 7살 기한인 여간 혼란스러운 게 아니다.

"엄마, 형아 이름이 뭐야?"

"야, 이느므 자슥아. 여태꺼정 너 업어 키운 니 형 이름을 모르냐?"

"밥빽이야, 기영이야?"

그제서야 엄마는 호호호 웃으면서 대답한다.

"그래서 그게 이상해서 묻는구나. 기영이 아니냐, 기영이."

"그런데 왜 엄마는 밥빽이라구 불러?"

"그게 말이다. '아수 타느라 밥을 많이 먹는 아이'를 '밥빼기'라구 해."

"무슨 말인지 모르겠어."

"엄마 배 속에 동생이 일찍 들어 있는 아이는 밥을 많이 먹는단 말야."

"왜?"

"엄마 배 속에 아기가 생기믄 젖이 안 나와. 그래서 엄마 배 속에 동생을 일찍 가진 아이는 젖이 일찍 떨어지거든. 그러니 젖을 못 먹으니까 젖 대신 밥을 많이 먹게 되나 보지. 그래서 그런가 보다."

"형아는 젖 몇 살까지 먹었어?"

"두 살."

"왜, 나하군 네 살 차인데?"

"어린 것이 꽤 꼬치꼬치 묻네. 니 형아 두 살 때 엄마 배 속에 생긴 아이는 낳자마자 잃어서 그래."

"잃어?"

"그래, 죽었단 말이다. 안 그랬으믄 네가 형이 둘일 텐데."

"그래서 형안 젖 일찍 떨어져서 밥을 많이 먹었구나. 그래서 밥빼기구나?"

"어디 밥이나 많이 먹었냐? 밥이 어디 흔했냐? 어린 것이 배가 고팠던지 엄마 보기만 하믄 '밥, 밥' 하구 하도 졸라서 이래저래 '밥빼기'라구 그랬지. 그게 질레 지금까지 입에 배서 그렇게 부르고 있는 게야. 인제 알았냐?"

엄마는 이후 형을 '기영'이로만 불렀다.

기영인 7살부터 3살 된 동생 기한일 업어 키웠다. 엄마와 아버진 늘 들에 나가 일하느라 바쁘게 돌아쳐 떼어놓고 맡길 만한 첫째에게 업혀 주곤 일터로 나가는 것이다. 기영인 그야말로 제게는 독채만 한 기한일 업으면 한 짐 잔뜩 되는 걸 넓적한 무명허리띠로 두어 번 둘러매도 동생의 다리가 땅에 거의 끌릴 판이다. 그런 채로 계집애도 아닌 어린 사내 애가 업고 애들 놀이터인 공 노인네 마당으로 놀러 나오니, 여간 어설퍼 보이는 게 아니고 우습게도 보이는 거였다. 하지만 기영인 아무렇지 않게 여겼다. 비록 계집애이긴 하지만 같은 또래의 영분이도 기한이와 동갑인 제 여동생 정분이를 같은 행색으로 업고 나와 같이 어울려 놀기 때문에 한결 가벼운 마음이 되는 것이다. 마당엔 한두 살 나이를 넘나드는 또래 애들이 나와 노는데, 주로 줄넘기 놀이를 한다. 두 사람이 양쪽에 서서 기다란 줄을 천천히 휘휘 휘두르면 한 사람씩 줄 안으로 껑충 뛰어 들어가, "꼬마야, 꼬마야, 땅을 짚어라! 꼬마야, 꼬마야, 만세를 불러라! 꼬마야, 꼬마야, 뒤로 돌아라! 꼬마야, 꼬마야, 잘 가거라…!" 하는 노래에 맞추어 줄을 넘으며 노는 놀이다. 이럴 때면 기영이와 영분인 제 동생들인 기한이와 정분이를 마당 한 편에 내려놓고 같이 놀게 한다. 그러면 기한이와 정분인 같은 또래인 것을 용케도 알아보곤 둘이 해해해 호호호 깔깔깔 웃어대면서 흙장난도 하고 딴에는 소꿉놀이도 하면서 놀다가 뭣인가가 서로 수가 틀리면 서로 엉겨서 싸우다가 둘 다 으앙으앙 울어버리곤 한다. 그러면 기한이와 영분이가 쫓아와 각기 제 동생을 달래고 다시 또 등에 업는다.

이렇게 자란 기영이와 영분인 각기 시집, 장가를 가서 헤어졌지만, 기한이와 정분인 둘의 어릴 적의 정을 못 잊었던지 동네혼인으로 짝을 이

뤘다.

기한인 인제 할아버지가 되었다. 해서 손자를 보았는데 손자 놈이 아
수를 타느라 밥을 수시로 달라 하고 군것질을 얼마나 해대는지 모른다.
그러는 걸 보는 기한 할배는 어렸을 적의 밥빼기 형 생각이 새삼스럽
다. 얼마나 밥이 그리워 졸라댔으면 밥빼기라 불렸을까. 그러해서였을
까 남들보다 몸집이 퍽이나 왜소했던 형, 그 몸으로 어린 나이에 동생
인 자신을 업어 키운 형, 그러면서도 한 번도 싫은 기색을 보이지 않았
던 형, 부모께 물려받은 땅과 집을 이 동생에게 미련 없이 내주고 외지
로 떠난 형, 지금은 복 받아 살림 불리고 자손 번창한 형, 그래도 그립
다. 형님이 그립다.

기한 할배는 내자인 정분 할매를 부른다.

"여보 임자, 다음 달 형님 칠순 땐 생신 음식 우리가 다 장만해 갑시
다. 특히 흰 쌀밥을 푸짐히 해서 형님 앞에 차려냅시다. 그때 임자 언니
인 영분 처형도 초대해서 그 앞에서 우리 둘이 덩실덩실 춤도 춥시다.
어떻소. 임자는?"

"어머나, 나 업어 키운 언니도 부른다구요. 좋지요, 좋지요. 그렇게 합
시다. 고맙수 고맙수!"

뚜께버선

손녀딸이 학교엘 가려고 책가방을 짊어진 채로 방바닥에 앉아 급히
양말을 신는다. 읍내 가는 버스 시간이 촉박한 모양이다. 진작 준비를
하고 여유 있게 나서면 좋으련만 매양 이런다. 그 마지막 다급한 순서가

양말 신는 일이다. 이를 바라보는 할머닌 이젠 만성이 돼 물끄러미 바라볼 뿐이다. 그런데 손녀딸이 벌떡 일어나 방문을 박차고 나갔는데 방바닥에 벗어놓은 양말이 보인다. 새것으로 갈아 신은 모양이다. '에그, 제가 신은 건 제가 빨 나이가 됐건만 홀랑 벗어놓고만 갔으니 쯧쯧!' 할머닌 양말을 집어 든다. 헌데 '이런 쯧쯧, 양말 바닥이 해졌구면. 이렇게 구멍이 나도록 신었으니, 피는 못 속여, 암만 제 어미 애비 닮아서 알뜰하기도 하지!' 할머닌 중얼거리며 대견해 한다.

아들애가 지금 손녀딸이 다니는 읍내중학교에 다녔을 적이다. 손녀딸이 시방 열네 살로 중학교 2학년인데, 아들애는 당시 열세 살로 1학년이었다. 하루는 애가 학교 갈 준비를 하는데 양말 신은 발목에 대님을 맨다.

"애, 너 그거 대님 아니냐?"

"예, 자꾸 양말이 흘러내려서요."

"대님은 한복바짓가랑이 끝을 접어서 졸라맬 때 쓰는 끈인데, 양말에도 대님을 치는 건 너한테서 처음 본다."

"양말을 오래 신었더니 양말 목이 헐렁헐렁해져서 이렇게 대님을 안 매면 자꾸 흘러내려요. 그렇지 않아도 선생님이 보시곤 '양말 대님이구나!' 하시곤 껄껄껄 웃으시면서, '참 알뜰한 녀석이구나.' 하셨어요."

"양말 대님이라구? 거 참 그럴듯하구나. 근데 그 대님은 어디서 났냐?"

"이거 아버지 꺼야요. 장롱 안에서 찾은 거야요. 고무줄 같은 게 있으믄 좋은 데 없으니 어떡해요."

그리곤 일어나 겅정겅정 방문을 나서며,

"이따 학교 갔다 오믄 양말 뒤꿈치 좀 꿰매주세요."

그러는데 보니까 뒤꿈치 바닥이 동전만 하게 해져 있는 거였다. 그날 밤 아들애의 양말 바닥을 꿰매주면서 새 걸 사주지 못하는 어미로서 한숨만 몰아쉬었다.

이 아들이 장성해서 장가드니 며느리를 보았다. 이 며늘애가 외출을 할 때는 양말을 신는데, 집에서는 꼭 버선을 신는다. 농사일하느라 그렇다. 밭일에 신을 아니 신을 수 없고 맨발로 신자니 흙이며 모래가 신 안으로 연방 들어와 발바닥이 배기고 땀이 차서 안 되겠고 해서 양말을 신는데 양말이라는 것이 실로 짠 것이라 아무리 새것이라도 얼마 안 가 곧 느즈러져 건 듯만 하면 벗어지고 해져서 거북하고 성가시기 이를 데 없다. 그래서 버선을 신는다. 요즘의 버선은 예전처럼 무명이 아니고 화학섬유인 것이라 금세 땀이 차지만, 양말보다 질기고 푹신해서 발이 편하다. 그도 그렇지만 버선목이 잘록해서 잘 벗어지지 않는다. 헌데 아무리 그렇더라도 종일 밭 흙을 이겨대며 싸대야 하는 농사일이라 이것도 한도가 있어서 낡고 해져서는, 급기야는 바닥 부분이 아예 닳아버려 버선등만 남는다. 그래도 며느린 새것으로 갈아 신지 않고 그런 채로 버틴다. 이걸 보는 이 시어머닌 당신의 새댁 적 일을 떠올렸다.

친정아버지가 갑자기 풍 맞아 쓰러졌다는 전갈을 받고 밭일하다 흙투성이 버선만 훌렁 벗어 던지고 백여 리 길을 맨발에 고무신을 신고 달려갔다. 이런 딸의 모습을 보고 친정엄마가 한숨을 길게 늘여 쉬며 한탄을 했다.

"얘야, 시집이 그리도 궁핍한 게냐 뚜께버선이라도 신고 오지 맨발이 어인 일이냐?"

"뚜께버선요?"

"그래, 오래 신어 밑바닥이 다 해져서 발등만 덮는 버선 말이다. 그것도 없는 게야?"

"그래 뚜께버선, 며느린 뚜께버선이 되도록 농사일을 감내하면서 선뜻 제 손으로 새 버선 하나 사 신지 않는다. 아무렴은 그것 하나 살 형편이 안 되겠는가? 알뜰한 마음이 몸에 밴 까닭일 게다."

저녁에 할머닌 아들을 은근하게 당신 방으로 불러들였다.

"애비야, 나 돈 좀 다구!"

"돈요, 왜 용돈이 없으셔요?"

"그게 아니라 돈이 좀 많이 필요해."

"어머니가 필요하다는데 불문곡직하구 드려야지요. 그래 얼마가 필요하셔?"

"십만 원."

"더 필요하셔도 되는데."

"그만하면 될 게야. 그리구 나 이따 읍내 좀 갔다 올란다."

"오늘이 마침 장날인데 혼자 가실라구요?"

"동네 늙은이들 간다믄 같이 가구 안 간다믄 혼자래두 갔다 올란다."

"제가 모시구 가믄 안 되는 일이셔?"

"왜 이리 자꾸 이랴. 나 혼자 간다는디."

"알았어요. 잘 다녀오셔."

이래서 할머닌 참으로 오래간만에 읍내장터로 나왔다. 그리고 예정대로 하나하나 장보기를 시작했다. 먼저 그 뚜께버선며느리의 버선 한 죽(열 켤레), 손자 손녀 각각 양말 한 죽씩, 그리고 아들 팬티 두 벌.

그리고도 돈이 남아 그 남은 돈 몽땅 들여, 한우고기는 너무 비싸서 못 사고 수입 쇠고기를 눈 딱 감고 샀다. 이만하면 푸짐하다. 영감 생존 시엔 엄두도 못 낸 일이다.

_____ 얼바람둥이

정작 제 어미 아비는 아무렇지도 않아 하는데 남들이 아우러져 이러 쿵저러쿵한다.

"갸 말여 갸 석빙이, 그 녀석은 나잇백이는 삼십이 다 돼 가지구 어정 뜨기가 한이 없는 놈여. 제집 일은 나 몰라라 두고 엉뚱한 남의 일만 해 주니 말여."

"그러니 제 애미 애비는 얼매나 속이 끓겠어!"

부지깽이도 끌어다 쓴다는 이 삼 그루 판에 남의 집 일만 도우러 다니니 도대체가 실속 못 차리는 어정잡이라는 것이다. 맞는 말이다. 하지만 석빙인 반면에 악하지도 졸렬하지도 않고, 또 잔꾀가 많은 사람도 아니다. 다만 사리에 어둡고 이해력이 부족할 뿐이다. 이러하니 실속은 아예 멀리하고 나보다 남을 챙기는 일에 앞선다. 그래서 동네 집집이 농사일에 그의 도움 손을 안 받은 집이 없다. 한데 이것도 입방아다.

"그 녀석 말여, 남의 일을 도우면 그것도 일종의 품인데 품삯은 한사코 안 받고 그 대신 제 집일을 해달라는 것도 아니고 뭐여 도대체, 영리한 겨 덜 떨어진 겨?"

"덜 떨어진 거제, 품앗이를 해서 서로 주고받을 것을 에끼는 게 이치 아녀!"

그러니까 엇셈도 못 하는 빙충이라는 것이다. 그래도 석빙인 여전히 입가에 웃음기를 달고 다닌다. 자기 앞에서 대놓고 이러한 비하의 말을 하는 게 아니니 그건 모르겠고, 만나고 대하는 동네 사람들이 늘 밝은 표정만 보이니 그게 즐거운 것이다. 지금은 그렇지 않지만, 처음엔 이러한 자식이 도무지 이해가 되지 않아 그의 부모가 쓴소리를 했었다.

"니는 어떻게 생겨먹은 놈이 제집 식구보담 남이 먼저냐? 어지간한 놈이면 지 에미 애비가 농사일에 버거워하니 지나가는 할매 할배 짐 들어 주는 셈 치고 거드는 시늉이라도 하련만 어쩌면 그리도 모질게 나 몰라라냐?"

"그래 이눔아, 니 엄마 말이 백번 맞다. 니 누구 자식여? 행여 남의 집 자식은 아니잖여?" 그래도 묵묵부답이더니 한참 만에야,

"알었시유."

한다. 그리곤 매 마찬가지다. 그래서 듣기 좋은 말도 한두 번이지 인제 그러려니 하고는 말길을 새로 틀었다.

"장가는 원제 가니. 당장 니 일이 코앞이여. 제발 덕신 네 새끼나 한번 이 엄마 아버지가 안아 보자."

이 말엔 시무룩한 표정이더니 이도 잠시,

"알었시유." 하곤 이것도 그만이다. 동네선 이것도 말거리다.

"갸 장가가기 어려울걸. 하는 일 없이 이리저리 남의 일에나 끼어들기 좋아하고 제 앞은 꾸리지 못하는 위인한테 어느 색시가 올려구 하겠어?"

"그도 그렇지만 첫째, 학력이 모자랴. 요새 세상에 중학교만 끄슬리구 그만이니 그걸 어따 갖다 내냐?"

이러저러한 말들이 당사자한테는 쉬쉬해 모르고 있지만, 동네엔 입바르게 말전주 잘하는 부인네가 있기 마련이어서 석빙이 부모 내외의 귀에 안 들어올 리 없다. 그래서 마침 군 축제 행사에 참가하는 종목의 예행 연습이 마을회관에서 있는 날, 석빙이 엄마가 예행연습이 끝난 자리에 서 남편에게 눈짓을 해, 음식 차림을 돕고 잔심부름을 하느라 여념이 없는 석빙이를 데리고 나가게 하고는 작심하고 일어섰다.

"동네 분들께 한마디 하겠습니다. 우리 내외 돈 없고 못나서 우리 석빙

이 높이 가르치지 못 했네유. 그래서 이 기술 저 기술 배우다가 모두 여의치 않아 중도에서 그만두어 다 이루지 못한 반거들충이구유. 그리고 남의 일 해주고 품삯도 안 받는 덜떨어진 놈이고, 제 실속 못 차리는 빙충이입니다. 이러한 것들이 다 틀리지 않는 사실이지유."

여기까지는 낮은 억양의 차분한 목소리다. 그런데 갑자기 억양이 높아진다.

"하지만 이 실속 없이 허황한 짓만 한다 해서 얼바람둥이가 된 우리 석빙이 도움 안 받은 집 있어유? 있으면 어디 한번 얼굴들 들어보시유!"

이 서슬에 모두가 고개를 숙인 채 옆 사람들 눈치만 살핀다.

"그런데 왜 뒤에서 험담을 하는 거유? 주는 것 없이 도움을 받았으면 의당히 고마워해야 하는 것 아니유? 그게 원망스럽구먼유. 제 새끼 제가 추켜세우는 것 같지만, 우리 석빙이 어중이 아니유. 어질고 착한 아이어유. 그런데 왜 내려보는 거유? 말이 있네유. '백치 천치도 어떤 한 가지 일에는 뛰어난 재주를 가지고 있다'고. 우리 석빙이에게는 제게는 실속이 없어도 남의 일에는 발 벗고 나서는 것, 그게 바로 우리 석빙이만이 가지고 있는 뛰어난 재주가 아니겠어유? 지는 그렇게 보는 데유?"

여기서 언성이 더욱 높아진다.

"헌데 왜 이걸 모르고, 장가가기 어렵다구유? 어떤 여자가 시집오냐구유? 그게 저에게는 가슴에 못이 박히는 소리네유. 그래서 우리 내외는 결심했어유. 도저히 이런 동네서는 살 수 없다고, 당장 내일이라도 동네 얼바람둥이 된 우리 석빙이 데리고 떠나야겠다고!"

그리곤 눈물을 훔치며 뛰쳐나간다.

이에 동네 사람들이 우르르 일어나 뒤따르며 그녀의 옷깃을 잡고 애걸 애걸한다.

'가지 말라고 가지 말라고 우리가 잘못했다고.'

박희팔

교육신보 공모 소설 당선, 청주예술상, 청주문학상
소설집 『바람 타고 가는 노래』, 장편소설 『동천이』 외,
꽁트집 『시간관계상 생략』, 엽편소설집 『향촌삽화』, 컬럼집 『퓰쳐 생각』
010-5324-3780, palwu@hanmail.net
27734 충북 음성군 맹동면 덕금로 2-65

표류기

·

안 수 길

밤이면 환구 씨가 머무는 집은 외로운 섬이 된다.

낮에는 어느 구역이나 별 차이 없이 그렇고 그런 모습이던 도시는, 밤이 되면 키 낮은 집들과 고층아파트의 사각 창, 그리고 높은 빌딩의 벽면이나 상가의 간판과 가로등이 저마다 다른 빛깔들을 발산하는 바람에 화려하게 변신한다.

그러나 환구 씨가 홀로 머무는 집은 어둠에 묻힌다. 아니 그 집 주변, 구역 전체가 깊은 어둠에 잠긴다. 같은 도시 중의 한 구역이지만, 외곽지역이다. 높은 빌딩들과 최신형 아파트들이 밀집해 있는 도심지나 신흥개발이 완료된 다른 외곽지역과 달리, 지붕이 낮고 오래된 건물들이 빽빽하게 들어선 변두리 주택지다.

도시가 확장되면서, 도시의 거의 모든 곳이 화려한 변신을 했지만, 환구 씨가 요즈음 밤에 머무는 구역은 오륙십 년 전의 모습 그대로였다. 좁고 구불구불한 골목과 작고 낡은 집들이 오랜 세월을 버텨 왔으므로 낮풍경은 좀 궁상스럽긴 하지만, 그래도 사람 사는 다른 어느 구역과 크게 달라 보이지 않았다. 주택과 주택 사이에 삐죽삐죽 솟은 전주와 드문드문 자리 잡은 나무들이 서 있고, 그 나무들도 여느 주택가와 다름없이 철 따라 저마다 다른 빛깔들의 꽃을 피우거나 잎을 키웠다.

새벽이면 고단한 삶을 짊어진 어른들이 구불구불하고 좁은 비탈길을 바삐 지나가고, 조금 뒤에는 재잘거리며 학교로 가는 아이들이, 어른들이 흘리고 간 고단함을 걷어내고 활기를 채웠다. 밤이 되면 여느 곳과 마찬가지로 집집마다 전등을 밝히고, 일터에서 혹은 학교에서 돌아온 가족들은 각자가 보낸 하루 이야기를 나누다 잠이 들었다.

사람들이 잠든 사이에도 구불구불한 골목 여기저기 서 있는 가로등은 밤새 어둠을 밝혀, 잠자는 사람들 대신 마을을 지키며, 이 구역도 도시의 한 부분이라는 걸 알렸었다.

하지만 얼마 전에, 살던 사람들은 모두 어디론가 떠났다.

구불구불한 골목길을 바삐 걷던 어른들의 발자국 소리도, 아이들의 재잘거림도 함께 떠났다. 그래도 멀리서 바라보는 이 구역의 낮 풍경은 여느 곳과 별로 다름이 없었다.

그러나 해가 지면 온 도시에 휘황한 불빛들이, 침범하는 어둠을 몰아내고 거리와 건물들은 낮보다 더 화려한 형체를 뽐내며 사람들을 활기차게 하지만, 유독 이 구역만은 침몰하는 거대한 선박처럼 서서히 어둠 속으로 가라앉았다.

낮에 보이던 지붕 낮은 건물들과 전주와 나무들, 그리고 다른 모든 것들까지 집어삼킨 어둠의 바다가 된다. 비록 가난해도 집집마다 켜놓던 전등도, 구불구불한 골목길을 밤새도록 밝히던 가로등도 모두 제구실을 잃었기 때문이다.

그래서 이곳에서 환구 씨가 촛불을 켜고 홀로 밤을 보내는 집은, 바다 가운데 떠 있는 작은 섬이 된다. 그 섬 귀퉁이에 정박한 외로운 쪽배나 다름없는 작은 방이 환구 씨의 거처다. 오랫동안 살던 사람들이 마지못해 하나둘 떠날 무렵에, 뒤늦게 이 구역으로 들어온 환구 씨는 그 쪽배 안에서 매일 어둠이 시작될 무렵부터 날이 샐 때까지 머문다. 오로지 잠을 자기 위해서지만, 환구 씨는 밤마다 섬이 되는 그 집에서 몇 달을 살아왔다. 그리고 남들이 모두 떠난 후에도, 여전히 이 섬을 지키고 있다.

아니, 숨어 있다고 해야 맞을 것이다.

환구 씨는 낮 동안 섬을 떠났다가, 어둠이 이 구역 전체를 침몰시키는 밤에 돌아온다.

촛불을 밝히는 것은 초저녁 잠깐씩뿐이다. 밖에서 해결하지 못한 저녁 끼니를 때우거나, 부득이한 일이 있을 때는 다소 늦도록 촛불을 밝힐 수밖에 없지만, 되도록이면 밤늦도록 불빛이 밖으로 비치는 걸 삼간다.

온갖 상념에 잠을 빼앗기는 밤이라도 웬만하면 어둠 속에서 그냥 지낸다. 눈을 감고 억지로라도 잠을 청하거나, 마당을 서성이며 도심(都心)의 휘황한 야경을 바라보거나, 멀고 먼 곳에서 자신을 부르는 듯한, 아니 속삭이는 듯한 별들의 이야기를 듣는다.

이곳으로 잠자리를 옮긴 후 사람들이 모두 떠난 지금, 작은 촛불이나마 오래 켤 수 없게 된 것은 가끔씩 순찰 돌던 방범대원이나 경찰들 눈에 띄면, 범죄 위험지역이니 당장 떠나라고 호통을 치기 때문이다.

비록 사람들이 모두 떠난, 그래서 매일 밤 어둠의 바다에 묻히는 쓸쓸하고 외로운 지역, 그리고 방범대원의 말처럼 무슨 범죄가 일어날지도 모르는 위험한 곳이지만, 환구 씨는 아직 떠날 마음이 없다.

실제로 그가 머무는 집에서부터 백여 미터 떨어진 곳에서, 언제 죽은 것인지도 모르는 상처투성이의 변사체가 발견되기도 했다. 하지만 환구 씨는 일주일이 지난 뒤에야 그 사실을 알았었다.

그것 말고도 며칠에 한 번씩, 자잘한 작은 사건들이 밤마다 어둠 속에 묻히는 그 구역에서 일어났지만, 그런 것들 역시 환구 씨는 모르고 지났다.

설령 알았다 해도 그는 스스로 그곳을 떠나지 않았을 것이다. 그에게는 지금 머무는 곳보다 더 좋은 곳이 없기 때문이다.

해가 지면 주변이 어둠에 묻히는 밤바다처럼 막막해지는 곳, 그 가운데 외로운 섬처럼 쓸쓸한 집, 그 한 귀퉁이에 붙은 쪽배 같은 좁은 방이지만, 그에게는 다른 어느 곳보다도 아늑하고 호젓한 보금자리다.

광활한 하늘, 쏟아져 내릴 듯한 수많은 별들과 가물가물한 잔별들이 모여 거대한 강을 이뤄 흐르는 은하수가, 어느 곳에서 보다 유난히 빛났다. 가까이 오라고 손짓하기도 하고, 도심에서 흘러드는 소음만 없다면 무언가 들릴 듯도 싶은 이야기를 속삭이기도 한다. 철없던 어린 시절 이후, 한가롭게 밤하늘의 별들과 벗해보기는 처음인 것이다. 별을 벗하고 있는 동안은 할머니에게 듣던 동화 같은 얘기도 그에게는 큰 위안이다.

'할머니, 하늘에서 저렇게 달리기하는 별은 어디로 가지?'

다섯 살 때쯤이던가, 하늘을 가르며 내달리다 사라지는 별똥별을 볼 때마다 그가 그렇게 물으면, 할머니는 늘 같은 대답을 들려주었다.

'이 세상에서 가장 깨끗한 모래밭에 떨어지지. 착한 사람들 눈에만 보인단다, 그게 별똥별이지. 쫄깃쫄깃하고 맛이 있는데, 그걸 주워 먹은 사람은 아주 오래오래 산다더라.'

'할머니는 그 별똥별 먹어 봤어?'

'아니.'

'할머니도 착하잖아. 그런데 왜 왜 별똥별을 못 찾았어?'

'내가 착하지 않아서 그런가 보다. 그렇지만 너는 착하니까 나중에 찾게 될 거다. 그러려면 더 착하게 살아야지.'

환구 씨는 열 살이 넘으면서, 할머니의 이야기가 사실이 아니라는 걸 알았지만, 할머니에 대한 추억으로, 아름다운 동화로 가슴에 간직하고 있었다.

　그러나 환구 씨는, 그 동화를 자신의 아들이나 딸들에게 들려주지 못했다. 손자들에게도 물론 들려주지 못했다. 아들딸이나 손주들이 묻지도 않았지만, 그 자신이 동화 같은 옛일들을, 그때의 이야기들을 꺼낼 기회가 없었다. 손자들의 마음속에선 이미 동화가 사라졌고, 그는 아들과 딸, 손자들 틈에서 그런 추억을 떠올릴 틈이 없이 바쁘게 살았기 때문이다.

　환구 씨는 이제 아들과 딸, 손자들이 있는 곳으로부터 멀리 떨어진 이곳에서 혼자 살고 있다. 가족은 물론, 그들과 어울려 살던 기억들조차 모두 털어버린 채 혼자가 되었지만, 고향과 자식들을 등지고 떠나던 그때와 달리, 지금은 분노나 외로움도 잊힌 듯 마음이 편안하다. 어둠의 바다 가운데 떠 있는 외로운 섬, 거기서 만나는 별들이 비로소 환구 씨의 가슴 속에 깊이 묻혀있던 따뜻한 옛일들을 되살아나게 주었다. 그 순간만은 이 섬이 아주 좋은 안식처나 다름없으므로 외로워할 이유가 없었는지도 모른다.

　게다가 지금은 보증금도, 월세도 없다. 돈이 안 든다는 것이 다른 어떤 것보다도, 그가 이곳을 떠나지 않는 가장 큰 이유이기도 하지만, 그렇게 밝고 총총한 별들을 볼 수 없었다면, 아마 마음이 바뀌었을지도 모른다.

　얼마 전까지는 이 구역에 살던 집 주인들이 모두 이사 간 뒤에도, 이사 갈 곳을 마련하지 못한 가난한 세(貰)살이 가족 몇 가구가, 주인이 떠난 빈집에 그냥 눌러살았었다.

　군데군데 서 있는 가로등도 그냥 남아서 골목을 밝히고 부근의 주인 없는 집 대문을 비추는 덕에, 그가 머무는 집도 지금처럼, 그렇게 외롭게 보이지는 않았었다.

그러나 언젠가부터 이 구역으로 들어오는 전기가 끊겼다.

수도도 끊겼다.

집집마다 달려있는 전등도 수도꼭지도, 그리고 비좁은 골목을 비추던 가로등들도 모두 제구실을 할 수가 없게 되었다. 혈관과 신경 줄이 막히거나 끊기고, 심장이 멈춘 것처럼 구역 전체가 죽어버린 것이다.

남아 있던 몇몇의 세(貰)살이 가족들도 더는 살 수 없게 되었다. 마침내 그들마저 누군가를 향한 원망과 악다구니를 남기고, 밤마다 깜깜한 어둠의 바닷속으로 침몰해버리는 이곳을 버렸다.

아주 오랫동안 가난한 사람들의 보금자리가 돼 주었던 이 구역의 비탈진 땅과 거기 옹기종기 들어선 집들, 구불구불하고 비좁은 골목길은 이제 그 구실을 잃고 잠시 버려진 것이다. 이제는 환구 씨 혼자 남아서, 잠깐씩 켜는 작은 촛불 하나로 밤마다 섬이 되는 그 집을 지킨다. 사람들이 사는 곳, 아니 가족들이 있는 곳에서 더는 살 수 없어서 떠밀리듯 고향을 떠나온 그는, 이제 이 섬의 유일한 주민이 되었다. 이 섬의 한 귀퉁이에 정박한 쪽배처럼 작은집, 그 한 귀퉁이의 비좁은 방이 유일한 주민의 마지막 보금자리 구실을 하고 있는 셈이었다.

어느 날부터인가, 환구 씨의 존재와 상관없이 구역의 낮은 곳에서부터 철거작업이 시작되었다.

낮에는 육중한 여러 대의 중장비들이 거대한 팔을 휘두르며, 사람들이 쫓겨난 빈집의 지붕을 들어내고 벽을 허물었다. 인부들은 허물어지는 건물더미에서 피어오르는 먼지를 가라앉히기 위해 살수기로 물을 뿌리고, 버리고 간 가구들과 목재와 시멘트폐기물들을 분리해놓는 소리, 그리고 그것들을 트럭에 싣는 소리가 요란하고, 작업장마다 서로 다른 인부들의 고함이 뒤엉켰다.

밤이 되면 인부들은 각자의 집으로 돌아가고 소음은 멈췄다.

지붕이 뜯기거나 벽이 무너진 살벌한 구조물들 사이에서, 덩그러니 남아 있는 중장비들이 어둠의 바다에 묻힌 철거구역을 지켰다.

구역 내에 유일하게 남아 있는 환구 씨의 존재는, 낮에 그곳에서 일하는 인부들도, 밤에 그곳을 지키는 중장비들도 알지 못했다.

이 구역이, 5년마다 바뀌는 도시계획에 재개발지역으로 처음 지정된 것은 10년도 넘는 오래전이랬다. 첫 번째 재개발계획은 도시계획상의 지정뿐이었고, 아무 일 없이 그냥 지나갔다.

두 번째 도시계획 때도 재지정 되었으나, 그때도 역시 그냥 넘어갔다.

세 번째도 주민들은 또 그냥 넘어가려니 믿고 안심했다. 그러나 그 안심은 전과 같이 오래가지 못했다.

주민들이 도시계획이란 게 원래 그런 것이려니 하고 무심히 지내는 사이에, 기본설계가 만들어지고, 보상계획이 확정되면서, 주민들은 비로소 자기 집에서 더 오래 살 수 없게 될 것이라는 사실을 알게 되었다.

재개발 대책위원회가 조직되었으나 주민들의 의견은 재개발 반대와 찬성, 두 갈래로 나뉘었다. 앞집과 뒷집, 옆집 간에 서로 얼굴을 붉히며 목청을 돋우는 일이 잦았다.

관계기관과 주민들 간의 협상은 쉽게 이루어지지 않았다.

두 갈래로 갈린 주민들은 각기 다른 날, 다른 요구들을 가지고 시청이나 도청 앞에 몰려가서 소위 연좌데모라는 걸 벌였다.

한쪽이 철거 보상가 인상 요구를 들고 나가 데모를 벌인 며칠 뒤에는, 다른 사람들이 재개발 반대, 철거 반대를 요구하는 시위를 벌였다.

그러나 주민들의 요구는 아무것도 관철된 것이 없었다. 그렇게 반년쯤이 또 지나는 사이에 개발계획은 착착 진행돼가고, 보상비를 수령하는 주민들이 하나둘 늘어갔다.

마침내는 개발반대를 주장하며 '삶의 터전을 사수하자'고 외치던 사람들까지 보상창구를 찾았다. 그들은 보상금과 입주권을 받아 들고도 '가난한 백성은 내 집에서 내 맘대로 살 권리도 없는 거냐?'고 불만을 토해내었지만, 더러는 보상금에 웃돈이 많이 붙은 입주권을 팔아 보태서 새 보금자리를 장만해서 이사를 가기도 했다.

어느 지역보다 싼 월세를 내면서, 그것이 무슨 큰 죄라도 되는 것처럼 기가 죽어 살던 세입자들은 가장 답답하고 가장 절망스러웠지만, 그들은 자기주장을 내세울 권리는 물론 보상금과 입주권을 받을 권리도 없었다. 가진 것이 없어 가난한 것이 서럽고, 더 이상 버틸 권리도 힘도 없다는 것에 분노가 치솟았지만, 시대의 변화에 따른 개발 바람에 쫓겨날 수밖에 없었다.

이제는 언젠가는 내려질 강제 철거령이 두렵고, 그 후에 갑자기 들이닥쳐 살림을 들어낼 철거업체 직원들의 출현이 두려울 뿐이었다.

터가 좁거나 부실한 주택 때문에 보상금이 적은 대부분의 주민들은 마음을 졸이면서도 하루라도 더 오래 버틸 수밖에 없었다. 받아 든 보상금으로는 다른 곳에 가서 전셋집 마련도 어렵기 때문이었다. 입주권을 판다면 당장 살 셋집은 구할 수 있을지 모른다.

그러나 그렇게 되면 영원히 자기 집을 갖기는 어려워질 것이다. 머지않아 이곳에 들어설 대단위 최신형 아파트는 그들에게 희망이 아니라, 절망과 분노의 상징이 될지도 모른다. 그러나 어렵던 시절, 어려운 사람들에게 아담하고 아늑한 보금자리가 돼 주었던 규모가 작고 낡은 집들은, 빠르게 개발되는 인근 구역에 어울리지 않는, 도시의 흉물로 취급되었다.

자식들이 어릴 때는 가장이요 든든한 보호자였으나, 그 구실을 잃고 버림받은 환구 씨가, 잠시나마 버림당한 이 구역에 유일한 마지막 주민이 된 건, 우연이 아닌지도 모른다.

하지만 이 구역은 언젠가 새로운 모습으로 다시 태어날 것이다. 그리고 이곳에 살던 힘없는 사람들이 아닌, 다른 사람들에게 더 안락한 보금자리가 되어 줄 것이다.

그러나 버림받은 몸으로, 잠시 버림당한 이 구역의 마지막 주민으로 표류하게 된 환구 씨가 새로운 삶을 열고 옛날의 구실을 되찾게 될지는 알 수 없는 일이다.

이 구역에 철거령이 내려지기 두 달쯤 전이었다.

이곳을 지나던 환구 씨는 허름한 시멘트 블록 집 담장에 붙은 광고 쪽지를 보았다.

'월세 싼 방 잇습니다.

보증금 20만 원. 월세 10만 원'

그 무렵 환구 씨는 투숙객이 별로 없는, 낡은 여인숙 구석방을 월세 20만 원에 세 들어 살고 있었다. 광고대로라면 지금 살고 있는 여관방보다는 물론 단칸짜리 쪽방이나, 찜질방 한 달 요금보다도 쌌다.

"벽보를 보고 방을 보러 왔는데요."

환구 씨가 묻자, 부스스한 머리를 쓰다듬으며 하품을 하던 여자가 말했다.

"식구가 몇이나 돼요?"

"나 혼잡니다."

"정말 혼자예요?"

"예!"

"나중에라도 슬며시 데리고 오는 식구가 있으면 안 되는데…."

"혼자라니까요."

여자는 턱으로 마당 건너편을 가리켰다.

"저 방인데, 맘 있으면 보세요."

좁은 마당 끝의 담장에 붙어있는 방은, 말하는 여자만큼이나 허술하고 아주 좁았다. 출입문과 그 맞은편에 보자기만 한 두 쪽의 창문이 있을 뿐, 낮에도 햇빛 구경이 어려운 형편이었다. 아마 연탄창고로 쓰던 것을 방으로 개조한 모양이었다. 그래도 몸뚱이 하나뿐인 환구 씨가 잠자기에는 충분했다.

'지금 있는 곳에 비하면 공짜나 다름없다.'

환구 씨는 그 방의 넓이나 창문 모양보다도 싼 보증금과 월세에 마음이 당겼다.

"공장에 다니던 처녀가 자취하던 방이니, 좀 좁기는 해도 지낼만해요. 그리고 월세 10만 원이면 공짜나 다름없지요."

여자가 굳이 그 말을 하지 않았어도, 그리고 여자의 말대로 방이 그렇게 지낼만하지 않아도, 환구 씨는 그 방을 쓰기로 작정한 터였다.

그런데, 계약금 5만 원을 받아 든 여자가, 돌아서 나오는 환구 씨의 등에 대고 말했다.

"저어기 아저씨, 미리 말하지만, 이 동네에 언제 철거령이 내릴지 몰라요. 그러니까 그때까지만 사시다가 나갈 때 보증금은 돌려 드릴 거니까 그리 아세요."

'그래서였구나….'

환구 씨는 뒤통수를 맞은 것 같았다. 그러나 잠시 머뭇거리다가 이내 알았노라는 표시로 고개를 끄덕였다. 여자는 한 마디 더 보탰다.

'이런 데 아니면 월세 십만 원짜리 방은 세상천지 어딜 가도 구경을 못 할 거구만요.'

그 이튿날부터 환구 씨는 이 동네 주민이 되었다. 주민등록은 몇 달 전에 떠나온 고향에 그대로 둔 채, 몸뚱이만 옮겨 온, 뿌리 없는 주민인 셈이었다.

그 후, 그는 이곳에서 반년 가까이 살았다. 가을에 이사 왔는데, 겨울을 훌쩍 넘기고 봄이 되었으니, 주인 여자의 예상보다는 오래 살았던 셈이다.

주인 여자는 이사 가던 날, 약속대로 보증금 20만 원에서 다음 달 월세 10만 원을 떼고, 나머지 10만 원을 돌려주었다. 그러면서 여자는 큰 선심이라도 쓰듯 말했다.

"이제는 이 집이 헐릴 때까지 아저씨가 안방 차지하고 사셔도 괜찮아요. 아무도 방세 달라고는 안 할 테니까요."

환구 씨는 여자의 가족이 이사 간 뒤에도 거처를 안방으로 옮기지는 않았다. 몇 달쯤 시간이 흐른 지금까지도 그는 여전히 그 방에서 그냥 살았고, 그 사이 몇 안 남은 가구(家口)들마저 모두 떠났다.

이제 그 구역에 남은 사람은 환구 씨 혼자뿐이다.

철거작업이 진행되는 낮은 소란스럽고 살벌했다. 밤은 불빛 화려한 도심으로부터 쫓겨 온 어둠이 주변을 모두 침몰시키는 바람에, 절해고도처럼 적막했다.

환구 씨가 세상 하직할 막된 생각을 가지고 마시려던 농약 섞인 술병을 빼앗던 사내의 집도, 환구 씨가 머무는 집처럼 사방에 인적이 없는, 절해고도와 같은 곳이었다. 그러나 적막하지는 않았다. 주변을 에워싼 산봉우리와 숲과 나무는 싱싱하고 바람은 신선했다. 혼자 사는 사내는 개와 닭과 염소를 가족처럼 거느리면서, 자신이 사는 곳을 생거락(生居樂)의 복지(福地)라고 했다. 죽을 사람을 살리는 길지(吉地)라고 했다.

생거락의 길지 덕인지, 아니면 환구 씨보다 먼저 절망스런 삶을 겪고 아파보았다는 사내의 덕인지, 환구 씨는 거기서 막된 생각을 버렸다. 그리고 사내의 집을 떠난 후, 얼마 동안 잠자리를 찾아 전전하던 끝에, 사람들이 버리고 떠난 도시 외곽지역, 밤마다 사방이 어둠에 묻히는 절해고도 같은 철거구역에 잠시 머물기로 한 것이다.

그는 모험항해 중 배가 난파되어 무인도에 표류한 로빈슨 크루소가 된 셈이었다. 60여 년을 살아온 그의 삶, 그 고단했던 항해가 모진 풍랑을 만나 밤마다 어둠의 바다 한가운데 놓여 있는 적막한 섬에 표류한 셈이었다.

밤의 로빈슨 크루소.

그러나 그는 로빈슨 크루소처럼 침입자를 경계하지도, 섬을 떠날 궁리도 하지 않았다. 방범대원의 말처럼 사고 위험지역이라 무섭다거나, 외롭고 두렵다는 생각이 들지 않기 때문이기도 했지만, 가야 할 곳이나 가고 싶은 곳이 따로 없기 때문이기도 했다.

잠자는 데 돈이 전혀 안 들 뿐 아니라, 누구의 간섭이나 방해도 받지 않는다. 환구 씨에겐 그게 행운이나 다름없는 일이다. 노숙할 때처럼 옆사람과 다투거나, 주정꾼의 행패를 보지 않아도 되었다. 찜질방에서처럼 종업원의 까칠한 눈총을 받지 않아도 되었다. 큰 맘 먹고 여관 구석방에 세 들어 살 때처럼 주인의 잔소리를 듣지 않아도 되었다.

하늘이 맑은 날 밤에는 무수한 별들의 속삭임을, 비록 귀에는 들리지 않아도 눈으로 혹은 가슴으로는 감지되는 듯했다. '나는 이제 잠자러 갈 테야' 가끔씩, 깜빡깜빡 졸던 작은 별들 사이에서 긴 꼬리를 남기고 달려가다가 사립문 안으로 들어가듯 사라지는 별똥별들의 소리도 들리는 듯했다. 오랜만에, 참으로 오랜만에 어릴 적 생각을 떠올리고, 이미 이 세상에 없는 사람들의 따뜻한 모습을 그려보기도 했다. 지금은 세상에 있지 않은 할머니와 할아버지, 어머니와 아버지, 그리고 이제껏 살아오면서 함께했으나 까맣게 잊고 있던 사람들도 주마등처럼 떠올랐다. 별을 보며 떠올리는 옛사람, 옛일들이 마음을 푸근하게 했다.

잠들기가 어려워 밤새워 뒤척이다 새벽녘에 잠깐씩 눈을 붙이던 둘째 아들네 집에서와 달리, 이곳에서는 초저녁잠이 많아졌다. 오랜만에 접하는 노동의 고단함 때문이었다. 그러나 꿈조차 꾸지 않는 깊은 잠 한숨 자고 나면, 다시 잠들기 어려웠다. 이미 마음속에서 지워버리기로 작정한 아들딸이나 손자들 모습이 어른거리기도 했지만, 무엇보다도 간절한 건 이미 이 세상에 없는 아내 생각이었다. 살붙이 자식들이 모두 마음을 닫은 뒤에도, 제구실 못 한 아비를 원망하기보다 살갑기만 하던 막내딸이 유난히 보고 싶고 안쓰럽고 미안했다. 잠버릇 험한 손자들 틈에서 어설픈 토막잠을 잘 때는 잊고 지냈었는데, 좁고 허술하지만, 아늑한 방에서 이른 새벽에 잠이 깨어 혼자 뒤척이는 요즘은 새삼스럽게 옆자리가 허전하고, 숨소리조차 조용한 아내의 잠든 모습이, 수십 년 살을 맞대고 살아왔어도 늘 수줍기만 하던 아내 모습이 새록새록 떠올랐다. 별빛 아래서와 달리, 어둠 속에서 떠올려지는 현실은 모두 아픈 것뿐이었다.

'재산이 거덜이 났을망정, 임자라도 함께 있다면 내 신세가 이렇게 처량하고 허망하지는 않을 건데, 뭐가 급해 그리 서둘러 갔는가?'

먼저 간 아내가 야속하면서도 그립고, 또 외로웠다.

그러나 지금 환구 씨에게 외로움 같은 건 사치인 셈이다. 지난 몇 년간 자식들은 물론, 이웃 친지들과 어울려 살던 때 더 막막한 외로움을 겪었다. 수십 년 정을 나누며 살았노라고 믿었던 그 많은 사람들 사이에서 견딜 수 없을 만큼 외로움을 느끼게 했다. 큰아들의 사업실패로 융자보증에 걸었던 재산이 모두 날아갔을 때보다 표변한 자식들과 안면 바꾸고 돌아선 인심들이 더 큰 절망과 분노를 느끼게 했다. 답답하고 막막한 현실로부터 도망치고 싶었다.

누워도 잠들 수 없는 밤이 계속되었다. 날이 밝아도 갈 곳도 가고 싶은 곳도 없었지만, 만날 사람도 만나고 싶은 사람도 없었다. 문밖을 나설 때마다 혹시 아는 얼굴과 마주칠까 두려워 몸과 마음이 움츠러들 만큼 사람 만나는 것이 두려워졌다. 사 남매 자식들과 거기 딸린 식솔들이 멀지 않은 이웃에 각기 자리를 잡고 살지만, 어느 한 집도 편한 마음으로 문 열고 들어설 데가 없었다. 얹혀사는 둘째 아들의 집에서조차 앉을 자리가 없고 눈길 둘 곳이 없으니, 환구 씨의 처지가 그야말로 걸거치는 여벌의 식객이었다. 이지가지 상념에 시달리는 밤은 밤대로 너무 길었고, 몸과 마음을 붙일 데 없는 낮은 낮대로 하염없이 길었다.

평생 쌓아 올린 돌탑이 일시에 와르르 무너지듯 살아온 일들이 그렇게 허망했다. 다시 탑을 쌓기엔 그의 남은 인생이 너무 짧다는 생각에 절망이 앞을 가로막았다.

환구 씨는 도망치고 싶었다. 안면 바꾸고 백안시하는 이웃들이나 자식들로부터, 아니 절망과 분노뿐인 세상으로부터 도망치고 싶었다.

환구 씨는 자식들에게 아무 말도 남기지 않은 채, 고향을 떠났다. 아는 사람 누구의 눈에도 띄지 않을 멀고 외진 곳에 가서 세상을 떠날 참이었다. 마지막으로 외롭고 막막한 마음을 누구에겐가 털어놓고 싶었다.

떠나기 전날, 환구 씨는 부모님 산소를 거쳐 아내의 무덤 앞에 섰다.

'임자나 나나 벌 받을 일은 안 하고 살았다고 생각했는데, 그게 부질없는 일이었던 모양일세. 자식들은 키우면 다 효자 되고, 한 번 맺은 이웃 정은 평생 가리라 믿었는데, 그게 모두 헛일인 걸 몰랐으니 우리가 헛살아왔네. 자식들한테 임자나 내가 쏟은 정성이야 누구 못지않았지만, 저 놈들이 저리 어긋난 건 대체 무슨 까닭인가?'

아내의 묘 앞에서 흔들리는 마음을 다잡으며 작은 표지석을 쓰다듬었다. 아내는 환구 씨 자신보다도 더 많은 고생을 하고 살았지만, 평생 자식들 이름 뒤에 '어머니' 소리만 붙여 불렸을 뿐 자기 이름조차 잊고 살 만큼, 그렇게 생색 없이 고생스런 삶을 살았다. 그런데, 그 무덤 앞에 세워진 표지석에도 아내의 이름은 없다. 환구 씨 이름 옆에 본관(本貫)과 성씨(姓氏)만 새겨져 있다. 세상 떠나기 며칠 전까지 뼈가 휘도록 일에 묻혀 허리 한 번 제대로 펴지 못하고 살았지만, 그게 모두 남편을 위하고 자식들 몫을 위해서였을 뿐이다. 살아서나 죽어서나 이름 석 자 남길 공간마저 차지하지 못할 만큼 아내의 몫은 없었던 셈이다.

그런데도 자식들은 툭하면 한숨뿐인 그 아내 앞에서 당당하기만 했었다.

'엄마가 나한테 해 준 게 뭐야?'

그 말은 환구 씨에게 하는 말이기도 했다. 다만, 꾸중이 두려워 말을 돌렸을 뿐이었다.

이제 아내는 자식들의 그 당당한 항변을 들을 수 없게 되었다. 그러나 살아있는 자식들은 제 '엄마'의 마음을 몰라도, 몸을 이승의 산자락에 묻어놓고 저승으로 간 아내의 영혼은 뿔뿔이 흩어진 자식들의 마음을, 그래서 절망하고 세상을 등지려 하는 환구 씨의 마음을 알 것이다.

자기 몫은 없는 것이려니, 그렇게 믿고 살아온 아내였으나, 아내의 존재는 자식들의 울타리요 방패였고, 환구 씨의 그림자였다. 비록 따뜻한 말 한 번 제대로 들려준 일은 없어도, 환구 씨 역시 아내가 없는 삶을 생각해 본 적이 없었다. 그저 그렇게 살 만큼 살다가 이 세상 하직하면 어차피 부부가 함께 묻힐 터, 자신 사후에 자식들이 조상님들 산소 자리 제대로 구별해 모시라고, 선대 묘소 임석(立石) 때 엄불러 세운 것이다.

그러나 이제 그마저 헛일이 되는지도 모른다. 환구 씨가 누구의 눈에도 띄지 않을 외진 곳에서 홀로 세상을 떠난다면, 그 시신(屍身)이 어찌 돌아와 아내 옆에 누울 수 있을 건가?

'나 같은 부실한 사람 만나서 고생이 많았네. 그 마음을 평생 헤아리지 못하고 따뜻한 말 한마디 해 주지 못했으니 임자가 오죽 외로웠겠나? 이제 죽어서까지 외롭게 혼자 누워 있게 될 테니, 임자한테 참으로 미안하구먼.'

환구 씨는 아무런 내색 없이 집을 나섰다. 손자들은 학교나 유치원으로 가고, 늘 그렇듯이 환구 씨와 얼굴을 맞대기 싫어 밖으로 나도는 며느리도 집을 비운 사이에, 평소에 자신이 지내던 흔적들을 대충 정리해 치운 뒤에, 조용히 나섰다.

설사 며느리가, 집 떠나는 그를 보았더라도 만류는커녕 못 본 체했을 것이다. 그만큼 환구 씨와 며느리, 아들과의 사이엔 두꺼운 벽, 미움과 분노의 벽이 가로놓여 있었다. 대화라는 걸 잊고 산 지가 오래되었다. 말이 소통의 수단이 되기보다, 분노 폭발의 도화선이 되기 때문이었다.

집을 나서던 날, 환구 씨는 마지막으로 사위에게 전화를 했었다.

"자네 바쁜가?"

"네!"

"잠깐이라도 나올 수 없겠나?"

"좀 바쁜데요. 나중에 제가 연락드리거나 찾아뵈면 안 될까요?"

환구 씨는 전화를 끊었다.

왜 그랬을까? 전화를 끊고 나니, 환구 씨는 갑자기 어지러워졌다. 벼랑 끝에 간신히 버티고 섰던 몸이 무엇엔가 확 떠밀린 느낌이었다. 아니, 빙글빙글 돌면서 벼랑 밑으로 곤두박질치는 느낌이었다.

다른 자식들과는 이미 마음속으로 이별을 한 터이지만, 사위에게는 미안하다는 말 한마디는 꼭 하고 싶었다. 아니 가슴에 뭉쳐있던 것을 다만 조금이라도 쏟아놓고 싶었다. 사위가 보증을 선 채무를 끝내 해결해주지 못한 게 마음속에 가장 큰 빚으로 남아 있는 터였으므로, 비록 살아서는 갚지 못하더라도 마음속 부담이라도 덜고, 그동안의 고통에 이해를 받고 싶었던 것이다.

평소 과묵한 사위는 수시로 원망을 쏟아놓는 딸과 달랐었다. 떠안게 된 부채에 관해 일체 말이 없었다. 막내가 매달 조금씩 주는 용돈을 모아, 이자 갚는 데 보태라고 건넸으나 사위는 그마저 극구 사양했다. 면목이 없네, 환기 씨가 그렇게 말하면 사위는, "걱정 마세요." 그냥 대수롭지 않은 듯 넘겼다.

그러나 사위는 말과 달리, 마음속에 원망을 품고 있었던 거라고 생각했다.

사위에게 마지막 하고 싶은 말조차 거절당한 환구 씨는, 그 길로 행선지 표시도 보지 않고 올라탄 버스로 고향을 떠났다. 그리고 며칠간 방황했다.

극단적인 결심은 쉽게 했으나 실행은 쉽지 않았다. 죽은 뒤엔 정말 모든 게 끝나는 것인가, 아니 죽음이 도대체 어떤 것인가, 어떻게 죽어야하는가, 가슴이 후들대고 손발이 떨렸다. 낯선 여관방에서 취해서 잠들고, 깨어나면 다시 취해서 잠들기를 며칠간 반복했다.

또다시 올라탄 버스가 종점에 닿기 전, 낯선 시골의 정류장에 잠시 멈췄을 때 무작정 내렸다. 그리고 더 오를 수 없을 만큼 지칠 때까지 계곡을 가로지르고 산봉우리를 넘었다.

술을 몇 모금 마시고, 지니고 갔던 농약병을 잡았다. 뚜껑을 열고 먹다 남은 소주병에 부었다. 농약과 소주가 병 속에서 뒤섞이며 투명하고 오묘한 무늬를 그렸다. 그러나 잠시 후엔 농약과 소주가 층을 이루며 위아래로 분리됐다.

성분이 다른 물질은 서로 어울릴 수 없는 존재들이란 걸, 환구 씨에게 일깨워주는 것 같았다. 서로에 대한 기대와 욕망이 다르고 가치관이 다른 환구 씨와 자식들, 영원히 화합할 수 없는 그 버겁고 어려운 관계처럼….

환구 씨는 병을 다시 흔들었다. 이번에는 역한 냄새와 함께 하얀 거품이 병 밖으로 넘쳤다. 흔들수록 거품은 더욱 거세게 솟아올라 옷섶까지 적셨다. 부딪칠수록 커지는 자식들과의 분란과 분노처럼….

'이걸 단숨에 마셔버리면 모든 게 끝나리라.'

마음을 독하게 먹고 병을 입 가까이 들어 올렸다. 더욱 역한 냄새가 코를 찔렀다. 병 쥔 손이 떨리고 가슴이 벌렁거렸다.

사방을 둘러보니, 녹색으로 뒤덮인 산은 싱싱하고 웅장한데, 산 아래 먼 곳에 길게 누워 있는 도로 위엔, 사연이 제각각인 사람들을 가득 태웠을 버스와 승용차들의 속력 다툼이 분주하다. 그 위로 펼쳐진 푸르고 높은 하늘에 한가롭게 떠 있는 구름은, 분주한 세상을 굽어보며 소풍을 즐기듯 아주 느리게 움직이고 있다.

이 넓고 좋은 세상에 설 곳도 갈 곳도 없고, 구실조차 없어 걸거치는 인생이 되다니, 환구 씨는 울컥 치미는 가슴을 진정시키기 위해 깊은숨을 몰아쉬었다. 그래도 이제까지 곱씹어 온, 억울하고 서럽고 원망스러운 생각을 떨쳐버릴 수가 없다. 칠흑의 어둠 같은 두려움에 가슴이 계속 떨렸다. 하지만 이미 굳힌 마음인데, 망설이다 결행하지 못하면, 다시 겪어야 할 수모와 쌓이는 분노를 어찌 견딜 것인가. 환구 씨는 입을 앙다물고 잠시 내려놓았던 병을 다시 집어 들었다. 손이 무녀의 신장 막대처럼 떨렸다. 안면근육이 경련을 일으켰다. 가까스로 병을 들어 입으로 가져가던 환구 씨는, 난데없는 개 짖는 소리에 멈칫했다. 환청인가 싶어 귀를 기울였으나, 개 짖는 소리는 오히려 가까이 다가오면서, 맞은편 산봉우리에 부딪혀 되돌아오는 메아리까지 분명하게 들렸다. 웡웡, 웡웡웡. 이 산중에 웬 개 짖는 소린가? 환구 씨가 엉거주춤 일어서자, 가까운 산비탈 잡목 사이로 덩치 큰 개가 다가오고, 그 뒤로 배낭을 짊어진 사내가 나타났다.

"놀라지 않으셨습니까? 사람 보기가 워낙 드문 곳이라 이놈이 반가웠던 모양입니다."

사내가 짖기를 멈추고 얌전히 서 있는 개를 쓰다듬으며 친근한 소리로 말했다.

말문조차 잃은 환구 씨는 창백한 얼굴로 침입자들을 바라보았다. 바짝 다가선 개가 다시 더 크게 짖었다. 무인지경에서 술병 하나만 달랑 들고 사색이 된 채 서 있는 환구 씨를 이윽히 바라보던 사내는, 다급히 짖는 개를 진정시키고 주변을 둘러본 뒤, 잠시 코를 벌름거렸다. 그리고 작은 소리로 물었다.

"그게 뭡니까?"

환구 씨는 얼결에 양손을 등 뒤로 돌렸다.

"술이라면 한 모금 같이 마십시다."

사내가 한발 다가서자, 환구 씨는 그만큼 뒤로 물러서며 비로소 말문을 열었다.

"아니요. 술 아니요."

환구 씨를 향해 목을 치켜든 개가 다시 짖었다.

"형씨!"

성큼 다가선 사내가 등 뒤로 돌린 환구 씨의 손목을 덥석 잡았다. 그리고 다른 한 손이 아직도 허연 거품이 넘치고 있는 병을 잡았다.

"놓으세요."

처음과 달리 무겁고 침착한, 거부할 수 없는 목소리였다.

환구 씨의 손은 주인의 의지와 상관없이 맥이 풀렸다. 병은 사내의 손으로 옮겨지고, 환구 씨는 이내 눈을 질끈 감은 채 고개를 푹 꺾었다. 안 놓겠다고 버티거나 돌려 달랄 용기는커녕 목소리의 주인을 돌아볼 용기조차 없었다.

병을 코에 대고 냄새를 거듭 확인한 사내는, 병을 거꾸로 들어 비운 뒤에 산 아래로 힘껏 던졌다. 내던진 병이 어딘가에 부딪혀 '퍽!'하고 깨지는 소리가 들렸다. 그 소리는 이제껏 살아온 환구 씨의 인생이 산산이 부서지는 소리 같았다.

"그 맛없는 술로 세상을 끝내려고 예까지 힘든 걸음을 하셨소? 이놈이 형씨 마음을 알았던 모양입니다."

사내는 옆에 서 있는 개의 머리를 쓰다듬고, 개는 사내의 말에 화답하듯 목을 뽑고 꾸우웅 소리를 냈다.

"무슨 곡절이 있는지 모르지만, 이제까지 살아온 건 이걸로 다 청산한 셈이니, 오늘이 형씨 새 생일이라 치시오."

사내의 말은 단호했다. 계시(啓示)를 내리는 선지자처럼 엄숙하기도 했다.

고개를 숙인 채 넋 나간 듯, 멍하니 서 있던 환구 씨는 털썩 주저앉았다. 그리고 갑자기 흐느껴 울었다. 부모님 운명(殞命) 때나, 갑작스러운 아내의 죽음 앞에서도 구멍 난 양동이처럼 그냥 눈물만 줄줄 흘렸을 뿐, 소리 내어 울지 못했었다. 그런 환구 씨가 생후 처음으로 온몸을 떨며 울었다.

"나도 형씨 마음 헤아릴 만큼은 험한 일 겪고 살아온 사람이요. 동병상련(同病相憐)이라는 말이 있잖소, 몸이고 마음이고 아파본 사람들은 서로를 안다고…."

농약병을 잡았던 환구 씨의 손에, 물 한 컵을 쥐여 준 사내가 말했다.

"후우…."

환구 씨는 깊은 한숨을 내 쉬었다. 소주와 제초제가 뒤섞이며 허연 거품을 부글부글 토해내던 술병을 들고 부들부들 떨고 있던 자신, 그걸 힘없이 빼앗기고 난생처음 흐느끼던 자신의 모습이, 잠시의 꿈이었는지 현실이었는지 도무지 구별이 되지 않았다. 홀연히 나타나 술병을 빼앗아 던진 사내의 모습이나, 그 목소리 역시 환각이나 환청이 아닌지 혼란스러웠다.

사내는 다리 힘을 잃고 비틀거리는 환구 씨를 부축하고 등성이 하나를 넘어 자신의 집에 닿기까지 아무것도 묻지 않았다, 그렇다고 침묵하지도 않았다. 우연히 만난 길동무에게 하듯 예사롭게, 그러나 예사롭지 않은 얘기를 남의 얘기 하듯 지껄였다.

건재상 운영, 아파트공사 자재납품, 약속어음, 건설사 부도, 도산, 빚

독촉, 배신과 분노, 허무와 허탈, 자살 시도….

"그런데 문득 이런 말이 생각납니다. 개똥밭에 굴러도 저승보다는 이승이 낫다고…, 그래서 죽으려고 들어왔던 이곳 산자락에서 그냥 삽니다."

"이게 내 집이요. 내가 풍수를 모르는 처지이긴 합니다만, 이 터가 용호상생(龍虎相生)의 길지(吉地)가 아닌가 싶소. 벌써 두 목숨을 저승 문턱에서 되돌려 세웠으니 시신(屍身)을 품을 사지(死地)는 아니고, 생거락(生居樂)할 복지(福地), 길지(吉地)인가 봅니다. 그나저나 형씨가 지금 제정신이 아닐 테니 우선 앉아서 숨이나 좀 돌리시구려."

환구 씨가 숙였던 고개를 들어 잠시 둘러보니, 눈 아래 멀리 긴 다리가 보이는 남쪽 말고는 삼면이 산으로 둘러싸인 산골이었다. 평지보다 사철순환이 빠른 탓인가, 퇴색이 시작된 활엽수들이, 울창한 솔숲 사이사이에서 하직을 예고하고 있다. 한 해의 삶을 마치고 땅으로 돌아갈 채비를 하는 서글픈 모습을, 사람들은 곱게 단풍이 든다고 감탄하겠지만, 그걸 보아줄 인적이 없다. 어느 쪽을 둘러 봐도 마을조차 눈에 띄지 않는다. 사내가 사는 곳은 그렇게 외딴 터, 외딴집이었다. 마음이 오락가락 혼란한 가운데도 환구 씨의 귓가에 남아 있는 사내의 말처럼, 생거락의 길지와는 상관없을 듯한 적막한 곳이었다.

그러나 사내는, 환구 씨의 의구심을 씻어내려는 듯, 분명한 목소리로 말했다.

"터가 좋아서 그런지, 3년을 두고 내 손으로 지은 집인데 볼품없는 움막이지만 내겐 궁궐이나 다름없이 안락하고 사는 기쁨을 줍니다. 내 식솔들인 이놈들도 아무런 병도 탈도 없이 지내고…. 아마 이 산골 자연의 섭리, 순리에 맞춰 욕심내지 않고 살기 때문인가 봅니다."

주변에 멍석만 하게, 혹은 시골집 마당만 하게 일궈 놓은 여러 뙈기의

밭에는 갖가지 작물들이 잡초와 키 재기 하듯 어울려 자라고 있다. 꼬리 깃털이 화려한 수탉과 살 오른 두 마리의 암탉들은, 제각기 한 무리씩 병아리를 거느리고 밭고랑을 헤집으며 쉴 새 없이 무언가를 쪼고 있다.

덩치가 송아지만 한 누렁개가, 배낭 속의 약초와 버섯을 꺼내 헤치고 있는 사내의 주변을 맴돌다가 가끔씩 멈춰 서서 환구 씨를 이윽히 쳐다본다. 젖먹이 강아지 세 마리는 쉴 새 없이 꼬리를 흔들며 사내의 신발과 바짓가랑이를 핥거나 물어 당긴다.

인가도 인적도 없는, 적막할 듯싶은 산골 외지인데도 생명 있는 곳들의 삶은 분주했다.

"어쩌다 길 어긋난 등산객들이 지나다, 이렇게 사는 내 꼴을 보고 숨어 사는 죄인이거나 산도적(山盜賊)쯤으로 여기는 것 같습디다. 이것저것 묻는 게 수상쩍다는 눈치거든요. 개중에는 신선놀음이라 부러워하기도 합디다만,"

방문 앞 댓돌에 걸터앉은 환구 씨는 사내와 눈 마주치는 것조차 수치스러워, 다시 고개를 꺾고 두 손으로 머리를 감싸 안았다.

"그러나 잠깐씩 내 생활을 엿본 사람들이 무슨 생각을 하고 어떤 상상을 하던, 나는 거기 구애받지 않습니다. 아니 구애받지 않으려고 노력하지요. 과거에 나와 관계를 맺고 있던 사람들에게도 마찬가지고요. 그래야 맘이 편해지니까요."

촛불 아래서 저녁을 마친 뒤, 사내는 여러 권의 책과 크고 작은 유리병이 가지런히 놓여 있는 선반에서, 갖가지 모양의 열매가 들어 있는 담금주병을 내려놨다.

"백과주(百果酒)라고, 내가 이름을 붙인 약술이오. 손발 저리고 허리 아픈 데는 물론, 두통과 혈압, 혈당을 잡아주는 데도 썩 좋습디다. 들어간 열매는 열댓 가지지만 몸을 다스리는 효과는 백 가지쯤 되리라 싶어서 이름을 그렇게 지은 겁니다."

"얼굴 들기가 부끄럽습니다. 참으로 고맙고요."

환구 씨는 두어 잔 술을 마신 뒤에 깊은 한숨과 함께 비로소 입을 열었다.

"허허허…."

사내는 상체가 들썩이도록 소리 내어 웃었다. 그리고 앞에 놓인 잔을 들어 올리며 말했다.

"이제 좀 괜찮아지셨소? 왜 말렸느냐고, 날 원망하는 마음은 없소? 그러고 보니 이게 백과주임에는 틀림없는 모양이요. 형씨의 굳었던 마음도 풀리고 닫힌 입도 열게 했으니…."

사내의 말대로 백과주 덕이었는지, 환구 씨는 오랫동안 끌어안고만 있던 울분을 모두 털어놓았다. 막힌 생각을 하고 집을 나설 때, 누구에겐가 하소연하고 싶었던 얘기였다. 사위와 만나고 싶어 전화를 한 것도 어쩌면 그런 욕구가 잠재돼 있었기 때문인지도 몰랐다.

"가산을 날린 건 그렇다 하더라도, 무엇보다 뼈에 사무쳤던 건, 아내와 내가 나름대로 힘들여 키운 자식들이었어요. 남들처럼 풍족하게는 못 해줬지만, 제 나름대로 사람 구실 하고 자식 노릇 하겠지 믿었는데…. 설마 그놈들이 그렇게까지 할 줄은…."

환구 씨는 얘기 끝에 터져 나오는 한숨과 눈물을 굳이 감추지 않았다.

"아파본 사람이 아픈 사람 심정을 안다고, 형씨 마음 내가 왜 모르겠소? 의리란 게 길바닥에 뒹구는 가랑잎만도 못한 걸, 그걸 믿고 무작정 친구를 믿었던 게 내 불찰이었고, 자식들은 부모가 희생한 것만큼 자랑스러운 인물이 되고 노후를 보장해줄 효자가 되리라 믿었던 게 형씨의 착각이었나 봅니다. 세상이 다 그렇지는 않겠지만, 친구에 대한 의리나 자식을 위한 희생, 그런 게 보장해 줄 수 있는 건 지극히 제한적이라는 걸 우리가 몰랐던 겁니다. 자업자득이고 자승자박이었지 싶습니다. 하지만 나는 그걸 계기로 내 스스로 나를 옭아 맺던 끈, 사람들과 얽혔던 끈에서 풀려난 느낌이요. 매출, 수지계산서, 수표 딱지, 그런 것에서 해방돼 비로소 자유를 얻은 셈입니다. 산짐승이거나 가축이거나 말 못하는 짐승들은 의리라는 걸 모르지만 배반할 줄도 모릅니다. 본능대로 살아도 한계를 분명히 알고 지킵니다. 새끼를 젖 먹이고 핥아주며 키우던 네발짐승은 때가 되면 칼같이 젖을 떼고, 부모 자식 간에 먹이 다툼도 사양치 않습니다. 닭이나 새 역시 마찬가지지요. 부화시킨 새끼에게 먹이를 물어다 주고, 위험할 땐 제 목숨 돌보지 않고 보호하지만, 제 스스로 살아갈 능력을 익힐 때까지, 보호가 필요할 때까지만입니다. 결코 넘치는 법이 없습니다."

한 잔이면 약이 되고 두 잔이면 무효, 석 잔이 넘으면 독이 될 거라는 백과주를 댓 잔이 넘게 마시고 보니 사내도 환구 씨도 웬만큼 취기가 돌았다.

"오늘은 형씨의 생신 축하주를 마시는 셈이니, 좀 과하더라도 독이 되지는 않을 거요. 오히려 마음속에 쌓였던 독을 말끔히 씻어내는 세심주(洗心酒)가 될 겁니다."

사내는 다시 한 번 어깨를 들썩이며 호탕하게 웃었다. 그 바람에 촛불이 펄렁 춤을 추고, 밖에선 누렁개가 컹컹컹 짖었다.

"시끄럽다."

사내의 말에 누렁개는 끄응 소리를 한 번 내고 조용해졌다.

"나도 절망하고 분노했던 건, 잃은 재물보다 혈육처럼 믿고 정을 나누던 사람들이 하루아침에 안면 바꾸고 돌아서서 원수처럼 닦달하고 몰아붙이는데, 그놈의 믿음이 뭐고 정(情)이란 게 뭔지, 그게 무너지니까 정말 견디기 힘들었습니다. 그런데 지나고 보니 그게 모두 내 탓이었어요. 한계를 구분하지 못했던 겁니다. 그러나 지난 일은 흘러간 물과 같은 것, 곱씹어 봐야 소용없는 일이지요. 새로 태어난 셈 치고 다시 시작하는 거지요. 살아있다는 것만도 이렇게 기쁜 일인데, 이 기쁜 일을 스스로 포기한다면 두 번 바보짓 하는 거 아닙니까?"

사내는 자신의 빈 잔에 스스로 술을 채웠다.

"형씨, 아직도 이 산을 올라올 때 마음 그대로요. 바꿀 생각이 없소?"

사내가 환구 씨에게 재차 묻는 말이었다.

"아니요. 실은…."

환구 씨 스스로 택한 것이었지만, 막상 죽음 앞에서 두렵고 망설여지던 순간을 떠올렸다. 그러나 입 밖으로 내놓지는 못했다.

"다행이요. 여기가 길지(吉地)인 게 맞는 것 같소."

사내는 또 한 번 큰소리로 웃었다. 문밖의 누렁개가 또 컹컹 짖었다.

"알았다. 자거라."

사내는 문밖을 향해 소리치고 이어서 말했다.

"저 녀석은 내가 잠꼬대만 해도 저럽니다. 무슨 일이라도 있느냐고 묻는 겁니다. 열 사람 호위병보다 낫고 십년지기보다 낫습니다. 믿어도 탈이 없는 녀석, 듬직한 가족입니다. 내가 산에 오를 때 같이 가자면 따라나서고 집을 보라면 집을 보고. 오늘은 아무 말 안 했는데도 앞장섰던 건, 형씨하고 거기서 만나게 될 걸 미리 알았던 모양입니다."

침묵을 지키던 환구 씨가 모처럼 입을 열었다.

"개가 영물이란 말은 많이 들어 봤소만, 내가 그 덕을 볼 줄은 몰랐소.

저 녀석 말고도 식솔이 여럿이던데, 책도 많으시고….”

“예, 낮에 보신 대로 꽤 여럿입니다. 아직 안 들어 온 녀석들도 있고. 저 녀석들은 내게 외로움을 덜어주고, 책은 내가 겪어보지 못한 삶, 생각지 못했던 것들을 깨우쳐 줍니다. 의심하고 두려워하거나 욕심을 부추길 것들은 없지요, 아니 아예 안 갖기로 했지요.”

환구 씨는, 이 적막한 산중에서 사는 기쁨을 누리고 있다던 사내의 말을 조금은 이해할 것 같았다.

“몸과 마음을 다친 상처가 깊어, 행려병자로 떠돌다가 정신병원 신세까지 졌던 어느 가난한 시인이 그랬답디다. 저승 가는데도 여비가 있어야 한다면, 자기는 저승으로 돌아가지 못 하 거라고…. 사는 게 오죽 궁핍했으면 그랬겠소? 하지만 그 시인은 ‘이승은 그래도 살만한 곳’이라며 세상을 ‘꿈’처럼, ‘소풍’ 나온 어린아이처럼 천진하게 살다가, 명(命)이 다하는 날 ‘하늘나라’로 갔답니다. 아마 그 시인은 서로 상처를 주며 사는 사람들에게, 영혼을 맑게 해주는 시를 남겨 주기 위해 이승을 다녀간 것인지도 모릅니다. 그 가난한 시인의 짧은 시 한 편이 나를 아주 편안하게 해 주었어요. 인생을 그렇게 단출하고 맑게 사는 법도 있구나, 어느 저명인사의 거창한 설교보다도 분명한 깨우침이 있었거든요. 형씨도 나도 이 세상에 왔다가 그냥 갈 순 없잖소. 할 일이 있긴 있을 텐데, 그걸 모른 채 잘못 살아온 삶에 원망과 분노만 품고 스스로 명 재촉한다면, 저승에 간들 편할 이가 없겠지요.”

이번엔 환구 씨가 고개를 주억거리고 사내는 무표정인 채 술잔을 집어 들었다.

이튿날, 환구 씨가 깨어보니 날이 이미 훤히 밝아 있었다. 취기 덕이었는지, 아니면 마음을 비운 탓이었는지 의외로 깊고 편한 잠을 잤다. 마당을 오가는 사내의 발자국 소리가 들렸다. 밖으로 나서자 촉촉하고 싱그러운 공기가 환구 씨를 감싸듯 몰려들었다.

"잠자리가 험했을 텐데, 제대로 주무시기나 했소?"

"잘 잤습니다."

"저 넓적바위 밑에 옹달샘이 있어요."

사내는 마당 가 화덕에 불을 지피며 말했다.

옹달샘을 향해 가는 환구 씨 곁을 강아지 세 마리가 설레발을 치며 따라붙었다. 옹달샘 아래 생나무로 엮은 울안에서 검은 염소 십여 마리가 환구 씨를 보자 '음매애애~'하고 번갈아 울었다. 어제는 못 보던 염소였다.

"초면 인사 하는 거요. 그 녀석들 어제 늦게 들어왔으니 형씨와는 초면이지요."

낮에는 저희끼리 나가 풀 뜯고 놀다가 해 질 녘에나 들어온다고, 사내가 큰 소리로 말했다.

해는 아침을 먹고도 한참 뒤에서야 동편 산봉우리 위로 솟아올랐다. 산허리를 감고 있던 안개가, 밤새 머물던 지상을 떠나 승천하듯 느리게 위로 올라갔다.

"가시려구요?"

채비를 하고 나서는 환구 씨에게 사내가 물었다.

"예, 가야지요."

"마음 가벼워질 때까지 더 머무셔도 좋을 텐데…"

"고맙지만, 부담스런 객식구 되기 전에 가야지요. 언제든 다시 찾아뵙겠습니다. 선생님께도 이 견공(犬公)에게도 빚을 졌으니…"

환구 씨가 사내 옆에 앉아 있는 개를 쓰다듬자, 꼬리를 흔들고 일어서서 환구 씨의 다리에 목을 비비며 끙끙 소리를 냈다.

"허허, 이 녀석도 형씨와 헤어지기 서운한 모양이요, 그래 간다면 어디로?

"글쎄요."

"괜찮겠어요?"

"괜찮습니다. 어제 마음을 바꾸고 다시 태어난 몸인데, 금세 마음이 변하면 되겠습니까?"

"허허허, 여기가 길지(吉地), 사람 살리는 터인 건 맞네. 고맙소. 허허허…"

사내가 먼저 환구 씨의 손을 당겨 잡았다. 환구 씨는 잡힌 손 위에 또 다른 손을 포갰다. 허리를 깊이 숙였다.

"훗날 뵐 때는 좋은 모습 보여드리겠습니다."

"부디 그렇길 바랍니다. 그런데 여비는 있소?"

"있어요."

"아니, 저승여비 말고, 저 다리 건너 사람 사는 세상으로 가는 여비 말이오."

사내는 멀리 보이는 긴 다리를 턱으로 가리키며 소리 내어 웃었다.

내리막이 험한 산길을 타고 긴 다리에 닿기까지는 한 시간이 넘게 걸렸다. 중간쯤에서부터 개설된 임도(林道)를 택했더라면, 걷기는 수월했어도 시간은 훨씬 더 걸렸을 것이다.

4차선의 긴 다리 위에 올라서니, 50여 미터가 넘는 높은 교각 밑을 굽이돌아 펼쳐진 강줄기엔 의외로 수량이 빈약했다.

가뭄 때문에 강바닥이 여기저기 드러나 있었지만, 그래도 강물은 멈추지 않고 흘렀다. 구불구불 이어진 모래톱을 비껴 흐르거나, 물길을 가로막고 누워 있는 바위나 자갈 덮인 작은 섬을 만나면 갈라졌다 다시 만나기를 거듭하면서, 유연하게 흘렀다. 그렇게 굴곡 많은 흐름을 계속하다 보면, 때로는 작은 호수를 이뤄 쉬기도 하고 때로는 몇 길 낭떠러지에서 곤두박질도 하면서 마침내 바다에 이를 것이다.

'우여곡절(迂餘曲折)을 겪기는 물이나 사람이나 짐승이나 매일반인데, 왜 내가 그렇게 부끄러운 짓을 했던가…'

다리 난간을 짚고 선 환구 씨가 잠시 생각에 잠겨있는데, 달리던 교통 순찰차가 갑자기 멈추더니, 후진으로 환구 씨 옆에 와서 섰다.

"여긴 자동차 전용 도로라 도보통행이 금지된 위험한 곳입니다. 왜 이러고 계십니까?"

두 명의 경찰이 환구 씨의 양옆으로 바짝 다가섰다. 투신자살을 염려했던지, 경찰들의 얼굴이 긴장돼 있었다.

"저희가 뭐 도와드릴 일 있습니까?"

환구 씨는 잠시 당황했다.

"아니요. 지나다가 잠시 쉬고 있었을 뿐이요."

"여기는 쉴만한 곳이 아닙니다. 어딜 가시는 길인지 몰라도 버스를 탈 수 있는 곳까지 모셔다드리지요."

순찰차는 큰 도시의 버스 터미널 앞에서 멈췄다. 환구 씨보다 먼저 순찰차에서 내린 순경이 물었다.

"여비는 있습니까?"

"여비요?"

"예, 버스비. 차비 말입니다."

집 떠날 때는 돌아보는 사람 하나 없더니, 오늘은 여비까지 걱정해주는 사람이 참 많기도 하구나. 환구 씨는 씁쓸하게 웃었다.

"없어요?'

"아, 아니요. 있습니다. 여기까지 태워 주신 것도 고마운데, 차비까지 신세 질 수 있나요?"

"없으면 말씀하세요. 집까지 가는 버스 태워 드릴 테니까."

'저승여비는 없지만 차비는 있다오.' 환구 씨는 문득 그런 생각이 떠올랐지만, 대답은 짧았다.

"있어요."

환구 씨는 젊은 경찰들을 향해 깊게 허리를 굽히고, 그들이 지켜보는 가운데 터미널 안으로 씩씩하게 걸어 들어갔다.

그러나 환구 씨는 어느 버스도 타지 않았다. 낯선 그 도시에서 참으로 힘든 여러 날을 보낸 뒤, 그 도시 외곽의 철거예정구역에 잠시 정착했다. 매우 위험하고 적막한 곳이었지만, 환구 씨는 불안한 하지도 외롭지도 않았다.

2년쯤 작은아들 집에 얹혀 지내던 때나, 이 낯선 도시에 처음 와서 여기저기 옮겨가며 불안한 새우잠을 잘 때보다 편안한 잠을 잘 수 있었다.

철거가 시작되면서, 밤마다 주변이 어둠의 바다에 묻히는 외로운 섬처럼 적막해지지만, 환구 씨는 아직 떠날 마음이 없다. 가끔 순찰 돌던 경찰이나 방범대원이 사고가 많은 지역이라 위험하니 떠나라고 경고를 했지만, 두렵지도 않았다.

산속의 사내가 말대로, 새로운 생일 이후 얻게 된 여벌의 삶, 덤살이를 시작했다고 생각하는 환구 씨에겐 외로움이나 두려움 같은 건 이제 사치인 셈이었다.

산다는 건 어차피 시작과 끝을 알 수 없는 표류(漂流)가 아닌가, 이 세상에 잠시 소풍 와서 떠돌다가 왔던 곳으로 되돌아갈 몸. 몇 푼 저승여비를 걱정했다던 어느 시인의 얘기를 들려준 산사 내의 말처럼, 한갓 된

것에 마음 쓸 필요가 뭔가? 60여 년 표류하다 풍랑에 밀려 잠시 머물게
된 철거구역, 그곳이 밤마다 어둠의 바다에 묻힌다 해서 외로워한다거
나 두려워한다는 건, 환구 씨에겐 분명 사치였다.

안수길

월간문학 등단, 충북예술상, 충북문학상
소설집『세뿔알락하루살이의 사랑』외, 장편소설『잠행』전 5권 외
칼럼『비껴 보기 뒤집어 보기』외
010-8344-3135, kwonsw44@dreamwiz.com
28701 충북 청주시 서원구 청남로 2005번길 45 우성2차A 201-306

서당 개 풍월 읊다

•

강 준 희

　나는 개다.

　개 중에서도 천대받고 괄시받는 재래종 똥개다. 그러므로 나는 소위 말하는 '족보'도 '혈통'도 보잘것없는 막개다. 요즘은 상전벽해로 세상이 많이 변해 개 팔자가 상팔자여서 족보 있고 혈통 좋은 애완견은 고관대작 부럽지 않게 잘 먹고 잘산다. 끼니때마다 쇠고기 꽃등심에 온갖 맛있는 고량진미 다 먹으며, 호텔 같은 방에서 주인 여자의 향기로운 가슴에 안겨 갖은 사랑 다 받는 금지옥엽의 공주처럼 산다.

　뿐만이 아니다. 개 전용 병원에 개 전용 미용실과 미용사는 말할 것도 없고, 개 전용 보험까지 드는 판국이니 우리 같은 똥개는 언감생심 바랄 수조차 없다. 하지만 애완견이나 반려견으로 사랑받는 귀한 몸들은 개 팔자가 상팔자여서 세상에 부러울 게 하나 없다. 하기야 상전이 벽해로 변하지 않던 옛날에도 개 팔자가 상팔자여서 오뉴월 불볕더위에도 사람들은 들에 나가 구슬땀을 흘리며 코에서 단내나게 일을 하는데도 우리 개들은 허구한 날 빈둥빈둥 먹고 놀기만 했으니 개 팔자가 상팔자란 말이 사뭇 허언은 아니었다. 우리 개 팔자가 얼마나 상팔자면 울타리 밑에 개 팔자니, 댑싸리 밑에 개 팔자니 하는 말이 생겼겠는가. 이런 우리 개들이 오죽 부러웠으면 하는 일 없이 먹고 놀며 편하게 사는 사람을 일러 개 팔자라 했을 것인가.

그렇다. 이렇게 본다면 우리 개 팔자가 상팔자라 할 수 있다. 밥걱정이 있나, 옷 걱정이 있나, 그렇다고 사람들처럼 날만 새면 어두울 때까지 뼈 빠지게 일 할 걱정이 있나. 만고에 먹고 노는 게 일이니 딴은 모두가 부러워할 만도 하다. 이럼에도 우리 똥개들은 불만이 아주 많다. 개면 다 같은 개지 어떤 개는 애완견이다 반려견이다 하면서 갖은 호강 다 시키고, 그러고도 모자라 요란한 치장에 화장까지 시켜 보석 다루듯 귀히 다루고 신줏단지 모시듯 정성을 다해 모시니 천불이 나서 견딜 수가 없는 것이다.

하지만 이것뿐이라면 그런대로 눙쳐 참을 수도 있다. 그런데 '뽀삐'니 '베이비'니 '엔젤스'니 하는 희한한 이름을 지어 부르며 잠시 품에서라도 떨어졌다 안을라치면 "오, 사랑하는 내 새끼야. 그래그래, 엄마가 많이 보고 싶었쪄? 아이구, 이쁜 내 새끼!"하고 물고 빨고 야단이다. 참 알 수 없는 일이다. 개 꼬리 삼 년 묵어도 황모 못 되듯 개는 어디까지나, 그리고 언제까지나 개지 사람이 아니다. 그런데 어떻게 개가 사람 새끼가 되고, 사람이 어떻게 개 엄마가 될 수 있는가? 그럼 주인 여자도 개란 말인가?

우리 똥개는 애완견처럼 좋은 팔자를 타고나지 못해 귀한 몸도 아니요, 보물단지도 아니어서 신다 버린 신발짝처럼 천대받는 똥개일 뿐이다. 우리 재래종 개 중에도 진돗개나 풍산개는 그래도 명견 소리를 들어 진돗개는 천연기념물 53호요, 풍산개는 천연기념물 128호다. 그래서인지 사람들로부터 많은 관심을 가져 떠받듦을 받고 있다. 이럼에도 우리 똥개들은 구박데기요, 천덕꾸러기여서 누구 한 사람 애정을 가지고 대해 주질 않는다. 참 젠장맞을 노릇이다.

우리 똥개들은 또 먹고는 놀아도 집을 지키고 도둑도 지켜 밥값을 한다. 어찌 집과 도둑뿐이겠는가? 주인이 들에라도 갈라치면 앞장서가며 길라잡이 노릇도 하고 주인이 외출에서 돌아오기라도 하면 반가워 꼬리 흔들며 길길이 뛰기도 한다. 하지만 어찌 또 이것뿐이겠는가? 쥐란 놈이 담에 구멍을 내거나 기둥을 갉아먹으면 날쌔게 물어 죽이고, 더러 뱀이 장독대나 마당 안으로 스르르 침입이라도 하면 쏜살같이 달려가 산멱을 물고 흔들어 패대기쳐 죽여 버리기도 한다. 그런데도 우리 똥개들은 종당엔 개장수한테 팔려가 주인에게 적지 않은 경제적 이득까지 안겨 준다. 그리고 또 고약한 주인 만나면 죽임을 당해 주인은 물론 가족들 보신용으로 희생되기도 한다.

우리 똥개들은 털이 희면 흰둥이, 털이 검으면 검둥이, 털이 누러면 누렁이로 불리고 이런 이름마저 없는 똥개는 도꾸가 아니면 그냥 워리로 불려 문자 그대로 똥개 취급을 당한다. 생각하면 억울하기 짝이 없어 몽니를 부리거나 주인한테 대들기라도 하고 싶지만 천만의 말씀. 우리 똥개 사회에서는 이는 절대로 있을 수 없는 일이다.

왜 그런지 아는가?

우리 똥개는 어떤 일이 있어도 주인한테 덤비거나 대들면 안 되는 게 우리 사회의 윤리요, 불문율이기 때문이다. 인간들은 걸핏하면 제대로 지키지도 못하는 오륜(五倫)을 진날 나막신 찾듯 찾으며 잘난 척 곤댓짓을 하지만 우리 똥개들은 그렇지가 않다. 오륜으로 말할 것 같으면 만물의 영장이라는 인간들이 우리 똥개들의 오륜을 본받아 반면교사로 삼아야 한다.

왜 그런지 아는가?

그것을 똥개인 내가 지금부터 만물의 영장이라는 인간들에게 일러줄 것이니 잘 들어 실천하기 바란다.

인간 사회의 오륜 중 첫 번째가 무엇인가? 부자유친(父子有親) 아닌가? 부자유친이 무엇인가? 아버지와 아들 사이의 도리는 친애에 있음을 말함이다. 그러므로 아버지와 아들은 세상에서 가장 가까운 사이다. 때문에 아들은 아버지를 공경해야 하며 아버지는 아들을 사랑해야 한다. 그다음은 군신유의(君臣有義)로 이는 임금과 신하 사이의 도리를 말함인데, 이 도리는 의리에 있음을 말함이다. 세 번째, 부부유별(夫婦有別)은 지아비와 지어미, 즉 남편과 아내 사이의 도리는 서로 침범하지 못할 구별이 있어야 하며, 그 네 번째의 장유유서(長幼有序)는 어른과 아이 사이에는 상하의 엄격한 차례가 있고 복종해야 할 질서가 있음을 말함이다. 그리고 마지막 다섯 번째, 붕우유신(朋友有信)은 벗과 벗 사이는 서로 믿음이 있어 이를 생명처럼 지켜야 함을 말함이다. 그런데 이렇듯 훌륭한 오륜을 사람들은 지키고 있는가? 입이 있으면 어디 한번 말해보라. 양심 있는 사람이라면 입이 열 개 있어도 할 말이 없을 것이다.

그럼 이제 우리 개들의 오륜에 대해 말할까 하니 잘 듣기 바란다. 인간들의 오륜 중에 첫 번째인 부자유친을 우리 개 사회에서는 부색자색(父色子色)이라 한다. 이게 무슨 뜻이냐 하면 우리들 개는 아버지 개의 빛깔을 따라 자식 개의 빛깔도 같다는 뜻이다. 그러니까 아버지 개가 희면 자식 개도 희고, 아버지 개가 검거나 누러면 자식 개도 검고 누렇다는 뜻이다. 두 번째, 군신유의는 우리 개들은 불범기주(不犯其主)라 하는데 이는 개가 절대로 주인한테 대들거나 덤비지 않는다는 뜻이다. 더러 개가 주인한테 덤비거나 물어 해치기도 하는데 이는 미친갯병에 걸린 광견이 아니면 결단코 없는 일이다. 그러므로 미친갯병을 정상 개로 봐서는 안 된다. 세 번째, 부부유별을 우리 개들은 유시유정(有時有情)이라 하는데 이는 때가 아니면 절대 어울리지 않는다는 뜻이다. 다시 말하면 우리들 개는, 인간들처럼 아무 때나 그 짓거리를 하지 않아 발정기 때만 교미라고 하는 흘레를 한다는 뜻이다. 네 번째의 장유유서는 불범기장(不犯其長)으로 어린 개가 버르장머리 없이 어른 개한테 대들거나 덤벼들지 않는다는 뜻이요, 마지막 다섯 번째, 붕우유신은 일폐군폐(一吠群吠)로 한 마리의 개가 짖으면 온 동네 개가 다 짖는다는 뜻이다.

자, 보라. 이쯤 되면 우리 똥개가 사람보다 나으면 나았지 못할 게 조금도 없다. 이럼에도 사람들은 화가 나거나 마음에 들지 않으면 '개새끼'니 '개자식'이니 '개 같은 놈'이니 하고 애먼 우리 개에 비겨 욕을 해댄다. 참 어처구니없는 일이다. 이게 그래, 삼강오륜을 독판 찾는 만물의 영장이라는 사람들이 할 말인가? 이는 인간들이 우리 개를 한껏 얕보고 능멸한 소이연이어서 명예훼손의 모독에 다름 아니다. 우리들 개가 말을 못하니 망정이지 만일 말을 할 줄 안다면 인간들은 명예훼손의 모독죄로 고소당해 크게 경을 칠 것이다. 벙어리가 말은 못해도 날짜 가는 줄은 안다고, 우리들 개가 말은 못 하지만 시(是)와 비(非)는 알고 의(義)와 불의(不義)도 안다. 그러기 때문에 선(善)과 악(惡)도 당연히 알아 개가 개 노릇을 못하고 말째의 인간처럼 만무방 짓을 하면 "에잇 천하에 인간만도 못한 개야!"하고 욕을 한다. 인간 사회에서는 개새끼니 개자식이니 개만도 못한 놈이니 하는 욕을 대단한 욕으로 알지만, 우리 개 사회에서는 개가 개 노릇을 못할 때 '에잇, 인간만도 못한 개야!'하는 게 가장 큰 욕이다.

사마천의 『사기(史記)』란 책에 보면 결견폐요(桀犬吠堯)와 척지구폐요(跖之狗吠堯)란 말이 나온다. 걸견폐요는 하(夏)나라의 폭군 걸왕(桀王)의 개도 그 주인을 위해 어질기로 이름난 요(堯)임금을 보고 짖는다는 뜻이요, 척지구폐요는 사람의 간(肝)에 소금을 쳐서 먹는 흉악한 도척(盜跖)의 개도 그 주인을 위해 천하의 성군 요임금을 보고 짖는다는 뜻이다. 이 고사만 보더라도 개가 얼마나 의리 있는 충직한 동물인가를 알 수 있다. 그래서 뜻있는 사람들은 언제부터인가 이런 우리 개한테 충견(忠犬)이란 말을 붙여 의리의 화신으로 여기고 있다. 말이 났으니 말이지만 우리들 개는 주인을 위해서라면 죽을 수도 있어 충사(忠死)는 물론 순사(殉死)도 불사한다. 그 대표적인 예를 몇 가지만 들면, 우선 전라도 임실의 김개인(金蓋仁)이란 사람을 살리고 죽은 충견을 말하지 않을 수 없다. 그 개는 불에 타 죽을 뻔한 주인을 살리고 대신 죽은 진화구주(鎭火救主)의 충견으로 순사의 본보기라 할 수 있다.

어느 날, 김개인은 개와 함께 이웃 마을 잔치에 다녀오다 술에 취해 풀밭에 쓰러져 잠이 들었다. 이때 김개인은 입에 물고 있던 담배가 떨어져 풀밭에 불이 붙었다. 개는 몸이 달아 주인을 향해 맹렬히 짖었지만, 주인은 술에 취해 인사불성이었다. 개는 발로 풀밭을 긁고 꼬리로 불을 꺼봤지만 역부족이었다. 개는 할 수 없이 개울로 뛰어가 온몸에 물을 적셔다 주인과 그 주변에 뿌렸으나 이도 역시 무위에 그치었다. 새벽이 돼 한기를 느낀 주인이 잠에서 깨어보니 개는 안타깝게도 새카맣게 탄 채 죽어 있었다. 이후 주인은 개의 무덤을 만들어 개의 충성을 뜻하는 나무를 심어 개 오(獒), 나무 수(樹), 즉 오수라 했고 마을 이름도 '오수리'라 했다.

구한말 고종 때 나온 『증보문헌비』라는 책에는 백제가 망할 때 사비성(泗沘城)의 모든 개들이 왕궁을 향해 슬피 울었다는 기록이 나오고, 고려말 개성의 진고개란 곳에 염병으로 부모를 잃은 눈먼 고아가 있었는데, 그 집 개가 그 고아에게 자신의 꼬리를 잡게 해 밥을 얻어 먹였고 밥을 먹고 나면 샘으로 인도해 물을 먹였다. 이 충견 이야기를 들은 조정에서는 그 개의 갸륵함에 정삼품의 벼슬까지 내렸다.

조선조 중종 때, 강원도 정선의 효구총(孝狗塚) 이야기는 눈물겨운 바 있어 듣는 이로 하여금 옷깃을 여미게 한다. 이야기인즉슨 사람들이 잡아먹고 버린 어미 개의 뼈를 그 새끼가 물어다 양지바른 곳에 묻고 그 곁에서 굶어 죽었다니 이는 감동 그 자체다.

역시 조선조 때, 평양 선교리 대동강 변 둔덕에 있는 의구총(義狗塚)은 수절 과부인 여주인이 이웃집 건달한테 겁간당하고 자결하자 그 주인을 따라 죽은 개의 무덤이다. 이 개는 안주인이 건달에게 겁간을 당하자 그 길로 관찰부로 달려가 밤낮을 짖었는데, 이상히 생각한 관찰부에서 개를 따라가 봤더니 겁탈한 이웃 건달 집으로 데려가 범인을 잡았다. 그러나 개는 그 날부터 아무것도 먹지 않고 굶어 죽고 말았다.

장이나 잔칫집에 갔다 오다 술에 취해 길섶에 쓰러져 자다 담뱃불에 불이 붙어 개가 주인을 구하고 죽었다는 이야기는 임실의 오수 말고도 경북 선산의 도개, 평남의 용강, 충남의 홍복 등 많다. 그러더니 20여 년 전에는 서울의 성수동에서 한겨울에 술에 취해 정신을 잃은 주인을 제 몸을 덮어 녹여 동사에서 구해냈다는 의로운 개 이야기가 매스컴을 통해 나오더니 10여 년 전에는 또 어미 개가 죽자 새끼 개가 어미 무덤을 찾아가 밤낮없이 지키다 굶어 죽었다는 눈물겨운 이야기가 역시 매스컴을 통해 보도됐다.

개에 대한 감동 이야기는 우리나라에만 있는 게 아니어서 서양에서도 마찬가지다. 고대 희랍 배우 포러스가 죽어 화장되자 애견이 그 주인을 따라 불 속에 뛰어들어 함께 타 죽은 이야기며, 로마의 폭군 황제 티베리우스가 반대편 사리너스를 처형, 강물에 던져 버리자 사리너스의 애견이 강물에 뛰어들어 주인의 시체를 끌어 올리려다 지쳐 죽은 이야기며, 프랑스의 왕비 마리 앙투아네트가 감옥에 갇히자 디비스라는 애견이 밤낮을 가리지 않고 감옥을 돌며 울부짖다가 지쳐 죽은 이야기는 너무도 장한 순사여서 고개를 숙이지 않을 수 없고, 스페인 산다노스에 있는 산타마리아 공동묘지에 시시오라는 개가 하루도 빠지지 않고 주인 마리아 코레데라의 무덤을 찾은 일이며, 자살하려던 주인을 극적으로 구하고 자신이 대신 죽은 카자흐스탄 카라간다에서의 충견 이야기도 감동이어서 고개를 숙이지 않을 수 없다. 스페인 산다노스에 있는 산타마리아 공동묘지에는 12살 된 시시오라는 개가 하루도 거르지 않고 여주인 마리아 코레데라의 묘지를 찾았다. 고인은 평생 유기견을 데려다 돌보는 등 개에 대한 사랑이 남달랐다. 장례식 날, 주인의 마지막 가는 모습을 묵묵히 지켜본 시시오는 장례 다음 날부터 매일 묘지를 찾았다. 그리고 또 매주 성당에도 나갔다. 주인이 생전에 다니던 성당이었다. 성당에 갈 때면 주인은 언제나 애견 시시오를 데리고 갔고, 이런 시시오는 매주 성당에 나가 주인을 기다렸던 곳에 앉았다가 묘지로 향하곤 했는데 이런 시시오는 주인 마리아 코레데라의 묘지에서 끝내 굶어 죽었다. 카자흐스탄 카라간다에서 주인을 구하고 죽은 충견 이야기도 고개를 숙이게 한다. 주인은 사업 실패로 술을 잔뜩 마신 채 철로에 드러누웠다. 제정신으론 기차에 치여 죽을 용기가 없어서였다. 술에 수면제까지 타서 마신 주인은 곧 잠이 들었다. 충견은 꼼짝 않고 주인을 지켰다. 그러다 얼마 후 굉음을 울리며 기차가 다가오자 철길로 뛰어들어 주인을 철로 밖으로 밀어냈다. 그러나 애석하게도 충견은 기차에 치여 그 자리에서 숨졌다.

자, 어떤가? 이래도 사람들이 개를 욕할 수 있는가? 화나거나 속상할 때, 그리고 부도덕한 행동을 하거나 인간 이하의 짓거리를 할 때 개새끼니 개 같은 놈이니 개만도 못한 놈이니 할 자격이 있는가? 아니 사람들이 욕을 할 때 우리 개를 대상으로 삼는 자체가 우리 개들은 불쾌해 견딜 수가 없다. 왜 하필 개를 대상으로 욕을 하는가? 개가 그렇게 만만한가? 개가 충복처럼 복종 잘하고 주인을 위해 죽기까지 하니 아무렇게 해도 괜찮다는 건가? 그런가? 옛말에 머리 검은 짐승은 구제할 게 못 된다더니 과연 그런가? 머리 검은 짐승이 누구인가. 사람 아닌가? 오죽하면 머리 검은 짐승(인간)은 구제할 게 못 된다는 말이 생겼겠는가?

이르노니 사람들은 제발 원형이정(元亨利貞)대로 살기 바란다. 그러려면 하늘을 법으로 알고 착하고 정직하게 살아야 한다. 그리고 무엇보다 도덕적, 윤리적으로 부끄럽지 않게 살아야 한다. 왜냐하면, 이것이 인간이 인간답게 사는 가장 큰 가치의 덕목이기 때문이다. 그런데 이렇게 살아야 할 사람이 그 반대로 온갖 못된 부도덕한 짓거리를 능사로 한다면 당장은 몰라도 언젠가는 그 화가 반드시 자신에게 돌아온다. 이것이 하늘의 이치인 천리(天理)요 섭리다. 그러기에 비리법권천(非理法權天)이란 말이 생겼을 터이다. 비리법권천이 무엇인가. 비는 이치에 못 이기고, 이치는 법에 못 이기고, 법은 권력에 못 이기고, 권력은 하늘에 못 이긴다는 뜻이다.

일찍이 증자(曾子)라는 분은 맹자(孟子)라는 책 양혜왕 하(梁惠王下)에서 '출호이자 반호이(出乎爾者 反乎爾)'란 말씀을 하셨는데, 이 말은 '네게서 나온 것이 네게로 돌아간다.'는 뜻이다. 그러므로 만물의 영장이라 잘난 척 으스대는 인간들은 먼저 수신(修身), 즉 제 몸부터 잘 닦아 혼자 있어도 하늘에 부끄럽지 않은 몸가짐을 가져야 한다. 이를 대학(大學)이라는 책에서는 '신독(愼獨)'이라 하는데, 이는 홀로 있을 때도 도리에 어그러짐이 없이 말과 몸가짐을 바로 해야 한다는 뜻이다.

사람들은 내가 어려운 문자를 쓰고 경서를 구사한다고 아니꼽게 볼지도 모른다. 그리고 또 비아냥댈지도 모른다. 기껏 똥개 주제에 가당찮게 무슨 놈의 문자를 쓰고 경서를 주절거리느냐면서.

그럴 것이다. 왜 안 그렇겠는가? 하지만 놀라지 말라. 나는 이래 뵈도 대단히 유식한 개다. 우리 속담에 서당 개 삼 년이면 풍월을 읊는다는 말이 있잖은가. 이를 문자로 쓰면 당구삼년(堂狗三年)에 폐풍월(吠風月) 또는 당구삼년에 영풍월(詠風月)이라 한다. 이는 아무리 무식한 사람이라도 유식한 사람과 오랫동안 같이 있으면 견문이 넓어져 요동시(遼東 豕)를 면한다는 뜻이다. 요동시가 무엇인가? 견문이 좁아 우물 안 개구리 정저와(井底蛙)처럼 세상일을 모르고 저 혼자 득의양양함을 이르는 말이다. 이 말은 옛날 요동의 어떤 돼지가 머리가 흰 새끼를 낳자, 이를 신기하게 여긴 주인이 임금께 바치려고 하동(河東)으로 가지고 갔다가 그곳 돼지는 모두 머리가 흰 것을 보고 부끄러워 돌아왔다는 고사에서 나온 말이다. 그러므로 내가 만일 무식한 주인 만나 허구한 날 들과 산으로 주인이나 따라다녔으면 영락없이 요동시나 정저와가 돼 어로불변(魚 魯不辨)의 판무식꾼을 면치 못했을 것이다. 그러나 나는 참으로 다행히 최 학자라는 당대 최고의 이름 높은 대 한학자댁에서 자그마치 삼 년의 세 갑절도 넘는 십 년간을 함께 살면서 동몽선습 계몽 편, 명심보감, 소학으로부터 시작해 사서와 삼경, 더 나아가서는 예기(禮記), 춘추(春秋)의 오경까지 공부하는 사람들(학동) 틈에 끼어 장장 십 년을 함께 익혔으니 웬만한 건 꿰뚫고 있어 출출문장(出出文章)이다. 그러니 똥개라고 선부른 수작질로 깔보지 말라. 최 학자님은 학문이 워낙 깊고 높은 태산교악(泰山喬嶽)이셔서 대학교수는 물론, 대학생, 공무원, 회사원, 사업가, 가정주부와 그 밖의 직장인들까지 찾아와 오전 오후 야간반으로 나누어 공부하는데, 초급반은 동몽선습 계몽 편, 명심보감 등을 배우고 중급반은 소학과 사서를 공부하며 상급반은 삼경과 함께 예기 춘추의 오경을 공부한다. 상급반이 최 학자님과 격조 높은 고담준론을 논할 때는 그 현학의 깊이를 헤아릴 수 없어 숨도 제대로 쉴 수가 없다.

자, 그럼 나는 이제부터 만물의 영장이라 자처하며 이 세상 어천만사를 다스리고 지배하며 쥐락펴락 큰소리치는 인간들에 대해 말 좀 해볼까 하니 듣기 싫더라도 약으로 생각하고 듣기 바란다. 본시 몸에 좋은 약이 입에는 쓰고 귀에 거슬리는 말이 행동에는 이로운 법이다. 이를 문자로 쓰면 양약(良藥)은 구고(口苦)나 이어병(利於病)이요, 충언(忠言)은 역이(逆耳)나 이어행(利於行)이라 한다.

이 세상 모든 동물 중에 인간 동물이 그중 똑똑하다. 사람도 동물임에 틀림없으니 당연히 동물의 범주에 드는데, 이런 사람을 사회적 동물이라 정의하고 있다. 그런데 모든 동물 중에 인간이 가장 똑똑하고 머리도 제일 좋아 고등동물 소리를 듣고 고등동물 소리를 들으니 세상사도 당연히 머리 좋은 고등동물 인간이 지배할 수밖에 없다.

그러나 인간들은 그 좋은 머리를 사회를 위해 나라를 위해 더 나아가서는 인류를 위해 헌신 공헌하는 사람이 있는가 하면, 반대로 사회는 물론 나라나 인류에 해악을 끼쳐 해서는 안 될 일을 하거나 있어서는 결단코 안 될 일을 자행하는 암적 존재의 인간들이 도처에 시글시글 널브러져 있다. 이럼에도 이자들이 입을 열면 효(孝)를 찾고, 충(忠)을 찾고, 신(信)을 찾고, 예(禮)를 찾는다. 그리고 사회에 만연한 부정부패와 비위 비행을 척결해야 한다고 역설한다. 참으로 뻔뻔하기 짝이 없는 철면피요, 낯가죽 두꺼운 후안무치다. 이왕지사 말이 났으니 말이지만 위선, 위악, 사기, 협잡이 인간보다 더한 동물은 이 세상 어디에도 없고 중상

모략, 시기, 질투도 인간보다 더한 동물은 이 세상 어디에도 없다. 뿐인가? 공갈 폭력 강간 유괴도 인간보다 더한 동물은 없고 납치 강도 살인 횡령도 인간보다 더한 동물은 없다. 그러니 살인강도가 횡행을 하고, 배임 횡령 위조 날조는 숫제 죄의식도 느끼지 않는다.

하지만 해서는 안 될 일이 어디 이뿐인가? 사람이 사람을 죽이고, 아내가 남편을 죽이고, 남편이 아내를 죽이는 끔찍한 일이 종종 일어나고 하늘 무섭게도 자식이 부모를 때리고 내다 버리다 못해 시해까지 하는 천인공노의 강상지변(綱常之變)도 며칠이 멀다 저질러지고 있으니 오호라, 세상은 바야흐로 말세의 요계지세(澆季之世)다. 강상지변이 무엇이며 요계지세란 또 무엇인가? 강상지변은 삼강오상(三綱五常)에 맞지 않는 일, 곧 사람이 지켜야 할 도리에 어긋나는 일을 말함이며, 요계지세란 세상의 아름다운 인정이 메마르고 도의 도덕이 땅에 떨어짐을 말함이다.

만물의 영장이라는 사람들아. 예의염치와 윤리 도덕을 최고선의 덕목으로 삼는다면서도 위선의 표리부동한 이중인격자로 양두구육(羊頭狗肉) 하는 인간들아. 세상이 부끄럽지도 않은가? 하늘이 두렵지도 않은가? 저 중국 송나라 때의 『익지서(益智書)』라는 책에는 "만일 악한 마음이 가득 차면 하늘이 반드시 벌을 내리리라." 했는데, 이는 '사람의 마음 속에 악한 생각이 가득 차 있다면 이는 이미 선(善)을 좋아하는 대자연의 섭리에 반하는 행위여서 하늘의 뜻을 거역한다는 뜻이다. 그러므로 천벌을 받지 않을 수가 없다.'는 뜻이다. 그러니까 이는 "악한 일을 해 하늘에 죄를 지으면 잘못을 빌 곳이 없다."고 한 공자님의 말씀과 맥을 같이 한다 할 수 있다. 이는 모두가 천분(天分)과 순명(順命)을 중히 여긴, 아주 귀한 말이라 아니할 수 없다.

대저 인간이 인간다울 수 있는 요건은 무엇인가? 그것은 인간다움이다. 그렇다면 인간다움은 또 무엇인가? 인간으로 해야 할 일을 하고, 인간으로 해서 안 될 일은 하지 말아야 함이다. 그러니까 인성(人性)을 가진 인격체로 도덕적 생활을 하며 사단(四端)에 충실하게 사는 행위, 이를 인간다운 요건이라 할 수 있다.

생각해보라. 인간이 본성에서 우러나오는 네 가지 마음씨인 인(仁), 의(義), 예(禮), 지(智)의 사단(四端)과 그 사단에서 우러나오는 네 가지 마음씨를. '인'에서 우러나는 건 불쌍히 여겨 언짢아하는 마음 측은지심(惻隱之心)이요, '의'에서 우러나는 건 불의를 부끄러워하고 불선(不善)을 미워하는 마음 수오지심(羞惡之心)이며, '예'에서 우러나는 건 사양할 줄 아는 마음 사양지심(辭讓之心)이다. 그리고 마지막 '지'에서 우러나는 건 시비를 가릴 줄 아는 시비지심(是非之心)이다. 이를 또 자유지정(自由之情)이라고도 하는데, 인간이 이 자유지정의 사단만 지키면 인간의 도리와 자격을 갖췄다 할 수 있다. 그런데 놀라지 말라. 왜 내가 놀라지 말라는지 아는가? 그것은 만물의 영장이라는 인간이 사단의 인의예지를 지키기는 커녕 오히려 비웃듯 짓밟으며 금수도 하지 않는 천벌 받을 짓거리를 하늘 무섭게 하고 있기 때문이다. 서당에 공부하러 오는 사람들이 주고받는 말에 따르면, 요즘의 인간 세상엔 별 해괴한 일이 다 벌어지고 있다한다. 그게 무엇인가 하면 '스와핑'인가 뭔가 하는 것인데, 이는 부부나애인이 남의 부부, 남의 애인과 서로 바꿔가며 성행위를 한다는 것이다. 참 기도 차지 않는 일이다. 이는 보통 3명 이상의 집단 성관계가 아니면 그룹 섹스 등 변태적인 성행위를 해 차마 입에 담기조차 민망한 일이 비일비재로 벌어지고 있다는 것이다. 예절과 체면과 도덕과 윤리를 중시한다는 인간 사회에서 이런 기막힌 일이 벌어진다면, 이는 세상이 끝장난

요계(堯季)에 다름 아니어서 곡지통할 노릇이다.

저 강구연월(康衢煙月)의 요순시대엔 사람마다 어질고 집집마다 착해 모두 상을 줄 만했다 하여 역사는 이를 '비옥가봉(比屋可封)'이라 했고, 길에 물건이 떨어져도 누가 주워가지 않아 며칠 후에 가 봐도 그 자리에 그대로 있었다는데, 이를 역사는 또 '도불습유(道不拾遺)'라 했다. 헌데 어째서 요즘의 인간 세상엔 걸핏하면 사람이 사람을 속이고 사기 치고 협박하고 공갈치고 그래도 모자라 죽이기까지 하는가? 어장(魚場)이 망하려면 해파리만 꼬이고 마방(馬房)이 망하려면 당나귀만 들어온다더니 세상이 끝장나려니까 별 망측한 일이 다 생긴다.

이 스와핑인가 뭔가 하는 모임에는 사회적으로 상당한 수준에 있는 사람들까지 모여 이 짓거리를 즐긴다는데, 이들은 아마도 사디스트가 아니면 마조히스트인 모양이다. 안 그러고야 짐승들도 하지 않는 애인 또는 부부 바꿔치기 섹스를 할 리 있겠는가?

그렇다고 나는 열녀는 두 지아비를 섬기지 않는다는 열녀불경이부(烈女不更二夫)나, 한 마리의 말 등에 두 개의 안장을 얹을 수 없듯 한 여자가 두 남자를 섬길 수 없다는 일마불피양안(一馬不被兩鞍) 같은 공맹(孔孟) 시대의 도덕을 말하는 건 아니다. 그리고 또 아침에 도(道)를 깨달으면 저녁에 죽어도 좋다는 조문도 석사가의(朝聞道夕死可矣)나, 목이 말라도 도천(盜泉)의 물은 마시지 않는다는 갈불음 도천수(渴不飮盜泉水)의 엄격한 도덕률을 말하는 것도 아니다.

인간 사회에서 웬만한 지식인이면 다 아는 노블리스 오블리주란 말을 당신들은 알 것이다. 이 말의 뜻이 무엇인가? 높은 신분에 따르는 도덕상의 의무, 이것을 인간 사회에서는 마치 전가(傳家)의 보도(寶刀)처럼 잘도 써먹고 있다.

참 좋은 말이다.

역경(易經)이란 책에는 '이귀하천 대득민야(以貴下賤 大得民也)'란 말도 있는데, 이 말은 또 무슨 뜻인가? 귀한 지위에 있는 사람이 겸허한 자세로 낮은 데로 내려가 백성들의 뜻을 구하면 크게 백성을 얻는다는 뜻이다. 일찍이 바빌론의 율서에서는 중상을 하는 자, 중상을 듣는 자, 중상을 당하는 자는 죽인다 했고 비방은 개의 웅변에 지나지 않는다고 해 또 우리 개를 욕 먹이고 있다. 만만한 놈은 우리 개여서 걸핏하면 우리 개만 들먹인다. 참 복장 터져 죽을 노릇이다. 당부하노니 만물의 영장이라는 사람들이여. 우리 개만큼만 살아라.

논어라는 책에서는 '조이불망 익불사숙(釣而不網 弋不射宿)'이라 하여 낚시질로는 고기를 잡되 벼리 달린 그물로는 고기를 안 잡고, 날짐승을 잡음에 있어서도 나는 새는 주살로 쏘되 잠자는 새는 쏘지 않는다 했다.

뿐만이 아니다. 논어에서는 또 '자솔이정 숙감부정(子帥以正 孰敢不正)'이라는 말이 있는데, 이는 계강자(季康子)라는 노나라 실권자가 공자에게 정치를 묻자, 공자는 '정치란 정(正)이니 그대가 거느리기를 바로 하면 누가 감히 바르지 않겠는가.'라는 뜻이다.

인간들이여! 만물의 영장이라며 잘난 척 우쭐대는 인간들이여! 목에 힘주며 내로라 뻐기는 높은 자리에 있는 사람들이여!

당신들이 잘나면 얼마나 잘났는가? 눈곱만한 미물 벌레 한 마리도 못 만드는 위인들이, 눈이 몇 센티만 와도 차가 벌벌 기고 비가 몇 밀리만 와도 차가 곤두박질치기 다반사로 맥을 못 추는 주제에 뭐? 개가 어떻다고? 우리들 개는 눈이 한 자가 와도 내달릴 수 있고 비가 몇십 밀리가 와도 당신들 사람처럼 쩔쩔매지 않는다. 당신들이 따뜻한 방에서 가족끼리 맛있는 음식 먹으며 안락을 즐길 때도 우리 똥개들은 마루 밑이나 날봉당에 앉아 발발 떨며 집을 지키고, 당신들이 먹다 남은 음식 찌꺼기 한 술 주면 먹고 안 주면 굶으면서도 단 한 번 당신들을 탓하거나 원망하질 않는다. 그러면서도 주인이 야단치면 야단맞고 화가 나 배때기 걷어차면 그대로 얻어맞는다. 그래, 이래도 똥개라고 무시하고 개새끼니 개자식이 니 개만도 못한 놈이니 할 것인가? 많이 배워 잘났다는 당신들이, 그래서 출세하고 권력 잡아 떵떵거리고 사는 사람들이, 못 배우고 가난하고 출세 못 하고 권력 없는 가엾은 백성들을 제발 좀 위하고 받들어 위민정치, 위민행정을 하기 바란다. 자고이래로 군주는 백성을 하늘로 삼았고 백성은 먹는 것으로써 하늘을 삼았다. 이게 이민위천(以民爲天)이요, 이민행정(以民行政)이다. 그래서 내 당신들에게 묻겠는데, 앞에서 말한 조문도 석사가의가 무슨 뜻인지 아는가? 그리고 갈불음 도천수는 또 무슨 뜻인가? 이귀하천 대득민야는 무슨 뜻이고, 조이불망 익불사숙은 무슨 뜻인가? 출세하고 권력 잡아 내로라하는 이들 중에 아는 이도 있겠지만, 모르는 이가 훨씬 더 많을 것이다. 그러니 자솔이정 숙감부정은 더더욱 이 모를지 모른다. 위민정치, 위민행정을 하는 이들이라면 적어도 위에서 내가 말한 것쯤은 알아야 한다. 똥개인 나도 아는데 한나라의 내로라하는 높은 당신들이 이를 모른다면 정말 똥개만도 못하다.

나는 행인지 불행인지 모르지만(이를 팔자소관으로 봐야 할 것이다), 운 좋게 한학의 대가 최 학자님 댁에서 장구한 십 년 세월을 학생들과 함께 동문수학을 하다 보니 들은 풍월 얻은 문자로 식자깨나 안다. 그래서 문자를 좀 썼으니 아니꼽다고 욕하고 같잖다고 비아냥대지 말라. 다 식자가 우환으로 빚어진 현상이니까. 저 당송 팔대가(唐宋八大家)의 한 사람이던 북송(北宋)의 대시인 소동파(蘇東坡)도 일찍이 인생식자우환시(人生識字憂患始)라 하여 사람으로 태어나서 글을 안다는 게 벌써 근심의 시작이라 술회했고, 한일합방의 국치를 통분하다 절명시 4편을 남기고 음독 자결한 매천 황현(梅泉黃玹) 선생도 추등엄권회천고(秋燈掩卷懷千古)에 난작인간식자인(難作人間識字人)이라 하여 가을 등불에 읽던 책 덮어두고 천고의 옛일 생각하니, 인간으로 태어나 식자인(선비) 노릇하기 어렵다 하고는 자진하지 않았는가? 나는 비록 똥개지만 황현 선생을 존경한다. 식자인인 선비라면 적어도 황현 선생 정도는 돼야 하지 않겠는가? 선비의 나라 조선이 야만의 일제 강압에 못 이겨 1910년 국치의 한일합방이 되었을 때 나라 망한 맥수지탄(麥秀之嘆)을 한하고 자문(自刎) 또는 음독으로 목숨을 끊은 선비는 황현 선생 말고도 많았다. 그렇다면 황현 선생은 왜 자결하셨는가? 글을 아는 괴로움 때문이다. 아니 글을 아는 선비가 나라 망한 맥수지탄에 죽음으로 항거한 때문이다. 나라의 위태로움을 보면 목숨을 내놓으라던 논어의 사견위치명(士見危致命)을 몸소 실천했기 때문이다.

글! 글을 안다는 것, 글을 안다는 괴로움! 그렇다면 이렇게 괴롭고 어려운 글을 도대체 왜 배우는가? 인간 노릇 제대로 하기 위해 배우는 것이다. 사람 노릇 제대로 하기 위해 배우는 것이다. 어느 것이 옳고 어느 것이 그른가를 바로 알기 위해 배우는 것이다. 선악, 미추, 시비, 곡직, 의, 불의, 정, 부정을 제대로 알아 행하기 위해 배우는 것이다. 한데도 요즘 식자인들은 곡학아세로 출세하기 급급하고, 수단 방법 가리지 않고 권력 잡아 치부하기에 혈안이 돼 위민정치와 민생행정은 뒷전인 경우가 허다하다. 그래서 내 또 감히 이르노니 지도자들은, 이 땅의 정치와 경제와 행정과 교육을 책임진 이들은 다른 건 몰라도 정치와 위민의 교과서라 할 수 있는 논어, 맹자, 중용, 대학의 사서만은 반드시 읽고 뭐를 해도 하기 바란다. 당신들이 흔히 쓰는 말 가운데 수신제가 연후에 치국평천하하라는 말은 괜히 있는 말이 아니다. 수신(修身)이 무엇인가? 악을 물리치고 선을 북돋워서 마음과 행실을 바르게 닦아 수양하는 게 수신이다. 그럼 제가(齊家)는 무엇인가? 집안을 잘 다스려 바로 잡는 게 제가이고 치국평천하(治國平天下)는 나라를 잘 다스리고 온 세상을 평안하게 하는 것이 치국평천하다. 그런데 이래야 할 사람들이 제가는커녕 수신도 제대로 못 한 주제에 치국평천하한답시고 용케 만인지상(萬人之上)의 항룡(亢龍) 자리에 오르더니, 비자금인가 뭔가 하는 나랏돈 수천여억 원씩을 소화제 한 알 안 먹고 꿀꺽꿀꺽 삼키다 체해 그만 감옥살이를 하고 말았으니 아뿔싸, 이런 참불가언이 어디 있으랴?

도대체 무슨 말을 어떻게 해야 될지 모르겠다. 어지간해야 하룻밤 샌님하고 벗을 한다고 우연만 해야 말을 안 하고 넘어가지, 이건 세상이 하도 막돼 도저히 그냥 넘어갈 수가 없다. 이런 세상에도 원형이정대로 살려고 노력하는 가상한 사람들이 아주 없는 건 아니어서 인성교육이니 도덕성 회복이니 선비정신 계승이니 바르게살기운동이니 하는 단체를 만들어 나름대로 애들을 쓰나, 세상이 워낙 크게 망가져 있어 가까운 날의 가시적 효과는 기대난이어서 한강투석이다. 하지만 이런 이들이 있어 세상이 이나마도 유지되는지 모르겠다. 누가 지난날의 자식들처럼 부모님 침소에 들어 밤사이 안녕히 주무시라 여쭙고, 이른 새벽에 부모님 침소를 찾아 밤사이의 안후를 여쭙는 혼정신성(昏定晨省)을 바라고, 누가 지난날의 효자들처럼 부모님 돌아가신 후 3년 동안 산소 옆에 여막을 짓고 눈 오면 눈 치우고 비 오면 비 치우면서 시묘(侍墓)살이 수묘(守墓)를 바라며, 누가 지난날의 대효들처럼 부모가 편찮으면 제 손가락을 태워 그 타는 손가락의 아픔으로 부모님의 병고를 함께 느끼면서 한 손가락을 태우면 일소지(一燒指) 세 손가락을 태우면 삼소지, 열 손가락을 태우면 십소지의 고통 공감으로 감천치병(感天治病) 하기를 바라는가?

　지난날엔 자식이 부모에게 불효함이 용납 안 돼 멍석말이에 조리돌림을 시킨 후에 동네에서 쫓아냈다. 그러니 부모 구타와 시해는 더더욱이 용납이 안 돼 패륜 중의 패륜으로 여겨 나라에서 그 고을을 강등시켰다. 그리하여 그 고을에 효자, 충신, 효녀, 열부가 나야 비로소 복권시켰다.

　자식이 부모를 시해하거나 신하가 임금을 시해하는 강상지변을 시해(弑害) 또는 시역(弑逆)이라 했고, 부모님이 돌아가심은 하늘이 무너지고 땅이 꺼지는 것에 비해 천붕지통(天崩之痛)이라 일렀다. 그러니까 부모와 자식 간의 인륜은 곧 하늘의 도인 천륜이라는 이야기다. 그러므로 자식에게 있어 부모는 하늘이요 천지 만상의 우주 일체와 같은 것으로 보았다. 그리고 이것은 천도(天道)의 원형이정이요, 사단(四端)의 인의예지로 본 것이다. 그러기에 원형이정은 하늘의 도리라 일컫는 천도지상(天道之常)이요, 인의예지는 사람의 도리를 일컫는 인성지강(人性之綱)이라 한 것이다. 효라는 개념 자체가 본시 인의예지에서 말미암지 않은 게 없기 때문에 이를 저버리면 짐승만도 못하다 했다. 이 짐승 속엔 또 우리 개가 들어가 있다. 개돼지니 개 짐승이니 하면서. 그렇다면 한 번 따져보자. 짐승이 제 부모 죽이는 것 보았는가. 말(馬)은 제5대조까지 알아보고 까마귀는 반포(反哺)라는 되갚음으로 부모가 늙으면 먹이를 물어다 먹이며 효도를 한다. 그래서 까마귀를 효조(孝鳥) 또는 반포조라 하는데 이런 까마귀의 효에 감동한 당나라의 대시인 백낙천(白樂天)은 「자오야제(慈烏夜啼)」란 시에서 '자오부자오(慈烏復慈烏) 조중지증삼(鳥中之曾參)'이라 했는데 풀이하면 '까마귀여, 까마귀여, 새 중의 증심이로다.'라는 뜻이다. 여기서 증삼은 증자(曾子)를 말하는 것으로 증자는 천하의 대효(大孝)였다.

돼지만 해도 그렇다. 인간들은 몸이 뚱뚱하면 돼지 같다 하고 뭘 맛있게 잘 먹어도 돼지처럼 먹는다 하는데 오해하지 말라. 돼지는 자기 위(胃)가 60%만 차면 더는 먹지 않는다. 인간들처럼 미련하게 과식하고 소화제 먹는 따위의 우를 범하지 않는다. 그리고 돼지는 또 그 새끼들이 어미젖을 먹을 때 자기가 빨던 젖이 아니면 절대로 다른 젖은 빨지 않는 지절(志節)이 있다. 이래도 개돼지 같은 놈이니 뭐니 하겠는가? 어찌 개돼지뿐인가? 저 명(明)나라 때의 학자 양신(楊愼)은 벌을 가리켜 벌은 임금(여왕벌)을 받드는 군신의 충(忠)이 있고, 까마귀는 어버이를 섬기는 효가 있으며, 닭은 불러서 모이를 같이 먹는 붕우(朋友)의 정이 있고, 기러기는 절개를 지키는 부부의 별(別)이 있다 했다. 그런가 하면 육운(陸雲)이라는 학자는 또 '한선부서(寒蟬賦序)'에서 매미의 오덕(五德)을 기렸는데, 첫째 머리에 반문(班文)이 있으니 그것은 문(文)이요, 둘째 이슬만 마시고 사니 그것은 청(淸)이며, 셋째 곡식을 먹지 않으니 그것은 염(廉)이요, 넷째 집을 짓지 않고 사니 그것은 검(儉)이다. 그리고 마지막 다섯번째가 계절을 지키고 사니 그것은 신(信)이라고 했다. 그래서 매미는 깨끗한 이슬만 먹고 산다 하여 명선결기(鳴蟬潔飢)라 한다.

자, 보라!

말 못하는 금수, 하잘것없는 미물도 이렇듯 제 길을 가고 제 할 바를 지켜 한 치의 어긋남도 없는데, 어찌 이 세상 온갖 만물 중에 제일이라는 사람이 사람의 길을 못 가고 사람의 도리를 못한 채 하늘 무서운 짓을 능사로 삼는가? 서당에 가면 천자문 다음으로 배우는 것이 아이들이 먼저 익힌다는 동몽선습(童蒙先習)이다. 이 책에 보면 첫머리에

천지지간天地之間 – 하늘과 땅 사이

만물지중萬物之衆- 만물 가운데

유인惟人이 최귀最貴하니- 오직 사람이 가장 귀하니

소귀호인자所貴乎人者는- 그 귀한바 사람이란

이기유오륜야以基有五倫也라- 오륜이 있기 때문이다.

라고 돼 있다. 그렇다. 삼라만상 중에 가장 귀한 것은 사람이다. 사람이 만물 중에 가장 귀한 것은 사람으로 마땅히 지켜야 할 도리가 있어서이다. 한데도 이런 사람이, 그리고 인명이 언제부터인가 최천한 존재가 되고 말았다. 기막힌 일이 아닐 수 없다.

그렇다면 왜 이런 현상이 생겨났는가? 사람으로 마땅히 지켜야 할 도리를 저버렸기 때문이다. 인간으로 당연히 행해야 할, 인도(人道)를 벗어났기 때문이다. 눈을 들어 천지 사방을 한 번 보라. 귀를 세워 전후좌우의 소리를 한 번 들어보라. 사람이 사람을 속이고, 사람이 사람을 해치고, 사람이 사람을 모략하고, 사람이 사람을 중상하고, 사람이 사람을 증오하고, 사람이 사람을 저주하다 끝내 죽이기까지 하는 이 몸서리쳐지는 인간 군상을. 친구가 친구를, 아내가 남편을, 남편이 아내를 살해하고 아무 이유 없이 묻지 마 살인으로 불특정 다수를 마구 살해하는 이 끔찍한 참담무비의 인간 세상을.

하지만 어디 또 이뿐인가. 앞에서도 말했지만 하늘 같은 부모님, 그 가없는 은혜 못 갚는 풍수지탄(風樹之嘆)도 망극한데, 어찌 자기를 낳아 먹이고 입히고 재우고 가르치고 혼인까지 시켜준 부모님을 버리고 때리고 시해까지 하는가?

내 이 말만은 안 하려 했지만, 이왕에 말이 났으니 토설해 버리겠다. 이게 무엇인가 하면 차마 입에 올리기조차 민망한 부녀간(父女姦)과 모자간(母子姦)이다. 이 이야기도 서당에 공부하러 오는 이들이 쉬는 시간에 주고받는 말을 들어서 안 것인데, 이들은 평소 행실이 점잖을 뿐만 아니라 사회적으로도 대우받는 처지여서 한 사람은 대학교수요, 한 사람은 중견 회사의 간부여서 믿을 만했다. 먼저 대학교수의 말은 친아버지와 친딸 간의 상피(相避)로 딸은 올해 열여덟 살의 여고 2년생인데 딸이 여중 2학년이던 열다섯 살 때부터 아버지가 범해 몇 번이나 죽을까 하다 뜻을 이루지 못했다는 것이다. 아버지는 아직 한창인 40대로 엄마만 집에 없으면 술을 마시고 딸을 괴롭혀 그때마다 아버지를 죽이고 자신도 죽을까 했지만, 그것도 마음뿐이었다 했다. 그런데 딸이 그만 공황장애와 정신착란에 걸려 다 죽어간다 했다.

다음은 중견 회사 간부의 말로, 그는 모자간의 상피를 말했다. 어머니는 남편이 없는 과부로 역시 40대라 했다. 아들은 대입 재수생으로 혈기 왕성한 스무 살의 청년이었다. 어머니는 어느 날 공부하는 아들 방에 간식을 들고 갔다가 그만 못 볼 것을 보고 말았다. 아들이 수음에 한창 열중하고 있었기 때문이다. 이 광경을 본 어머니는 순간 저것이 끓어오르는 욕정에 얼마나 견딜 수 없으면 저러랴 싶은 안쓰러움에 자신도 모르게 아들의 욕구를 채워줬다 한다. 그런데 이게 그만 빌미가 돼 모자는 거의 매일 하다시피 관계를 했고 그러다 보니 다시는 헤어나지 못할 나락으로 떨어졌는데, 이 어머니도 앞의 경우처럼 공황장애와 정신착란에 걸렸다는 것이다. 그러나 이와 유사한 상피는 부녀 사이나 모자 사이 말고도 많아 의붓아버지가 의붓딸을 범하고 삼촌이 조카딸을 추행하고 형수와 시동생이 상간하고 친오빠와 친여동생 간의 상피도 있다 했다. 그러니 형부와 처제, 스승과 제자, 사장과 여비서, 상사와 부하 여직원 간의 통정이야 더 많을 게 아니냐 했다. 상황이 여기에 이르고 보면 갑남

을녀의 간부(姦夫)나 간부(姦婦)가 혼외정사로 벌이는 간통쯤이야 다반사가 아니겠느냐는 거였다.

인간들이여!

천지 조판 이래 만물의 영장이라 자처하며 잘난 척 뻐기는 인간들이여! 그리하여 도리와 정도(正道)를 독판 찾고 염치와 예절도 독판 찾는 이중인격의 야누스들이여!

그대들은 저 18세기 영국의 역사가 기번(Gibbon)이 쓴 『로마제국쇠망사』를 읽었는가? 안 읽었으면 이 기회에 읽어두기 바란다. 기번은 그 책에서 이런 말을 한 바 있다. "로마는 건전한 사람들에 의해 건설되고 불건전한 사람들에 의해 망했다"라는.

내 끝으로 당부하노니 인간들이여, 똥개의 말이라고 무시해 허투루 듣지 말고 잘 새겨듣기 바란다. 삼강오륜을 철저하게 잘 지키는 개의 말이니 잘 듣지 않으면 당신들은 정말 인간도 아니다. 첫째로 당신들은 사람과 그 인명을 최고로 귀하게 여기는 정신을 가져야 한다. 이 세상에 생명보다 더 소중하고 귀중한 게 어디 있는가? 둘째, 부모님께 효도하고 어른을 잘 공경하라. 당신들도 미구불원 늙을 테니까. 셋째, 자기 언행에 책임을 지고 어떠한 경우에도 약속은 반드시 지켜라. 약속은 그 사람을 가늠할 수 있는 잣대이니까. 넷째, 남을 속이거나 이용하려 들지 말고 항상 정직하고 성실하라. 그리고 바르고 옳음이 아니면 좇지 말라. 이를 좌우명으로 삼는다면 처음에는 손해를 보는 듯해도 마침내는 그 반대가 된다. 다섯째, 하늘은 언제 어디서고 당신들이 하는 일을 지켜본다는 것을 잊지 말라. 하늘은 마음만 먹으면 하지 못 하는 일이 없는 무소불위(無所不爲)요, 무엇이든 못 하는 것이 없는 무소불능(無所不能)이요, 이르지 않는 데가 없는 무소부지(無所不至)다. 그리고 있지 않은 곳이 없는 무소부재(無所不在)에 모르는 것이 없는 무소부지(無所不知)다.

자, 이런데도 당신들은 지금처럼 함부로 막 살아 세상을 끝장 볼 것인가, 아니면 내 말 대로 살아 강구연월의 격양가 소리 들으며 태평성대를 누릴 것인가? 이는 전적으로 당신들 마음먹기에 달렸지만, 지금으로 봐서는 아무래도 끝장에 가까우니 큰일이다.

오, 통탄할지고!

강준희

신동아 『나는 엿장수외다』, 서울신문 『하 오랜 이 아픔을』 당선
현대문학 『하느님 전 상서』 추천 완료
단편과 중편 26권, 장편 10권의 문학전집 미국 하버드대학교 도서관에 소장
010-2669-3737, joonhee37@hanmail.net
27375 충북 충주시 금릉로 101 3동 1010호

조화숲과 조팝숲

•

지용옥

5월인데도 날씨는 연일 복철처럼 쩌댔다.

지난달만 해도 점심 후 양치질을 하고 나면 토끼잠일망정 소파에서 오수를 즐기곤 했었는데, 6월도 안 되어 들어 닥친 불볕더위는 면장실을 온통 한증막으로 만들어버려 봉 면장은 매일 더위와 전쟁을 치르고 있었다. 선풍기를 강풍에 맞추어 돌려대지만 조여 오는 더위는 숨까지 가쁘게 했다. 어제도 이랬고 그제도 이랬다. 그러나 지금 봉 면장의 고민은 더위가 아니었다. 두 군데의 초상집 조의를 놓고 그는 벌써 한 시간 가까이 결정을 짓지 못하고 있다.

허 참, 내 원! 수사과장네야 아무리 권력기관 간부라 해도 5만 원이면 쏠쏠하겠는데, 이쪽은 도무지 판단이 안 서니 원….

이쪽이란 다름 아닌 추동마을의 은사 유승후 선생님 본인 상 때문이었다. 3만 원 정도로 봉투만 보내면 되겠다고 생각하고 막상 조의금 봉투를 만들고 나자, 왠지 금액이 적은 것 같은 생각이 들었다. 금액을 올리려 하자 이번엔 뭘 그렇게까지 하는 생각이 들었다. 어떻게 생각하면 부조금도 수사과장네보다 한결 더 해야 할 것도 같았고, 어쩌면 그냥 넘어가도 될 것 같기도 했다. 도무지 냉큼 결론이 안 났다.

유승후 선생님, 그는 봉 면장의 중학교 때 은사였다. 한 학기도 채 안 되게 잠깐 가르침을 주셨던 분이라 봉 면장의 인생에 영향을 주었거나 남다른 정이 있었던 선생님은 아니다. 따라서 은사라기보다 관내 주민 초상 차원에서 3만 원 정도의 봉투나 보내면 충분할 것 같은데, 왜 자꾸 다시 생각되어지는지 몰랐다. 결국 봉 면장은 봉투만 직원 편에 보내기로 했다.

창밖에는 여전히 화염 같은 불볕이 쏟아져 내리고 있었다.

"그래 주 서기, 뭔 일 있나?"

운전을 하던 봉 면장은 걸려온 핸드폰을 받느라 잠시 바빴다. 추동으로 보낸 직원으로부터였다. 운전 중 수화는 위험하지만, 마땅히 차를 붙여 세울 형편도 못되었다. 끓던 해는 저만큼 장룡산 너머로 완전히 모습을 감췄으나 여전히 거리는 열기의 도가니였다.

"저 면장님, 여기 오신 손님 중에 한 분이 군수님을 찾는데요."

"뭐, 군수님을! 누가? 아니 거기두 손님이 많아? 그 집에 올 손님이 있나?"

"뭐 많지는 않아요, 열 분 남짓 되는데 거의 노인들이에요. 이따 밤에 더 온다나 봐요. 서울서도 오고 청주서도 오고. 예술가들이신지 대부분 베레모를 썼어요, 네? 거 있잖아요, 예술 하시는 분들 쓰는 동그랗고 납작한 모자 말이에요. 가운데 끈 달린 거요."

알 수 없었다. 그 상가에 군수님을 찾는 조문객이 왔다니, 누군지 감히 '겁 없는 요구'를 한다 싶었다.

"여봐, 주 서기! 일단 전화를 끊지, 조금 있다가 다시 내가 다시 할게. 운전하면서 계속 받기도 그렇고."

수사과장네 상청이 있는 의료원 영안실 앞은 붐비는 차들만치나 많은 사람들이 복작대었다. 영안실 주차장은 물론, 문화회관 광장까지 모두

임시 주차장으로 쓰는데도 조문객들이 몰고 온 차들이 워낙 많아 겨우 일방통행으로 차들은 드나들었다. 안내와 교통정리를 위해 쫙 깔린 경찰들과 전경들, 여기저기서 터지는 크고 작은 경적 소리와 호각 소리로 입구는 말할 수 없이 시끄러웠다. 몇몇 얼굴을 아는 형사들도 사복 차림으로 섞여서 안내를 했다. 가만있자, 그런데 이 도로 질서가 어떻게 되는 거야? 엉망이군. 잠시 정차까지 악착같이 딱지를 떼면서 여기서는 황색 선이고 불법주차고 뭐고 없군….

봉 면장은 입맛이 씁쓸했다.

문화회관 광장도 이미 차들로 꽉 차서 하천 둔치를 불도저로 급히 밀어 만든 임시 주차장에 봉 면장은 차를 세웠다. 차에서 내리자 봉 면장은 빼곡한 차들에 거듭 놀랐다. 그랜저, 포텐샤, 다이너스티, 엔터프라이즈, 요즘 새로 나왔다는 뉴 체어맨 등 고급 차들이 줄을 섰다. 저건 옥주신문 주 사장 차고, 저건 동방산업 구 회장 차, 저건 농협 지부장 차, 저쪽 것은 전문대학장 차, 그 뒤는 옥주 신협 오 사장 차, 그 뒤에 썬프라자 이 사장 차도 있고, 라이온스 회장 차도 보이는구먼. 영안실에는 다른 주검들도 있을 터이지만, 차들은 온통 수사과장네 손님들 차 같았다. 빈소 중에도 보통실의 네 배나 되는 유일한 특실을 쓰고 있는 수사과장네는 그것도 모자라 키를 넘는 조화들이 복도에서 마당까지 거대한 숲을 이루고 있었다. 순백색 혹은 노란색이 섞인 종이 국화꽃, 거의 모두 키를 넘는 3단 이상의 조화들, 더러 진짜 국화도 보였다. 국화, 참으로 고운 꽃인데. 조화 속에 끼어서인가, 왠지 향기도 없고 품위도 없어 보인다. 천해 보이기까지 했다.

…수사과장 어머니는 참으로 외롭지 않겠구나. 복 받으신 양반이네….

아무리 해도 놀라운 일이었다. 옥주가 고향도 아니면서 그렇다고 외가 곳이라던가 처가 곳이라던가 하는 어떤 연고가 있지도 않으면서, 4년 남짓 이곳 근무로 이토록 많은 조객이 몰려들다니. 술과 음식이야 돈으로 된다지만 사람은 돈만으로는 안 되는 건데. 무엇이 이들을 이리로 오게 했을까? 수사과장은 시중에서는 매로 통했다. 한 번 걸려들면 지위 고하를 막론하고 용서가 없었다. 사정이나 뇌물이 통하지 않기로도 유명한 그는 서장의 지시에도 옳지 않으면 따르지 않을 만치 '대꼬챙이'였다. 어디서부터 시작된 말인지는 몰라도 작년 읍에서 좀 떨어진 강가에 집까지 짓고 정착한 그를 두고 세간에서는 그가 이곳 서장까지 할 거라고 했다.

빈소에서는 극락왕생을 비는 독경 소리가 드높았다. 넓은 빈소 한쪽에서는 또 많은 교인들이 찬송과 기도를 하고 있었다. 조문을 위해 꽃을 들고 선 긴 조문객 행렬에는 군청의 과·계장들과 봉 면장과 같은 읍면장들도 끼어있었다. 또 두어 대의 트럭이 들어와 몇 개의 조화를 내려놓고 갔다. 두 겹이었던 조화 숲은 이제 세 겹으로 세워지고 있었다. 밖에는 이미 어둠이 서서히 내려앉고 있었다. 그럼에도 낮 동안 달구어진 광장이며 거리는 여전히 뜨거웠다. 상가에는 미안한 얘기지만 비라도 한바탕 시원하게 쏟아졌으면 좋을 것 같았다.

"이 양반이 어디 계신 건가?"

조문을 마친 봉 면장은 군수를 찾아 나섰다. 그간 눈에 익은 군수님의 까만 뉴그랜저가 영안실 앞에 당당히 버티고 있다는 것은 아직 군수가 상가 안에 있음을 말한다. 10여 개의 천막 방을 거의 다 살펴본 봉 면장은 마지막 남은 1호실로 다가갔다. 군수를 찾는다는 사람이 예술가 같다고 했지? 아무래도 별것도 아닐 사람이 사람을 신경 쓰이게 하는 것 같았다. 안 들은 것으로 하고 그냥 무시해 버리려 했으나, 왠지 찾는 사람이 있다는 것만은 보고를 해야 할 것 같았다. 혹시 훗날 책임이라도 생기면 곤란할 수도 있을 것 같아서였다.

…찾는 사람이 누구냐고 하면 뭐라고 하지?…

1호실로 다가가면서도 봉 면장은 왠지 자꾸 그 점이 걸렸다. 윗분을 모시는 입장으로서는 당연히 전후 사정과 상황을 확실히 파악하고 나서 보고 드려야 마땅하지만, 지금으로써는 그에 대한 정보가 아무것도 없다. 그저 서울로부터 내려온 풍채 좋고 연세 많은 조문객이라는 것 외에는. 점잖은 분에게 이름이 뭐냐, 용건이 뭐냐고 심문하듯 묻기가 어려울 것이 뻔하므로 주 서기에게 물어보라고 하기도 그랬고, 봉 면장 자신이 초면에 전화로 묻기도 또 그랬다. 이 민선 시대에 군수와 통화 한 번 하는데도 그렇게 신원조회가 까다롭냐고 버럭 화라도 내면 뭐가 되겠는가? 결국 일단 군수를 찾아놓고 생각해보자며 군수를 찾아 나섰으나 상대를 잘 모르는 게 찜찜했다. 가슴이 답답하기까지 했다.

"조문오셨군요. 봉 면장님, 잘 오셨어요."

군수는 1호실에 있었다. 1호실로 다가가자 그 앞에서 대기해 있던 행정계정과 비서실장이 다투어 인사를 해왔다.

"상가라뇨? 문동면에?"

추동리 상가에 오신 손님 한 분이 군수님을 찾는다고 하자 비서실장은 봉 면장과 행정계장을 번갈아 보며 눈을 동그랗게 떴다. 그리고는 들고 있던 수첩을 잽싸게 펼쳐보았다.

"군수님 일정에 안 잡혔는데! 어떻게 된 거요? 보고도 안 했잖아요?"

비서실장의 경악스러운 반응에 오히려 놀란 봉 면장은 문동면에 초상집이 생긴 것이 뭐 그리 큰일일까, 그게 뭐 보고 거리가 될까 하다가 재선을 노리는 군수 입장에서 초상집은 그야말로 다시없는 '얼굴 내밀기'

자리라는 사실이 그제야 와 닿았다. 잠깐 아차 싶었으나 이럴 때는 정면으로 치고 나가야 하는 것을 봉 면장은 잘 알았다.

"아마 동향보고에는 빠졌을 거요. 상가라 해도 워낙 집안도 없고 연전에 낙향을 해서 외딴집에 살아서 아는 사람도 많지 않구. 그래 내가 이렇게 온 거요."

다 깊은 생각이 있어 일부러 빼놨던 것처럼 하여 직원들이 맞을 화살을 일단 막아버렸다.

군수의 처조카뻘 되는 비서실장은 봉 면장에게는 10년이 넘는 동문 후배로 생활체육협의회니 웅변협회니 라이온스클럽이니 하는 사회단체 같은 데에 큰 직책도 없이 얼쩡거리다가 지난번 선거 때 군수 선거참모를 맡아 뛰더니 군수가 당선되자 하루아침에 비서실장으로 들어앉은 사람이다. 그렇다고 그가 군수를 핑계로 그렇게 권위적이거나 오만하지는 않았다. 다만 군수를 위하는 일에만은 상대가 누가 되든 방해가 된다면 칼같이 치고 잘랐다.

비서실장은 대뜸 휴대폰부터 눌러댔다. 주서기가 받고 이내 조문객이 받자 그는 저쪽에서는 보이지도 않는데 연신 허리를 굽히고 예, 예를 반복하며 군수님을 모시는 비서실장이라고 한 뒤, 어느 어른이라고 보고를 올릴까요 하며 깍듯이 예우하면서도 똑 떨어지게 상대의 신분을 물었다. 이어 상대가 서울 K 대학 교수이고 군수의 은사가 된다는 저쪽의 신분을 알아냈다. 그리고는 그걸 봉 면장으로 하여금 군수에게 보고할 수 있도록 했다. 그뿐 아니라 방금 통화한 자기 휴대폰을 쥐여 주며 군수님이 찾으면 즉각 드릴 수 있도록까지 했다. 그건 봉 면장에 대한 배려였다. 보고를 빠뜨린 봉 면장의 체면을 살려주고 낯을 내도록 해준 것이다. 그것 또한 궁극적으로 군수를 위함이라는 걸 봉 면장은 한참 뒤에야 알았다. 봉 면장을 서운하게 해서 마음속으로라도 자신을 미워한다면, 그건 결국 군수에게 영향을 줄 수 있다는 고도의 계산이었다.

—참 기가 막힌 친구로군. 나무랄 것 다 나무라고 체면은 세워주는군. 참 타고난 비서감이군. 저 자리에 가면 저렇게 되는가? 저러니 군수가 실처럼 달고 다니는군.—

그런 비서실장의 예측대로 메모를 받고 1호실로 봉 면장을 불러들인 군수는 이야기를 듣자마자 즉시 핸드폰, 핸드폰 했다.

"아니 교수님! 여길 어떻게! 지금 거기 어디세요?"

군수는 반색을 했다. 전화를 하며 허공에 대고 손짓까지 해댔다. 옆에 있으면 큰절이라도 올릴 기세였다. 도대체 누군가? 누구길래 저러실까? 봉 면장은 순간 놀랐다. 보고를 안 했더라면 큰일 날 뻔한 일인 것 같았다. 가슴이 서늘해왔다.

1호실 안에는 예상대로 군 단위 기관 단체장들이 양옆으로 길게 도열하듯 앉아 술들을 마시고 있었다. 그들은 이렇게 많은 사람들이 저승길에 함께 해서 수사과장 자당님은 참으로 복인이라느니, 뵌 지 오래되었다느니, 우리도 오랜만에 고스톱 한판 벌여 보자느니, 아흔셋이시면 호상이니 술 한잔 해도 되겠다느니 하며 왁자하니 떠들고 있었다. 그러던 실내는 군수가 통화를 시작하자 말을 끊었다. 서장이 검지를 입술에 갖다 대며 '쉬이' 신호를 보내자 일제히 입을 다문 것이다. 군수와 서장이 융화가 잘 된다는 증거라고 봉 면장은 생각했다. 우리 군수는 정말 대단한 사람이야. 자칫하면 반목하기 쉬운 서장을 확실하게 붙잡아두었으니. 허긴 대화건 연설이건 술이건 입담이건 골프건 노래건 그를 따를 사람이 없으니. 무엇보다 그의 술 실력은 도내 전체에 알려져 있다. 소주도 배가 불러 못 먹는다는 소문이 나돌 정도이니까. 아마 경찰서장도 군수의 술에 두 손 들었을 것이라고 봉 면장은 생각했다.

"소설가 유승후요?"

갑자기 소설가라는 말이 군수 입에서 튀어나오자 좌중의 시선이 군수에게로 모아졌다.

"아니, 교수님, 전 잘…. 네, 처음 듣는 이름인데요. 네, 네, 그러지요. 네? 아 그럼요. 아, 다른 스케줄을 미루고라도 교수님 뵈야죠. 제가 다 알아서 모실게요. 네, 네, 그럼."

전화를 끊은 군수는 대뜸 두 사람 건너의 문화원장을 쳐다봤다.

"여보, 손 원장, 소설가 유승후 씨라고 아오?"

"글쎄요, 도무지 듣도 보도 못한 …."

"잘 모르는구먼, 허, 문화원장이라는 사람이…"

"누굴까, 허 그것참. 어디서 들은 이름 같기도 한데…"

군수가 약간 고개를 갸우뚱하며 알 수 없다는 표정을 짓자 서장이 나섰다.

"누굽니까, 통화한 사람은?"

"아, 내 고등학교 은사요, 서울 제일고."

서장은 이것도 정보라고 보는지 제일고보다는 통화한 상대에 더 관심을 가지는 듯했다.

"아니, 교수시라면서요?"

"아, 내가 고등학교 때니까 벌써 30년 전 아니오. 그때는 고등학교에 계셨지만, 얼마 안 있어 박사학위 따더니 대학으로 옮겼다고 하더군요. 한 20년 더 됐을 거요. 그 양반 박사 논문이 뭐였더라. 현대 시의 지리적 고찰이던가? 마침 내가 사무관 시험공부 하느라 서울 있을 땐데 제자들 몇이 축하연도 마련해드리고 했지. 지난번 선거가 끝나고 축전을 보내왔던데 어느 대학교 무슨 학장이라고 되어 있더군. 그나저나 이거 우습네. 우리 군 출신 소설가라는데 우리는 알지도 못하고 서울에서는 대가들이 몰려왔다니. 나도 소설 꽤 읽었지만 「황소」니 「우들목 사람들」 이니 「빈농」, 「바람이여」 같은 작품은 보지를 못 했으니…. 아! 교육장님, 교육장님은 뭘 좀 아시겠네요."

그러나 교육장도 글쎄요 저 역시 하고 말꼬리를 흐렸다. 그때 문화원 장이 나섰다.

"아 군수님, 뭐 보아하니 별로 알려지지도 않은 무명일 겁니다. 소설 하면 저도 「벌레먹은 청춘」이니 「찔레나무 꽃」, 「새벽강」, 「밤에 핀 꽃」, 「머무르고 싶던 밤」 등 해서 꽤나 많이 읽었는데. 아, 제가 누굽니까, 그 래도 옥주군 문화원장 아닙니까? 문화예술에 대해서는 제가 그냥 빠 삭한데 제가 모른다면 그건."

문화원장은 글쎄요 하는 교육장의 말에 기회를 얻은 듯했으나, 지금 그를 바라보는 군수의 눈은 '가만이나 있지 그걸 책 읽은 거라고 문화예 술을 입에 담니,'하고 있었다.

짧은 순간 침묵이 흐르고서 군수가 입을 떼었다.

"허, 어쨌건 가보긴 가봐야겠군, 은사께서 와계시니. 이거 그럼 어쩌 지요? 의장님 서장님, 내 오늘 수사과장 생각해서 고스톱이라도 치면서 밤을 샐라고 작정을 했는데."

밖은 이제 완전히 어두워졌으나 영안실 앞 광장과 진입로, 둔치의 임 시 주차장은 만국기처럼 설치한 전등으로 대낮같이 밝았다. 수많은 사 람들이 몰려왔음에도 빈소는 그다지 법석대지 않았다. 여기저기서 더러 고스톱 판소리와 술을 권하고 마시는 소리가 간헐적으로 났으나, 어딘지 모르게 상가의 분위기는 가라앉아있었다.

"여기가 언제 이렇게 깨졌지? 이거 뭐 아주 매련두 없네."

차를 몰면서 봉 면장은 중얼거렸다. 캄캄한 밤중 차는 마구 흔들리고 덜컹거렸다. 추동 가는 길이었다. 시멘트 포장이 된 길인데 곳곳이 파이고 갈라지고 떨어져 비포장만치나 차가 춤을 추었다.

―봉 면장, 당신 혼자 먼저 들어가 보지. 가서 내한테 상황을 보고해, 난 몇 군데 더 들리기로 약속한 데가 있어. 행정계장은 군청으로 들어가서 유승후 선생 신상에 대해 알아봐. 그래서 핸드폰으로 연락을 좀 허구.―

수사과장 상가에서 나오자 군수는 대뜸 유승후 선생 댁의 가족사항을 묻더니 느닷없이 계획을 바꿔버렸다. 상가에서 나올 때만 해도 한달음에 추동으로 달려갈 것 같더니, 이상했다.

차가 또 한 차례 커다란 모퉁이를 돌아 나오면서 심하게 덜컹거렸다. 잠시 차가 얌전해졌을 때 봉 면장은 군수의 의도를 알았다. 의도라기보다 그건 계산인 것 같았다. 추동에 와 있다는 조문객은 오늘만 지나면 떠날 외지 사람들이므로 이 시간 다른 상가나 마을로 한 사람이라도 더 만나며 다녀야 한다는 것이 군수의 입장일 것이다. 생각이 거기에 이르자 군수의 빠른 판단에 봉 면장은 혀를 내둘렀다. 결국 유승후 선생님은 군수가 수사과장 상가를 벗어날 수 있는 빌미만 제공한 꼴이 되었다.

…그나저나 그 서울 양반 그냥 조문이나 하구 가지, 뭘 군수님을 만난다구 해가지구 사람을 이렇게 괴롭히나? 이 밤중에 명색이 면장인 내가 혼자 털털거리며 이 큰 고개를 넘게 하다니. 유 선생님도 그렇지, 왜 생전처럼 조용히 가시지 않구 서울 조객들을 끌어들여서 이 고생을 시키

나? 이럴 줄 알았더면 보고를 안 하는 건데….

봉 면장은 은근히 부아가 치밀었다. 죽은 유승후 선생이 원망스러웠다. 그는 끝없이 툴툴대었다. 길은 여전히 험하게 깨지고 파인 채 차를 흔들었다. 갑자기 수사과장네 상가 모습이 떠올랐다. 안팎을 대낮같이 밝힌 전등들, 수많은 사람들과 붐비는 차들, 잘 포장된 길들, 숲을 이룬 조화들, 모두가 넘치고 여유로운 그곳에 비해 유 선생님 상가는 가는 길부터가 험하다. 잠깐 차가 얌전해지는 사이 어디선가 짐승의 울음이 차 안으로 들어왔다.

"면장님 오셨어요."

이윽고 추동리에 다다르자 주서기가 봉 면장을 맞았다. 초상집이 있는 마을치고 추동은 너무나 조용했다. 밤이지만 너무나 캄캄했다. 정말 여긴 가로등도 하나 없었던가?

…다 같은 주검인데… 두 상가의 밤이 이렇게 다를 수가 있다니….

자동차의 라이트를 끄자 사방은 그야말로 칠흑 같은 어둠이었다. 상가가 어디인지조차 알 수가 없다. 풀벌레 소리만이 간간이 들릴 뿐 마을은 쥐죽은 듯 적막했다. 언뜻언뜻 호수 쪽에서 일렁이는 물소리가 바람에 실려 왔다. 유리창이 깨지고 벽도 파손되고 지붕도 한쪽이 떨어진, 폐허 같은 마을회관 앞에 차를 세워두고 더듬거리며 차에서 내린 봉 면장은 왠지 무섭기까지 했다.

"자네 수고 많았지. 원 세상에 동네가 왜 이리 어둡냐, 전등이라도 몇 개 달지 않고. 상가가 이 골목이던가? 참 자네 저녁은 먹었나? 근데 왜 나와 있었어?"

"면장님 차 소리가 나서 나온 거지요. 골목도 어두운데."

"아 그래! 아니, 내 차 소리인지 아닌지 어떻게 아나?"

"면장님 차 소리를 한두 번 듣나요, 마후라까지 터진 차라서."

"아하 그, 그랬나? 마후라 터진 게 오히려 덕을 봤군. 자네가 아니었다면 상가를 찾기도 어려웠을 텐데."

악취가 진동하는 돌담길을 요리조리 몇 번을 꺾으며 상가로 가는 사이 주 서기는 대충 상황을 얘기했다. 유승후 선생은 삼 남매를 두었는데, 유일한 상주인 외아들은 미국에서 박사가 되어 그곳에서 결혼해 살고 있고, 출가한 딸 중 큰딸은 서울에 있고 작은딸은 대전에 있다 했다. 미국에 있는 상주한테는 연락을 했지만, 내일 발인 전까지 오려는지 알수 없고, 큰딸도 지지난달 교통사고로 병원에 입원해 있는 처지여서 지금 안에는 작은딸과 사위 둘이 상가를 지키고 있단다. 부인은 지지난해부터 중풍으로 거동이 어려워 가끔 대전 딸이 드나들면서 밑반찬이며 빨래를 챙겼다고 했다. 주서기의 보고는 계속되었다.

"몇몇 알만한 곳에는 작은딸이 생전에 쓰던 유 선생님의 수첩을 보고 연락을 했대요. 거기까지가 답니다. 장례준비가 된 게 하나도 없어요."

말을 하는 주 서기나 듣는 봉 면장이나 냄새나고 질퍽거리는 어두운 골목을 걷느라 조심조심했으나 곳곳에 고인 축산폐수에 자주 첨벙거렸다. 이런 델 군수는 왜 오겠다는 건지 원, 도대체 군수를 오게 한 자는 어떤 사람인 거야? 봉 면장은 짜증이 났으나 지금 그는 불만을 할만한 상황이 아니었다. 당장 군수님이 이곳을 올지도 모를 일이 아닌가? 아마도 군수님이 이 험한 환경을 보면 역정부터 낼 것은 불을 보듯 뻔했다. 도대체 마을 꼴이 이게 뭐냐, 그동안 당신은 뭘 했냐? 사람들이 많을수록 그는 더 큰소리로 말할 것이다.

"전 이곳 면장입니다. 먼 길들 오셨군요."

마당까지도 캄캄한 상가는 안채에 딸린 방 하나와 마당 한켠으로 원두막처럼 지은 조립식 방까지 두 개의 방이 전부였고, 적막하리만치 조용한 집안에는 두 방에서 흘러나오는 작은 불빛으로 겨우 마당의 윤곽을 알아볼 수 있었다. 복작거리는 조객들도 훤히 밝힌 불들도 그 흔한 독경 소리도 없었다. 촛불을 두 개 켰으나 어두침침한 안방에는 뒤안쪽으로 중풍 들린 사모님이 누워 있고, 아랫목에 운명하신 고인의 주검이 흰 홑이불에 덮여있었다. 조객들은 거실처럼 쓰는 마루에 몇 명, 마당 가에 원두막처럼 지은 별채에 십여 명 있었다. 주검 옆에서 딸인 듯싶은 여인의 흐느낌이 소리라면 소리의 전부였다. 그 옆에 고개를 숙인 채 가끔 한숨을 짓는 두 남자가 아마도 사위일 게라고 생각하며 마루로 나온 봉 면장은 둘러앉아 있는 노신사들에게 신분을 밝히며 그렇게 인사했다. 노신사들은 보일 듯 말 듯 잠깐 목례를 했다. 가운데 놓인 술상에는 시커먼 김치와 찌개 냄비가 나무젓가락이 걸쳐진 채 소주병들 사이로 보였다.

"지금 뭘 만드시는지요?"

평소 유 선생이 서재로 썼던 듯싶은 원두막 별채에는 노신사들 몇몇이 와이셔츠 소매를 걷어붙이고는 요즘 한창 흐드러지게 핀 조팝나무꽃을 수북이 쌓아놓고 뭔가를 만들고 있었다. 여자들도 몇몇 보였는데 다 문인들일 게라고 봉 면장은 생각했다. 스티로폼을 부숴놓은 듯 방안은 온통 조팝나무 하얀 꽃으로 가득했다.

"조문오셨수? 가신 유 선생님과 어떤 사이이신지 모르지만 보시다시피 유 선생님 영전에 꽃 한 송이 없지 않소, 그래 우리가 꽃다발도 만들고 꽃 병풍도 만들려 하오. 아까 저녁나절 보니까 이 조팝꽃이 온 마을을 덮고 있습디다. 밭둑, 논둑, 호수 둑은 물론이구 산에두 눈처럼 조팝꽃이 뒤덮여 있습디다. 호수에 잠긴 섬들도 그렇구. 그래두 우리 유 선생님 근사하잖소, 이 짙은 조팝꽃 향기, 이 순백의 꽃잎들 속에 가시니. 한잔하시겠소? 안주 없는 쐬주지만."

그는 취해있었다. 그리고 뭔가 폭발할 것 같은 분위기를 풍기고 있었다. 술을 따르다 말고 그는 기어이 걸은 욕지거리를 섞으며 고함을 질렀다.

"어이구 씨팔, 선생님이, 우리 선생님이 죽어가면서도 이런 대접밖에 못 받어! 하 이거 나 원 속에 불이 나서! 빌어먹을 대소설가 유승후의 말로가 이런 거구먼. 이럴려구 밤새워 글 써! 드런 놈의 세상, 문학이구 뭐구 이게 도대체 뭐야! 아, 동네 반장을 했어도 이보다 낫겠다!"

그는 방을 뛰쳐나갔다. 우당탕거리며 안방으로 건너간 그는 이내 요란히 곡소리를 냈다.

"자, 이리 앉으시지요. 다 같이 조문온 입장이신 모양인데, 저 사람 괘념치 마시오. 빈속에 술을 좀 과하게 마시더니…."

누군가 봉 면장에게 자리를 권했다. 자기들 일행 때문에 다소 미안스럽다는 눈치다. 그러나 봉 면장은 이해가 되기도 했다. 설령 소설가가 아니더라도 한 인간의 가는 길이 이처럼 초라할 수 있을까? 누구는 불야성 같은 밝음 속에서 '인산인해', '차산차해(車山車海)' 같은 애도를 받으며 가는데….

"아아, 괜찮습니다. 그보다 참으로 훌륭한 착상이시군요. 조팝꽃을 이용해서…."

"아하! 그렇습니까? 그보다 면장님이시라 했지요? 보다시피 상가 형편이 말이 아니라 누군가 좀 도와주어야 되겠는데. 아참, 소개가 늦었군요. 난 시를 쓰는 김이올시다. 그리고 이쪽은 소설가 전 사백, 그다음은 소설가이신 김 사백, 저쪽은 수필가 이 교수님, 그다음은 시인 박 교수님, 또 시인이신 민 선생님, 그다음은 여류시인 남미례 교수님, 다 서울서도 대단한 시인들이시고 작가들이시지요. 아까 잠깐 얘기를 했오만, 시골 인심이 왜 이런지 모르겠어요. 이상해요. 우리가 아는 시골과는 거리가 있는 것 같아요. 사람이 죽었다는데, 그것도 이 나라 문학계에 큰 점을 남긴 대소설가가 돌아가셨는데 누구 하나 와보는 사람도 없고. 사람이 있어야 장례준비를 하는 건데. 도대체 어찌 된 동넨지 모르겠구료. 내일이 장롄데 장지 결정도 못 하고 망인을 염습도 못 한 채 저리 두고 있으니 나 원 참, 이런 경우는 처음 보오. 상여도 그렇구 음식두 그렇구, 우리도 멀리서 왔지만, 이 집 딸 사위도 이곳이 객지이니 이곳 사정을 모르고. 식구들 중에 일머리를 아는 사람도 없고…. 면장님도 따지고 보면 손님이긴 마찬가지이오만, 하 답답해서 말씀드리는 거외다. 이해 허세요."

단숨에 거기까지 말한 김 시인은 정말 미안한 듯 벗어진 머리를 만지며 목례까지 했다.

"그렇잖아도 우리 직원한테 대충 얘기를 들었습니다. 뭔가가 일이 잘못된 것 같을 겁니다마는 요즘 시골은 다 떠나고 맨 빈집입니다. 드문드문 불빛이 있는 집에도 노인들뿐이구, 밤이면 텔레비 보느라 왕래도 드물다 보니까 유 선생님이 운명하신 걸 알지 못하고 있을 수도 있습니다."

밖은 여전히 캄캄한 채 후덥지근했다. 비라도 뿌리려는 것 같아 봉 면장의 마음을 더 무겁게 했다. 이 상황에 비까지 오면 정말 엉망이 될 것이다. 바람은 여전히 호수 물소리를 싣고 왔다.

다시 안채로 건너가는데 앞서가던 주서기가 발을 멈추었다.

"면장님, 어쩌시려고요?"

"글쎄 이거 우습게 되었네. 기본 봉투만 해도 충분하고도 남을 자리인데 왼 구듭을 다 떠안게 되었으니 원. 군수님만 아니면 그냥 몰라라 하겠는데…. 형편이 이러니 우리라도 뭔가 챙기기는 해야 할 것 같지 않은가?"

"뭔가를 챙기자면 다 돈인데요. 상주도 없는데. 그 뒷감당을 어쩌시려고요. 사위들도 상주 오기만을 기다리고 있는 상황입니다. 기본 제물은 아까 작은 사위가 상포사에다 맞추었어요. 상주를 기다리다가 할 수 없었던지…. 면장님 오시기 조금 전이에요."

"그래! 그렇다고 군수님이 오실지도 모르는데, 이대로 둘 수는 없지 않은가? 군수님이 오늘 밤이 어려우면 내일 새벽같이 들어 닥칠지도 모르는데. 그래도 기본 음식은 있어야 할 거고 장지 문제도 결정해야 하고. 할 일이 많으니 우선 사람들을 오도록 해야지. 아마 이 마을에서도 모를 거야. 상갓집이냐고 곡하는 사람도 없이 조용하니. 자네 우선 본동에 연락해서 부녀회장하고 새마을지도자, 그리고 이장부터 부르게. 부녀회장이 나오면 자네 차에 태워 가지구 읍내 대성상회에 가서 내 얘기하구 최소한으루 장을 봐와. 난 총무계장한테 연락해서 직원들을 좀 동원시킬 테니까."

주서기를 보내놓고 봉 면장은 우선 군수에게 전화를 걸었다. 너무도 형편없는 이곳의 상황을 설명하고, 아무래도 오늘은 군수님이 오시지 않는 게 좋겠다고 했다. 오시더라도 내일 장례 진척을 보아가며 장지로 오시는 게 좋겠다고 했다. 정말이지 봉 면장은 군수가 오지 않기를 바랐다. 군수가 오면 당장 앉으실 만 한 자리도 마땅치 않은 때문이었다. 군수는 빨랐다. 거기까지 상황을 듣더니 금방 판단을 내렸다. 은사이신 선생님 한 분만 내일 아침 관사로 모셔 조반 대접하고, 자신은 오지 않겠다는 것이었다. 봉 면장은 참으로 적절한 결정 같았다. 군수는 역시 군수 같았다.

"아, 우 교수께서는 좀 어두워서 오셨지! 그래서 못 보셨구만. 내일 날 밝으면 한 번 보시오, 내 안내할 테니. 참 기가 막혀요. 푸른 호수와 물에 잠긴 기암괴석의 섬들 거기에 푸른 일송정이 물에 닿을락 말락, 하얀 조팝꽃이 바다를 이루는 장관, 산 첩첩 물 첩첩이라더니 섬 넘어 물이고 다시 섬이고, 수반 위에 수석을 놓은 듯 절경의 산봉우리들이 물위에 떠 있는 듯, 완전 다도해요. 유 선생이 이런 곳에서 살았으니 나이를 먹었어도 그토록 맑고 깨끗했던 거야. 말년에 작품들도 아주 무공해 소설 아니었어."

안방 안에서는 이곳 추동의 경치를 화제로 한참 대화가 오가고 있었다.

"맞아요 맞아! 나는 그냥 오줌을 쌀 것만 같았소. 시가 저절로 나옵디다. 잠깐 두어 수가 와 닿았는데, 내 조금만 다듬어서 내일 한 번 읊겠소. 참, 유 선생께서는 가시긴 했어도 이런 자연 속에서 이런 절경 속에서 말년을 보내다 가시니 그나마도 행복했을 겁니다."

그들의 대화는 끝이 없었다. 봉 면장은 추동이 경치가 좋다고는 생각했으나, 이토록 자랑스러운 곳인지는 몰랐다.

"저 교수님, 잠깐만요."

좌상 격으로 대화의 중심이 되었던 노신사가 소변이라도 보려는지 잠시 밖으로 나오자 봉 면장은 잰걸음으로 따라붙었다. 하얀 머리 위에 밤색 베레모를 쓴 노신사, 그가 군수의 은사이신 편 교수였다. 주서기가 가면서 일러주었던 것이다.

한 떼의 바람이 불어왔다. 역시 후덥지근했다. 안채에서 새어 나오는 엷은 빛에 편 교수의 흰머리가 크게 휘날렸다.

"저, 군수님께서는 아무래도 오늘 밤 스케줄이 여의치 않아서 내일 아침에야 은사님을 뵙겠다 방금 연락이 왔습니다. 관사에 아침을 준비하시고 차를 보내시겠다 하셨습니다."

"호, 그래요! 그 고맙군요. 역시 그 친구는 머리가 빨라, 오늘 밤 여기 오면 나한테 혼날 줄 알고. 허 사람하구는. 내 그 사람 주례까지 섰으니 집엘 가도 어려울 것 읍지요. 그렇지만 난 못 가요. 나 혼자 여길 빠져나간다는 것도 말이 안 되고…. 괜찮다고 전하시오, 바쁘면 그냥 일보라고 허세요."

아무래도 노교수는 뭔가 마음에 안 드는 것 같았다. 봉 면장은 더 말을 할 수 없었다.

"참 좋군요, 이 맑은 공기, 밤별과 파도 소리, 어둠과 풀벌레 소리."

편 교수는 군수 얘기는 까맣게 잊은 듯 캄캄한 밤과 바람과 별을 혼잣말처럼 이야기했다. 호수에서 잉어라도 뛰는지 텀벙 소리가 났다. 꽤 큰 놈일 듯싶었다. 캄캄한 밤, 금적산 어디쯤에선지 부엉이 소리가 내려왔다.

"아니, 어떻게 이렇게 소리 소문도 없이 선상님께서 돌아가셨댜?"

금방 비가 쏟아질 것 같이 어제부터 후덥지근하던 날씨는 아침이 되어도 잘 참아주고 있었다. 여남은의 주민들이 새벽같이 몰려왔다. 그들은 유 선생의 죽음을 몰랐다는 데 대해 기가 막히다는 듯이 혀를 찼다. 역시 날이 새기도 전에 도착한 장의차는 염습 물품이며 관과 베옷과 두건들을 쏟아놓았다. 노인들뿐이지만 마을 사람들이 모여들자 비로소 장례 일이 진행되었다. 밤을 도와 시장을 봐온 부녀회장은 그 즉시 마당에

솥을 걸어 날이 샐 즈음엔 제법 국밥 냄새가 집 안팎을 휘돌았다. 비상소집을 당하듯 뛰어나온 면 직원들은 호상도 보고, 골목과 회관까지 전깃불을 밝히고, 쓰레기봉투를 준비하고, 질퍽한 골목에 자갈과 모래를 깔고, 마을 병풍을 갖다 궤연을 가리고 향을 피우는 등 말 안 해도 할 수 있는 일을 알아서 다했다. 이장이 선뜻 결정한 호숫가의 마을 산 한 곳으로 장지가 정해지자 일찍부터 굴삭기가 굉음을 울리며 광중을 팠다. 무엇보다 다행인 것은 상여가 집을 나서기 전 미국의 큰아들이 도착한 것이었다. 편 교수의 눈물 나는 조사가 끝나고 조팝나무 꽃으로 온통 치장한 하얀 상여가 막 집을 나설 때였다.

봉 면장은 밤새 한숨도 못 자고 장례 일을 진두지휘해야 했고, 날이 밝아서도 면도는커녕 세수할 사이도 없이 뛰느라 꼴이 말이 아니었다. 꾀죄죄한 자신의 몰골을 내려 보던 그는 울화가 치밀었다. 내가 왜 이 고생을 하는지 몰랐다. 괜히 보고는 해가지고 내 체면도 말이 아니고 죄 없는 직원들까지 고생을 시키는지 알 수 없었다.

군수가 온 것은 막 하관을 끝낸 정오였다. 조문을 끝낸 군수는 곧바로 편 교수 곁으로 다가가 허리 굽혀 인사했다.

"오! 군수, 반가워요. 별일 없으시고? 나랏일로 바쁘시다믄서 일이나 보시지 뭘 예까지 오셨오."

편 교수는 조금도 서운한 기색을 내비치지 않았다. 깨끗한 노안에 한껏 웃음을 담고 군수가 된 제자가 자랑스러운 듯 잡은 손을 놓을 줄 몰랐다. 비가 더 참아주려는지 바람이 세졌다. 그들은 저만큼 호수 쪽으로 가 넓은 바위 위에 나란히 앉았다. 이내 언뜻언뜻 말소리가 바람에 실려 왔다. 자네 혼날 각오는 하고 왔겠지 하는 편 교수의 말이 우선 들렸다. 아무도 없는 단둘이 되자 편 교수는 말을 편하게 놓았다.

"이 사람아, 유승후 선생이 누군지 정말 몰랐나? 한국문학의 큰 별이야, 자랑스러운 인물이고. 농민문학의 정통이야. 유 선생은 평생 농민들의 아픔만을 썼네. 이 지방을 무대로 하여 힘없고 가난한 농민들의 애환과 순박한 소망을 진솔하게 작품화했지. 그러면서도 작가가 되기 전에 인간이 되라며 작품마다 스스로 채찍 하며 독자를 일깨웠어. 생전에 묶은 책만도 서른 권이 넘으이."

군수의 말소리도 건너왔다.

"그런데 교수님, 이 분은 전혀 알려지지 않았어요. 이곳에서도 어렸을 때 잠깐만 계셨구요. 요 몇 해 전 돌아오셔서는 숨어 지내듯 조용히 계셨으니 그런 분인 줄 누가."

"허-. 자네가 책 안 읽었다는 사실은 왜 못 깨닫나. 그러고도 문화와 예술을 사랑하는 격조 높은 군을 만들까? 어제 오다 보니 읍내에 선전탑이 있드만. 삶의 질을 높이는 선진행정 운운하며. 군수가 문화와 예술을 모르면서 어떻게 격조를 높이나? 내 고장의 자랑스러운 인물이 누구인지도 모르면서 어떻게 군민들 앞에 설까?"

편 교수는 잠시 말을 끊었다. 군수는 할 말을 못 했다.

"자넨 모르는 모양이지만 유 선생, 서울에서는 가는 곳마다 대단히 환영받고 살았어. 대단한 작가였지. 그게 고향에서는 존재조차 없다니 아무리 해도 이해가 안 되네."

"…"

"같은 말 자꾸 입에 담으면 뭐하겠나만, 유승후 선생 정도면 커다란 문학비도 세우고 해마다 문학축제를 크게 열어야 할 만큼 대단하네. 외국에서는 이 정도면 한 거리를 그 사람의 이름으로 명명하기도 하고, 생전에는 그 집 앞에 '이곳은 우리 고장의 자랑스러운 인물인 소설가 아무

개의 집입니다'라는 푯말을 세워 자동차는 경적을 삼가고 지나가는 사람들도 발자국 소리를 줄이도록 하기도 하지. 자네가 어떻게 받아들이려는지 모르지만 유승후 선생뿐 아니라 이 고장 문화예술인들을 찾고 기리는 사업을 좀 해보시게. 모처럼 훈장이라고 만났더니 듣기 싫은 소리만 해서 밉지?"

봉 면장은 갑자기 콧잔등이 시큰거려왔고 얼굴이 벌겋게 상기되어왔다. 바람에 실려 오는 대화를 듣다 보니 자신이 너무 부끄러웠다. 내 은사이신 유 선생님이 그토록 훌륭한 인물이었는지를 미처 몰랐다는 사실에, 그런 분을 챙기지 못했다는 사실에. 아니 어제오늘 상가를 돕기는 했지만, 속으로는 짜증과 울화만 끓이고 있었다는 사실에.

이제 막 봉분이 만들어지는 묘 앞에 그는 무릎을 꿇었다. 그리고 선생님을 부르며 통곡했다. 갑작스러운 봉 면장의 오열에 상두꾼들이 일손을 멈추고 바라보았다. 쏟아지는 주의의 시선에도 아랑곳하지 않고 봉 면장은 소리 높여 울었다. 상주도 따라 울었다. 딸들도 따라 울었다. 여기저기서 마을 사람들도 눈물을 찍었다. 울음소리는 더욱 높아갔다.

비를 뿌릴 것 같던 날씨가 어느새 인가 맑게 개어있었다. 찬란한 오월의 햇살이 조팝꽃으로 덮여있는 무덤에 쏟아져 내렸다. 무덤에 산에 밭둑에 호수 가에 온통 바다를 이룬 조팝꽃들은 알싸한 꽃향기를 풍기며 눈부시게 빛났다.

꽃 바다였다. 조팝꽃 바다였다.

지용옥

1986 월간문학 신인상 수상
소설집 『물개사냥』, 『유리 저편』 출간, 충북문학상
충북도 예산담당관, 청원군 부군수 충청북도감사관 역임
010-5463-0463, jiok99@hanmail.net
28701 충북 괴산군 장연면 미선로 추점5길 44-58

내 남편이 사는 법

•

최창중

　　남편이 또 술을 마시고 들어왔다. 전자레인지에 장시간 돌린 찰떡처럼 펑퍼짐하게 퍼진 채 들어왔다. 술에게 자신의 모든 기를 빼앗겨 톡 건드리면 모래성처럼 힘없이 무너져 내릴 모습이었다. 다리에 힘이 풀려 주저앉을 듯이 비틀대는 것을 안아다 소파에 눕혔다.

　　술에 눌려 입을 잘 놀리지 못했다. 눈자위도 희멀겠다. 가만두고 관찰만 했다. 잔소리를 퍼부으면 집안이 시끄러워질 것이 뻔했다. 방금 잠이 든 아이들에게 숙면을 제공하려면 건드리지 않는 것이 상책이었다. 시간이 지나면 제풀에 술을 마신 이유를 술술 풀어놓을 것이다. 그야말로 술술.

　　생시의 남편은 말이 없는 편이었다. 묻는 말에 착한 표정으로 간단하게 답변만을 하는 것이 버릇이었다. 그런데 술을 마시면 달랐다. 묻지도 않는데 제 편에서 술술 자신의 주변에 머물렀던 잡다한 일들을 세세히 풀어놓았다. 때문에 궁금하더라도 며칠만 참으면, 만취할 때를 기다리기만 하면 남편의 근황은 명확하게 드러났다.

　　표정으로 보아 기분 나쁜 일이 있는 것은 아니었다. 가끔 배시시 웃으며 너무 늦어 미안하다는, 자신을 미워하지 않아 고맙다는, 집에 들어오면 평화를 느낀다는, 기분 좋게 술을 마신 날이면 어김없이 붙이는 사족을 잊지 않고 붙였다.

양말을 벗겼다. 넥타이도 벗겼다. 집어 던져 저만큼에 쑤셔 박은 양복의 상의를 들었다. 담배 냄새가 훅 풍겼다. 이 인간이 또 담배를 피운 게 분명했다. 말로는 끊었다면서 술을 마신 날이면 어김없이 고기 냄새나 생선 냄새 사이에 담배 냄새를 묻혀 들어왔다.

채근을 하면 자신은 피우지 않았다고 강변할 것이 뻔했다. 어렵게 끊었는데 그 어려운 고통을 왜 또 감내하려고 담배를 가까이하겠느냐며 오히려 핏대를 세울 것이 뻔했다. 그러면서 밀폐된 공간에서 술을 마셔 그리되었다는, 자신을 제외한 다른 동료들은 아직까지 모두 담배를 피운다는, 이미 몇 차례 되풀이되어 익숙해진 변명을 또 늘어놓으며 금연을 행한 자신의 결단을 자랑할 것이다.

베란다를 열고 상의를 널었다. 주머니를 뒤졌다. 바깥 주머니에서는 아무런 흔적도 발견되지 않았다. 담배 냄새로 미루어 피우다 만 담배가 서너 개비 들어 있는 구겨진 담뱃갑이나 일회용 라이터쯤이 나오리라 예상했는데 없었다. 번번이 그랬다. 남편은 항상 증거를 철저히 인멸했다. 남은 담배는 동료를 주었거나, 길거리의 어디쯤에 훅 집어 던졌을 것이 분명했다.

안주머니를 열었다. 지갑이 얌전하게 자리하고 있었다. 남편의 기색을 흘끔 훔쳤다. 처음의 그대로 소파에 비스듬히 누운 자세였다. 부인의 행동을 전혀 눈치채지 못한 기색이었다. 주머니 탐색은 남편이 가장 싫어하는 것 중의 하나여서 조심스러웠다.

지갑을 열었다. 내용물들이 가지런했다. 첫 칸에 든 현금을 세었다. 20만 원. 아침에 챙겨준 그대로였다. 한 푼도 쓰지 않았다는 계산이 나왔다. 아침마다 채워지는 지갑이었다. 부인은 항상 출근 전 지갑을 확인하고 1만 원이 비면 1만 원을 채웠고, 2만 원이 비면 2만 원을 채웠다. 직장 생활을 하는 남편이 기죽지 않도록 용돈 20만 원을 매일 챙기는 것이 버릇이었다.

남편은 그것을 부인의 용의주도한 작전이 아니겠냐고 주장했다. 매일 채워지는 20만 원이, 하루에 어느 정도를 쓰는지 체크하기 위한 수단이 분명하다고 강변했다. 딴에는 그랬다. 매일 채우는 용돈이다 보니 그날그날의 지출액이 그대로 드러났다. 남편은 낭비하는 사람이 아니었다. 채워진 20만 원이 그대로 유지되는 날이 많았다.

지갑의 다음 칸을 열었다. 어럽쇼. 수표가 나왔다. 나열된 0의 숫자를 세었다. 하나, 둘, 셋, 넷, 다섯, 여섯. 백만 원짜리였다. 이건 보통 일이 아니었다. 뭔가 이상했다. 남편의 직업상 백만 원짜리 수표가 지갑 안에 들어앉을 일이 없었다.

남편은 공기업의 중견 간부였다. 회사 홈페이지의 소개에 의하면 '환경친화적으로 농어촌 정비 사업과 농지 은행 사업을 시행하고 농업 기반 시설을 종합 관리하며 농업인의 영농 규모 적정화를 촉진함으로써 농업 생산성의 증대 및 농어촌의 경제·사회적 발전에 이바지함을 목적으로 설립된 농림축산식품부 산하 위탁집행형 준정부 기관'에 다녔다.

그곳에 다니는 직원 중 몇은 부정부패와 관련을 지을 수도 있었다. 하지만 남편은 전혀 그럴 일이 없었다. 전산직이기 때문이었다. 연애 시절, 남편은 자신이 가진 자격증을 자랑하며 어색하게 웃었다.

"전자계산조직응용기술사라는 자격증도 있답니다. 얘기 들어본 적 있어요?"

고개를 좌우로 흔들었더니 남편은 그것을 부끄러운 표정을 지으며 지갑에서 꺼내 보였다.

"취업에 필요해서 땄답니다."

암튼 남편의 직업상 지갑에 백만 원짜리 수표가 들어앉았다는 것은 보통 일이 아니었다. 그것도 잔뜩 술에 취해 들어오면서 지참했다. 수표를 지참하게 된 연유를 캐어물어야겠는데, 상황이 곤란했다. 댓바람에 추궁하면 주머니를 뒤졌다고 난리를 피울 것이 뻔했다. 제풀에 술술 풀어놓을 때를 기다리는 것이 낫겠다 싶었다. 남편을 보았다. 여전히 개차반으로 취한 채 혼곤한 눈빛을 하고서는 소파의 팔걸이에 의지해 겨우 자신의 몸을 지탱하고 있었다. 저 인간이 도대체 어디서 이 큰 수표를 취득했을까?

남편의 고개가 바닥을 향했다. 곧 쓰러질 듯한 자세였다. 안 되겠다 싶었다. 연유를 알려면 남편이 잠들 시각을 뒤로 미루어야 했다. 지갑을 제자리에 넣었다. 서둘러 남편의 옆자리로 옮긴 뒤 텔레비전을 틀었다.

밤이 이슥한 시각이라 쓸 만한 프로그램이 찾아지질 않았다. 지상파에서는 토론 프로그램이나 교양 프로그램이 방영되고 있었고, 종합 편성 채널에서는 건강 관련 프로그램과 신변잡기를 두고 시시덕거리는 프로그램들이 재방영되고 있었다. 술 취한 남편에게는 그야말로 시시한 프로그램들이었다.

남편의 관심을 끌 만한 프로그램을 서둘러 찾았다. 스포츠 채널 쪽으로 옮기자 손흥민이 나왔다. 작전은 성공했다. 남편의 눈이 번쩍 뜨였다.

"어, 흥민이가 선발이네."

희멀겋던 눈빛에 조금 생기가 돌았다. 손흥민은 상대 팀 사이를 이리저리 헤집다 슈팅을 하는가 싶더니, 이내 뒤로 몸을 돌려 재빨리 수비에 나섰다. 이후 공을 뺏고 뺏기는 공방이 지루하게 전개되었다. 문외한의 눈으로 보기에도 손흥민의 활약은 별로 눈에 띄질 않았다. 그에게 패스를 하는 사람도 별로 없었고 패스를 받은 손흥민이 재빨리 상대의 틈을 파고드는 모습도 보이질 않았다. 연속해서 패스 미스하는 모습만이 나왔다.

남편은 이내 시들해졌다. 다시 동태 눈깔 같은 취객 특유의 눈빛으로 돌아갔다. 안 되겠다 싶었다. 너무 취해 자신의 신변을 풀어놓을 낌새를 전혀 보이질 않았다. 오늘은 그냥 재워야 했다.

"얼른 발 씻고 양치하고 자."

반응이 없었다.

"여보, 빨리 씻고 자라고."

남편은 비실비실 일어났다. 몇 걸음 거리를 천 리 길이나 되듯 비틀비틀 스적스적 걸어 욕실로 들어갔다. 전등도 켜지 않은 채 문틀을 잡고는 어렵게 몸을 가누며 세면대로 갔다. 넘어질까 두려워 쫓아가 불을 켜 주었다. 노인이 돋보기 없이 바늘귀를 꿰듯 더듬거리며 칫솔을 꺼내 들더니 영혼 없는 동작으로 몇 번을 좌우로 움직이며 시늉만 냈다. 이내 수돗물 소리가 들리는 듯싶더니 끝, 여전 어린아이의 양치질이었다.

다시 문틀을 잡고는 거실로 나오더니 비틀거리며 안방으로 들어갔다. 가만 살피니 바지며 와이셔츠를 침대 모서리에 팽개치더니 통나무 쓰러지듯 몸을 뉘었다. 코 고는 소리를 등 뒤로 들으며 문을 닫았다.

부인은 다시 베란다로 갔다. 이번에는 상의를 들고 와 자세히 살필 셈이었다. 옷걸이에서 옷을 벗겼다. 담배 냄새가 코를 찔렀다. 역겨웠다. 벗긴 옷을 다시 옷걸이에 걸었다. 다음에 수표의 취득 경위를 확인하지 뭐. 어차피 지금은 확인할 수도 없는데.

남편은 오늘 웬일로 술을 마시지 않은 채 귀가했다. 최근에 이르러서는 드문 일이었다. 동료들과 어울려 마시지 않는 날에는 아파트의 경비실에 들러서라도 한잔을 걸치고 들어오는데 오늘은 온전히 맨정신이었다.

"웬일이래? 해가 서쪽에서 뜨겠네."

오른손에 비닐봉지가 들려있었다. 파리바게뜨의 로고가 선명했다. 퇴근길에 아파트 앞의 빵집을 들른 모양이었다. 남편은 자주 군것질거리를 사 들고 들어왔다. 만취하지 않은 날이면 과일이며 빵, 만두, 치킨, 어묵, 떡볶이 등을 사 들고 들어왔다. 아내며 자식들이 반기는 탓이었다. 그러한 습관도 제 몸마저 가누기 힘든 만취 상태에서는 기대하기 힘들었다.

빵집의 남자 사장은 남편의 고등학교 동기동창이었다. 남편은 이 도시의 가난한 학생들이 높은 취업률을 선호해 즐겨 선택하는 특성화 고등학교를 졸업했다. 그곳의 시간표는 일반계 고등학교의 그것과 현격한 차이를 보였다. 대부분이 산업 현장에 필요한 과목들로서 일반인들에게는 생소한 것들 일색이었다. 이를테면 조경 기술, 측량, 농업 기계 등 전문인들만 이해할 수 있는 과목들이었다.

어린 시절, 남편의 집안은 찢어지게 가난했다. 찢어지게 가난하다는 것은 먹을 양식이 없어 나무껍질이나 풀뿌리로 연명해 대변 시 항문이 찢어질 정도로 빈한하다는 표현일 터. 남편의 집은 시어머니의 삯바느질에 생계를 의지했다. 날품팔이를 하던 시아버지가 공사판에서 사고를 당해 일찍 이승을 등진 까닭이었다. 목에 풀칠하기도 바쁜 삯바느질이기에 시어머니는 일숫돈까지 빌리며 자녀들의 학업을 뒷받침했다. 때문에 남편에게는 고등학교를 다니는 것 자체가 일종의 호사였다. 남편이 지닌 학사 학위와 석사 학위는 취업 후 주경야독을 하여 취득한 땀의 결정체였다.

빵집은 남편 친구의 부인인 여자 사장이 운영했다. 번잡한 도로변에 자리한 빵집은 목이 좋았다. 빵집의 왼편에는 번쩍거림과 우아함을 함께 겸비해 저절로 견물생심을 유발하는 보석 가게와, 주야로 진열장을 밝혀 손님도 별로 없는데 지나치게 전기를 낭비한다는 인상을 주는 안경점이 자리했고, 오른편에는 부부가 번차례로 근무하며 아파트의 돈을 집진기로 빨아들이듯 흡입하는 약국이 자리하고 있었다. 2층과 3층에는 이비인후과, 신경정신과, 한의원 등의 병원이 자리하고 있었다.

부인이 빵집을 들르면 여자 사장은 항상 반색을 했다. 고객 관리 차원이었다. 남편들이 친구 간인 좋은 단골은 가게의 문을 닫는 날까지 끈적끈적한 관계를 유지해야 할 매력적인 필수 고객인 탓이었다.

여자 사장은 동네 주민들의 근황을 공유시키는 소식통이었다. 가게에 들어서면 곧잘 묻지도 않는 말을 늘어놓았다. 옆 건물에 있는 세탁소의 젊은 주인 남자가 과부와 바람이 나 만삭인 아내를 버린 채 도망을 쳐 동네 사람들이 천벌을 받을 놈이라고 수군거린다는 소식이나, 맞은편의 선지 해장국집이 무식하고 교양 없는 주인 때문에 동네 사람들이 출입을 꺼리는 데도 이 층 건물을 올릴 정도로 성업이 되는 것은 평소 주인이 보기와는 다르게 정기적으로 근처의 노인이나 불우 이웃을 초대해 식사 대접을 하는 숨은 선행자이기 때문이라는 따끈따끈한 최신 소식도 모두 빵집 여자의 입을 통해 전해졌다.

그녀는 자신의 자식 이야기며 남편 자랑, 심지어 재산 자랑까지 했다. 그들 부부는 다른 곳에도 가게를 하나 더 지니고 있었다. 이름 있는 커피 전문점이었는데, 신흥 개발지에 위치해 매상이 제법 오르는 모양이었다. 남자가 능력이 있는 듯싶어 직업을 캐어물었더니 지금은 한국국토정보공사로 이름이 바뀐 지적공사의 직원이었다. 지적공사의 직원이라면 떼돈을 벌 만한 직장이 아니어 그들이 지닌 부의 축적이 조금 이해하기 힘들었다.

다른 곳에도 가게가 있다는 이야기를 들은 날, 그들의 축재 능력이 부러워 남편에게 이야길 전했더니 선대로부터 물려받은 재산이 좀 있는 모양이라며 일축했다. 남자 사장의 능력 때문이 아니라는 것이었다. 언젠가 길을 가다 남자 사장을 만나 남편의 소개로 인사를 나누었는데, 몸집이 크고 얼굴이 넙데데했다. 돈이 붙을 만한 인상이었다. 부모의 재산을 물려받았다는 남편의 설명에 조금 의문이 갔으나 남편에게 캐어묻지는 않았다.

남편이, 들고 온 빵 봉지를 풀었다. 크림빵 두 개, 곰보빵 두 개, 단팥빵 두 개, 그리고 도넛이 세 종류에 여섯 개였다. 도넛의 숫자가 더 많은 이유는 아이들이 좋아하는 탓이었다. 남편은 아이들을 끔찍이도 아꼈다. 그야말로 불면 날아갈세라 쥐면 꺼질세라 보듬었다. 아내가 질투를 느낄 정도로 눈만 뜨면 아이들을 찾았다. 눈에 넣어도 아프지 않을 녀석들이라고 곧잘 읊조렸다.

각각의 방에 있던 남매가 아버지의 귀가를 눈치채고는 재빨리 쫓아나왔다. 아버지의 손에 들렸을 군것질거리가 궁금하기 때문이었다. 꾸벅 인사를 하는가 싶더니 잽싸게 빵 봉지로 달려들었다. 부인이 아이들의 손길을 막았다.

"안 돼. 저녁 먹은 뒤 먹어."

아들이 볼이 부어 말했다.

"대신 저녁을 조금만 먹으면 되잖아."

부인은 단호했다.

"안 돼."

남매는 다시 각각의 방으로 들어갔다. 부인은 기왕에 시작했던 저녁 식사 준비에 다시금 골몰했다. 남편과 아이들의 식성이 너무 달라 준비

할 것들이 많았다. 30여 분이 지나자 식탁이 그득 찼다. 남편과 아이들을 불러 모았다. 모두가 준비된 반찬들에 코를 박고 관찰하는 시간이 잠시 지나자 이윽고 식사가 시작되었다.

부인은 시래기장국에 자주 숟가락을 올리는 남편을 바라보며 지난밤의 수표를 생각했다. 아니, 방금 생각한 것이 아니라 지난밤 그것을 목격한 이래로 머릿속에 계속 담고 있었다는 표현이 옳았다. 실타래를 어찌 풀어야 저 인간이 불쾌하게 생각하지 않고 연유를 소상하게 밝히게 될지 골몰하면서 보낸 시간들이었다.

남편은 자신의 식사 중에도 아이들의 숟가락질과 젓가락질에서 관심을 거두지 않았다. 일일이 참견을 하며 골고루 먹도록 잔소리를 퍼부었다. 부인은 지금은 수표 얘기를 꺼낼 시점이 아니라고 생각했다. 식사 후에 차를 마시며 매듭을 푸는 것이 적절할 것 같았다.

남편은 잔소리를 퍼붓고 아이들은 노골적으로 귀찮아하는 시간이 이후로도 한참을 흘렀다. 이윽고 아들이 먼저 숟가락을 놓은 뒤 딸아이가 이어 숟가락을 놓았다. 제 방으로 들어가려는 아들을 딸아이가 불렀다.

"오빠, 도너츠."

아들의 발걸음이 멈추었다.

"아, 참, 그게 있었지."

둘은 빵 봉지로 달려갔다. 남편의 흐뭇한 미소가 아이들의 등 뒤에 걸렸다. 곧 아이들은 도넛을 들고는 각각의 방으로 들어간 뒤 철컥 문을 닫았다. 부인은 두 잔의 커피를 준비했다. 조용해진 거실을 텔레비전의 소음이 차지한 채 떠돌았다. 부인은 커피를 차탁에 놓은 뒤 남편의 옆에 앉았다.

"회사에서 별일 없었지?"

커피잔을 입에 대며 남편은 일상적으로 "응." 했다.

"오늘은 웬일로 술을 안 마셨어?"

부인은 남편의 얼굴을 올려다보며 본론으로 들어갈 채비를 했다.

"그럼 매일 먹냐? 오늘도 먹었으면 당신의 잔소리가 하늘을 찌를 텐데, 눈치를 보아가며 적당히 마셔야지. ……그래야 살아남지."

남편의 입가에 미소가 살짝 묻었다. 부인도 마주 웃었다.

"잘했어. 그런데 당신, 어젯밤 생각나?"

"뭘?"

"나한테 수표를 내보이며 자랑하던데?"

만취여서 기억에 없을 것이므로 부인은 자신의 머릿속에서 굴리던 생각을 살짝 혀끝에 묻혀 올렸다. 부인이 주머니를 뒤져 확인한 것이 아니라 남편이 직접 자랑을 한 것으로.

"내가 그랬어?"

대답이 없이 남편은 텔레비전의 채널을 돌렸다. 무언가 숨기고 싶은 것이 있을 때 자주 하는 행동이었다. 스포츠 채널로 옮겨지자 프로배구 경기가 중계되고 있었다. 아나운서의 흥분 조의 목소리가 귀에 거슬렸으나 참았다.

"그 수표, 어디서 난 거야?"

남편의 관심이 억지로 아내에게로 돌아왔다.

"신경 쓰지 마."

신경 쓰지 말라니? 아닌 밤중의 홍두깨 격으로 거액의 수표가 남편의 지갑에 어느 날 갑자기 끼어들었는데, 신경 쓰지 말라니? 남편의 시선이 다시 텔레비전을 향했다.

"걱정이 되어서."

"무슨 걱정?"

"부정한 물건일까 봐."

"수표가?"

"그래. …정상적으로 얻어진 것이야?"

남편은 대답이 없었다.

수표에 대해 캐어물은 이후 남편의 음주 횟수는 더욱 늘었다. 일주일을 두고 연속해서 마시는 경우도 있었다. 마시는 상대에 대해 물으면 한결같이 직장의 가장 우두머리인 지역 본부장이었다. 본부장과 단둘이 마시는 경우도 있었고, 측근들이 함께 섞이는 경우도 있었다.

술에 취하면 자신의 주변 이야기를 풀어놓는 평소의 버릇은 여전했다. 혀 꼬부라진 소리로 토막토막 토해놓는 이야기를 죽 이어 엮어보면 나쁜 일이 있어서 자주 어울리는 것은 아니었다. 이른바 핵심 세력들의 친목 회합이었다.

남편의 설명에 따르면 지역 본부장은 본사 간부 출신이었다. 그는 지난 정기 인사 때 부임했다. 부임 시 직원들은 걱정이 한 두름이었다. 지방의 본부장이 본사 간부로 영전하는 것이 정해진 순서인데, 거꾸로 본사 간부가 지방으로 내려오는 것은 좌천이 확실하기 때문이었다. 더욱이 인사부장의 경력까지 지니고 있었기 때문에 부하 직원들을 고무찰흙 주무르듯 몰아칠 것이 불을 보듯 뻔했다.

하지만 직원들의 걱정은 기우에 그쳤다. 우선 잔뜩 긴장한 직원들을 안심시킨 것은 그의 인상이었다. 넓은 이마에 인자한 웃음, 가장자리가 처진 눈매에서 후덕함이 물씬 풍겼다. 다음으로 결재를 받는 그의 태도였다. 서류를 들고 본부장실을 들어서면 벌떡 일어서서 부하 직원과 얼굴을 마주한 채 서류를 검토했는데, 질책이라고는 한마디 없이 수고했다는 격려만을 던졌다. 부하들에게 반말을 사용하는 경우도 전혀 없었다. 20대의 젊은 직원에게도 철저히 경어를 썼다.

부임 한 달쯤이 지나자 훈훈한 소문마저 돌았다. 후배들에게 길을 터 주기 위해 명예퇴직을 신청했는데, 사장의 만류로 뜻을 접었다고 했다. 청와대에서 근무하다 낙하산으로 내려온 사장은 본부장의 뜻을 고귀하게 여겨 지역 본부장으로 내려가 한가하게 소일하도록 선처했다는 것이었다.

남편은 본부장에 대한 이야기를 할 때면 입에서 침이 말랐다. 남편의 설명에 따르면 그는 항상 거물답게 행동했다. 직원들의 업무에 시시콜콜 관여하질 않았고, 간혹 실수가 발견되더라도 너그럽게 눈을 감았다. 과거의 본부장들이 공문서 하나하나의 자그마한 내용에 관심을 두며 잔소리를 일삼았던데 반해 대부분의 업무를 간부 직원에게 위임하고는 유유자적 지냈다.

주변 정리도 깨끗했다. 특히 돈과 관련해 청렴하게 생활했다. 업무 추진비를 완전 공개로 처리했고, 돈과 관련한 업무에 일절 관심을 두지 않았다. 남편이 소지하고 들어온 수표도 그러한 행동의 결과물이라고 했다.

술자리에서 직원들의 건강이 화제에 올랐던 다음날이었다. 간부 회의를 주재하던 본부장은 느닷없이 수석 부장에게 직원들의 건강을 위해 건물 내에 체력단련실을 만들 것을 지시했다. 오래전부터 직원들이 희망하던 숙원 사업이었기에 모두는 두 손 들고 환호했다.

미리부터 그 사업을 염두에 두고 있던 수석 부장은 반색을 하며 지하에 장소를 마련하고는 이천만 원의 예산을 즉각 투입했다. 채 일주일이 지나지 않아 시중의 시설 못지않은 멋진 공간이 만들어졌다. 개장식을 앞두고, 엎어진 김에 쉬어간다고 직원들은 본부장에게 고사를 애원했다. 제상이 마련되고 돼지 머리가 올랐다. 간부들이 차례로 콧구멍에 지폐를 꽂은 뒤 졸병들의 차례가 왔다. 헌데 느닷없이 운동 기구를 설치한 업자가 나타나더니 수표를 꽂았다.

그것이 문제의 수표였다. 수표는 탁상공론을 거쳐 남편에게 인계되었다. 남편은 직원 친목회장이었다. 이 지역 출신인 데다 고참 부장이어서 등 떠밀려 맡은 것이 벌써 오륙 년은 됐지 싶었다.

본부장의 흠이라면 술자리를 너무 즐겼다. 가족과 떨어져 객지에서 생활하다 보니 횟수가 잦았다. 잦아도 너무 잦았다. 주량도 엄청났다. 하지만 손가락질을 할 수 없는 것이 자신의 주머니를 자주 털었다. 직원들이 미안함을 느낄 정도였다.

남편은 본부장과 술을 마신 날이면 그가 자신을 너무도 신뢰한다며 나이에 어울리지 않게 들떠서는 어깨까지 으쓱였다. 실제로 본부장은 많은 업무를 남편과 상의했다. 심지어 인사 업무까지 자문을 받으려고 했다. 지역 본부의 업무를 개편할 때는 전체적인 윤곽을 짜도록 권한을 위임해 남편을 들뜨도록 했다. 남편은 본부장의 기대에 부응하기 위해 며칠 밤을 지새웠다.

부인은 때때로 남편의 기고만장이 불안했다. 전산직 출신이어서 항상 기를 펴지 못하고 직장 생활을 하는 것이 안쓰러울 때는 쨍하고 볕 들 날을 기대하곤 했지만, 그것이 너무 파격적으로 안겨져 불안했다. 화무십일홍이라고 했는데, 본부장이 바뀌면 추풍낙엽이 되어 곤두박질칠 권세였던 것이다.

방심은 평범한 삶에 거센 물결을 일으키기 위해 존재하는 것일까? 남편이 가지고 왔던 수표가 결국 화를 불러일으켰다. 추석 이틀 전이었다. 명절을 앞두고 부정부패 단속을 위해 본사에서 불시에 내려온 감사팀이 사무실을 이 잡듯이 뒤졌다. 남편의 서랍에 숨어 있던 예의 수표가 여지없이 멱살을 잡혔다. 미련한 남편이 아내에게 발각된 문제의 수표를 자신의 책상 서랍으로 옮겨 보관했던 것이다.

남편은 사색이 되어 귀가했다. 청렴 대책이 강화되어 백만 원 정도의 불법수수 행위가 발견되면 귀추를 기다려 볼 것도 없이 사표를 제출해야 한다며 어린 자식들과 부인을 걱정했다. 부인은 수표를 갖게 된 경위가 정당했기에 남편의 걱정이 그다지 귀에 들어오질 않았다.

"사실대로 밝히면 될 것 아니야? 본부장이 주었다고."

풀 죽은 남편은 한숨을 앞세웠다.

"아니, 그걸 어떻게 사실대로 이야기해. 어쨌거나 업자가 준 뇌물인데."

"본부장은 뭐래?"

"출장을 가 자리에 없었어."

"전화로 사실을 알려."

못한다고 했다. 비서가 이미 사실을 보고했는데, 아무런 답변도 듣지 못했다고 했다. 남편의 부연 설명을 듣자 부인도 시나브로 걱정이 되었다. 과거 속에 압정으로 고정해놓은 퇴색한 사진이 다시금 떠올랐다. 기억의 저변에 웅크리고 있다가는 시시때때로 불끈 솟아올라 이를 악물게 하는 가슴 시린 상처였다.

부인은 결혼 직후까지 공무원 생활을 했다. 근무처는 지금은 주민 센터로 이름이 바뀐 동사무소였다. 항상 북적대는 민원인으로 인해 한가하게 커피 한잔을 마실 수 없는 곳이었다. 그곳에서의 생활은 매일매일이 전쟁이었다. 잠시라도 한눈을 팔다간 민원인으로부터 여지없이 볼멘

소리가 넘어왔다.

어느 날, 전산 처리 이전의 1980년대 수기 민원서류를 요구하는 민원인이 찾아왔다. 과거의 서류는 문서고(文書庫)에 정리되어 있어 해당 서류를 찾아내려면 많은 시간을 허비하기 일쑤였다. 마침 아르바이트생들이 배치되어 있기에 그중 한 여대생을 불렀다. 문서고의 구조를 자세히 설명한 뒤 필요한 서류를 찾아오라고 일렀다.

서류를 찾으러 간 여학생은 긴 시간이 지나도록 나타나질 않았다. 기다리다 지쳐 쫓아가니 문서고 입구에 선혈이 낭자했고, 학생은 문틀에 주저앉아 있었다. 철제 출입문을 열고 몸을 들이려는 순간 마침 불어온 강풍에 손가락이 끼어 절단되었다고 했다. 눈물로 범벅이 된 학생의 다른 손에 절단된 손가락 한 마디가 들려있었다.

아득한 정신을 추슬러 서둘러 119 구급대에 전화를 넣었다. 접합 수술은 실패했다. 시간이 너무 흘러 피부가 괴사 상태에 이르렀기 때문이었다. 현금(現今)에 이르러서는 배양을 통해 괴사된 피부를 살린 뒤 추후에 접합하는 기술이 개발되었다지만 당시의 기술 수준은 그랬다.

사고는 동사무소를 발칵 뒤집어 놓았다. 공공기관은 불의의 안전사고에 대비하는 자세가 취약하기 마련이었다. 더욱이 아르바이트생을 방학을 이용해 잠시 고용하는 제도는 당시 막 시작된 신규 사업이어서 안전사고의 뒤처리를 위한 예산이 수립되어 있을 리 만무했다. 예상치 못했던 사고가 터지자 동장은 어찌 그런 사고가 일어날 수 있느냐며 발을 동동 굴렀다. 막 승진 발령을 받은 여자였다.

더 큰 걱정은 하루 뒤 찾아왔다. 학생의 부모가 변호사를 앞세워 큰 액수의 피해 보상액을 요구했다. 동장은 뒤로 쑥 빠졌다. 책상 위의 지우개를 손가락으로 톡 튕기듯 상사로서의 책임을 부하 직원에게 살짝 떠넘기고는 모든 걸 담당자가 알아서 해결하라라며 열중쉬어를 했다. 남편은 사표를 권유했다. 잠을 못 이루며 마음고생을 하는 부인이 안쓰러웠던 것이다.

부인은 망설였다. 여자의 입장에서 공무원 신분은 짚신처럼 가볍게 내던질 수 있는 것이 아니었다. 평생을 거는 것이 가능한 철밥통이었다. 임용 전의 노력도 아까웠다. 수십 대 일의 경쟁률을 이겨내기 위해 노력한 수많은 날들이 젊은 시절을 파먹었던 것이다.

무엇보다 금전적인 손실이 아까웠다. 속 터지고 답답하고 구질구질한 일이 상존하는 일상이지만 시계추처럼 들락거리며 한 달이라는 기간을 채우고 나면 가족들의 삶을 윤택하게 만들어주는 고맙고 대견한 숫자가 온라인으로 통장에 착착 인쇄되었다.

하지만 부인은 결국 사표를 던졌다. 아쉬움은 벽지처럼 돌돌 말아 사표 뒤에 붙였다. 퇴직금의 일부로 합의금을 건넨 뒤 전업주부가 됐다.

시궁창에 던져 버리고 싶은 그 아픈 기억이 남편의 사고를 빌미로 다시금 파랗게 살아 올랐다. 상사라는 물건들은 자신의 신분에 위기가 닥치면 부하 직원을 은박지처럼 구겨서는 매몰차게 내던졌다. 남편의 경우도 예외가 될 수 없었다.

충격 속의 밤은 길었다. 부부는 까맣게 가슴을 태우며 밤을 하얗게 새웠다. 천 년 같은 하루가 지나고 날이 밝았다. 추석 하루 전이었다. 언론과 방송에서는 민족의 대이동을 거론하며 흥분했다. 매체마다 고속 터미널이며 기차역의 풍경을 전하며 한복을 곱게 차려입은 귀성객의 인터뷰 기사를 앞다투어 내보냈다.

남편은 가족들이 동요할까 봐 자신의 불안감이나 초조함을 일상적인 표정 속에 감추고는 의도적으로 자신만만하고 생동감 있는 표정을 연출

하며 출근했다. 그러나 부창부수에 익숙한 아내의 눈에 남편의 그러한 가식은 눈 가리고 아웅이었다. 아무런 도움도 줄 수 없는 입장이기에 안타까움과 측은함만 더했다.

초조한 시간이 느릿느릿 황소걸음으로 지나갔다. 부인은 출근 때의 남편의 뒷모습이 생각나 텔레비전에 시선은 두되 내용은 하나도 건져지지 않는 답답하고 지루한 시간을 억지로 버텼다. 온 신경이 곤두서 아무것도 손에 잡히질 않았다. 기다려도 기다려도 남편의 전화는 없었다. 출근을 할 때는 수시로 상황을 전하겠다고 했는데 일이 잘 풀리지 않는 것인지 전혀 소식이 없었다.

부인은 휴대폰을 매만지다가는 내리고 매만지다가는 내리길 반복했다. 남편의 어지러운 심사를 더욱 어지럽게 만들까 싶어 망설임의 시간을 수도 없이 가졌다. 그럴 때는 종교가 없는 게 못내 아쉬웠다. 마음이 심란할 때면 곧잘 종교를 가져야지 생각했다. 연약하고 나약한 자신의 영혼을 절대자에게 맡기고는 희망 섞인 결말을 간절하게 갈구하고 싶었다. 하지만 그것은 한때의 생각으로 시간이 흐르며 고민이 옅어지면 간절함은 게으름 속에 녹아들어 다음 기회로 미루어졌다.

점심시간이 한참을 지나 남편의 전화가 왔다. 다행스럽게도 목소리가 낭랑했다. 간사하게도 콩콩거리던 가슴이 손톱만큼의 평온을 찾았다.

"걱정하지 않아도 돼. 일이 잘 해결됐어."

중요한 일의 경우, 남편은 항상 결론을 앞에 세워 상대방의 궁금증을 시원하게 풀어준 뒤 시간을 두고 행간의 세세한 내용을 전했다. 초등학교 시절에 웅변을 한 탓이라고 했다.

"어떻게?"

남편이 조용한 장소로 이동하는 것인지 잠시의 침묵이 왔다.

"역시 본부장은 보통 사람이 아니야."

그렇게 시작된 남편의 본부장 자랑은 삼십여 분을 두고 계속되었다.

출장 중이던 본부장은 비서로부터 사실을 보고받은 뒤 바로 본사로 갔다. 감사실장을 만나 수표의 취득 경위를 전한 뒤 선처를 부탁할 생각이었다. 실장은 처음부터 고개를 저었다. 몇 차례에 걸쳐 설명을 하며 선처를 간청했지만, 전례를 들추며 일벌백계의 원칙만을 강조했다. 권위로 똘똘 뭉친 모습으로 징계는 불가피하다며 고집을 부렸다. 함께 간부로 근무하며 돈독하게 지냈던 사람의 태도가 아니었다. 본부장은 배신감에 몸을 떨었다.

바로 사장실로 갔다. 자초지종을 전하자 사장은 점잖게 나무랐다.

"애초부터 수표를 받지 않았어야지요."

"제 불찰입니다. 직원들의 현장연수를 염두에 두고 조금 욕심을 냈습니다."

"연수 예산이 없나요?"

"있습니다. 하지만 얼마 되지 않아서."

"업무 추진비를 조금 주시지."

"글쎄 말입니다. 제 생각이 짧았습니다."

사장의 평소 심성으로 미루어 나쁜 결과는 예상되지 않았다. 다만 감사실장의 나무토막처럼 뻣뻣했던 태도가 마음에 걸렸다. 잠시 시간을 둔 뒤 사장이 말했다.

"감사실장과 상의를 해보아야겠네요."

"모쪼록 선처를 부탁드립니다. 부하 직원의 목숨이 걸려있습니다."

본부장이 본사를 출발한 지 채 한 시간이 지나지 않아 사장으로부터 전화가 왔다. 사실을 불문에 부치겠다고 했다. 대신 수표를 업자에게 되돌려주어야 한다는 조건이 붙었다. 자체 감사여서 다행이라는 사족 또한 붙었다.

수표 사건이 도화선이 되어 남편은 이제 아주 봄바람처럼 노골적으로 본부장의 곁에 찰싹 붙어 살랑거렸다. 수족처럼 지내며 연일 함께 술독에 빠져 헤엄쳤다. 만취해 들어온 날이면 본부장의 숙취 해결까지 책임지려고 들었다. 출근하여 본부장에게 줄 수삼이며, 칡즙, 헛개나무즙의 준비를 잊지 않고 부탁했다.

대취해 소파에 늘어진 남편의 얼굴을 살펴보노라면 흘러내린 안경 너머로 처진 눈두덩이 도드라졌다. 남편의 나이도 어느새 50이었다. 직장 상사 때문에 자신의 몸을 아무렇게나 굴릴 나이가 아니었다.

종합 편성 채널에서 나이 50에 대해 거론하는 걸 유심히 들은 적이 있었다. 나이 50은 건강에 있어 커다란 분수령이라고 했다. 갱년기로 접어들면서 모든 장기의 기능 저하가 총체적으로 진행되기 때문이었다. 면역력이 떨어지면서 젊었을 때는 대수롭지 않게 여기던 질병들이 중증으로 진행되기도 하고, 고혈압이나 당뇨병과 같은 소모성 질환은 물론 암의 발생 빈도 또한 높아지는 시기라고 했다.

이를 불식시키기 위해서는 꾸준한 건강관리와 운동이 필요하다는데, 남편은 허구한 날 술독에 빠져 지내며 목 운동에만 열중해 자신의 건강을 파먹고 있어 걱정스러웠다. 보신을 위한 특별 대책이 시급하다 싶었다. 해서 남편의 건강을 위한 보양식과 한약을 준비해야겠다는 생각을 자주 다지곤 하는데, 다음 날이면 그러한 생각은 종교에 대한 갈구처럼 연기처럼 흐지부지 사라졌다.

그럴 수밖에 없는 것이 술에 취해 흐느적거리던 남편은 이튿날 아침이 되면 신기하게도 생동감 넘치는 모습으로 되살아났다. 새벽시장의 펄떡이는 생선처럼 활기를 되찾아 움츠렸던 심신을 활짝 펴고는 기운차게 출근했다. 퇴근길에는 어김없이 옆구리에 군것질거리가 끼었고, 빵 봉지를 든 날에는 여전히 빵집 부부의 근황도 함께 왔다.

눈치로 보아 남편은 본부장의 비호 아래 여전히 중심 세력으로 행세하는 듯싶었다. 당연히 직원들의 시선 또한 여전히 남편에게 모여들었다. 남편은 맑은 정신으로 들어온 날이면 책상에 앉아 본부장의 부탁이 분명할 서류의 정리에 열중했다. 어깨너머로 훔쳐보면 복잡한 내용이어서 부인의 머리로는 이해하기 힘들었다.

부인은 가끔 본부장이 바뀐 이후의 날들을 걱정했다. 날개를 잃은 남편이 기운 빠진 모습으로 귀가하는 모습은 보기 싫었다. 해서 본부장이 오래도록 이 지역에 머물길 기도했다. 가족과 떨어져 생활하는 본부장의 어려움은 남의 일이었다.

최창중

동양문학·자유문학 신인상, 대산문화재단 소설부문 창작기금 받음
소설집 『건배가 있는 삽화』, 『대설주의보』, 꽁트집 『우린 이렇게 산다우』
010-4739-9488, ks9488@hanmail.net
28667 충북 청주시 서원구 예체로 29번길 9, 103동 706호

성구를 찾아서

·

전 영 학

내가 한성구를 찾아 나선 건 그가 내 성경책을 가지고 갔을 거란 확신 때문이었다. 성경책이 얼마나 귀중하면, 어디로 언제 왜, 갔는지도 모르는 사람을 대중만 쳐 찾아 나서느냐 싶지만 사실 그 책은 표지 모서리가 해지고 책갈피가 여기저기 부풀어 오른 데다 국한문혼용체로 쓰여 있어서 요즘 성도들은 읽기조차 낯설어하는 구닥다리 책이었다. 그렇다고 고진서(古珍書)로서 가치가 있느냐 하면 발간 연도가 겨우 수십 년 전에 불과하니 그것도 아니었다. 그런 이유로 아내는 그 책이 거실 자개장 유리 속을 떡하니 차지하고 있는 것을 벌써 전부터 탐탁지 않게 생각해오고 있었다. 아내는 그 책을 서재의 서가로 옮겨 놓든가 아니면 폐도서로 내다 버리라고 촉구한 바 있었다. 그런데 크리스천으로서 성경을 쓰레기봉투에 담아 버리는 것은 하느님께 못내 불경한 것이 아닌가 하는 관점이 있으면서도, 한편으로 그것은 어느 출판업자가 이윤을 목적으로 발간한 한국어용 책이면서 세계에서 수백 개 언어로 매년 수천만 권씩 발간되는 전무후무한 베스트셀러 중의 한 권이라고 본다면, 성경책을 불온시하여 고의적으로 훼파하지 않는 한 내다 버리는 것에 죄의식을 가질 필요도 없는 것이었다. 더구나 내 집에는 이런저런 연유로 소지하게 된, 간행 연도와 출판사가 다른 10여 종의 한국어판·영어판 성경책이 이곳저곳에 뒹굴고 있으니 좀 치우라는 얘기가 마냥 잘못된 건 아니며, 더구나 종이로 된 그 책자를 신줏단지, 아니 구약에 나오는 언약궤를 모시듯 보전(保全)해야 한다는 생각 또한 교리상 문제 소지가 있을 수 있다는 입장이었다.

아무튼 내 곁에서 사라진 그 성경책을 찾아 나는 집을 나섰다.

당진(唐津). 나는 당진을 주목했다. 당나라로 배를 띄우는 나루라는 뜻일까? 그 옛날에 당나라를 왕래하는 백제·신라 사람이 몇 명이나 되었으며 1년을 통틀어 배는 몇 척이나 오갔는지 모르겠으나, 지명이 주는 기이함으로 출발부터 마음이 순탄치는 않았다. 그런데 전에 듣기로는, 이곳은 아주 한적하고 궁벽진 바닷가 어촌에 불과했고, 간혹 바다를 연한 송림 곁에 좁고 긴 농토가 있었으나 배불리 먹기에는 턱없이 좁았고, 게다가 고려·조선 때는 창·칼을 들고 떼로 쳐들어오는 왜구 때문에 잠시도 편한 날이 없었으며, 죽지 못해 살아가는 백성들은 그냥 고기나 잡고 조개를 주워 팔아야 하는 궁색하기 짝이 없는 곳이었다.

그런데 이곳에 정말이지 천지개벽 치는 소리가 들리기 시작한 건 불과 20년 전부터였다. 이름 그대로 중국과 국교가 트이고 서해안 시대의 도래니 뭐니 하는 표어가 나부끼면서 그 옛날 이름값을 유감없이 발휘하기 시작했던 것이다. 땅값이 요동치기 시작했고, 전에 굶주린 사람들이 벌어 먹고살기 위해 인천으로 떠나던 뱃길 옆으로 한탕 잡아 떼부자가 되겠다는 사람들이 고급 승용차를 타고 몰려들었다. 그들은 어촌 앞뒤 꼭지 평지고 야산이고, 농가고 민가고 마구잡이로 사들여 불도저를 들이대고 미친 듯이 깎고 밀어내더니 드넓은 공장 콘센트 막사에, 하늘을 찌르는 굴뚝에, 오색 조명발을 내쏘는 모텔촌에, 그야말로 현기증이 날 만큼 자기들 영역을 확장시켜 나갔다. 급기야 정부는 서울을 빼고 전국에서 가장 땅값이 가파르게 상승한 곳으로 3년 연속 1위라는 타이틀을 당진에 안겨 주었다.

사람이 갑자기 많아지니 술집이 흥청거리고 몸 파는 여자들이 생겨나고, 배신과 증오로 얼룩진 사건 사고가 넘쳐나기 시작했다. 하지만 지역 원주민들은 그런 것을 묵인하면서 표정 관리에 바빴다. 아, 상전벽해, 일확천금이라는 말이 바로 이것이로구나. 그동안 명줄 이어오느라 다 닳아빠진 손톱 안으로 수억만 금이 척척 들어오는 요지경을 뉘라서 상상이나 했겠는가? 앞으로도 가만히 앉아 있으면 산모랭이 쓸모없는 천수답, 산기슭 외진 비탈밭이라도 평생 상상할 수도 없던 돈이 나를 흥분시킬 텐데 이 얼마나 큰 복이며 낙이냐. 그야말로 돈에 웬수를 갚을 날이 오는 것이다.

하지만 내가 처음부터 당진을 주목한 것은 아니다. 성경책과 그것을 가져갔을 것으로 의심되는 성구를 찾아야 한다고 무조건 발심했던 것은 더더욱 아니다.

사실 나는 내 앞가림에도 지쳐 파김치가 되는 나날들을 요즈음 맞고 있었다. 나이 마흔여섯에 흔히 말하는 '사오정'을 나라고 무사히 피할 수는 없었다. 한창 돈이 필요하고 일할 수 있으며, 아직은 녹슬지 않은 기술력이 있음에도 상무라는 자리를 회사는 흔들어 털어내 버렸다. 그 자리는 나보다 젊고 유연하며 신지식으로 무장한 사람으로 채워질 것이다. 집으로 돌아가지 못하겠다고 앙앙불락하는 건 상무로서의 채신머리에 맞지 않는다. 내 먼젓번 상무도 그렇게 나갔고, 내 자리를 치고 들어오는 저 젊은 상무도 앞으로 그럴 것이다. 경영 방침이 그러하고 시스템이 그런 것을 나라고 뭘 어쩌겠는가? 그러나 입맛은 몹시 썼고 밤에도 낮도깨비들이 머릿속을 활보했다. 아내와의 대화의 문이 닫혔고 우리 집 현관문도 굳게 닫혔다. 나는 내 작은 서재, 서재랄 것도 없이 책장 하나에 책 몇 권이 꽂혀 있을 뿐인, 방에 웅크리고 앉아 비로소 나의 뒤를 돌아보기 시작했다. 그런데 곧 나도 모르게 깨닫게 된 것은, '돌아본다는 것'이 이상하게도 묘약과도 같은 활력을 불어넣어 준다는 점이었다. 그때 만약 내가 뒤를 돌아볼 생각을 못 했다면, 아니 지금 이 순간이나 앞으로 닥쳐올 미래만을 생각했다면, 나는 아마도 미쳐버리거나 스스로 목숨을 끊었을지도 모른다. 하지만 그 지혜는 평소 내가 스스로 지니고 있었던 것이 아니었다. 돌아볼수록 입맛이 돌고 머리가 맑아지는, 나도 모르겠는 신묘한 힘이 그렇게 이끌고 있다고 나는 믿었다. 나는 크리스천이니까.

동시에 기도가 나왔고 성경이 읽고 싶어졌다. 지금껏 주일마다 교회에서 소품처럼 지녔던 성경책을 읽다가 문득 성구가 생각났고 그 옛 성경책이 그 자리에 잘 있나 찾아졌다. 그런데 그 성경책이 감쪽같이 없어진 것이었다. 아내에게, 왜 말도 없이 내다 버렸느냐고 역정을 냈지만, 오히려 생사람 잡는다고 펄쩍 뛰었다. 이틀을 더 그 책을, 소파 밑까지 들추며 찾았으나 허탕이었다. 그렇다면 어떻게 된 것일까? 왜 그 책이 성구의 이미지와 함께 떠오른 것일까. 생각이 여기에 미치면서 나는 내가 퇴직당하기 불과 몇 달 전 나를 불쑥 찾아왔던 성구를 추적해 나가지 않을 수 없었다.

15년 만에 내 앞에 나타난 성구를 보고 나는 젊은 사람이 저렇게 변해가는구나 하는, 조악한 생각을 먼저 떠올렸다. 30대 중반인데도 그는 볼에 닥지닥지 기미가 끼어있었고, 노인이나 입을 듯한 구식 낡은 옷을 걸치고 있었다. 차마 거지꼴이라고 말할 순 없었지만, 그 정도의 망측한 용모와 복장이었다. 그런데 더 당혹스러운 것은 성구가 제 차림새를 전

혀 개의치 않는다는 점이었는데 저런 몰골과 차림새로 내가 사는 대전
이라는 도시의 한복판에 있는 회사까지 찾아온 것이 신기할 정도였다.
그러나 놀란 내가 잠시 그를 응시하다가 이름을 불러주며 다가가자 입
술을 움직여 웃어 보이는 그의 눈망울은 그 옛날 여남은 살 적의 그것
과 진배없어서 나는 그의 손을 잡고 흔들다가 와락 끌어안고 말았다. 외
양과는 다르게 그의 속마음은 젊고 순수하게 빛나고 있음을 그 눈빛은
말해 주고 있었다. 나는 그와 더불어 긴 얘기를 나누지 않으면 안 되겠
다 싶었다. 그간 어떻게 살아왔는지. 지금 어디서 무얼 하고 사는지. 그
의 어머니 삭개오 권사님은 아직 생존해 계시는지….

　나는 퇴근 후 그를 이끌고 우리 집으로 데려갔다. 평소 없던 일이라 아
내가 살짝 거부감을 드러냈으나, 우리 둘은 내 서재로 들어가 서로 살
아온 얘기로 자정을 넘겼다. 어머니는 그사이 돌아가셨고, 사랑하는 여
인이 있었으나 결혼에 이르지 못했으며, 일거리를 찾아 여기저기 돌아다
니는 처지이지만, 어릴 적 감림교회 추억으로 그 인생을 버티어 낸다고
했다. 그리고 다음 날 조반을 먹고 내가 출근하는 시각에 맞춰 함께 집
을 나와 헤어졌던 것이다.

　그때 그 책이 없어진 게 아니라면 이것은 영원한 미스터리로 남을 수
밖에 없다. 혹은 아내의 가증스러운 거짓말일 수도 있으나, 사랑하는 아
내가 그깟 책 한 권을 가지고 그렇게 할 까닭이 없으므로 나는 성구를
지목하지 않을 수 없는 것이다.

　성경책이 없어진 걸 알고 나서 내가 그것에 연연하여 책을 찾으러 즉각
나선 것은 아니다. 머리가 맑아지고 식욕이 돈은 후 여기저기 일자리를
물색하는 중에, 나는 내 친구 우춘경 목사, 한천수 집사에게도 선(線)을
넣어보았다. 천수는 소식이 끊긴 지 오래여서 응답이 없으리라 예상을

하면서도 한번 던져본 것이었고, 춘경에겐 내심 과연 답신을 줄까? 하는 의문을 꼬리에 달면서 흔들어 본 연결선이었다. 춘경은 사실 우리 셋의 우상이었다. 굶주린 허리를 졸라매고 신학교를 나와 수도권에 개척교회를 세웠고 그 교회를 옮기고, 부수고 다시 짓고 하여, 지금은 1만 신도에 1백억 예산을 주무르는 초대형 교회의 어엿한 담임목사님이 된 것이다. 이것은 오로지 하느님의 은혜요, 복락이었다. 이 세상에서, 하느님을 모르는 자는 우매하고, 알고도 믿지 않는 자는 불경하며, 믿어도 미적지근한 사람은 교만이 넘치는 자라고 핏대를 세워 설파하는 그였다. 그러면서 목사란 하느님 말씀 전파에 목숨을 걸어야 한다며, 주일 30분 설교를 위해 적어도 사흘간을 세상 잡것과 상종하지 않으려고, 그윽하고 외진 부설 기도원에 들어가 새소리를 벗 삼으며 원고를 다듬는다고 했다. 언젠가, 친구지간에 피차 연 소득을 한번 말해보자고 내가 물어본 것이 화근이 되어 그 뒤로 나를 꺼리는 기색이 역력하지만, '뒤를 돌아보는 지혜'가 자꾸 그에게도 선을 흔들어 보라고 독촉하는 것을 어찌할 수 없었다. 그런데 과연 죽마고우답게 그에게서 답신이 왔고, 마침 그 교회 홈페이지, 방송 기자재, 유인물, 출판물 등을 담당하는 자리가 비었는데, 네가 개인회사에서 홍보 상무까지 지냈고, IT 관련 자격증도 있는 걸로 알고 있으니, 퇴직했다고 업무적으로 밀리지는 않을 것이므로, 올 의향이 있으면 오라는 것이었다. 목사가 죽마고우를 자기 교회 직원으로 채용하는 것이 아주 이례적인 일임에도 기꺼이 불러주는 춘경의 대인다운 면모와 우의에 감동하면서, 그동안 내가 쩨쩨하게도 괜한 오해를 하고 있었구나 하는 회개와 함께 아내까지 데려갈지 말지를 고민하는 중이었다. 그런데 느닷없이 당진 김사은 은퇴 목사님한테서 전화가 온 것이었다.

"한 장로, 아니 한 집사, 요즈음 언제 성구를 본 일이 있나? 갈림교회

댕기던 한성구 말여."

"성구요? 제가 한 3, 4년 전에 한 번 봤습니다만. 우리 집까지 와서 자고 갔지요. 그런데 왜 그러시죠?"

"그렇구먼. 한 장로, 아니 한 집사, 그 후엔 무슨 뜬소문이라도 들은 바가 없다는 말이지?"

"예. 그런데 목사님 절 자꾸 장로라고 헷갈리지 마세요."

"그렇지. 그런데 나는 왠지 자꾸 자네가 장로로 여겨져. 주님 잘 섬겨서 앞으로 장로가 될 거니까, 내가 조금 앞당겨서 부르는 걸루 이해허게."

"그래도 목사님. 전 어쩐지 기분이 묘해요. 제가 너무 부족하니까 자꾸 자극을 주시려는 의도라는 건 알겠지만요."

"아니여. 내가 어느덧 나이가 든 까닭이여."

"아유, 요즘 목사님 연세는 청년이라고 불러요. 청소년이 아니라 청노년요."

"그렇게 말해 주니 고맙군그래."

"목사님, 그래 요즘은 뭘로 소일하세요?"

"그냥 살아가지. 특별한 건 없어."

"그런데 왜 성구를 갑자기 찾으세요?"

"글세… 내가 늙어서 이제 환상이 보이는 건지? 문득문득 집 근처에서 성구가 보여. 참 이상한 일이지?"

"차림새가 어떻던가요?"

"글세, 뭐랄까? 말하기가 좀 뭣하지만 남루해. 이름을 부르고 다가가면 어느새 없어졌어."

"아, 그렇군요!"

나는 귀가 번쩍 띄었다. 그리고 곧 말해 버렸다.

"목사님 잠시 기다리세요. 제가 오늘 낼 안으로 가겠습니다."

전화를 끊고 나는 비로소 성구가 내 거실에서 그 성경책을 가져갔고, 지금 김사은 은퇴 목사님 앞에 이르러 있음을 뇌우처럼 깨닫게 되었다.

당진 시내에서 한참 벗어나 방조제 가까이, 아직은 본격적인 도시화의 넝쿨이 침범해 오지 않은 변두리 마을 입구의 목사님 댁은 비어 있었다. 하루 한 번은 방조제를 오가는 도보 운동으로 그나마 노년의 건강을 유지한다는 목사님 말씀대로 그는 지금 아마 방조제를 한창 걷고 있을 것이었다. 나는 시골길을 차로 몰아 방조제로 나갔다. 끝도 없이 뻗어 나간 방조제가, 마침 석양 속에서 붉게 타오르는 바닷물에 긴 끄나풀을 담그고 있었다. 방조제 상부 차도로는 이따금 굉음을 내며 화염 속으로 빨려들 듯 차들이 달려갔다. 인도를 걷는 사람들이 더러 있었으나 손차양을 만들고 내다봐도 목사님 형상은 발견할 수 없었다. 목사님 댁으로 돌아가 빈집 앞에서 우두커니 기다리기도 뭣해 나는 차를 세워두고, 시간을 보내기 위해 방조제를 걷기로 했다. 왕복 20리가 넘는다는 방조제를 완파하지는 못하더라도 내가 필요한 시간만큼 필요한 거리를 걷는 여유와 묘미가 있어서 좋을 듯했다. 저 해가 바닷속으로 풍덩 빠질 때까지? 아니면 중간 지점 표지판이 있는 곳까지? 아니면 저 앞에 홀로 두 팔을 휘적이며 걷는 사람 가까이 이르러 서로 무언가 대화를 섞게 될 때까지? 꼬리를 무는 생각에 이끌려 나는 어느새 터벅터벅 앞으로 나아가고 있었다. 검붉다 못해 차라리 순금 빛으로 변환된 석양이 눈앞 저 멀리로 길게 뻗어 있는 것이 보였다. 아, 이 길이 저 세상 입구로 가는 통로라면? 그 입구 바로 너머에 낙원이 있다면? 이 붉은 석양이 내 지나온

날의 죄성(罪性)을 모두 태워 없애는 신화(神火)라면? 신화를 지나 하느님과 마주할 수 있는 정결한 영(靈)이, 그분이 열어주는 낙원의 문을 조심스레 들어선다면…?

이런 분방한 상상이 찬란한 채운과 맞닥뜨리며 내면으로부터 전율 같은 희열이 고조되는 순간, '이보게!' 하는 누군가의 목소리가 귓부리를 훑었다. 비로소 꿈을 깨고, 그 황홀했던 잔상을 떨치기 위해 눈을 한번 비비고 나서 소리 나는 쪽으로 고개를 돌렸다. 목사님이었다. 그는 바닷물과 방조제 사이, 거대한 삼발이들이 뒤엉킨 것 같은 소파(消波) 블록에 위태로이 걸터앉아 있었다.

"목사님, 위험하지 않으세요?"

내가 걱정을 하며 다가갔으나 그는 자세를 고치지도 않고,

"괜찮아. 여기가 편해. 남한테 방해도 되지 않고."

했다. 내가 방조제 끝 시멘트 담벽에서 조심조심 발걸음을 옮겨 소파 블록에 올라서서는,

"아유, 전 현기증이 납니다."

하고 잠시 가슴을 쓸었다. 사실 발 한번 삐끗했다간 이 블록의 틈 속으로 빨려 들어가 형태도 일정치 않은 검은 홀 속으로 사라져 버릴 것만 같았다.

"그렇지만 이게 거센 풍파를 막아주고, 방조제 벽을 건사시키고, 그 너머 땅과 사람도 지켜주는 첨병이라네. 고마운 구조물이지."

"하지만 꼭, 깊이를 알 수 없는 지옥문으로 떨어지는 입 같아서요."

"첨엔 저 위, 길가에 쭈그리고 앉았었는데 오가는 사람의 시선이 곱지를 않아. 남들 눈치도 보며 늙어야지. 그게 젊은 노인이지."

"목사님, 뭐가 늙으셨다고 자꾸 노인, 노인 하세요? 제게는 지금도 마

흔다섯 그 연세로 보이십니다."

"30년 전…?"

김 목사가 중얼거리며 불타는 석양으로 시선을 가져갔다.

나의 고향 갈림리(葛林里)는 사과나무가 지천인 과수원 고장이다. 왜정 말기, 사과나무 재배에 눈을 뜬 한진오 청년의 선도로, 처음엔 보리 잘 되기로 소문난 문전옥답에 웬 빌어먹을 놈의 나무를 사다 꽂고 지랄이냐는 선대들의 반대를 무릅쓴 과수가 이제는 온 동네 벌판을 다 차지하게 되었다. 고집을 부리던 선대들이 죽고 얼마 가지 않아 갈림리 과수원 단지 농가 소득이 인근 지역에서 월등하게 앞서가자 그 원조 한진오는 자연스레 족장(族長) 지위를 이어받았고 서너 가구를 빼고는 혈연으로 맺어진 온 동네 사람들의 우러름을 받게 되었다.

그런데 누가 뿌렸는지 잘 알려지지 않았으나, 아니 알려고 하는 사람도 없으나 이 마을 한 귀퉁이에 새카만 함석지붕이 하나 있었고, 지붕 꼭대기에 각목으로 얽은 십자가가 하나 생겨났고 그 밑에 호롱불을 밝히고 성경책을 읽는 여인이 하나 보였다. 동네 사람들이 사과나무 묘목을 가꾸면서 그것이 어서 자라기를 목 빠지게 기다리며, 이러다간 잘 먹던 보리쌀마저 반 도막 나 굵게 생겼다는 조바심으로 애를 태울 즈음이었다. 아마도 6.25가 나면서 이 마을에 잠시 들렀던 미군 병사가 이 집을 이렇게 만들어 놓고 가지 않았겠느냐는 추측이 있었으나, 십자가 아래에서 성경책을 읽는 여인은 쓰다 달다 말이 없었다. 그녀가 이 마을 사람들과 혈연으로 연결되는 바가 없어서 다들 저거 무슨 꼬라진가 하며 흘깃흘깃 쳐다보긴 했으나, 그따위 짓거리 집어치우라고 강요하진 않았다.

그런데, 이 집에 혈족 한반종 청년이 수시로 드나든다는 말이 떠돌았다. 족장 한진오가 조카뻘 되는 반종을 불러다 놓고 묻지 않을 수 없었다.

"네가 교회에 자주 출입한다는 게 사실이냐?"

진오가 단도직입으로 물었다. 그런데 반종의 대답도 거침없이 나왔다.

"네, 사실입니다. 저는 예수를 믿기로 맘먹었습니다."

"왜 그렇게 했느냐? 제정신이냐?"

"우리나라는 신앙의 자유가 있고, 교회는 사람의 참가치를 알게 해주는 곳이란 걸 알게 됐습니다."

"그럼 교회 밖에서는 사람의 가치를 모른단 말이냐?"

"그것과 이것은 차원이 다릅니다."

"이것 참, 네가 어디서 얻어듣긴 했구나. 그러니 이를 어쩐다지? 제 애비라도 있어야 어떻게 감당을 시키지…."

진오가 혀를 끌끌 찼다.

"저는 하느님을 아버지라고 부릅니다. 육신의 아버지가 있고 없고는 문제가 아닙니다."

"이거 완연 미친놈이로구나. 도무지 말이 안 통하는구나. 네 말마따나 우리나라는 신앙의 자유가 있으니 내가 뭘 어떻게 할 수 없으나, 네가 하느님을 네 아버지라 부르는 한 우리 가문에 둘 수 없다. 앞으로 네 맘대로 살되, 우리 가문도 우리 맘대로 네게 할 것이다. 알겠느냐?"

진오가 심각한 얼굴로 내뱉고는 일어나 버렸다. 반종은 생각했다. 우리가 비록 한 조상에서 갈라져 나온 한 가문이고 한마을에 살아오지만, 전답이 있는 자와 없는 자, 그것도 많은 자와 적은 자, 그리고 집이 있는 자와 없는 자, 그것도 고래 등처럼 큰 자와 조개 딱지처럼 작은 자가 섞여 있고, 나처럼 아버지가 죽어 없는 자가 있고 누구는 첩을 둘이나 두고 사는 자도 있다. 누구는 1만5천 평의 과수원 수확으로 천금을 벌어들이는데 누구는 사과나무 한 그루 없이 그 집에서 품삯을 받아먹고 산다. 비록 혈족이라고는 떠들지만, 그 사과나무 한 그루라도 네가 부쳐 먹고 살아 보거라 할 위인들이 아니다. 그러면서 어찌 내가 교회에 다니는 걸 참견한단 말인가? 교회는 부자를 경계하며 빈자를 격려한다. 부모 없는 자를 보듬고 연줄 없이 떠도는 사람을 챙긴다. 이것이 마구간에서 태어나 하느님 말씀 외치다가 십자가에서 처형된 그 아들 예수의 가르침이다. 뭐가 잘못됐느냐? 무엇이 눈꼴사나우냐? 반종은 족장과의 대면 후 더욱 당당하게 교회를 찾아들었고, 그 외방 여인과 함께 성경을 읽었다.

그리고 이삼 년 뒤 한반종은 장가를 들겠다며 웬 처녀를 하나 데리고 왔다. 보아하니 교회 외방 여인의 피붙이 같았는데 남보다 키가 퍽 작았지만, 아주 신실한 크리스천이었다. 그러면 그렇지 제깟 놈이 무슨 장가를 제대로 가겠나? 어디서 난쟁이를 하나 데려왔구먼. 마을 족속들은 그렇게 쑥덕거렸다. 키가 작기는 하지만 난쟁이는 아니었다. 그래도 족속들은 그렇게 불러댐으로써 달차근한 쾌감을 가졌다. 그 부부가 얼마 안 가 아들을 낳았다. 이름을 성구(聖求)라고 지었다. 성구는 교회 뜨락에서 무럭무럭 자랐다. 반종은 밤낮없이 족속들의 과수원에 나가 품을 팔았고, 그 아내도 남의 부엌에 매여 살았다. 하지만 그들의 목표는 분명했다. 족속 피붙이들을 교회로 인도해 내는 것이었다. 부자들은 들은 척도 하지 않고 뒤에서 코웃음을 쳤다. 하지만 땅끝까지 내 이름을 전파하라는 주님의 명령에 따라 달걀로 바위 치기일지언정 족속붙이들에게 다가가지 않을 수 없었다. 그런데 열 번 찍어 안 넘어가는 나무 없고, 지성이면 감천이라고, 반종 내외와 비슷한 처지에 있는 피붙이들이 하나둘 관심을 보이기 시작하더니, 이윽고 만난을 무릅쓰고 교회에 나오는 사람들이 생겨났다. 이대로 두었다간 교회 다니는 족속과 안 다니는 족속이, 빈자와 부자, 품꾼과 고주(雇主)로 확연히 나뉠 처지였다. 그리고 그것이 나뉜 뒤의 상황은 고주 입장에서 볼 때 여간 껄끄러운 게 아니었다. 할 수 없이 족장 한진오가 반종을 또 불렀다.

"네가 자꾸 전돈가 뭘갈 해서 어느새 여러 명이 교횔 다니는 꼴이 벌어졌다. 네 혼자 댕기는 거야 내가 뭐라 간섭할 바가 아니로되, 마음 잘 잡고 일하는 사람들을 꼬드겨 딴 맘을 먹게 하니 이건 그냥 둘 수 없다."

진오가 노기 띤 얼굴로 반종을 노려봤다.

"각자 다들 자기 마음이 움직여서 오는 것이지 제가 고삐를 매서 끌고 간 게 아닙니다. 그러지 마시고 이참에 재당숙 어르신께서도 교회에 한 번 나와 보십시오. 정말 새로운 세상이 보일 겁니다."

"뭐라고? 네놈이 나한테까지 예수 탈을 씌우겠단 거냐?"

"하느님 앞에서는 왕도, 백성도, 만석지기 부자도, 비렁뱅이도 다 같은 피조물일 뿐입니다. 사람이 천만 년 목숨 붙이고 사는 것도 아니잖습니까?"

"물론 그렇다. 사람은 누구나 죽지. 하지만 이 세상에 태어나 제 본분대로 살다가, 저승에 가서도 제 본분대로 살면 되는 거지, 타고난 본분을 누가 갈아엎는단 말이냐?"

"그 본분이란 게 이 땅에 사는 우리가 우리 식대로 만들어 낸 거 아니겠습니까? 왕은 왕의 본분으로, 부자는 부자 본분으로, 그리고 거지는 거지 본분으로…. 이건 너무도 불공평한 권력자들의 횡폽니다. 교회에선 이것을 말짱 부정합니다. 피조물인 인간은 누구나 똑같은 본분을 조물주에게 받았습니다. 그렇기 때문에 똑같이 잘살아야 하는 겁니다. 이것이 예수 그리스도의 뜻입니다."

"교회에서 얻어들은 게 많아 네 머리가 휘딱 돌아버렸구나. 아무튼, 네 혼자서나 조신조신 잘 댕겨라. 자꾸 전도를 했다간 이 마을에서 쫓겨날 줄 알어라."

족장은 단호했다. 그러나 반종은 멈출 수가 없었다.

족장을 위시한 족속 원로회의가 은밀하게 열렸다. 그들은 반종을 쫓아낼 여러 궁리를 도모했다. 그러나 내쫓는다고 순순히 쫓겨날 녀석이 아니니 그가 제 발로 걸어나가게 하는 방법이 어디 없나 하는 중에, 마침 읍내에 있는 과수원예조합에 조무원 자리가 하나 난 것을 알았다. 녀석을 그곳에 붙여주면 거리가 머니 매일 출퇴근할 수 없을 터이고 그러면 제 발로 나갈 것 아니겠느냐고 합의가 됐다. 이 일은 1만5천 평의 과수를 경작하는 한진오 족장이 원예조합의 이사(理事)에 올라 있으니 그의 한 마디면 어렵지 않게 성사될 일이었다. 족장이 이번에는 다시 반종을 그 처까지 불러놓고 별스럽게 막걸리도 한 사발 따라주며 의중을 떠보았다.

"교회 댕기는 사람들은 술을 입에 대지 않는다지만, 네가 전에는 술도 곧잘 먹고 화투를 치며 밤도 새우고 했던 걸 안다. 내가 아주 긴한 얘기가 있어서 권하는 것이니 어려워 말고 한 잔 주욱 마셔 보거라."

"아저씨, 이 마을을 떠나란 말씀이지요? 그래서 하직 술을 내리는군요."

반종이 재당숙 족장의 얼굴을 뚫어질 듯 쳐다보았다.

"그게 아니라 너와 나 사이에 그동안 앙금이 쌓일 대로 쌓인 것이 마음 아프고, 네가 고생도 많았고 참 근실하게 일도 잘했다. 그래서, 이번에 읍내 원예조합에서 사람을 하나 쓴다기에 널 거기 취직시켜 줄까 하고 네 의향을 물어보려는 것이다."

진오가 반종의 얼굴에 스치는 아무리 작은 반응이라도 꿰겠다는 듯 반종을 응시했다.

"예…?"

반종은 제 귀를 의심했다. 그래서 옆에 앉은 아내의 얼굴을 흠칫 쳐다보았다. 그리고 무슨 말을 하려는데 자기도 모르게 마른침이 굴꺽 넘어갔다.

"왜 저를…?"

그리고 겨우 그렇게 반문했다.

"여지껏 말하지 않았느냐. 네가 남달리 근실하고, 명석하고…. 그래서 조합에 취직해 가더라도 남한테 빠지지 않게 일을 해낼 것이고…, 또 매달 꼬박꼬박 월급을 받을 것이니 살림도 나아질 테고… 어떠냐?"

"…좋긴 한데, 거리가 너무 멀어서요. 우리 동네에서 30리나 되는 곳을 어떻게 출퇴근할 수 있겠습니까?"

"그건 네가 잘 판단할 일이고, 하여튼 가부간 네 생각을 금명간 말해다오. 네가 안 가겠다면 조합에서도 다른 사람을 써야 하니까. 내가 듣건대 거기 자리 난 걸 알고 여러 사람이 덤벼든다고 하더구나."

"예, 아저씨. 내일까지 시간을 좀 주십시오."

"알았다. 내일 아침까지 기다리마."

"그럼 아저씨, 이만 돌아가겠습니다."

반종이 예상치 못한 족장의 제의에 놀라 벌겋게 달아오른 얼굴을 겨우 추스르고 자리에서 일어났다. 그런데,

"참 그 막걸리는 어른이 따라준 잔인데, 입도 안 대보고 물릴 셈이냐?"

하는 족장의 목소리가 반종의 귀를 때렸다. 반종은 순간 목덜미가 뜨

끔한 것을 느꼈으나, 무엇에 연유하여 발산되었는지 모를 족장의 위엄 앞에 허리를 굽히고 두 팔을 뻗었다가, 아예 무릎을 접고 막걸릿잔을 들었다. 그리고 그 텁텁한 액체를 입술 속으로 흘려보내고야 말았다. 뭔가 승리를 거둔 듯한 족장의 은밀한 미소를 뒤로하고 그 집 높은 대문을 허위허위 벗어났지만 반종은 도시 마음의 갈피를 잡을 수 없었다. 갈림리에서 남의 집 품만 팔던, 머슴이나 진배없는 내가 원예조합 직원이 되어, 지붕 밑에 앉아서 일하며 월급을 탄다…. 하지만 하나둘 신도 수가 늘어나는 교회는 어떻게 해야 하나? 그렇더라도, 입에 풀칠이나 제대로 하는 자가 전도를 해야 전도발도 받지. 교회 일은 안식구가 전적으로 매달려 해내면 되지 않을까? 30리가 멀다고 하나 자전거라도 한 대 사서 타고 다니면 출퇴근이 불가능할 것도 없다. 밤새 잠을 설치며 궁리한 끝에 반종은 원예조합 직원의 길을 택했다. 성구가 다섯 살 때 일이었다.

직장 생활과 교회 일을 병행하는 것이 생각처럼 쉽지는 않았다. 직장은 직장대로 나름의 위계와 질서 속에 구성원들의 일체감을 끊임없이 요구했다. 어떻게 보면 갈림리에서 족속붙이라는 이름 아래 요구한 것보다 강도가 더 셀지도 몰랐다. 이유는 자명했다. 월급을 주어 먹고살게 해주는, 삶의 원천이 바로 '직장' 아니냐? 부정할 수 없었다. 직장을 알고 난 뒤 반종의 내심에 서서히 균열이 생기는 소리가 들렸다. 그래도 어쩔 수 없었다. 직장은 지금까지 몰랐던, 생명을 영위시키는 또 다른 세계요, 직업은 자기 인생을 싣고 가는 수레 그 자체였다. 그렇다면 교회는 그사이 어디로 가는 것일까? 안식구가 눈물로 기도하는 소리가 들렸지만, 직장에 가면 잊어버렸다. 설상가상 지금껏 교회를 지탱하다시피 한 외방 여인(그를 내외는 전도사님이라 불렀다)이 이제 너무 노쇠하여 짐만 되고 있다며 교회를 떠나가고 말았다.

이제 텅 빈 예배당에는 반종 처와 그 아들 성구 외에 몇몇 돈에 찌들고 품팔이에 삭신이 고달프지만, 가슴으로 예수가 필요한 사람만이 남게 되었다. 반종이 드나들기는 했는데, 입에서 술내가 풍기는 때가 자주 있었다. 예배당 검은 함석지붕에서 눈 녹은 물이 새기 시작했다. 가뜩이나, 키가 작은 반종 처가 사다리를 타고 올라가다가 떨어져 다리가 퉁퉁 부어올랐다.

그런데 하느님은 결코 버리지 않는 분이실까? 그해 이른 봄 교회 마당의 잔빙(殘氷)을 으적으적 으깨며 웬 중년 남자가 뭔가 골똘히 생각하는 얼굴로 나타났다. 김사은이라는 이름을 가진 전도사였다. 어디든 주님 사역을 맡게 해달라고 간절히 기도하던 중 기독교 회보에 전임 사역자가 없는 교회들 이름이 실렸는데, 갈림교회가 눈에 들어오는 순간 심장이 쿵쿵 소리를 내더라는 것이었다.

"우리 형편을 알고 오셨지요?"

그의 얘기를 듣고 나서 반종 처는 겁부터 났다.

"집사님, 압니다. 사역자가 어디 편안하게 대접받으려고 주님 일 합니까?"

"정말이세요? 아무도 오시지 않을 줄 알았는데…."

"다 주님 뜻입니다."

하면서 김사은 전도사는 교회 밖으로 나가 동네를 한 바퀴 빙 둘러 보았다. 그리고 말했다.

"농촌이지만 무척 부촌이군요. 학생들도 여럿 눈에 띄고요."

"과수원 벌이가 아주 좋지요. 가난에 빠져 먹고 살기 힘든 농촌이 여긴 아닙니다."

"그런데도 교회가 이 지경이군요."

"저들은 대부분 혈연으로 얽혀 있고, 족장 말에 위엄이 있어요. 교회를 자기들 신앙의 한 지류쯤으로 여기고 있으니 교회가 일어설 수가 없습니다."

"그 신앙이 뭡니까?"

"대동젭니다. 그걸 격년으로 치르는데 온 마을 사람들이 한 보름은 밤낮 매달려 제사를 지낼 만큼 열성입니다."

"그렇군요."

김사은이 고개를 끄덕였다. 반종 처가 송구한 표정을 어쩌지 못하면서 궁금한 것을 물었다.

"그런데 전도사님, 사모님은…? 여기 예배당에 덧댄 방이 하나 있습니다만."

"방이 있으면 됐습니다."

"전에 계시던 할머니전도사님이 거처하던 방인데, 제가 바로 손을 보고 청소를 하겠습니다."

"집사님, 고맙습니다. 그런데 저도 안사람을 데려오고 싶지만, 교회 형편이 이런데 당분간은 혼자 있기로 맘먹었습니다."

"그러시군요. 그럼 불편하시겠지만 조석 진지는 저희 집에 와서 잡수십시오. 전의 여전도사님은 굳이 혼자 끓여 잡수셨지만, 그렇게 할 수도 없으시지요. 우리 교회가 제발 부흥돼서 찬송가 소리가 교회 밖으로 힘차게 퍼져나가는 걸 어서 듣고 싶습니다. 그게 제 기도 제목이고 소원입니다."

반종 처가 눈시울을 살짝 붉히면서 빗자루를 찾아들고 절룩절룩 덧댄 방으로 향했다.

전도사는 사다리를 타고 올라가 빗물이 새는 지붕을 고치고 나서 예배당을 구석구석 훑어보고는, 반종 처가 방 청소 마치기를 기다렸다가 말했다.

"집사님, 교회 형편이 어떤지 제가 소상히 알진 못하지만 우선 저 종을 좀 바꿨으면 합니다. 아마 저 종을 치면 필시 깨진 양재기 소리가 날 텐데, 이건 아닙니다. 고급스럽진 않더라도 종소리가 여운이 번지는 맛이 있어야 듣는 사람의 마음을 끌 수 있지요. 그리고 탁구대를 하나 설치해야겠습니다. 부담이 된다면 중고라도 하나 사 놔야지요. 제가 딴 건 몰라도 탁구는 좀 치거든요."

"그걸 어디에 놓나요?"

"예배당에요."

"거긴 우리가 주님께 예배를 드리는 정숙한 곳인데…?"

"그렇기도 하지만 그렇지 않기도 합니다. 집사님 부담이 많이 될 테지만, 한반종 권사님과 상의하셔서 어떻게 좀 마련해 주시면 더 바랄 게 없겠습니다."

"예…. 바깥양반하고 어떻든 상일 해보겠습니다."

반종 처가 퍽 난감해진 얼굴로 돌아간 뒤, 그날 저녁 퇴근한 한반종 권사가 인사차 교회엘 찾아왔다. 그리고,

"아시다시피 우리 교횐 읍내 큰 교회에서 전도사님 사례비 몇 푼 보내 주는 걸 제외하면 교회 재정이랄 게 없는 형편입니다. 기껏해야 제가 내는 헌금인데 비가 오나 눈이 오나 받는 월급이라 품팔이보다야 낫지만 세 식구 겨우 입에 풀칠이나 하는 박봉이니…."

"그래도 종과 탁구대는 사야 합니다. 그럼 권사님, 나한테 주는 사례비를 그만두고 그걸로 사십시오. 나야 밥 먹고 잠 잘 수 있으면 되니까요."

"전도사님 하지만 어떻게…."

한반종 권사가 뒤통수를 긁적거리고 갔다. 하지만 며칠 후 윤이 나는 놋종이 들어오고, 어디서 사용하던 것인지는 모르지만 탁구대가 실려 왔다. 그런데 이상하게도 교회라면 제집 헛간만큼도 안 여기던 학생 애들이 핑퐁 소리를 듣고 하나둘 모여들기 시작했다. 그리고 예배당 마룻 장이 꺼지거나 말거나 탁구 라켓을 휘둘렀다. 김 전도사는 나이가 있었 지만, 구력이 쟁쟁했다. 그래서 학생들을 대부분 손쉽게 처리했다. 이기 고 싶으면 이겼고 져주고 싶으면 졌다. 편을 갈라 내기 탁구도 쳤다. 그 러면서 춘경이와 천수, 내가 3총사라는 별명을 가질 만큼 친한 아이들 이라는 걸 발견했고, 무언지 모를 뜨거운 눈길을 우리에게 쏟아붓기 시 작했다. 그는 우리 이른바 3총사에게 핑퐁을 하는 틈틈이 수시로 사람 이 왜 사는지를 설명하려고 애썼고, 예수님이 어떤 분인지 알려주려고 노력했다. 때때로 우리는, 탁구대 하나로 우리를 유인해서 예수꾼을 만 들려는 응큼한 자라고 투덜거리기도 했다. 그러나 그는 언제 그런 소릴 들었느냐는 듯 탁구에 열중했고, 등에 땀이 흥건히 배면 교회 뒤뜰 펌 프 물가로 가서 등목도 시켜주었다. 나이는 분명 우리 아버지뻘인데 웬 만한 동갑내기보다 더 친근했다. 탁구 내기에 벌칙을 걸고는 당연히 이 긴 그가 우리에게 주기도문을 외라고 했다. 약속은 약속이므로 어쩔 수 없었다. 우리가 혹 천행으로 이기면 그에게 「동백 아가씨」를 부르라고 요 구했다. 그는 불렀다. 작고 움츠러드는 목소리이긴 하지만, 끝 소절까지 남김없이 불렀다. 우리는 점점 주기도문·사도신경을 토씨까지 안 틀리게 외게 되었다. 그렇게 1년이 흘러갔다. 우리는 어느덧 고3이 되어 있었다. 집안이 어려운 춘경이가 졸업 후 취직할 곳을 찾아야 한다며 학교를 자 주 빠지게 되었고, 천수는 자기 아버지 과수원을 물려받는다며 원예 기술을 익혔고, 나는 기필코 대학엘 들어가 엔지니어가 되겠다고 했다. 이런 우리를 위해 김 전도사는 백일기도를 시작했다. 이제는 친구가 아니라 아버지요, 스승이었다. 그래서 어느 날, 춘경이가 두 손 들고 들어가 전도사 앞에 무릎을 꿇은 건 조금도 이상한 게 아니었다. 그리고 '저는 저의 내일을 도무지 모르겠으니 주님, 처분대로 하시옵소서.' 하며 눈물을 펑펑 쏟아냈다. 춘경은 다음날부터 천수와 내 손목을 잡고 교회로 이끌었다. 3총사의 정분을 매몰차게 팽개칠 수 없어 우리는 한통속으로 교회에 다니게 됐고, 이른바 크리스천이 되었다.

하지만 그 과정이 그렇게 소박한 것만은 아니었다. 천수나 나나 남에게 털어놓지 못하지만, 내심 부글거리는 게 있었다. 천수 아버지는 동네 싸움꾼이었다. 과수원이 있어서 먹고 살 걱정이 없는 대신 열흘이 멀다하고 누군가와는 한 판 붙어야 직성이 풀리는 괴벽이 있었다. 온 동네 상하 간 혈족들이 그와 싸우지 않은 사람이 없을 정도였다. 그는 심지어 제 형제들과도 팔을 물어뜯을 정도로 싸우기도 했다. 천수는 아버지의 과수원에 매여 살면서 그 싸움을 어떻게 감당해야 하나, 치를 떨면서 남모르게 울적해야 했다. 나는 어떤가? 내 아버지는 혈족들이 다 아는 오입쟁이였다. 사과를 따서 창고에 쌓으면 오버코트에 구두를 빼 신고 읍내로 갔다. 한번 가면 2, 3일은 보통, 어떤 때는 열흘까지도 집에 오지 않았다. 어머니는 읍내를 이 잡듯 훑어 어떤 여자와 뒤엉켜 있는 아버지를 발견하곤 했다. 그러면 온 마을이 다 들썩거리도록 대판 싸움이 벌어지고, 목을 졸린 어머니가 캑캑거리면서 눈동자를 까뒤집으면 그제야 손을 놓는 아버지의 목덜미엔 뻘건 손톱자국이 나 있었다. 나는 문지방 너머에서 울었다. 우는 것 외엔 나로서 어찌할 방도가 없었다. 매년 겨울이면 벌어지는 연례행사였다. 그래도 과수원이 있어서 쌀밥 먹으며 학교를 다니는 데는 지장이 없었지만 언제 저 마귀 다툼 같은 처절한 부부 싸움이 끝날 것인가, 둘 중 하나가 죽어야 끝날 것인가, 하는 절망감에 차라리 내가 죽어버리고 싶은 충동을 가슴 깊숙한 곳에 묻고 있었다. 물론 이런 족속붙이를 족장이 방관만 하는 것은 아니었다. 천수 아버지나 내 아버지가 족장 앞에 불려가 호된 꾸지람을 듣기도 했는데 며칠 지나면 또 그 턱일 뿐이었다.

이런 우리에게 전도사님이 말했다.

"이 세상에 그 어느 누구에게도 절대적인 행복은 없어. 절대적인 평화도 없어. 절대적인 사랑도 없어. 하지만 우리는 늘 그것을 갈구하지. 그러니까 예수님이 필요한 거지. 예수님 안에서 용서할 줄 알아야 비로소 그 갈구가 진정되면서 그리스도인이 되는 거지."

우리는 단박에 그 말귀를 알아들을 수 있었다. 아주 간단하면서도 명쾌했다. 진리였다.

취직자리를 알아보던 춘경은 전도사님의 권유로 신학교에 입학했고, 천수는 어쨌든 제 마음을 다스리며 아버지 과수원을 돌보았다. 그리고 나는 그 지긋지긋한 집을 벗어나 대학에 들어갔다.

여름 방학이 되어 갈림리에 모이게 된 3총사에게 김 전도사는 성경학교를 열게 하고 그 교사를 시켰다. 신학교 물을 몇 달 먹은 춘경이 많은 자료를 가지고 왔기 때문에 큰 어려움은 없었으나 정작 아이들이 없었다. 성구를 시켜 제 친구들을 모아 오라고 해도 부모 눈치를 보느라 따라오는 애들이 별로 없었다. 할 수 없이 우리는 아이들에게 학교공부를 가르치겠다고 했다. 텅 빈 예배당보다는 그게 나을 것이기 때문이었다. 그러잖아도 돈은 궁하지 않으나 시골구석의 공부 환경 때문에 맨날 읍내 애들의 하빠리를 면치 못한다고 자괴하던 부모들이 의외로 신속한

반응을 보였다. 거기에는 신학교에 다니는 춘경은 몰라도, 나와 천수가 쓸데없이 예수에 홀린 청년들은 아니라는 판단도 작용했다. 우리는 예배당 십자가 아래서 열심히 가감승제, 한글 맞춤법, 현대문명 이야기, 그리고 다윈의 진화론 얘기 같은 것도 설명했다. 초등학교 교과서에 나오는 내용들이었기 때문이다.

이런 변칙적인 성경학교가 열리는 동안 김 전도사는 매일이다시피 한반종을 찾아갔다. 그의 퇴근 시간이 늦어지면 자정도 마다치 않고 기다렸다. 전도사는 요구했다. 권사인 한반종에게 감림교회 장로 직분을 맡아달라는 것이었다. 그건 인간의 요구가 아니라 주님의 명령이라고 했다. 반종은 그 요구를 들을 수 없다고 버텼다. 도저히 이 상태로는 장로라는 직분을 감당할 수 없고, 그건 하느님을 욕되게 할 뿐이라고 빌기까지 했다. 하지만 김 전도사도 결코 물러나지 않았다. 장로가 있어야 이 교회가 산다, 장로가 되면 그 뒷감당은 주님이 다 이루어 내신다, 장로 직분을 사양하지 말아야 당신도 살고 교회도 산다, 전도사는 그렇게 설득했다.

그 설득을 끝내 물리치지 못한 한반종 권사가 그해 가을 장로 직분을 받았고 그 처는 권사가 되었다. 그리고 김 전도사는 목사 안수를 받았다. 비로소 갈림교회가 교회다운 면모를 갖추게 되었고, 남 늦게 목회자로 나섰지만 김사은 전도사도 기독교 사역의 중심축 목사가 된 것이다.

그런데 목사가 된 뒤 그의 표정이 문득 달라졌다. 그가 이 교회에 처음 들어설 때의 뭔가 골똘해 하던 얼굴보다 더 진지해진 표정이었다.

"삭개오 권사님."

키가 작지만 주님의 은총을 듬뿍 받은 성경 속의 그 인물을 대입하면서 김 목사는 반종 처를 곧잘 그렇게 불렀다.

"왜 그러시죠? 무슨 불편한 거라도? 요즘 심기가 불편해 보이세요."

교회 안팎 일을 거의 도맡은 삭개오 권사는 목사님의 표정만 봐도 그 속을 훤히 꿸 수 있었다.

"권사님, 만약에 말이죠. 내가 저들과 전면전을 벌인다면 누가 질까요?"

"전면전요? 그리고 누가 '이길까'가 아니라 '질까'라니요?"

"물론 내가 지겠지요. 하지만 아무리 승산이 없더라도 이대로 있을 순 없어요."

김 목사는 쿠 한숨을 내쉬었다.

"무슨 말씀인지 알만합니다. 동네 사람들이 도무지 '목사'로서 목사님을 대해주지 않는 게 저도 가슴 아파요. 하지만 대신 우리 교회가 그들에게 배척당하지 않고 함께 어울리고 있잖아요."

"아무리 그렇더라도 며칠 전엔 나한테 막걸리를 먹으라고 들여대지 않나, 여자를 구해 살림이라도 차리지 왜 혼자 궁상을 떠느냐고 이죽거리질 않나, 또 화투를 함께 치자고 붙들질 않나, 빠져나오긴 했지만 내가 이게 무슨 꼴인가? 제대로 가고 있는 건가 하는 생각에 주님께 너무나 죄송했어요. 그리고 저 자신에게 부끄러워졌어요."

김 목사의 비감 어린 목소리가 교회 뜨락으로 후줄근히 가라앉았다.

"어서 교회가 부흥돼서 자리를 잡아야 하는데, 우선은 장로 권사인 저희들 먼저 주님께 회개하고 거듭나야 하는데…. 목사님 정말 죄송합니다. 면목 없습니다."

"게다가 이번 대동제에는 나를 초헌관으로 쓰겠다지 뭡니까."

"초헌관이 뭔데요?"

"서낭신한테 술 따라 올리고 절하는 거래요."

"아이구, 망측해라."

삭개오가 비명에 가까운 소리를 토해냈다.

"이젠 제가 구약의 용사들처럼 나서서 저들과 일전을 치를 수밖에 없다는 판단입니다."

"어떻게 일전을…?"

삭개오는 겁먹은 소리로 중얼거렸다.

"그건 나도 모릅니다. 주님께서 챙겨주시겠지요. 전 다만 기도할 뿐, 권사님도 기도로 도와주십시오."

목사는 비장한 얼굴로 예배당 안으로 들어갔다. 그날 밤이 새도록 기도와 찬송 소리가 예배당 유리문 밖으로 흘러나왔다.

집집마다 사과 수확이 마무리되고 비로소 한가한 틈이 생기는 초겨울로 접어들었다. 며칠 후 온 동네는 대동제 준비에 나섰다. 이 마을의 대동제는 좀 특이해서 마을 진산을 섬기는 산신제, 수호신을 섬기는 서낭제, 그리고 족속의 조상을 섬기는 사당제까지를 포함하는 행사였다. 그러다 보니 제사가 다 치러지려면 꼬박 보름이 걸리는데, 그 사이사이 풍물패를 꾸려 가가호호 안택고사도 병행했다. 그야말로 80여 호 온 마을 사람이 함께 먹고 마시며, 웃고 떠들면서 한 해 농사짓기로 궁핍해진 심신을 보양하고, 혈족으로서의 우의와 단결을 다지면서, 가문의 번창과 가솔의 영화를 추구하는 제사였다. 그래서 대동이었다. 그런데 교회와는 교리상 합치할 수 없는 간극을 가지고 있긴 하지만, 족장은 늘 교회를 한 단계 아래로 여겨 왔기 때문에 갈림리, 이 마을과 족속의 번성과 안녕을 가져다준 것은 전적으로 자기들의 신이라고 믿는 데에는 거리낌이 없었다. 그러므로 족장은, 전에 교회를 지키던 전도사는 여자였기에 그랬지만 지금은 남자이므로 서낭제의 헌관으로 매겨야만 대동의 뜻에 걸맞다고 생각했다. 그래야 두 신이 함께 어울리고 마을과 교회의 번영이 이뤄질 것이었다.

이윽고 서낭제의 아침이 밝아왔다. 초겨울 아침, 밝지도 따습지도 않은 해가 산마루를 힘없이 넘어오고 있었다. 김 목사는 잠시 뒤에 나타날 마을 사람들을 기다렸다. 그들은 자기를 서낭당으로 데려가서 서낭신 앞에 무릎을 꿇릴 것이다. 사실 그 자리를 피하고도 싶었다. 읍내에 볼일이 있다며 어제쯤 슬쩍 빠져나가 제사가 끝난 뒤 돌아오면 되는 것이었다. 하지만 그것은 비겁한 회피였다. 그렇게 해서는 저들 앞에서 다시는 당당할 수 없을 것이었다.

김 목사를 데리러 마을 사람 셋이 나타났다. 얼핏 보아 안면이 익은 얼굴들이다. 한반종의 친구 영래 씨, 중택 씨도 보였다. 그들과 함께 교회를 나서면서 김 목사는 속옷 주머니에 있는 막직한 무게감을 연신 의식했다. 그래 가마. 가 주마. 가서 보여주마. 김 목사의 발걸음이 오히려 가벼웠다.

오색 띠가 치렁치렁 늘어진 서낭당에는 오곡백과와 돼지머리 주과포가 푸짐하게 진설되어 있었다. 마을 사람들이 죽 둘러서서 까치발까지 뜨고 제주인 족장이 나타나기를 기다리다가, 목사가 먼저 도착하자 잠깐 수군대는 소리가 일었다. 그러나 곧 잠잠해졌다. 관과 도포를 차려입은 족장이 등장했기 때문이었다. 축문이 낭송되고, 일동 배례가 있고, 드디어 헌주 차례가 되었다. 김 목사의 이름이 불려졌고 김 목사가 제단 앞으로 걸어나갔다. 그런데 그는 무릎을 꿇지 않았다. 그리고 족장의, 어서 꿇으라는 눈짓이 점점 험악해지는 순간 목사는 뒤로 휙 돌아서서 외쳤다.

"여러분, 이건 죽은 제삽니다. 서낭신이 여러분을 어떻게 지켜준단 말입니까…?"

영래 씨, 중택 씨가 놀란 눈으로 튀어나와 그를 잡아끌었다. 그러나 목사는 완강하게 버티면서 입을 다물지 않았다. 이 마을에 평화를 주려면 여러분 모두가 함께 잘 살아야…, 목사의 입을 누군가가 틀어막았다. 족장이 길길이 뛰면서, 저놈을 당장 주저앉히지 못하느냐고 호령했다. 장정 서넛이 달려들어 목사의 사지를 들어 땅바닥에 메어꽂았다. 퍽 소리와 함께 땅에 처박힌 목사가 겨우 고개를 드는가 싶었는데, 그의 손에서 날카로운 단도가 아침 햇살에 반짝하고 빛을 냈다. 족장도 마을 사람들도 비명을 질렀다. 단도를 든 목사에게 장정들이 함부로 대들지 못하는 사이 목사는 다시 목청껏 소리 질렀다.

"그리스도는 여러분에게 평화와 자유와 사랑을 주시는 분입니다. 그분을 박대하지 마십시오…."

그러면서 김 목사는 자기와 눈길을 채 맞추지 못하는 동네 사람들을 죽 훑어보았다. 그 사람들 뒤편에, 안타깝고, 혼란스럽고, 죄송스럽다는 표정이 섞바뀌는 한반종의 얼굴이 얼핏 보였다. 목사가 다시 외쳤다.

"이 칼은 내가 누구를 찌르려고 가져온 게 아닙니다. 주님께 너무도 부족하여 나 자신을…."

그러면서 목사가 칼자루를 돌려 잡았다. 아아! 비명이 터져 나왔다. 그 순간이었다. 목사의 등 뒤에 섰던 한 남정네가 목사의 손목을 낚아채 칼을 땅에 떨어뜨려 놓았다. 동시에 옆에서 틈을 엿보던 남정네들이 달려들어 다시 목사의 사지를 장악했다.

"정말 고약한 놈이구나. 이제 어떻게 너를 한 마을에서 사람대접하면서 살 수 있겠느냐? 네가 오늘 서낭신께 저지른 이 행악을 도대체 어떻게 감당하려고 이 지랄인가 말이다. 목사를 묶어라. 대동제를 파할 때까지 저 죄인을 감금한다."

목사가 오랏줄에 묶인 채 진산 들머리 산신당으로 끌려갔다.

벌레 씹은 표정으로 제주와 제관들은 서낭제를 마쳤다. 그리고 이 신성한 제사에 똥물을 끼얹은 목사란 놈을 어떻게 처리할까를 논의했다. 원래 법도로는 대동제가 끝날 때까지 신성한 곳에 얼씬거리지 못하도록 가두어 두는 것이지만, 아직 대동제가 끝나려면 열흘이나 남았다. 날씨도 춥고 한반종이 저렇게 풀어달라고 애걸복걸인데, 그가 요즘 교회에 뜸하고 되려 마을 친구들과 잘 어울리면서 세상 사는 낙을 누린다는 말까지 한다니, 괜히 그를 까실러서 이로울 것도 없었다. 그래서 2, 3일 지나면 풀어주는 게 어떠냐고 의견을 모았다.

산신당이라야 호랑이 등을 타고 있는 백발노인의 그림이 한쪽 면을 차지하고 있는 두 평쯤 되는 목조 건물이었다. 낮에는 그래도 견딜 만했지만 해가 떨어지자 숭숭 뚫린 마룻장 사이로 냉기가 솟구쳐 올라왔다. 마을 여인네 하나가 날라다 준 주먹밥으로 시장기를 면한 목사가, 자기를 내려다보는 그림 속 노인의 눈초리를 피해 돌아앉는데, 목사님 하는 나지막한 목소리가 들렸다. 한 장로였다.

"이 고생을 이거 정말…, 어떻게 해야 합니까? 저놈들을 당장 경찰서에 고발해 버릴까요, 특수감금죄로?"

"됐어요. 목사가 무슨 고발을 다 합니까? 다 마귀가 역사하는 겁니다. 역사가 승하면 쇠락도 멀지 않았습니다."

"제가 가서 손이 발이 되도록 빌었지만…."

"빌지 마십시오. 우리 뒤엔 주님이 계시는데 누구한테 빕니까?"

"목사님 솔직히 전 아직 믿음이 약한가 봅니다. 이런 판국에 제가 도대체 뭘 어떻게 해야 할지 떠오르는 게 없습니다."

한 장로가 제 뒷머릴 억세게 두어 번 긁적였다.

"다 믿음대로 가는 거니까 너무 자책은 마십시오. 산을 내려가서 편히 주무시고 평소처럼 일상으로 돌아가십시오. 어서 내려가세요."

목사가 반종을 산 아래로 내몰 듯이 쫓아냈다. 밤이 점점 깊어지면서, 기온이 뚝뚝 떨어졌다. 달도 없는 하늘에서 쏟아질 듯 별 떨기가 반짝이고 은하수가 콸콸콸 소리 내어 창공을 흐르고 있었다. 삼라만상을 지으신 하느님, 하느님을 섬기는 목사 김사은올시다. 제가 지금 이 산속 신당에 감금되어 있습니다. 물론 오랏줄에 묶여 있는 것도 아니고 밖에 자물쇠는 채워졌다고 하나 힘껏 밀어젖히면 저 문짝 하나 열 수 없는 것도 아닙니다. 그러나 저는 그렇게 못합니다. 목사가 탈주했다는 악의적인 공격이 또 하느님께 누가 될 일 아닙니까? 대신 기도를 드립니다. 이 밤새도록 간절하고도 뜨거운 기도를 드립니다. 일어나서 펄펄 뛰면서 고래고래 소리 높여, 이 산이 다 울리도록 기도드립니다. 그래야 저도 체온을 유지하고 이 밤 동사를 면할 거 아닙니까. 하느님 도와주십시오. 힘을 주십시오.

김 목사의 기도 소리가 점점 커졌다. 고요한 밤 그 소리는 산 아래로 내려가 집집의 문을 흔들었다. 산신령이 포효하는 소리 같다고 겁을 먹는 사람이 있었고, 산 도깨비가 짖어대는 소리 같다며 재미있어하는 사람도 있었다. 그 소리는 한반종의 귀에도 들렸다. 습관처럼 겨우 이부자리를 펼쳤으나 목사님 사단으로 차마 눕지는 못하고 두 무릎을 세우고 깍지를 낀 채 시름없이 앉아 있던 반종이었다. 그가 부스스 일어났다.

"나도 갈래요."

삭개오 권사가 따라나섰다.

"성구는 자지?"

"깼어요. 저도 간대요."

"그래, 가보자."

셋은 산신당으로 향했다. 그리고 목청껏 기도를 끓여내고 있는 목사 옆에 꿇어앉았다. 길고도 추운 밤이었다. 적과 맞서 죽기를 각오하고 나선 전장 같은 밤이었다.

은하수가 척 기울었다. 초겨울 기나긴 밤이지만 새벽이 가까워 오고 있었다. 마을에선 첫닭이 울기 시작했다.

"도대체 시끄러워 안 되겠다. 풀어줘라."

족장이 찌푸린 상호를 촛불 어리로 내밀며, 제사를 준비하느라 첫새벽 족장댁에 도착한 영래에게 말했다. 영래가 산신당으로 가서 좀은 미안한 얼굴로 신당 자물쇠를 따고 말했다.

"너무 고깝게는 생각 말아요. 가끔 있는 일이니까. 몇 년 전에는 천수 아버지도 금일(禁日)에 남과 싸우다가 여기 갇힌 적이 있지요."

"여보게, 족장님이 명했나?"

옆에서 으들으들 떨던 반종이 물었다.

"참 대단들 하시네. 왜 자네 집 식구들도 여기서 벌벌 떨고 있나? 도대체 자네들이 믿는 하느님이 누구길래 이렇게 하나?"

영래가 중얼거리는 말을 반종은 듣지 못했다. 하지만 목사의 귀에는 또렷이 들어왔다. 목사가 그를 돌아보고 대신 대답을 하려는데,

"목사님, 가십시다. 내려가셔서 몸을 녹이셔야죠."

하고 반종이 목사를 부축했다.

"고맙지만 나 혼자 걸을 수 있습니다. 장로님은 식구들을 데리고 집으로 가십시오. 나는 당당하게 내 발로 걸어 교회로 가겠습니다."

목사가 성큼 발을 내디뎠다. 그리고 교회로 돌아왔다. 담벼락 밑에 우울한 얼굴로 쭈그려 앉았던 천수가 예배당 문을 열어주었다.

대동제가 끝났다. 누구 하나 찾아오는 사람이 없었다. 김 목사도 마을로 나아가지 못했다. 반목이었다. 교회는 적막감에 싸였고, 목사님의 기도 소리가 간간이 그것을 흔들기도 했지만 사그라지는 불꽃 같았다. 왠지 한반종의 왕래도 뜸해졌다. 다만 삭개오 권사가 조석을 먹으러 오지 않는 목사님을 부르러 이따금 들를 뿐이었다. 외로웠다. 적과 싸워 졌을지도 모른다는 불안감이 엄습해 왔다. 성령님이 떠난 것만 같았다. 정규 신학대학도 나오지 않았으면서 사역자의 꿈을 달려온 자신의 한계가 여기까지인가 하는 자책도 일었다. 그러나 능치 못할 것이 없다는 주님, 정규·비정규가 무슨 큰 절벽이겠습니까? 처음 된 자가 나중 되고 나중인 자가 처음 된다고 말씀하신 주님, 저는 결코 처음이 돼 본 적도 없습니다. 그러나 저는 지금 스스로 나약함에 떨고 있습니다. 주님에의 결심과 결단도 흔들리고 있습니다. 죽고 싶을 만큼 외롭습니다. 그러나 저를 죽지 않을 만큼만 때려 주십시오. 제가 주님을 믿는다는 것도 믿을 수 없지만, 이대로 죽을 수는 없습니다.

김 목사는 주루루 눈물을 흘렸다. 캄캄한 깊은 밤이었다. 방구석에는 문 창호지를 때리고 들어오는 냉기를 겨우 버티다가 열기가 식어가는 질화로가 놓여 있었다. 목사는 화로를 무릎맡으로 끌어당겼다. 그리고 믿게 해 주십시오, 믿게 해주십시오를 반복해서 중얼거리다가 다니엘, 다윗, 기드온, 하고 성경 속 용사들의 이름을 되뇌었다. 그 증표를 새깁니다. 믿는다는 증표를! 그는 화로 속의 부젓가락을 잡았다. 그리고 제 팔뚝에 그것을 들여댔다. 열기가 쇠잔했지만 뜨거웠다. 으윽, 자신도 모르게 이빨을 응시 물며 목사는 팔뚝을 제 손으로 감았다. 그리고 황급히 주전자의 물을 떨구어 쓰라린 팔뚝을 식혔다.

목사가 팔뚝에 붕대를 감고 있었지만, 긴소매 속이라 삭개오 권사까지 그 화상을 눈치채지 못했다. 목사는 점점 말이 없어졌지만, 기도 소리는 길고 높아져 갔다.

겨울 방학이 시작되었다. 어엿한 청년 3총사가 교회에 나타났다. 김사은 목사의 입가에 오랜만에 비로소 엷은 웃음기가 떠올랐다. 신학교 1년을 지난 춘경이 본격적으로 전도사 실습에 나서려는 제스처에 우리는 신이 나 그를 따랐고, 크리스마스트리 아래서 겨울 성경학교가 열렸다. 아이들이 역시 모이지 않았으나, 여름처럼 학교공부를 가르치지는 않기로 했다. 교장을 맡은 한 장로가 어쩐 일인지 휴가를 내어 참여하면서 아이들 학용품과 과자를 한 가방이나 사 들고 왔다. 연말 보너스를 몽땅 털었다고 했다. 우리는 학용품과 과자를 들고 나가 아이들을 끌어모았다. 대부분 학용품과 과자가 탐나는 집 아이들이었으나, 영래 씨 딸 자경이가 낀 게 특별했다. 그 애는 성구와 동갑내기로 깜찍하게 예뻐서 아이들 사이에 낙랑공주라는 별명을 가진 애였다. 그런데 교회와는 담을 쌓고 살던 영래 씨가 딸을 성경학교에 보내다니…. 하지만 김 목사는 또렷이 기억했다. 그날 새벽, 산신당에 열쇠를 가지고 왔던 그의 중얼거림을.

춘경의 리드로 성경학교에는 하루하루 아이들이 늘어났다. 한 장로가 학용품과 과자를 더 사 올 정도였다. 모처럼 교회에 훈기가 돌고 웃음이 일었다. 이것이 사랑, 평화, 행복임을 우리는 만끽했다.

그런데 1주일간의 성경학교를 폐하기 전날, 춘경이가 은밀히 기도실로 천수와 나를 불렀다.

"너희들 목사님 팔뚝 봤어?"

"아니 뭔데?"

"화상. 부젓가락으로…."

"왜?"

우리는 놀란 입을 다물지 못했다. 춘경이 천천히 그간 목사님 앞에서 벌어졌던 사건을 풀어나갔다. 신학생인 그가 목사님과 여러 신학 과제를 토론하며 이 책 저 책을 뒤지다가 그의 팔뚝에 난 화상 자국을 보고 놀라 캐물었던 것이다.

우리는 분개했다. 우리는 어느덧 지긋지긋한 혈연의 부모를 떠나 목사님 편에 서 있는 것을 그때 비로소 깨달았다.

우리는 목사님을 위해 족장에게 쳐들어갈 궁리를 했다. 혈연의 아버지가 노발대발하겠지만, 그쪽에는 사랑도 평화도 없음을 너무도 잘 알고 있었다. 그러나 그건 폭력적 수단을 쓸 수밖에 없다는 약점이 있었다. 오죽하면 긴긴밤을 고뇌하신 목사님이 스스로 자기 팔을 그렇게 하셨겠는가? 그렇다면 우리도 우리의 결의를 어떻게든 남겨놔야 마음이 편할 것 같았다. 생각다 못해 혈서를 쓰기로 했다. 예수님도 십자가에서 피를 흘리시며 돌아가시지 않았는가. 그것을 고이고이 간직하여 한평생 삶의 지표로 삼자는 것이었다. 정말 진지하고도 고귀한 결의였다. 우리는 나름대로 간절한 기도에 들어갔다. 하느님께 겸손하게, 내 주위에 온유하게, 그리고 우리가 지향하는 세상 즉 사랑과 평화와 행복이 넘치는 세상을 이루기 위해 손가락에 피 몇 방울 흘리는 건 아무것도 아니라고 마음을 정리했다. 우리는 피 글자를 성경책 첫 장에 쓰자고도 합의했다. 성경책은 마침 내가 서점에서 갓 사 온 것이 있었기 때문에 그것이 선택되었다.

그런데 깊고도 긴 기도를 마치고, 춘경이가 먼저 면도칼을 집어 들고 제 오른쪽 검지 끝을 겨냥하는 순간이었다. 방문이 조심스레 열리면서 '선생님…!' 하는 한 아이의 목소리가 들렸다. 성구였다. 그는 울먹이는 얼굴로 들어와 우리 옆에 앉더니, 저도 쓸래요 하며 그 얼굴 속에서 진주처럼 까만 두 눈을 깜박거렸다. 뭐? 우리는 놀라 성구를 바라보았다.

"저도 다 봤어요. 목사님이 몰래 우시는 것도 봤어요."

성구는 진지했다.

"안 돼. 넌 어린 애야. 혈서는 어린 애가 쓰는 게 아냐."

내가 단호하게 말했다. 성구가 까만 눈을 반짝거리며 다시 말했다.

"저도 커서 목사님처럼, 선생님들처럼 되고 싶어요. 허락해 주세요. 연필 깎다가 손 베어 봤거든요. 저도 할 수 있어요."

"참나, 이 녀석이…?"

춘경이 들고 있던 면도칼을 내려놓고 난처하다는 듯 혀를 찼다. 천수가,

"안 돼. 너 빨리 썩 나가지 못해? 우리 선생님들이 하는 일에 조무래기가 왜 껴들어. 엉?"

하며 윽박지르는 안색을 보이자 성구의 선하고 귀여운 눈가에 금세 눈물이 오르르 배어나며,

"선생님들은 다 보지도 못했으면서…."

하고 울먹였다.

"얘 상처가 너무 컸나 봐. 이를 어쩌지?"

내가 말했고, 천수가,

"그렇다고 어린 애한테 혈서를 쓰게 하는 건 말이 안 돼."

했고,

"나도 그렇게 생각해."

하고 춘경이 말했다. 그리고 한참이나 성구를 앞에 두고 침묵하다가 내가 말했다.

"그럼 우리 이렇게 하는 게 어떨까? 혈서를 쓰는 취지가 우리의 결의를 다지자는 거 아니겠어? 혈서가 피로써 다짐을 하는 거 맞지만 지금 성구가 말한 대로 연필 깎다가 베어본 적도 있다는 거 아냐? 그러니 다 마음

먹기에 달렸지. 꼭 혈서로 할 게 아니라, 우리 여기에 서명을 하고 지장을 찍는 건 어때? 그러면 성구한테도 무리가 아닐 테고…."

천수가 그럴듯하게 여겼는지 성구에게,

"이 꼬마 녀석이 참 대단하네. 지장 찍어도 되겠어?"

했다. 성구가 잠시 뭔갈 생각하더니,

"선생님들이 그렇게 하신다면요."

했다.

춘경이가 어느 탁자 서랍에선가 인주와 볼펜을 찾아왔다. 그리고 썼다. '주님의 사랑과 평화를 위하여 우리 삶을 드린다'. 이 문구가 내 성경책 속표지에 자리를 잡았고 그 밑에 우춘경, 한천수, 한동만, 그리고 한성구의 자필 서명이 쓰여졌고, 각자의 오른손 검지 지장이 찍혔다.

여름 덥고도 습한 긴 저녁나절이 불타는 석양을 야금야금 먹어가더니 제법 땅거미가 내렸다. 방조제 가로등에 불이 켜지고 바닷바람이 육지를 향해 거세게 몰려들었다. 목사님이 너무 오래 앉아 있어서 허리가 아픈지 몸을 일으키면서 물었다.

"그래, 그 성경책을 지금도 자네가 갖고 있나?"

나는 잠시 대답을 망설였다.

"사실 목사님께서 저한테 전화를 주셨을 때 왠지 제게는 성구를 찾아야 한다는 강박관념이 생겼어요. 제가 성구를 찾아야 돼요."

"무슨 긴한 사연이 있는 게로군."

목사님이 방조제로 올라서서 당신의 집 쪽으로 걷기 시작했다.

"매일 이 길을 걷지만 말여, 매일 다른 길처럼 낯설게 느껴져."

"고향에 정착하시기엔 아직 열정이 남으신 거 아녜요?"

"그럴까? 고향이 낯설면 아직 젊다는 걸까?"

목사님은 긴 숨을 뱉어냈다. 그것은 영락없는 한숨이었다. 목사님은 늙어가면서, 목사님답지 않게 한숨이 늘어간다고 나는 여겼다.

갈림리에서 그 씨족들과 그렇게 얽히고설키고 살아가는 중에 영래 씨가 가끔 은근슬쩍 교회에 왔다가 강대상 앞에 잠시 조아리는 모습이 띄었고, 신도 수도 좀 늘어났다. 김사은 목사는 사모님까지 데려와서 이제 본격적으로 교회 부흥을 주도할 구상에 바빴다. 그런데, 느닷없이 한반종 장로에게 기막힌 일이 벌어졌다. 암이라는 병마가 그를 침노했던 것이다. 그리고 그는 살기 위해 몸부림쳤지만 허망하게도 눈을 감았다. 정말이지 이것이 하느님의 뜻인지, 김 목사는 묻고 싶었다. 하느님의 뜻이라면 왜 이렇게 하시는지 알고 싶었다.

한 장로는 눈을 감기 전에 김 목사에게,

"목사님, 잘 모시지 못해 죄송합니다. 이제 비로소 주님을 잘 섬겨보려는데, 더 이상 갈대처럼 흔들리지 말라고 부르시네요. 기쁜 마음으로 가야지요. 깜도 안 되는 제가 장로랍시고 교회만 왔다 갔다 했구먼요. 그런데 목사님, 제가 참 부끄러운 게 있는데요, 그래서 제가 죽으면 제 명정에 장로라고 쓰진 말아 주세요. 그냥 감림교회 성경학교 교장이라고만 써주세요. 그래야 주님 뵐 때 조금이나마 면목이 설 거 같으니까요."
했다.

그의 관 뚜껑이 덮이고 목사와 삭개오 권사, 그리고 몇몇 교인들이 찬송가로 그를 영별하는 엄숙한 순간이었다. 술에 잔뜩 취한 영래 씨와 중택 씨가 비틀거리며 다가와 관을 묶은 띠를 잡았다. 그들은 잠시 무슨 말인가 횡설수설하더니, 반종아 잘 가그라, 거기 가서 화투 치고 싶어 어쩌나, 이거 한 목 던져 주마, 하고는 마치 빨간 수류탄 같은 화툿목 하나를 광중으로 툭 던져 넣었다. 순간 목사는 피가 거꾸로 솟는 걸 느꼈다. 그리고 소리 질렀다. 저걸 건져 내지 못해? 그러자 그들이 목사를 빤히 쳐다보며, 왜 남 속도 모르고 지랄여, 얘는 우리 친구란 말여, 알어? 하고 험악한 얼굴로 어그적어그적 다가왔다. 삭개오 권사의 흐느끼는 소리가 들렸다. 이때 성구가 한 손을 누구에겐가 잡힌 채 겨우 손을 뻗어 그 흉물 같은 화툿목을 걷어 올렸다. 삭개오 권사와 목사의 찬송 소리가 차츰 흐느낌으로 변해갔다.

덧정이 없었다. 남 눈에 띄지 않게 강대상 앞에 와 앉았던 영래 씨의 모습은 허상이었단 말인가. 아무리 갈대처럼 흔들린다지만 저쪽으로 굽은 갈대가 언제 다시 이쪽을 향하랴. 아니 향한들 또 흔들릴 것 아닌가? 아무런 빛도 보이지 않았다. 그저 긴 터널에서 10여 년을 갇혀 있는 기분이었다. 이제는 정신도 차릴 수 없었고 고독에 떨면서 밤새 기도할 힘도 없었다. 아무래도 이 척박한 땅을 경작할 사람이 자신 말고 따로 있을 것만 같았다.

김사은 목사는 툭툭 털고 광설(狂雪)이 나부끼는 갈림리를 떠났다. 삭개오 권사와 성구가 눈이 퉁퉁 부은 채 동구 밖까지 따라왔으나 더 이상 머물러 있을 수는 없었다. 목사는 속으로 말했다. 나중에, 나중에 천국에서….

김사은 목사가 떠나간 뒤, 감림교회는 주일이나 삼일 저녁에 삭개오 권사가 열어 놓는 것 외엔 문이 잠기는 날이 많아졌다. 신학교를 졸업하고 군종병까지 다녀온 우춘경이 잠시 와서 예배를 인도하다가 떠났고, 아버지와의 불화를 견디지 못하여 결국 집을 떠난 한천수가 남쪽 바닷가 어디에서 해산물 도매업에 뛰어들어 짭짤하게 번다는 소문과 함께 매달

교회로 송금하던 돈도 한 2년 뒤 흐지부지되고 말았다. 그의 사업이 망했다는 말이 돌았으나, 그는 고향에 얼굴을 내밀지 않았다.

스무 살이 된 한성구가 입대를 하게 되자 삭개오 권사도 한 많고 차별 많은 남편 씨족 마을 갈림을 떠났다. 제대를 한 성구가 읍내에서 그 어머니 삭개오 권사를 모시고 산다는 말이 있었고 성구가 자경이와 단둘이 있는 모습이 눈에 띈다는 소문이 있었다.

김사은 목사는 갈림교회 사역 실패의 뼈아픈 경험을 토대로 진작부터 자신이 그렸던 교회를 찾아 나섰다. 그러나 여건이 닿는 곳이 없었다. 몇 년이 금방 흘러갔고, 더 늙기 전에 사역자의 길을 가야 한다는 조바심이 자꾸 고개를 들었다. 궁리 끝에 그는 교회를 개척하기로 마음먹었다. 천안(天安). 하늘이, 아니 하느님이 편안해 할 도시. 갈림리부터 당진 사이 그 중간쯤인 이 도시에 그는 성령님의 인도 아래 엉성하기 짝이 없지만 요긴한 둥지를 틀었다. 상가 건물 지하실에 교회 간판을 내걸었던 것이다. 그는 한 마리 꿀벌처럼 노방 전도에 나섰다. 몇 개월 두 내외가 거리를 헤집고 다닌 끝에 신도 수가 스무 명 남짓 됐으나, 이건 아직 교회다운 꼴이 아니었다. 작더라도 예배당을 짓고 거기서 뭘 해도 해야 될 것이다. 그러나 예배당을 짓는다는 게 말처럼 쉬운 게 아니었다. 밤낮 눈물을 쏟으며 기도했으나, 포기하든지 아니면…, 고향 당진에 있는 세전전답이라도 팔아야 될 일이었다. 김 목사는 아버지에게 물려받은 몇 평 되지도 않는 땅을 내놓았다. 그러자 득달같이 매수자가 나타나 채갔다. 그는 그 돈을 종자로 하여 부지를 사고 은행 빚을 얻었다. 자기 재산으로는 감당할 수 없을 만한 빚이었지만, 목사가 땅을 판 것을 안 신도들이 보증을 서 주었다. 그런데 하룬, 뜻하지 않게도 김 목사 앞에 성구가 나타났다. 그는 낡은 가방 속에서 예금 통장을 하나 꺼내놓고 말했다.

"목사님, 이거 얼마 안 되는 돈이지만 교회 건축비로 쓰십시오."

"성구, 그게 무슨 돈인데 여기까지 가져 왔어?"

"예배당 건축비요. 받아 두세요."

성구는 생글생글 웃기까지 했다.

"주님 이름으로 감사한 일이지만, 무슨 돈이고 얼마나 되는데?"

목사는 성구가 헌금 봉투도 아닌 통장을 들고 나타난 것이 의아해서 선뜻 손을 내밀지 못하고 물었다.

"그런 건 묻지 마시고, 제 믿음 따라 헌금 하는 거니까 그냥 받아 두십시오."

성구는 의연했다. 할 수 없다는 듯 목사가 가만히 손을 뻗어 통장을 집어 올렸고 속장을 펼쳐보았다. 순간 목사는 헉, 하고 목구멍이 막히는 걸 느꼈다. 3천만 원이나 되는 거금이었다.

"자네 이거…? 무슨 돈인가?"

목사는 통장을 탁자 위에 도로 내려놓으며 석연치 않은 표정으로 물었다.

"나쁜 돈은 아니니까 안심하고 받아 건축에 쓰십시오."

"자네가 어디 나쁜 짓을 할 사람인가? 하지만 내가 알기로 이 돈은 자네한테 너무 큰 돈인데…."

"저는 주님의 뜻이라고 생각합니다."

"좀 자세히 말해보게."

"어머니가 돌아가셨습니다."

"삭개오 권사님이? 왜?"

"교통사고였지요. 알고 보니 가해자도 트럭 한 대 몰고 다니며 장사해 먹고 사는 사람이었는데, 뭘 어떻게 할 수 있겠습니까? 불행 중 다행으로 그 사람이 보험이 있어서 받은 돈입니다. 이 돈은 제 돈이 아니고 어머니 돈입니다. 어머니 생전에 만약 이런 돈이 있었다면 서슴지 않고 예배당 건축비로 헌금하셨을 겁니다."

"안 돼. 이건 받을 수 없네."

목사는 목울대가 뜨거워지며 떨리는 소리를 토해냈다.

"목사님, 주님의 사랑과 평화가 넘치는 세상, 잊으신 건 아니죠?"

성구가 그 맑은 눈으로 목사를 쳐다보며 물었다.

"아, 하지만 이건 아니야. 이 돈은 자네가 장가도 들고 살림집도 마련하는 데 써야 할 돈이야. 설사 헌금을 한다고 해도 자네가 지금 출석하는 교회에 먼저 해야 되는 거고…."

"목사님, 전 지금 교회가 없습니다. 으리으리한 교회는 재물복을 찬탄하는 데 도취돼 있고 가난한 교회는 한숨과 눈물뿐이었습니다. 어디고 제가 서 있을 곳은 없었습니다."

"그래도 어디 말씀이 살아있는 교횔 속히 찾아야지…. 그리고 이제 헌금하려는 뜻은 알았으니 하느님도 기뻐하실 거야. 나중에 형편이 좋아지면 그때 헌금해. 이거보다 훨씬 많이 하면 되잖아."

목사는 성구를 뿌리치고 자리에서 일어났다. 그러면서 눈을 감고 기도했다. 하느님 감사합니다. 성구의 저 갸륵한 신심에 사랑과 평화를 가득 부어 주십시오.

목사의 완강한 거부로 되돌아간 성구가, 어떻게 알았는지 지하실 교회 계좌로 그 돈을 송금한 걸 며칠 뒤 김 목사는 알았다. 아, 삭개오 권사가 흘리고 간 피, 그 핏값으로 교회를 짓습니다. 저는 빚쟁입니다. 하느님께는 물론 이 세상 모든 성도들에게 살아 움직이는 빚쟁입니다. 이 죄를 매일매일 회개하면서 거듭나도록 주님 저를 채찍질해주십시오.

김 목사는 설계부터 기초 다지기, 콘크리트 타설, 조적… 모든 공정에 심혈을 쏟았다. 그리고 6개월 만에 작지만 아름다운 예배당이 완공되고, 우선 입당식을 가졌다. 스무 명 남짓한 신도들이 똘똘 뭉쳐 노방으로, 아파트 단지로 전도에 열을 올리고 머지않아 예배당 좌석이 꽉 찰 기대감에 김 목사는 가슴이 부풀었다. 그러나 어인 일인가? 한 달이 가도 신도 수는 제자리걸음이었다. 아니, 줄고 있었다. 답답한 나머지 주일 예배 설교를 미루고 그는 예배당 앞을 주시했다. 그런데 아, 이것을 어찌 알았으랴. 그의 작지만 아름다운 예배당 앞을 대형교회 셔틀버스가 저인망처럼 훑고 지나갔다. 셔틀버스는 6킬로미터나 떨어진 곳으로 가 사람들을 부려놓고 다시 쌩쌩 바람을 일구며 다른 길로 달려나갔다. 오, 주님! 김 목사는 그 자리에 맥없이 주저앉고 말았다. 이게 주님의 뜻입니까? 주님의 사랑이고 평화고 행복입니까? 목사는 부르짖었다. 은행에서는 이자 납부 기한을 속절없이 알려왔다. 빚에 넘어지기 전에 예배당을 팔아 보증 선 사람들을 보호해야 할 판이었다. 이제는 목사가 아니라 빚쟁이였다. 빚쟁이 목사를 대형교회 높은 십자가가 내려다보며 마냥 비웃는 것 같았다.

버림받은 자의 상처는 하루하루를 죽을 지경으로 고달프게 했다. 주변을 돌아볼 힘도, 제 앞가림을 닦을 체면도 그에겐 없었다. 그런데 이런 와중에 갈림리 자경이가 불쑥 교회에 나타났다. 그녀는 보기에도 딱하리만치 초췌해 있었다. 저간의 사정을 들어보니 그녀는 자기 집으로부터의 탈출을 감행한 것이었다. 전에, 삭개오 권사가 살아있을 때, 제 딸이 성구와 자주 함께 있는 것을 안 자경 아버지 영래 씨가 딸년의 머리채를 낚아채 집으로 데려간 뒤 바깥출입을 금해 버렸다는 것이었다. 하지만 자경은 아버지의 눈을 피해 집을 뛰쳐나왔고 지금 다 주저앉은 이 교회까지 와 숨어들었던 것이다. 그런데 김 목사는 자경이를 거둬들이긴 했으나, 갈림교회에서 뿌린 씨앗 하나가 이렇게 멀리까지 날아와 싹을 틔우게 되리라는 희망을 가질 수 없었다. 그는 겨우 기진맥진한 몸으로 성구를 수소문했고, 자경이와 만나도록 손이나 써줄 수밖에 없었다. 그러나 성구는 미적미적 나타날 기미를 보이지 않았다. 김 목사가 성구의 무성의한 태도를 보다 못해 이윽고 꾸짖는 투로 전화를 걸었다.

"자네만 바라보고 여기까지 온 자경이한테 어쩜 그토록 무심할 수 있나? 자경이의 실망이 이만저만이 아니야. 자네가 자경이를 진심으로 사랑한 게 아니란 말은 아니겠지?"

"목사님, 저는 자경이를 사랑합니다. 제게는 과분한 여자죠. 하지만 사람과 사람 사이의 사랑이 그토록 고귀한 것일까요? 때가 가면 육신은 묵주머니처럼 쭈그러들고 생각은 화로의 숯덩이처럼 소멸되는 게 우리 인생인데 사람 사이에 서로 영원히, 죽도록 사랑한다는 말이 진정 그렇게 고귀한 건가요?"

"뭐라고? 자넨 지금 하느님이 인간에게 준 자유 의지를 욕보이고 있는 거야."

"인간 사이의 사랑이 한낱 허상이라고 믿어야 신의 사랑이 진실로 고귀해지는 게 아닌지요?"

"하, 참나. 자네 말은 목사인 나까지도 화나게 만들고 있어 지금. 사람을 사랑할 줄 모르는 사람은 하느님도 사랑할 줄 모르는 거야. 우리 인간은 그 하나하나가 하느님 형상대로 만들어진 거야. 그러니까 자경이도 곧 하느님인 거야. 이해하겠어?"

"제가 자경이를 결코 소홀히 생각하는 것이 아닙니다. 깊이 생각해보면, 자경 아버지가 저를 벌레처럼 하찮아하는 이 사정을 무릅쓰고 제가 자경이를 취하여 한 가정을 이룬들 피차의 반목과 간극이 메워질 리가 없지요. 사랑 하나만을 위해 나한테 온 자경이가 얼마나 불행할 것인지를 곰곰 생각해봅니다. 자경이가 맘을 돌려먹는 것이 그녀 주변에 평화를 심어 주는 것이죠. 저 또한 평생 만질 수 없는 값비싼 황금붙이를 곁에 두고 있다 보면 그것이 제게 미칠 번잡함이, 하느님이 보시기에 아주 부질없는 것이 될 거 같았습니다. 미련을 정리하고 나니 자경이에겐 미안하지만 제 마음이 오히려 가볍습니다."

"이보게, 한성구, 자네 정신 좀 똑바로 차리고 내 말 좀 들어봐. 자네가 자경이와 혼인해서 아주 신실한 하느님 안에서의 가정을 이루었다고 생각해봐. 그걸 하느님이 보시고 부질없다고 하실까?"

"그걸 제가 왜 생각하지 않았겠습니까? 하지만 오히려 제가 하느님을 버리고 저쪽으로 끌려갈지도 모른다는 두려움은 왜 모르십니까?"

"하느님이 그렇게 약하신 분이 아냐. 의로움 앞에서 역사하시는 유일신이야. 그 무엇이 하느님을 이기겠어? 그건 오히려 자네가 믿음이 약해서야."

"그러나 우리 주변엔 하느님이 패하는 경우도 있습니다. …물론 섬기는 사람들의 믿음이 약해서겠지만요."

목사의 꾸짖음에 또박또박 이의를 달던 성구의 목소리가 문득 축축해지는 걸 목사가 깨달았다.

"…그래…. 믿음이 약해서…!"

목사도 말끝을 채우지 못했다. 갈림리의 그 어두웠던 터널이 잠시 눈앞을 파노라마처럼 지나갔다. 그리고 지금 주저앉는 새 예배당의 모습을 목도했다. 목사는, 네 맘을 이해한다…, 고 중얼거리며 전화기를 놓았다.

며칠 후 어떻게 알고 왔는지 자경 아버지 영래 씨가 두 눈을 부라리고 나타나 목사에게 삿대질을 하며, 젊은 애들이나 꼬여내서 네가 도대체 뭘 하겠다는 거냐며 한바탕 예배실을 뒤집어 놓고는 자경이를 끌고 나갔다.

주님, 다들 떠났습니다. 믿음이 약한 저에겐 결코 사역자의 이름을 주시지 않는군요.

씁쓸했다. 그는 예배당을 매각했다. 그 건물엔 호프집과 카페, 아이들의 보습학원이 들어섰다.

두 손을 툭툭 털어버린 김사은은 고향 당진의 세전 전답이 허공으로 날아간 것을 알았다. 기가 막혀 말도 나오지 않았지만, 하느님을 원망하지는 않았다. 모든 게 다 그분의 뜻 아닌가. 하느님을 편안하게 하는 것이 사역자의 길이니까.

"목사님, 성구가 저 공사판 간이숙소 어딘가에서 그 성경책을 들춰보고 있을 것만 같습니다."

"아니지. 오늘 밤도 내 집 주위를 서성거릴지 모르지."

"왜 모습을 드러내지 않을까요?"

"지금 내 상호가, 자네가 보다시피 어디 편안한 구석이 있어야지. 하지만 성구가 나타나면 내 다른 건 몰라도 그 돈은 돌려줄 생각이라네. 그래야 어디 가서 단칸방 전세라도 얻을 거 아닌가?"

"그게 무슨 말씀이세요?"

"아냐 아냐. 하느님하고 나하고 성구만이 아는 얘기야."

"목사님도 참…, 목사님, 그 팔의 흉터는 이제 거의 다 지워지셨지요?"

내가 얼른 화제를 바꾸어 말했다.

"죽어 썩기 전에 지워지기야 할까만."

"목사님 성구를 만나시려면 얼굴을 펴시고 확신에 차서 활기차게 사셔야 합니다."

"그렇지. 그래야겠지. 우리 성구가 나한테 저 석양 너머에서 자꾸 말하는 거 같애. '목사님, 거리에도 들판에도 으리으리한 교회에도 예수님은 없는 거 같아요. 예수님은 지금 어디 계신가요?' 하고 말이야. 나는 혼자 방조제 저 위험한 블록에 앉아 독백처럼 말하곤 하지. '성구야, 이제 알겠다. 네가 바로 예수님이란 걸. 그분은 30대 초반에 세상 모든 죄를 짊어지고 가셨지만, 너는 30대 후반에 우리 앞에 부활한 예수님이야. 용기를 잃지 마. 쓰러지지 마. 일어나 걸어. 걸어. 좌우를 돌아보며 지친 자가 있으면 부축해서 함께 걸어.'하고 말이야. 가끔 내 목소리가 격정적인지 흘끔흘끔 쳐다보는 행인도 있지만 말야."

목사님은 일부러 온화한 표정을 만들기 위해 그 주름진 얼굴로 껄껄껄 웃어 보였다.

나는 우춘경의 휴대폰 번호를 눌렀다.

"어, 그거 때문에? 언제 올 거야? 오면 괜찮아. 보수도 생각보단 쎌걸."

춘경의 음성이 흘러나왔다.

"우 목사, 나 사정이 생겼어."

나는 목소리를 낮췄다.

"그럼 안 온다는 거야, 연기해달라는 거야?"

"안 가. 아니 못 가."

"어디 일자리가 생겼어?"

"그것도 아니야."

"하, 이 사람 참, 실없네. 하여튼 알았어. 내가 지금 좀 바빠서…."

"거기 혹시 성구가 가진 않았어?"

"성구? 갈림교회 한성구? 여기가 어딘데? 나 지금 뉴욕에 와 있어. 급한 일이 있어서 록펠러 센터에. 그런데 성구가 여길 왜 와?"

"아…. 그렇구나."

나는 힘없이 휴대폰을 귀로부터 떼어냈다.

"우 목사는 미국에 자주 가나 봐. 비즈니스석을 안 타면 장로들이 체면 깎인다고 싫어한다더군."

힘없이 시든 목사님의 목소리가 뒤를 달았다.

"갠 정말로 성공했어요."

나는 뿌연 먼지처럼 가로등 빛이 내려앉는 제방길로 무연히 시선을 돌렸다. 그리고 목사님께 물었다.

"성구가 춘경이네 교회에도 가 봤을까요?"

목사님은 아무런 말씀도 않으셨다.

나는 성구가 우리를 다시 찾아오기를 기다리기로 했다. 그리고 어둠에 묻혀가는 하늘을 보며 기도했다. 오, 주님, 아직은 우리를 심판하러 오지 마십시오. 우리가 성구와 만날 때까지 잠시만 더 기다려 주십시오.

전영학

영남대학교 문학상 단편소설 당선, 충청일보 신춘문예 단편소설 당선
공무원문예대전과 한국교육신문 문예공모 입선
소설집 『파과』, 장편소설 『을의 노래』 에세이집 『솔뜰에서 커피 한 잔』
010-5468-0191, ayou704@hanmail.net
28604 충북 청주시 흥덕구 신율로 86번길 20

불멸의 빛

•

김창식

화선지에 먹을 치는 붓이랄까?

무심천에서 유유히 흘러나온 어둠이 벌판을 삼켰다. 한낮에 소란하던 것들이 어둠에 멱을 잡혀 숨죽였다. 먹빛 세상을 비추는 별빛이 도드라졌다. 멱 잡힌 것들을 조심조심 헤치는 움직임. 붓의 획을 따라 걷는 옥양목 버선의 희고 고운 자태. 소복의 여인이 무심천으로 걸어갔다. 소복이 등잔이 되어 걸음걸음의 지척을 희미하게 밝혔다. 무심천으로 걸어갈수록 어둠의 농도가 짙어서 징검돌을 디뎌 밟듯 조심스러웠다. 여울물소리가 여인의 걸음을 안내하였다.

여인은 검을 만드는 검장의 아내 무홍이었다.

무홍이 걸음을 멈췄다.

무홍의 까만 시선이 여울에 닿았다. 물을 손아귀에 쥐었다. 차가운 물이 무홍의 몸통에 피리 구멍을 만들어 알싸한 공기를 불어 넣었다. 어둠이 아무리 짙어도 무홍을 지울 수 없었다. 바람에 흔들리는 나뭇잎 소리가 났다. 소복을 벗은 무홍의 몸이 드러났다. 윤곽이 매끄러운 몸이 여울에 잠겼다. 곧 자정이 지나면 단옷날이다. 물은 차가웠다. 시린 몸을 어금니로 다독이며 몸을 씻었다.

단옷날을 여는 자정에 여울에서 몸을 씻는 일이 십 년이나 반복되었다. 무홍이 물을 움켜잡는 날이었으며 바람을 가슴으로 잡아들이는 날이었다. 손아귀에 쥐고 갈비뼈로 옹그려도 물과 바람은 헛것으로 술술 빠져나갔다.

검장은 단순한 대장장이가 아니었다. 어려서 대장간 잔심부름을 하였다. 쑥대 마디가 자라면 향이 진해지듯 세월이 어린 심부름꾼의 손아귀에 쇠를 다루는 지혜를 쥐어 주었다. 풍로에서 발갛게 달궈진 쇠를 두드리면 쇠의 속내를 가늠할 줄 알게 되었다. 풍로에서 달궈지는 뜨겁기에 따라 쇠가 물러지는 변화의 정도를 알았다. 발갛게 달군 쇠를 두드리는 망치 소리만 들어도 쇠가 펴지고 두꺼워짐을 알아맞혔다. 담금질한 쇠를 찬물에 식히면 강하나 부러지기 쉽다는 것을 알았고, 잿더미에 재우면 끊어지지 않는 강인함이 서림을 알았다.

늙은 대장장이는 자신의 남은 목숨을 가늠하였고 점차 지혜로워지는 심부름꾼에게 자신의 모든 것을 주었다. 대장장이가 죽자 심부름꾼은 대장장이가 되었다. 대장장이는 쇳덩이로 낫이나 쟁기를 만드는 것에 만족하지 못하였다. 자신이 만드는 쇠에 생명을 넣고 싶은 욕망이 생겼다.

은장도를 벼리기 시작하였고 노략질로 백성이 고통스러워하는 것을 보면서 침략을 막아 낼 천하제일의 보검을 벼리기로 결심하였다.

해마다 단옷날에 검장은 보검의 제작을 시도하였으나, 번번이 실패하였다. 단옷날이면 무홍은 검을 벼리는 남편의 얼굴을 함부로 바라보지 못하였다. 검장이 풀무를 돌리며 피우는 발갛고 시퍼런 풍롯불이 손아귀와 가슴에 괄게 타올랐다. 무홍의 몸은 뜨거워졌고 수없이 물을 움켜쥐었고 바람을 들이마셨다.

작년 단옷날도 검장이 벼리던 검이 땡그랑 동강 났다. 발갛게 달구었다가 찬물에 식힌 쇠가 부러졌다. 무홍은 검장의 실패가 자신의 몸에 뻗치는 열기에서 비롯되었다고 자책하였다. 사십 중반의 갱년기 육신에서 생리적으로 생기는 열기일 수도 있었다. 검장이 이십 년 동안 단옷날에 벼린 검이 보검이 되지 못하고 실패를 거듭하였건만, 도움을 주지 못하는 자신이 죄스러웠다. 여울에서 목욕재계로 죄스러움을 조금이라도 벗으려 했다.

무홍과 검장을 초저녁부터 지켜보는 눈이 있었다. 무심천에서 피어오른 안개에 몸을 묻고 강둑에서 미동도 하지 않았다. 해마다 단옷날에 겪는 무홍의 소망과 검장의 절망을 아는 스님이었다. 무심천 서쪽 나지막한 산자락 사찰 사뇌사의 스님과 동자승은 미루나무가 되어 눈을 감았다. 무심천에서 간혹 불어오는 바람이 바라를 흔들었다.

"스님. 여인이 가엾습니다."

동자승이 시린 몸을 비틀었다.

"세상에 가엾지 않은 것은 없단다."

스님은 여전히 미루나무로 굵게 버텼다.

"단철장 자리가 명당이라고 하신 말씀은 옳지 않습니다. 명산도 아닌 곳에 명당이 있을 수 없을뿐더러, 스님 말씀대로 명당이라 하면 검장이 해마다 실패를 하겠습니까"?

작년 단옷날을 떠올리며 동자승이 트집 잡았다.

"명산에는 명당이 없는 것이다. 무심천으로 오르내리는 바람이 저곳에서 갈무리됨을 네 눈으로 보지 않았느냐?"

무심천은 물의 통로이기도 하지만 바람의 길이기도 했다. 해가 떨어지면 산에서 무심천 둔치로 바람이 불어 내렸다. 햇살이 화사한 한낮에는 길을 안내하는 노인처럼 강을 따라 유순하게 불기도 했다. 새벽에는 안개를 뭉긋뭉긋 피우고 잠잠한 바람이 햇빛에 뜨거워지며 암자가 있는 산으로 불었다. 검장의 단철장을 바라보고 서 있으면 바람이 나오는 곳과 바람이 머무는 곳이 한눈에 보였다.

"바람이 잠시 머문다고 명당이면, 이 땅에 명당 아닌 곳이 어디 있답니까?"

동자승은 스님의 말을 믿지 못하는 것이 아니라 검장이 실패하도록 계속 지켜만 보고 있어 속이 뒤틀렸다.

"단철장 자리는 바람을 안고 돌뿐만 아니라 기운이 청명하여 심성이 옥빛으로 밝아지는 곳이다. 햇볕이 주는 밝고 따뜻한 생기가 땅과 합일하는 곳이며 무심천 물도 급하게 내려오다 깊은 잠에 빠진 듯 유순하지 않느냐? 바람도 물길처럼 부드럽고 유순하니 저곳이 분명한 명당이니라."

"검장이 해마다 실패를 하고 있으니, 명당이되 그리 좋은 명당은 아닌가 봅니다?"

동자승은 여전히 속이 뒤틀려 스님의 말을 믿지 않았다.

"생명을 베는 칼을 벼리라고 만들어진 명당이 아니란 말이다."

스님이 낮고 질긴 목소리로 동자승을 꾸짖었다.

"그곳이 그처럼 명당이라면 사찰을 지어 부처님을 봉안하면 아니 되옵니까?"

동자승은 사뇌사 말고 또 다른 사찰을 건축하자고 청했다.

"사찰만 지어서야 되겠느냐? 백성을 이롭게 할 사람도 들여야 하겠지?"

"사찰에 들여 백성을 이롭게 할 사람으로 검장을 말씀하신 것은 아니겠지요?"

"검장이 아닌 이유라도 있느냐?"

"살생을 위한 검을 만드는 검장을 사찰에 들인다는 것이 가당키나 하신 말씀인가요?"

"그렇기 때문에 사찰이 있어야 하는 것이다."

동자승은 스님과의 대화가 길어질수록 혼란에 빠져들곤 했다.

단오인 내일도 날이 밝는다. 밤새 쇠를 풍로에 달구어 찬물과 잿더미에 식히며 담금질하다가 동이 트는 순간 보검 벼림의 마무리를 할 것이다. 무홍은 내일도 실패한다면 자신의 몸을 꺾고 싶은 심정이었다. 몸을 풍로에 넣고 불을 살라서 보검을 만들 수 있다면 뼈마디를 분지르는 고통을 기꺼이 감내하겠노라 어금니를 물었다.

무홍은 몸을 씻으며 뭉글뭉글 피어난 빛을 보았다. 자정이 넘었음이었다.

검장이 단철장 풍로에 불을 지폈다.

보검이 될 시우쇠를 담금질하는 풍롯불이 시작되었다. 풀무가 토하는 바람이 무홍의 귓가에 환청으로 맴돌았다. 가슴에서 풍롯불이 이글이글 탔다. 몸이 뜨거워졌다. 이미 정갈하게 닦은 몸을 또 찬물에 적셨다. 어깨를 닦는 손바닥에서 뽀드득 소리가 났다. 옥양목 천으로 몸의 곳곳을 닦았다. 그러자 가슴속 열기가 사그라지면서 저편 자락의 빛이 한층 밝아졌다.

무홍은 작년 단옷날 검장의 탄식을 생생하게 기억하고 있었다.

"풍로에 삿된 기운이 들었어."

이마에서 굵은 땀이 뚝뚝 떨어지는 검장의 표정이 굳어졌다.

"참나무 숯이 화염을 넘실대며 괄게 타고 있는데 삿된 기운이 언뜻언뜻 보여."

검장이 풀무의 회전수를 높였다. 무홍의 눈에는 삿된 기운이 보이지 않았다. 풍로에 지펴진 불은 거대한 꽃이었다. 빨간 꽃받침에 시퍼런 불꽃이 피었다.

무홍은 작년에도 여울물에 몸을 정갈하게 씻었다. 소복을 입고 마음을 하얗고 순결하게 가다듬어 정화수에 합장하였다. 검장이 만들지 못한 검을 이날 반드시 벼릴 수 있도록 도와 달라 빌었다.

"무심천 구렁이가 풍로에 똬리를 틀었어."

검장이 장검을 뽑아 들었다. 풍로에서 괄게 타오르는 불꽃을 응시하기 시작하였다. 무홍의 눈에는 풍로에서 불꽃이 아닌 다른 어떤 이물질도 보이지 않았다. 검장이 장검을 쳐들었다.

"삿된 것아. 물러가라."

불꽃의 흐름을 주시하다가 풍로의 불을 잘랐다. 칼날이 스쳐 갔지만, 불꽃은 미동도 하지 않았다.

"물러가라. 물러가라."

검장의 장검이 풍로의 불을 마구 잘랐다. 검장의 얼굴이 시뻘겋게 달았다. 불꽃은 끝내 잘라지지 않았다. 풀무로 바람을 불어넣지 않았는데도 괄게 타올랐다. 풍롯불이 아니라 붉은 혀를 넘실거리는 미친 불이었다.

풍롯불을 난도질하던 장검이 검장의 손에서 뎅그렁 떨어졌다. 장검을 휘두르는 동안 풍로에 넣어둔 쇠가 발갛게 달았다. 쇠를 꺼내 찬물에 치직 담갔다. 찬물에서 피어오르는 증기에서 구렁이 한 마리가 나타났다. 검장이 장검을 손에 들었다. 구렁이를 베려고 장검을 쳐들었다. 무심천에서 바람이 후욱 불어왔고 구렁이가 몸통을 꿈틀 움직였다. 또 무심천에서 바람이 불어오자 몸통을 저으며 하늘로 올라갔다. 무심천에 숨어 살던 구렁이가 단옷날 검장의 풍로에서 이무기가 되어 승천하였다.

"올해도 실패구나."

무홍은 검장이 알아채지 못하게 한숨을 쏟았다.

무홍은 작년의 실패가 오늘 또 반복될까 두려웠다.

검장은 동짓달에 서른세 번 담금질하여 보검 재료인 시우쇠를 준비했다. 행여 변덕스러운 날씨에 시우쇠에 부정이 들까. 황토밭에 석 자 세 치 깊이 구덩이를 파서 묻었다. 검을 벼리는 전날 자정이 넘어야 시우쇠를 황토 구덩이에서 꺼냈다.

시우쇠를 시뻘겋게 달구려 단철장 풍로에 불을 지핀 검장의 눈빛이 어둠보다 더 새까맣게 반들거렸다. 부정한 맥을 잘라내고 사악한 마음을 동강 내는 보검을 오늘 단옷날에 반드시 벼리고야 말겠다는 의지가 이글이글 타올랐다.

고사 제단이 풍로에서 삼십 걸음 떨어진 낮은 언덕에 차려졌다. 검장이 제물에 무릎을 꿇었다. 고사를 지내려 마음을 닦는 순간이었다. 무홍은 고사장에 가지 않았다. 풀무로 풍롯불을 키웠다.

검장이 술을 따르고 축문을 읽었다.

무홍은 풍로를 돌리며 앞가슴 섶에서 단검을 꺼냈다. 검장이 오 년 전에 만들어 준 단검이었다. 검의 길이가 세 치였으며, 허공에 흩날리는 머리카락도 동강 내도록 날카로웠다. 마을과 거리를 두고 외딴 대장간에서 살았기 때문에 호신용으로 사용할 수 있으며 산나물과 약초를 채취하는 도구로 요긴하게 사용되었다. 검장이 정성 들여 만들어 준 선물이었다.

왼손으로 풀무를 돌리고 오른손에 단검을 쥐었다. 검장이 축문을 읽는 동안 무홍은 단검을 치마 속으로 가져갔다. 치마 속에서 피비린내가 퍼졌다. 무홍이 고통을 참으려 이를 악물었다. 검장이 고사를 지내는 동안 무홍은 단검으로 자신의 정강이뼈를 뽑아 풍로에 넣었다. 검장의 손에서 불이 붙은 축문이 허공에서 소멸되었다. 무홍의 뼈가 풍로에서 불꽃으로 산화하였다.

무홍이 처참하게 쓰러졌다. 왼손의 풀무를 돌리는 동작은 멈추지 않았다. 뼈를 뽑아낸 다리가 밑동 잘린 호박 줄기처럼 덜렁 늘어졌다. 치마로 아래를 가렸다. 뼈를 분질러 낸 아픔이 온몸으로 도졌다. 솟는 피를 옥양목 치마로 감추고 검장이 알아차리지 못하도록 이를 악물었다.

고사가 끝났다. 검장이 시우쇠를 풍로에 넣었다. 검장의 눈동자가 반짝거렸다. 검장의 동작이 빨라졌다. 시우쇠를 시뻘겋게 달구어 쇠망치로 두드렸다. 찬물에 담그자 여의주를 입에 문 황룡이 하얀 증기에 나타났다. 물에 식힌 시우쇠를 다시 풍로에 넣고 망치질을 하고 찬물에 식히기를 반복하였다. 하얀 증기에 피어나는 황룡이 금방이라도 승천할 듯 윤곽이 점점 뚜렷해졌다. 시간이 갈수록 그저 쇠막대였던 시우쇠가 장검으로 점차 모양을 갖추어갔다.

달군 쇠를 두드리는 소리가 무심천의 어둠으로 쉼 없이 스며들었다. 새벽으로 접근할수록 검장은 피곤하거나 지친 모습이 아니었다. 검의 형태가 점점 갖추어지면서 눈동자는 더욱 반들거렸고 망치를 쥔 팔뚝이 박달나무처럼 단단해졌다.

이윽고 사위가 푸르스름한 빛을 머금었다. 동이 트는 기미가 사방에 엄습했다. 무홍은 고통에 실신하지 않으려 어금니가 깨지도록 이를 물었다. 보검의 성공을 보아야 했다. 이윽고 동녘 햇덩이가 밀어 올리는 붉은 빛이 감돌았다. 무홍이 동녘을 바라보았다. 붉은 기운이 세상에 충만해지며 햇덩이가 떠오르면 검장의 소원은 성취될 것이며 무홍의 뼈를 꺾어낸 고통도 멈추리라.

드디어 햇덩이가 떠올랐다.

햇빛이 밀물처럼 몰려왔다. 담금질로 찬물에 냉각시킨 검이 검장의 손에 잡혔다. 햇빛이 검의 날을 스치면서 조각조각으로 바닥에 흩어졌다. 검장이 포효하며 탄성을 질렀다. 무홍도 검장의 손에 들린 검에서 햇빛이 잘리는 것을 똑똑하게 보았다. 치마로 감춘 다리에서 피를 쏟아 얼굴이 백지장처럼 하얗게 변했다.

검장은 무홍을 돌아보며 굵은 눈물을 흘리지 않을 수 없었다.

매년 단옷날에 검을 벼리다 실패하고서 그해 가을까지 술과 방랑으로 무홍을 힘들게 하였다. 초여름까지 좌절과 술과 주정과 비탄에 빠졌다. 무홍은 군소리 없이 끼니마다 음식을 준비하였다. 의복도 마르지 않게 해주었다. 그런 무홍을 보면서 검장은 더욱 괴로웠다. 결국, 검장은 술을 뚝 끊었다. 여름날 무홍에게 말도 없이 훌떡 떠났다. 명산의 노승을 찾고 이름이 나 있는 대장장이를 찾아다니고 철을 생산하는 광산을 찾아다녔다. 그리고 가을에 돌아와서 명년 단옷날에 기필코 검을 벼리겠다고 굵은 땀을 쏟았다. 무홍은 검장이 괴로워하는 모습을 보면서 자신도 몹시 힘들었다. 검장이 집을 떠나 세상을 떠돌며 끼니를 거르지 않는지 마른자리에서 잠은 자고 있는지, 단 하루도 단잠에 든 날이 없었다. 가을에 돌아와 굵은 땀을 흘리는 곁에서 마음 편하지 못하였다.

무홍이 푹 쓰러졌다.

여미고 있던 치맛단이 풀어졌다. 치마로 감추고 있던 자리에 무홍의 선혈이 엉겨 있었다. 검장이 놀라 살펴보니 무홍의 오른쪽 무릎 아래가 잘려 있었다.

검장은 풍로에 삿된 기운이 도사리지 못한 이유를 깨달았다. 보검을 위해 무홍이 자신의 목숨을 버렸음을 알았다. 보검 제작에 성공하였다는 환희와 감격이 일시에 사라지고 슬픔이 모래알로 가슴에 버석거렸다.

"내겐 검보다 당신이 더 소중하오."

검장이 검을 내던지고 통곡했다. 검장이 단철장을 허물었다.

무홍이 없는 세상에 자신이 존재해야 할 이유가 없다며 울부짖었다. 무홍이 없는 세상에 검이 무슨 소용이 있겠는가. 풍로가 있었던 자리에 무홍의 시신을 놓을 장광을 만들었다. 눈물로 옥양목 천을 적셔 엉긴 피를 닦았다. 다시는 끊어내지 못하도록 쇠로 다리를 만들어 붙여주었다. 여울로 목욕재계 가던 소복을 입혀 장광에 누이고 이날 벼린 검을 가슴에 얹었다. 상투를 덥석 잘라 무홍의 손에 쥐여 주었다.

"검을 벼리는 대장장이로는 태어나지 않으리다."

검장의 눈에 핏물이 비쳤다.

무홍은 말이 없었다. 표정이 평온했다. 검장이 검을 벼리는 데 성공하였음을 알고 숨이 끊어졌다. 다리뼈를 뽑아낸 고통을 승화시키며 검장의 성공에 기뻐하였다. 검장의 얼굴에 감도는 환희를 보며 거룩하게 숨을 거두었다.

"천 년 후에 다시 여기서 태어나시오. 내가 먼저 눈 뜨고 있으리라."

노을이 지면서 단철장을 허문 자리에 봉분이 생겼다. 봉분에 엎드려 통곡하던 검장이 울음을 뚝 끊었다. 검장은 비장한 눈초리로 무덤을 한동안 바라보았다. 노을이 깔리고 어둠이 혹독하게 검장과 무덤을 덮었다. 이튿날 날이 밝고 또 노을이 깔렸다. 무심천에서 비롯된 어둠이 또 세상을 덮었다. 자정 무렵, 검장이 자리에 푹 쓰러졌다. 무홍의 죽음을 슬퍼하며 곡기를 목구멍으로 넘기지 않아 혼절하였다.

혼절한 검장에게 스님이 비로소 모습을 드러냈다. 바가지에 물을 담은 동자승도 나타났다.

"세상에 가엾지 않은 것이 없다 한들 어찌 그리 매정하십니까?"

동자승이 검장의 입으로 물을 흘려 넣으며 혼절할 때까지 바라보기만 한 스님을 원망하였다. 목구멍으로 물이 넘어가자 검장이 몸을 비틀었다. 죽음의 문턱을 넘지 않음이었다. 의식이 살아났지만, 고통의 신음이 잇몸에서 흘러나왔다. 스님이 바라에서 작은 환약을 꺼내 검장의 입에 넣어주었다. 신기하게도 거칠던 숨이 가라앉았다. 얼굴에 핏빛이 돌고 쌔근쌔근 잠든 어린아이처럼 표정이 맑아졌다. 스님이 검장을 업어다 사뇌사 나한당에 뉘었다. 푸르스름한 새벽 기운이 나한당을 덮은 어둠을 벗겨내도록 스님은 법당에 정좌하여 염불하였다.

이른 새벽마다 스님은 멀리 무심천을 바라보곤 했다. 동자승도 흉내를 내다가 습관이 되었다.

"닷새가 지났는데 검장이 깨어나질 않습니다."

동자승은 나한당에 쓰러진 검장이 걱정되었다.

"태산 같은 슬픔을 겨우 닷새 잠으로 이길 수 있겠느냐?"

곡기를 굶어 쓰러진 검장이 또 닷새나 굶고 있는데, 스님은 태평이었다.

"곡기를 배 속에 넣기라도 해야 목숨이 붙어서 슬픔을 이길 것이 아닙니까?"

동자승이 볼멘소리를 뱉었다.

정오에 검장이 깨어났다. 깊은 수면에서 깬 듯 기지개를 켜며 나한당에서 걸어 나왔다. 무홍이 죽고 사흘을 굶었다. 나한당에서 닷새나 더 굶었다. 여드레를 굶은 사람이 핏기가 얼굴 가득했다. 검장에게 먹인 환약을 떠올린 동자승은 스님과 검장을 멀뚱히 바라보았다.

"무홍이 절룩절룩 걸어와서 서책을 주었습니다."

검장은 나한당 꿈에서 무홍을 만났다. 검장이 스님에게 합장하였다. 스님도 관세음보살 합장하였다.

동자승은 정강이뼈를 잘라 풍로에 넣으며 고통의 잇몸을 악물던 무홍을 떠올렸다. 검장은 무홍의 시신을 수습하며 정강이뼈를 대신하여 쇠를 붙여주었다.

"쇠를 달구어 핍박하지 말고 풍롯불로 삿된 것을 물리어 마음을 심으시오."

동자승은 스님의 말을 이해하지 못했다.

검장이 단철장으로 갔다. 단옷날마다 검을 벼리던 단철장은 허물어지고, 무홍의 무덤이 생겼다.

"풍롯불로 삿된 것을 물림은 무엇이고, 마음을 심음은 또 무엇입니까?"

동자승이 검장에게 물었다. 무홍의 죽음을 가슴에 묻은 검장은 침울했다. 스님이 나무로 깎은 촛대를 내밀었다.

"꿈에서 본 무홍의 미소를 다시는 어둡게 하지 마시오."

나무촛대를 받아 든 검장이 생각에 잠겼다. 스님은 미루나무가 되어 무심천 여울을 바라보았다. 검장의 묵상은 노을이 끼고 어두워져도 계속되었다. 스님과 검장의 움직임이 없으니 동자승은 무료하여 눈에서 진물이 날 정도였다.

자정이 되었다. 검장이 묵상에서 깨어나며 벌떡 일어났다. 보검을 벼리던 단옷날의 자정처럼 풍롯불을 지폈다. 스님은 미동도 하지 않고 여울 물살 소리에 맞추어 염주를 굴렸다. 풍로에 불이 살아나고 무홍의 봉분이 밝게 드러났다. 봉분을 바라보는 검장의 눈동자에 불꽃이 너울거렸다. 벌집을 모아 만들어 놓은 밀랍으로 촛대를 만들었다. 쇠를 달구고

망치를 두드리던 손으로 부처님을 촛대 자루에 정교하게 새겼다. 무심천에서 퍼온 모래를 나무상자에 넣고 밀랍촛대를 묻었다. 모래가 돌덩이가 되도록 조곤조곤 다지기 시작했다. 새벽의 푸르스름한 기운이 감도는 새벽까지 다짐을 계속하였다.

밀랍촛대를 품은 모래를 풍로에 얹고 풀무를 돌렸다. 불이 괄게 살아났다. 돌덩이로 다져진 모래에서 밀랍이 녹아 흘러내리는 것이 아닌가.

"풍롯불로 삿된 것을 물리고 있구나."

밤을 덩달아 새워 초췌해진 동자승이 탄성을 질렀다.

검장이 도가니에 놋쇠를 넣고 풍롯불에 얹었다. 풀무를 돌려 불꽃을 키우자 놋쇠가 도가니에서 발갛게 녹았다. 밀랍촛대가 녹아 생긴 모래 속 공간으로 도가니 쇳물을 조심조심 부어 넣었다.

"마음을 심고 있구나."

신기한 표정으로 줄곧 검장의 작업을 지켜보던 동자승이 또 탄성을 질렀다.

다진 모래를 헐어내자 굳은 쇠가 나왔고 지푸라기에 모래를 섞어 문지르자 청동 빛깔 촛대가 탄생하였다. 줄곧 미루나무가 되어 지켜보던 스님의 얼굴에 환한 미소가 번졌다. 검장은 방금 빚어낸 촛대에 촛불을 밝혔다. 무홍의 무덤 앞에 놓고 무릎을 꿇었다. 무홍을 잃은 슬픔과 청동 촛대를 창조한 환희의 눈물을 뚝뚝 떨궜다. 생시의 무홍과 마주 앉은 듯 초가 타서 없어질 때까지 봉분을 하염없이 바라보았다.

삿된 것을 물리고 마음을 심는다. 여름 동안 검장은 법당을 밝힐 촛대를 더 만들었다. 범종도 만들었다.

가을이 깊어졌다. 날짐승이 겨울의 보금자리를 찾아 분주하게 날아다녔다. 무심천 둔치에 물억새가 고개를 빳빳하게 쳐들었다. 바람이 불면 노란 은행잎이 여울과 둔치로 새떼처럼 날아가 앉았다. 무홍의 무덤에 와 있던 검장은 바람에 흔들리는 물억새를 애절한 환송의 손짓으로 바라보았다. 간간이 날아온 은행잎이 손짓에 화답하며 물억새 숲으로 숨어들었다. 무덤은 삶의 최후가 빚어낸 정물이었다. 낙엽은 최후에 도달하는 마지막 몸짓이었다.

"낙엽은 삶을 마쳐도 물억새 숲에 눕고 여울에서 팔랑거리건만…."

검장이 나지막하게 중얼거렸다.

"자연의 이별은 아름다움을 넘어 영롱하지요."

어느새 가까이 온 스님이 화답했다. 허무한 것은 사람의 죽음이었다. 은행잎은 봄에 다시 돋지만, 무홍은 돌아오지 못하였다. 동자승은 입을 다물었지만, 무홍의 죽음으로 괄게 타오르던 풍롯불을 떠올렸다. 검장은 무홍을 잃은 슬픔을 가슴에 묻고 놋쇠를 녹여 촛대와 범종을 만들었다. 놋쇠를 녹이는 비지땀을 흘리며 여름을 보냈다. 바람이 소슬해지고 낙엽이 풀풀 날려 황금색 노을이 무덤에 깔리면 검장의 가슴에서 대숲을 스치는 바람 소리가 났다.

이른 새벽. 이슬이 아직 친친한 산에서 검장이 흙을 한 짐 져왔다. 도토리 가루를 말리듯 양달에 흙을 고루 널었다. 삼베에 담아 걸러서 돌과 덩어리를 골라냈다. 찹쌀을 끓여 만든 풀에 흙을 개었다. 인절미를 뽑아도 될 반죽을 만들었다. 무명천 자루에 반죽을 넣고 잘근잘근 밟아 다졌다. 사흘 밟히고 칠일 응달에서 굳힌 흙이 무명천에서 꺼내어졌을 때 기왓장처럼 딴딴한 판이 되었다.

어두운 밤에 무심천 찬물에 목욕을 하고 하얀 무명저고리를 입었다. 촛대에 불을 밝히고 정좌하여 묵상에 잠겼다. 스님과 동자승은 법당에 정좌하여 염주를 굴렸다. 이들의 정좌에 가위눌린 어둠은 바람 한 줄기도 허락하지 않았다. 촛불도 한 점 흔들림 없이 괴괴한 고요가 깔렸다. 무심천 여울이 아스라하게 소리를 냈다. 바람도 없는 허공에서 간혹 은행잎이 떨어졌다.

새벽 기운이 어슴푸레 서렸다. 무심천이 물안개를 뭉긋뭉긋 피웠다. 숨죽였던 이무기가 째액째액 날숨을 토하듯 무심천 기운이 검장에게 모여들었다. 밤새 홀로 밝던 촛불이 안개 입자로 옮겨붙었다. 검장이 정좌를 풀었다. 흑판을 짐짓 내려다보다가 무홍이 남기고 간 단도를 손에 쥐었다. 손아귀에 저절로 힘이 들어갔고 단도가 파르르 떨렸다. 검장은 떨림이 멈출 때까지 합장을 하였다.

단도가 흑판에서 춤을 추듯 움직이면서 연화 무늬 구름이 양각되었다. 팔만대장경에서 불경이 새겨지며 나뭇조각이 깎여지듯 흙이 부스러기도 깎여졌다. 양각으로 도드라진 연화 무늬 구름에 아침 햇빛이 닿자 붉은 연꽃이 흑판에 피었다.

"청아한 놋쇠 소리라야 날짐승의 영혼을 달랠 수 있으련만…"

연화를 아무리 정교하게 조각해도 흙은 운판이 될 수 없음을 스님이 한탄했다.

검장이 빙그레 웃었다. 놋쇠를 녹여 촛대와 범종을 만들었듯이 모래를 다지고 양각된 흑판을 묻었다. 밀랍촛대는 하나의 모래 상자에 묻었지만, 흑판은 두 개의 모래 상자를 그릇과 덮개로 붙여 묻었다. 덮개를 열어 흑판을 꺼내고 합일시키자 놋쇠 물이 고이는 공간이 생겼다. 밀랍으로는 쉽지 않은 미세하고 정교한 무늬가 청동 운판에 양각되었다. 호박 넝쿨손 곡선이 넌출넌출 뻗어나는 연화 무늬의 탄력과 생동감에 스님이 탄복했다.

동자승이 운판을 따앙 두드렸다. 동박새가 포르륵 날아올랐다. 은행잎이 팽그르르 떨어졌다.

스님은 가을부터 겨울까지 아름드리 소나무를 베었다. 폭설이 녹은 이른 봄날에 단철장 옆에 창건할 흥덕사 주춧돌을 놓았다.

단옷날. 검장이 무홍의 제사상을 차렸다. 검장이 만든 놋대접에 진미를 담고 촛불을 밝혀도 무홍은 돌아올 수 없었다. 제사상에 초가 닳아 촛불이 꺼졌다. 무홍과 또 이별하는 것 같은 슬픔이 검장의 가슴에서 모래알로 서걱거렸다.

"꺼지지 않는 빛을 만드시오."

스님이 검장에게 한지를 내밀었다.

"불씨 한 점이면 까만 재가 될 한지로 꺼지지 않는 빛을 만들라 하시니 억지도 여간한 것이 아닙니다?"

동자승이 투덜거렸다. 스님은 허허 웃었다. 검장이 무홍의 봉분에서 또 정좌하였다. 묵상을 할 때마다 저절로 행해지는 습관이었다. 어두워지고 밤이 깊어도 검장은 일어나지 않았다. 바람이 차다며 동자승이 법당으로 갔다. 자정이 되었을 때. 조막손으로 하품을 틀어막는 동자승에게 스님이 글씨가 없는 한지를 주었다. 동자승은 스님의 의도를 묻지 못하고 쓰러져 잠들었다.

꿈을 꾸었다. 검장의 정좌한 손에서 동박새 네 마리가 포르륵 날아올랐다. 네 마리가 앉았다 날아가면 그 자리에 동박새가 남아있는 것이 아닌가? 동박새가 날면 또 동박새가 생겼다. 어리둥절한 눈을 깜박이는 사이에 하늘은 동박새로 가득했다. 갑자기 해가 가려 캄캄하더니 우박이 우드득 떨어지듯 동박새가 일제히 바닥으로 내려왔다. 바닥에 내려앉으면서 동박새는 사라지고 글자가 새겨진 흙덩어리가 뒹굴어 다녔다. 글자 흙덩어리가 뒹굴며 짝을 찾아 성어를 만들었다.

直旨人心 見性成佛

직지인심 견성성불. 참선을 통하여 사람의 마음을 바르게 보면 마음의 본성이 곧 부처의 마음임을 깨닫게 된다. 운판을 따앙따앙 두드리는 청아한 목소리가 들려왔다.

동자승이 꿈에서 후다닥 깼다. 아침 햇살이 법당에 밀물처럼 들어왔다. 먹 향이 콧속을 후볐다. 낱장의 한지를 쥐고 잠들었는데, 수십 장의 한지가 햇살에 떠밀려 이리저리 쓸리고 있는 것이 아닌가?

"이것이 꺼지지 않는 불멸의 빛이다. 세상을 환하게 밝히는 등불이다."

스님이 허허허 웃었다.

"불티 한 점이면 재가 될 한지라고 소승이 여쭙지 않았습니까?"

동자승이 시퉁스럽게 말했다.

"이렇게 말이냐?"

스님이 한지에 촛불을 댕겼다. 불이 후루룩 붙은 한지가 허공에서 재가 되었다.

"그것 보십시오."

동자승이 깔깔깔 웃었다.

"그럼 이것은 또 무엇이냐?"

곁에서 검장이 한지에 直旨人心 見性成佛 글자를 찍어 건넸다. 스님이 불을 댕겨 재가 되면 검장이 글자를 찍어 건넸다.

"빛을 밝히는 것은 촛불인데 한지에 똑같은 글자를 자꾸 찍어낸다고 세상이 밝아집니까?"

동자승은 스님의 의도를 알 듯 말 듯하였다.

"이것을 묶으면 서책이 되어 방방곡곡 여러 백성이 읽게 되고 깨우치니, 이것이 세상의 빛이 아니고 무엇이란 말이냐?"

스님의 목소리에서 울음이 묻어났다.

나무로 깎아 만든 활자는 한계가 있었다. 검장이 흙으로 청동 운판을 만드는 것을 본 스님이 놋쇠활자를 만들라 암시했다. 검장은 딴딴하게 만든 흙에서 대나무 대롱으로 둥근 흙을 떼어냈다. 아주 간단하고 쉽게 스님이 써준 글씨를 새겨 흙 활자를 만들었다. 흙 활자를 넣고 다진 모래 상자에 놋쇠를 녹여 부어 금속활자를 만들었다.

꺼지지 않는 빛.

스님은 검장이 밤새워 만든 청동 활자 여덟 자를 한지에 찍고 또 찍었다.

김창식

서울신문 신춘문예 단편소설 당선, 충청일보 신춘문예 단편소설 당선
소설집 『아내는 지금 서울에 있습니다』
장편소설 『벚꽃이 정말 여렸을까』 외, 직지소설문학상, 현대문학사조 문학상
010-4812-7793, dmr818@naver.com
28774 충북 청주시 상당구 중흥로 70. 302동 1402호

느티나무와 노숙인

•

강 순 희

장작 타는 냄새가 났다. 찬바람이 가슴 안에서 불 냄새를 맡고 기어 나오고 있었다. 프린스 호텔을 지나 시인의 공원으로 들어서니 장작불이 난로에서 활활 타고 있었다. 검은 나뭇가지를 닮은 무쇠 난로는 오래전부터 이곳에 서 있는 느티나무처럼 듬직하게 느껴졌다.

오늘은 불우이웃돕기를 하는 날이었다. 김시인이 '보헤미안'이라는 현수막을 걸고 막걸리를 마시고 기타를 치며 '그 사람 이름은 잊었지만'이라는 노래를 부르고 있었다. 그는 희끗희끗한 눈발 같은 흰머리를 바람에 휘날리며 낡은 청 잠바에 백구두를 신었다. 빨간 마후라가 이 공원 벤치에서 구르는 요구르트 빈 병과 우유 팩, 종이컵같이 아무렇게나 따로따로 뒹굴지만, 이 공원과 저 시인에게는 어울리는 모습이다.

하늘에는 싸늘한 달이 반쯤 뜬 눈으로 이 공원을 바라본다. 느티나무는 머지않아 봄이 오고 있음을 아는 듯 당찬 꿈을 피력하는 모습이다.

'두고 봐라. 오늘 밤은 춥지만, 내일은 춥지 않을 거야. 내 몸 안에 흐르고 있는 푸른 피는 아주 달콤한 꿈을 꾸고 있거든. 지난가을 바삭거리는 나뭇잎을 떨어뜨리고 추워서 벌벌 떨며 서 있는 홀랑 벗은 나를 애처롭게 보는 사람도 있겠지만, 내 몸 안에 흐르는 푸른 피는 나를 늘 따뜻하게 감싸고 있어서 당당한 모습으로 서 있게 하거든.'

노래를 오래 불러 이제 힘이 다한 듯한 김시인의 목소리에서 막걸리 냄새가 났다. 빙그레 웃음 짓는 느티나무 한 그루를 감싸고 서 있는 나무 의자에 앉아 박수를 치며 노래 감상을 했다. 사람들은 추워서 발을 동동 구르며 지나가다가 난롯불에 손을 쬐며 추위를 녹이기도 하고 가끔 그 시인의 노랫소리에 박수를 보내며 호주머니에서 돈을 꺼내어 낡은 '자선함'이라 쓰여 있는 상자에 돈을 구겨 넣기도 했다. 나도 돈을 넣고 싶었다. 불우한 어린이를 돕는다는 저 글귀가 얼마나 마음에 드는가. 그렇지만 나는 돈이 없다. 내일 제천에 타고 갈 버스비는 집에 있는 가방 속에 들어 있어서 지금 호주머니에는 단돈 천 원이 없다. 이곳에 걸어서 왔고 또 걸어서 가야 한다. 돈이 없어도 갈 수 있는 곳은 유일하게 이곳이다. 이곳에 놀러 오면 사람들은 돈이 없어도 놀 수 있다. 저 집에서 물이나 커피는 먹을 수 있다. 그리고 아줌마에게 아는 체를 하거나 배가 고파 보이면 우동 한 그릇 정도는 얻어먹을 수 있는 사이다. 막걸리 한 잔도 얻어먹을 수 있다는 생각에 술에 취하면 무조건 이 집에 발걸음이 멈춘다. 모든 사람들에게 주는 혜택이 아니라 내 마음에서 정한 생각이다. 그냥 비비면 되는 집, 그래서 이웃 누님 같고 엄마 같은 넉넉한 품이 있는, 눈이 퀭한 아줌마가 나를 모르는 체 돌아서지 않을 것 같은 믿음이 있기 때문이다.

이제 머지않아 봄이 올 것이고 느티나무는 지금 푸른 꿈을 꾸고 있는데 시인의 공원 무대, 보도블록 서너 장 더 높이 쌓아 반달 모양의 작은 무대에서 김 시인이 기타를 치는데 왜 이리 내 마음이 민망하고 쭈뼛쭈뼛해지는지 모르겠다.

늦은 시간, 저 우동 가게 비닐 문을 밀고 눈이 퀭한 아줌마와 원피스가 잘 어울리는 여자가 나타나 나를 보고 빙그레 웃었는지, 아니면 눈길을 주지 않았는지 모른다. 갑자기 가슴이 두근거리면서 다리에 힘이 쭉 빠진다. 아줌마가 들고 온 동태찌개가 난로 위에 올라 있다. 보글보글 소리를 내며 장작불 위에서 맛있게 끓는다. 구수한 냄새, 저 집 부엌에서는 바다 냄새가 난다.

동태찌개를 파는 가게도 아닌데 매번 불우 이웃 돕기를 하면 저 찌그러진 전골냄비가 나무장작 위에 오른다. 저 찌개에 막걸리를 먹을 수 있는 사람은 저곳에서 기타를 치는 시인 아저씨거나 저 집 아줌마의 마음에 드는 사람이다. 사람들이 오가며 아줌마와 눈이 마주치거나 호들갑을 떨며 반가워하는 사람들이 부럽다. 나는 요즈음 저 집 아줌마에게 찍혀서 눈치가 보인다. 술을 먹고 와서 좀 거칠게 논 적이 있었다. 술김에 문학 이야기를 많이 했더니 나를 별로 안 좋아하는 것 같다. 그러거나 말거나 나는 이곳에 와서 냄비 속에 들어 있는 동태찌개에 침을 흘린다. 아줌마는 나에게 막걸리 한 사발을 따라 주면서 동태찌개를 양은 그릇에 덜어준다.

"선생님은 딱 한 잔만 드세요. 술은 많이 먹으면 안 돼요."

차가운 목소리다. 치사해서 먹지 않으려다가 김시인이 부르는 노랫소리와 꽃무늬 원피스에 연두색 숄을 두른 여인에게 마음이 가서 막걸릿잔을 받아 벌컥벌컥 마신다. 목구멍에서 달짝지근하고 부드럽게 넘어간다. 막걸리를 들이켜고 나니 아쉽다. 더 먹고 싶었다.

'제발 한 잔만 더 주세요.'

마음속으로 말했더니 아줌마는 들리지 않나 보다. 시인의 공원 무대에서 내려온 기타 치는 남자는 여인을 보고 함박 같은 웃음을 날리며, 아니 느끼한 미소를 보내며

"순주 씨, 참 잘 왔어요. 지금 시 낭송, 하나 하세요."

순주는 얼굴을 약간 붉히며 준비해온 수첩을 꺼낸다. 조금은 거절하거

나 뺄 줄 알았는데, 아주 당연하다는 듯이 무대에 오르더니 마이크 앞에 서서 반쯤 다문 달의 입술을 열듯 고요하고 그윽한 목소리로 기형도 시인의 '빈집'을 노래하듯 낭송하기 시작했다.

시를 읊는 여인의 얼굴은 달빛에 반사되어서 화사하고 우아함에서 벗어나 기형도 시인의 아픔을 함께 끌어안고 있었다. 저 시는 기형도시인의 시가 아니라 저 여인의 가슴에 들어 있는 빈집이었다. 무슨 사연이 있을까. 무슨 아픔이 있을 것이 뻔하다. 대학 후배인 저 여인의 가슴에 아직도 빈집으로 서 있는 쓸쓸함을 본다. 시인이 저 여인의 가슴에 무엇을 말하고 있는 것일까? 기형도 시인이 그렇게 빨리 죽지 않았다면 저 여인과 어떤 인연이 되어 만나지 않을까? 여인은 푸른빛이 도는 느티나무를 멀거니 쳐다보다 무대에서 내려왔고 저 집 아줌마는 여인의 손을 붙들고 감동했다는 표정으로 막걸리를 한 잔 부어 준다. 여인은 한동안 미소를 지우고 벌겋게 달아오른 장작 난로를 바라보며 막걸리를 마신다. 여인의 모습과 막걸리가 전혀 어울리지 않아 보이지만, 마시는 폼이 잘 잡혀 있는 것이 더욱 정겹다. 여인은 웃으며

"선배님도 한 잔 드세요."

여인은 나에게 막걸릿잔을 내밀며 주전자에서 술을 따라 준다. 저 집 아줌마 얼굴을 피한 채 빨리 받아 또 마신다. 그리고 여인에게 내가 들고 온 시집을 불쑥 내밀며

"제가 이번에 네 번째 시집을 냈어요. 읽어 보세요. 내가 목숨을 걸고 쓴 시에요."

여인은 난롯불에 손을 쬐고 있다가

"고맙습니다. 지난번에 주신 시집도 잘 봤는데 이렇게 받아도 되나요. 제가 사서 봐야 하는데요."

내 시집을 읽어주다니, 순주의 말에 가슴이 뛰기 시작했다. 순주와 아줌마가 장작불에 손을 녹이다가 슬그머니 가게 안으로 들어간다. 노래를 부르던 감시인은 스피커와 기타, 음향기기, 마이크를 가게 안으로 옮긴다. 김시인을 따라 나도 가게로 들어가고 싶어서 열심히 주변 정리를 했다. 이글거리고 있는 난로 안의 장작이 나를 보고 있다.

찬 방이 있는 황실 빌라 303호를 생각한다. 집에 들어가기 싫다. 저 불을 보니 춥고 배고팠던 어린 시절, 추위를 견디기 위해 나무를 하러 다녔던 기억이 떠올랐다.

아버지가 일찍 돌아가시고 아들 셋과 딸 둘인 우리 집에서 나는 일찍 가장이 되어 있었다. 어머니가 우리를 키우기 위해 얼마나 고생을 했는지 그것을 맏이로 태어난 내가 제일 많이 안다고 하나 그것은 빙산의 일각일 뿐이다. 사람들은 나를 영재라 했다. 지금도 충주에서 중학교 국어 선생님으로 재직하고 있는 선생님이 나의 소년 시절을 회상해 주었다. 아주 똑똑하고 영리하며 잘 생긴 제자라고 했다.

그렇지만 그 시절에 나는 늘 가난했다. 어머니가 푸성귀를 머리에 이고 충주로 팔러 다녔다. 내가 조금 크고 나서 리어카를 끌고 배추장사를 하기 시작했다. 잘 생긴 나를 믿고 시작한 배추장사는 그 시절 첫사랑을 키우고 있는 나에게는 치명적이었다.

산다는 일이 이렇게 나에게 다가왔다. 어린 동생들을 배추장사를 하면서 먹여 살려야 하고 머리가 좋아 공부 잘하는 나는 학교를 다녀야 했다. 어머니의 삶의 무게가 리어카에 실려 있었듯이 나의 삶은 배추 쓰레기에 젖어 버려진 느낌을 받기도 했다. 팔다 남은 배추는 썩는다. 그 썩은 부분을 다듬어도 냄새가 나는데 우리는 그것을 삶아 시래깃국을 끓여 먹었다.

된장만 풀어 멀건 국물 안에 떠다니는 배춧잎이 나의 인생처럼 와 닿았다. 사는 것이 만만하지 않다는 것은 어느 누구나 다 알지만, 사춘기의 나에게 너무 버겁게 와 닿았다. 밭에 농사를 지어 배추를 늘 리어카에 싣고 다녔고, 여름이면 수박을 심어 수박을 리어카에 싣고 한수를 떠나 엄정, 가금, 충주, 소태, 수안보 쪽으로 끌고 다니며 수박 사라 외치면서 팔기 시작했다. 먹고사는 것에 목숨을 건 어머니가 미워서 가끔 충주 오는 길 가파른 길에 수박을 쏟아 와르르 깨버리기도 했다. 어머니는 깨진 수박을 부여안고 울었다. 정말 어린애처럼 울면서 깨진 수박을 비료 부대에 담아 자식들을 먹이기 위해 집으로 가지고 왔다. 줄줄 흐르는 수박 물이 붉었다. 아니, 못 먹고 죽은 사람의 피처럼 맑은 붉은 빛이었다. 동생들은 깨진 수박을 끌어안고 먹으며 숨도 쉬지 않는 듯했다. 나는 늘 수박을 깨서 동생들에게 포식을 시켜 주리라 결심했다. 늘어진 속옷 위에 낡은 적삼을 입고 몸뻬를 입은 어머니는 내가 일부러 수박을 깬다는 것을 알면서도 야단을 치지 않았다. 차라리

"이놈아, 네가 어쩌면 그럴 수 있니? 자식들 목구멍에 거미줄 안 치고 사는 이 밥줄 끈을 어쩌면 그럴 수 있니?"

이렇게 야단을 치는 것이 마음 편안했을 것이다. 어머니의 눈물은 수박에서 흘린 피눈물이라는 것이 내 가슴에 박혀 있다. 여름 방학이 얼마 남지 않은 날, 어머니와 나는 소태 외갓집에서 충주 봉방동으로 수박을 팔러 갔다. 얼마나 힘이 들었던지, 아니 자존심이 상했던지 내 러닝셔츠에 땀이 얼룩지다 못해 흙빛이 돌고 있었다. 수박을 팔다가 날이 어두워져서 나머지는 충주시장에서 팔 계획을 한 어머니는 먼 친척 집에 가서 잠을 자게 되었다.

그 집은 방 하나에 식구들이 모여 잠을 자는데, 어머니와 내가 그 좁

은 틈에 끼어 자다가 내가 그만 오줌을 싸고 말았다. 얼마나 피곤했던지 수박 먹고 잠을 자다가 오줌을 싸서 난리가 난 것이다. 잠을 자다가 오줌에 젖은 팬티를 꼭 짜서 다시 입고 들어가 잠을 잔 기억을 떠올려「아주 불편한 밤」이라는 시를 쓰기도 했다. 수박장사가 끝나면 다시 배추장사를 했지만, 서럽고 배고픈 세월은 늘 나를 따라 다녔다. 한동안 어린 시절을 말하고 싶지 않았다. 내 기억 속에서 그 시절을 모두 모아 불을 지르고 싶었다. 그 시절에 있었던 사진, 아니, 일기장을 저 난로에 타다 남은 불씨에 불을 댕겨 싸악 날려 버리고 싶었다. 그때 이후 모두 지워 버렸지만, 또 불을 지르고 싶은 생각은 왜 이리 나에게 따라 다닐까. 지나가다 남은 쓰레기를 보면 가슴이 답답해진다. 지저분한 것들을 모두 버려야 한다. 없애야 한다. 흔적을 지우는 것은 불을 지피는 일이다. 지글지글 타는 불을 보면 편안해진다. 가슴에 따뜻한 온기가 전해지면서 어머니 품속처럼 포근해진다. 어렵던 시절 나무를 해서 지피던 불길처럼 정겹다.

꺼져 가는 난로를 보니 가슴 안으로 한기가 몰려온다. 내가 가서 잠을 자야 할 방은 이미 가스가 끊어졌다. 그 방에 들어선 남자가 내가 아니었으면 좋겠다. 난로만 덩그러니 시인의 공원 가운데 남았다. 시인이 가져왔던 소소한 물건들이 저 집 안으로 들어가고 내 방처럼 공원은 썰렁한 바람이 분다. 그 바람은 느티나무 잔가지를 흔들지만 내 마음까지 흔들린다. 저 집에 가서 막걸리와 우동 한 그릇을 얻어먹을 자신은 있지만 왜 이리 내가 겉도는 사람 같을까. 꺼져 가는 불을 지켜보다가 순주의 웃는 얼굴이 보고 싶어서 용기를 내어 가게 안으로 들어갔다. 또 다른 나무 난로 안에 불이 들어 있었다. 사람들이 밀려와 시끄러운데 순주가 막걸리를 큰 양은 대접에 철철 넘치도록 따라 내가 앉아 있는 식탁 위에 놓는다. 시인들과 순주가 앉아 있는 자리가 아닌 나 혼자 먹으라는 뜻이다. 야속하지만 내 처지가 이러니 어쩔 수 없다는 생각이 들어 막걸리를 맛있게 마시는데, 우동 한 그릇이 내 상에 또 놓여진다. 배부르게 먹고 빨리 나가라는 눈치다. 주인 여자는 나에게 퀭한 눈길 한 번 주지 않는다. 우동과 막걸리는 순주를 통해 나에게 전달되었다. 나를 이렇게 무시한 주인 여자를 속으로 두고 보자, 언젠가는 후회하는 날이 올 것이다. 내 시집의 반응이 얼마나 좋은지 저 무식한 아줌마가 뭘 알겠는가. 흥, 두고 보자.

이 집의 우동과 막걸리를 마시면서 나는 계속 못마땅한 생각을 한다. 겉도는 사람은 사람이 아닌가. 기타를 치던 시인도 어쩜 나를 아는 체하지 않고 박대하는지, 세상사는 출세를 하고 볼 일이다. 내일 아침에 출근을 하면 나는 가난뱅이가 아니다. 이 집에서 오늘 얻어먹었던 음식값을 꼭 갚으리라. 그동안 시집을 내려고 돈을 너무 많이 쓰고 병가를 오래 냈다. 국어 선생은 시인이어야 된다는 생각으로 살아온 나에게 인생에 무엇을 택하겠느냐고 물으면 역시 나는 시인이다. 자유로운 영혼으로 이 세상에 떠도는 구름 혹은 바람 같은 것으로 사람의 가슴 안에 척하고 안기는 그런 숨결이 되고 싶다. 그런 사랑을 하고 싶다. 꿈꾸는 남자는 행복하지 않은가? 사람들은 내가 쓴 시를 별로 좋아하지 않는다. 수준이 낮아서 아직 사람들이 못 알아봐서 그럴 것이다. 이번에 낸 시집을 더 많이 찍어서 세상에 뿌려야 하는데 아쉽다. 순주는 나에게 다가와

"선생님! 빨리 집으로 들어가세요. 내일 학교에 출근해야 한다면서요."

얼굴이 붉어진다. 말을 할 수가 없다. 왜 이리 가슴이 뛸까? 딱 한 잔만 먹고 싶었는데 주인 여자가 눈길을 주지 않으니 아쉬운 마음을 남기며 비닐 문을 빠져나와 공원으로 향했다. 공원 가운데 덩그러니 서 있는

검은 무쇠로 된 난로를 마음 같아서는 그냥 들고 우리 집으로 가고 싶다. 황실 빌라 303호, 그곳에 가서 친구처럼 불을 지피며 함께 살고 싶다. 그러나 무쇠로 돼 있어서 무거워서 움직일 수가 없다.

칙칙한 집으로 가기 싫어서 그냥 멍하니 나무가 다 탄 난로 앞에서 찬기를 쥐었다 폈다 해본다. 산다는 것은 이런 것이 아닐까? 불은 한때는 뜨겁게 타오른다. 그 시절은 누구에게나 있는 법이다. 불타오를 때가 인생의 절정이 아닐까? 기회와 희망으로 가득 차서 터져 버릴 것 같은 숨가쁜 두근거림이 아닐까? 그러나 사람들은 그 시절에는 본인의 절정을 잘 모르는가 보다. 그 기회를 잘 잡으면 후회 없는 시절이 될 것이지만, 그 희망을 포기하면 후회의 시간을 만들어 간다. 누구든지 뜨겁게 불이 나는 시절이 있다. 다만 잘 모르게 넘어가고 나서 뒤늦게 그때가 좋았다는 생각이 들기 때문에 어리석게 지난날을 기억하는 것이다.

난로 안에 회색 시체로 남아있는 장작을 보며 또다시 찬바람이 가슴 안으로 들어와 옆에 있는 부지깽이로 꺼져버린 불씨를 찾아본다. 따뜻함이 전해온다. 아직은 살릴 수 있다. 재 속에 들어 있는 붉은 눈동자를 발견한 후 반가운 마음에 손을 내밀어 악수를 하고 싶다. 우동집 옆에 쌓여있는 참나무 장작과 잔가지들을 한 움큼 들고 와서 불씨를 향해 활을 당긴다. 희미하게 시들어가는 불씨들이 발그레하게 웃으며 일어난다. 불은 자글자글 타며 내 안에 훈기를 불러들인다. 아내가 두 아이들 손을 잡고 나랑 살 수 없어서 집을 나간 후 이런 따뜻한 훈기가 나에게서 사라졌다. 청주고등학교로 출퇴근할 때 기차 안에서 날마다 그 시간에 만나는 여자가 있었다. 갸름한 얼굴에 가는 허리, 핏기없는 입술이 달맞이꽃 같았다. 달밤에 피었다가 낮에 시들해지는 꽃이라는 생각이 자꾸 들어서 출퇴근 시간이 즐거웠다. 아직 잠을 덜 깬 여자와 술에서 덜 깬

나의 모습이 닮았다는 생각이 들었다. 단 한 번 그 노란색 원피스를 입었던 여자와 외도를 하게 되었다. 순간만큼은 진실이라는 생각이 들었지만, 그 여자를 안은 후 갑자기 무서워지기 시작했다. 그 순간이 짜릿하고 황홀한 순간이라는 기억보다는 그 후에 오는 외로움과 쓸쓸함, 그리고 두려움이 나를 옥죄기 시작했다.

몸이 덜덜 떨렸다. 사내자식이 바람 한 번쯤 피울 수 있다는 생각을 하며 평상심으로 돌아가려고 해도 그 달맞이꽃을 닮은 여자와의 외도가 두려웠다. 그 여자를 안은 후 나에게 비치는 빛이 두려워지기 시작했다. 시들시들해지는 느낌을 받았다. 몸에 힘이 빠져나가면서 그 여자의 남편이 나를 잡으러 올 것 같은 생각에 택시를 타고 집으로 가서 아내가 자고 있는 이불 속에 몸을 숨기며 덜덜 떨기 시작했다. 그리고 아내에게 바람피운 이야기를 하나도 숨기지 않고 해버렸다. 초등학교 교사를 하고 있었던 아내는 배신감에 몸을 부르르 떨었다. 빛을 거부한 채 이불을 뒤집어쓰고 출근을 하지 못하고 있는데 빛이 나에게 들어오는 것이 두려워서 부들부들 떨고 있는데, 아내는 나의 아픔은 아랑곳하지 않고 부아가 치밀어 참을 수 없어 했다. 시간이 지나도 나의 두려움은 가시지 않았다. 양심의 가책을 느낀다는 것보다 나를 잡아갈지 모른다는 마음이 커서 밖으로 나올 수가 없었다. 전깃불과 텔레비전도 켜지 못했다.

그렇게 한동안 누워 있었다. 아내는 내가 바람이 난 여자를 못 잊어서 상사병이 난 줄 알고, 말도 하지 않고 그대로 놔두다가 어느 날부터는 자꾸 병원에 가자고 했다. 신경이 쇠약해져서 빛을 싫어한다면서 병원에서 치료를 받아야 한다는 말을 했다. 그날 밤 나의 외도를 용서해줄 테니 제발 일어나 출근을 하라는 말을 했다. 그러나 나는 아내에게 잘못했다는 생각이 들어서 숨어 있는 것이 아니다. 어린 시절부터 내가 잘살아야 하는 책임감이 나를 억누르고 있었다. 나쁜 짓 하면 안 된다는 어머니의 말과 공부를 잘해서 시인이 되어야 한다는 당찬 꿈들이 갇혀 있던 상자 안에서 빛을 보고 꾸역꾸역 나오는데, 눈이 부셔서 빛을 제대로 받아들일 수 없었다. 지긋지긋한 가난, 배고픔, 돈 없는 서러움이 몰려 들어온다. 모두 다 잊었고 잘 극복했는데, 나는 또다시 따뜻한 불을 지피고 싶었다. 내 영혼에 찬 기운을 몰아내고 훈훈한 봄날을 맞고 싶었다. 전깃불이 아닌 텔레비전 소리가 아닌 인터넷이 아닌 그런 빛을 찾고 싶었다.

단 한 번의 외도로 이렇게 빛을 싫어하는 병이 발병했고, 오랫동안 어둠과 싸우게 되었다. 검은 화덕 같은 아내는 나에게 불을 지펴주지 않았다. 싫어하는 신경정신과 병원을 억지로 데리고 가서 가두기도 했다. 햇살이 들어오는 곳이 아닌 오로지 전깃불이 24시간 들어오는 병원에 갇혀 짐승처럼 고래고래 소리를 지르며 밖으로 나가기를 원했다.

나는 해마다 병가를 냈고, 병원을 들락거리면서도 아내는 집에 뜨는 해이기를 바랐다. 아내는 시집올 때 해온 장롱처럼 늘 그렇게 서 있기를 바랐다. 그런데 아내가 그 자리를 털고 일어날 줄은 상상하지 못했다. 어느 날, 딸과 아들의 손을 잡고 법적으로 이혼신청을 해서 나만 남겨놓고 떠났다. 어느 곳에서 내 정신을 놓아 버렸는지 모르겠지만, 아내와 자식들이 내 곁을 떠났다는 아픔을 인지하기도 어렵게 되어 버렸다. 동료 친구들과 선생님들은 이런 나를 안타까워하며 병원에서 열심히 치료를 받아야 한다며 관심을 보였지만 어차피 이렇게 혼자가 되었으니 자유로운 영혼으로 살 수밖에 없는 것이다. 전깃불이 계속 켜져 있는 병원은 그만두고 이렇게 홀로서기를 하기로 했다. 그래서 시집을 냈고 이렇게 만족하며 살아간다. 돈이 있나, 가족이 있나 이런 나를 놔두고 가버린 아내가 야속할 뿐이다. 아이들이 보고 싶어서 죽을 만큼 괴로운 시간이 있었다. 그럴 때면 편지를 쓴다. 방금 시를 낭송하고 나간 대학 후배가 나의 딸의 선생님으로 재직 중이다. 순주가 때로는 꽃 원피스를 입어서 여자로 보여, 아니 꽃처럼 예쁜 사람으로 보여 마음이 설레지만, 우리 딸 선생님이니 조금은 쑥스럽다. 내가 쓴 편지를 들고 딸이 다니는 여학교에 가서 순주를 만났다. 그리고 내 시집을 주며 딸에게 전해달라는 편지를 주었다. 순주는 내가 딸이 보고 싶어서 왔다는 것을 알고 딸을 데리고 와서 아빠를 만나라고 한다. 그렇지만 딸은 나를 보며 얼굴을 찡그린다. 고개를 들지 않고 땅만 쳐다보며 가만히 서 있다. 보고 싶어서 잠이 오지 않는 날 길게 쓴 편지를 주었는데, 딸은 얼른 그 편지를 교복 속에 숨긴다. 내가 부끄러운 존재인가, 배추를 팔던 우리 어머니의 모습이 떠오른다. 그때는 가난한 우리 어머니가 부끄러웠는데, 시인인 아빠가 이렇게 책을 냈는데 자랑스럽지 않을까? 순주는 딸에게 '아빠는 훌륭한 사람'이라고 하면서 이렇게 좋은 시집을 냈다며 친구들에게 자랑을 하라고 한다. 눈물을 글썽이던 딸이 동생에게 찾아가면 안 된다는 말을 낮은 목소리로 한다. 만약 찾아가면 이곳 충주에서 학교를 다닐 수 없으니 충주를 떠나야 한다는 말을 엄마가 했다는 것이다. 그토록 집에 불을 지펴주지 않던 아내가 갑자기 보고 싶었다. 아이들을 데리고 얼마나 고생이 많을까? 내가 다닌 병원 이야기를 알고 있는 사람들이 많을 텐데, 어떻게 초등학교에서 잘 견디는지 모르겠다. 이런 생각이 들 때면 내가 퇴직을 해서 퇴직금이라도 모두 아내에게 줄까 생각해본다. 병원에 가지 않아도 잘 살 수 있는 자유로운 영혼을 굳이 병원을 왔다 갔다 하느라 아내는 빈털터리가 되어 이 집을 나갔다. 이 집에 불을 지펴주지 않아서 추워서 못 살겠다는, 마음이 떠나간 아내는 얼마나 더 추울까 걱정이 된다.

딸이 다니는 학교를 나오다 학교에 있는 쓰레기를 본다. 너저분하게 널려 있는 쓰레기를 본 순간 속이 뒤집힌다. 어린 시절에 여기저기 널려 있던 배추 쓰레기들이 나의 가난한 세월을 데리고 와서 나를 부르고 있다. 모두 치워야 한다. 그 썩어가는 배춧잎들을 주워서 처리해야 한다. 우리 딸이 다니는 학교에 이렇게 지저분한 배춧잎들이 돌아다니면 우리 딸이 저 배춧잎으로 죽을 쑤어서 그 지긋지긋한 배추 죽을 먹어야 할지 모른다. 내가 치워주고 가야지 이 세상에 뒹구는 쓰레기는 모두 불을 놔서 없애 버려야 한다. 라이터를 꺼내어 불을 놓았다. 활활 타는 종잇조각들이 금세 검은 시체가 되어 하늘로 오른다. 마음이 시원하다. 가슴이 이렇게 뻥 뚫리니 이제 병원에 가지 않아도 될 것 같다.

불을 질렀다는 이유로 와르르 몰려오는 학교 선생님들이 소화기를 들고 와서 불을 꺼버린다. 딸의 선생님인 순주는 얼굴이 빨갛게 달아올랐다.

이곳에서 나를 가르쳤던, 나를 영재라 불렀던 스승님이 나를 보며 눈물을 흘린다. 교장, 교감 선생님이 혀를 찼다. 소방관을 불렀으면 법적인 문제가 될까 봐 이렇게 난리를 치면서 불을 껐다는 것이다. 그 후 딸이 다니던 학교에 가지 못한다.

우동 가게에서 보는 순주가 왜 가슴 설레는 여자로 보였을까? 우리 딸내미 선생님으로 보이지 않고 나를 다정다감하게 이해해 주고 끌어안아 주는 여인으로 와 닿았다. 이곳저곳에 뒹구는 공원의 쓰레기를 주워 모아 본다. 어디를 가던 배춧잎처럼 춤추는 쓰레기들이다. 이 세상에서 쓸데없어서 버림받은 존재이다. 처음에는 필요해서 사람들이 취했다가 무엇이 못마땅한지 무슨 잘못을 저질렀는지 아무 곳에나 버린다. 사람 마음의 일부분을 담고 있는 쓰레기를, 가장 낮은 모습으로 엎드려 있는 쓰레기를 모아 장사를 치러주고 싶다. 오늘 본 쓰레기는 배춧잎보다 더 불쌍해 보인다. 저 우동집 눈이 퀭한 아줌마가 버렸을지 모른다. 우동집 아줌마가 나에게 보였던 달콤한 관심이 이렇게 무참하게 짓밟힌 것을 보며 나를 버리듯 쓰레기들을 함부로 재활용봉지에 담지 않고 버렸을 것이 분명하다. 이 쓰레기들을 모아 난로 속에 넣고 다시 불을 지핀다.

활활 타오르는 불빛은 바람피우고 돌아와 이불 속에서 숨어 빛을 거부하던 시절을 잊게 해준다. 혼자 남아 있는 답답한 시간들이 시원해진다. 떠나간 자식과 아내에게 못다 한 책임감이 없어지면서 홀가분하다. 제천 고등학교에 가서 아이들을 어떻게 가르칠 것인가에 대한 걱정이 사라진다. 저 우동집에서 나를 쫓아낸 아줌마에 대한 불만이 없어진다. 나를 이상하게 취급한 사람들에 대한 미움이 없어진다. 가끔 첫사랑이 보고 싶은 마음이 가라앉는다. 검은 느티나무 몸뚱이를 타고 쭉쭉 뻗어 있는 나뭇가지들이 몸속에 들어 있는 실핏줄처럼 쫙 깔렸다. 장작난로 위로 비추는 잔가지들의 꿈을 본다. 나뭇잎을 떨어뜨리고 고요하게 서 있는 느티나무는 언뜻 보기에는 춥고 외로워 보이지만, 저 나무뿌리에 묻어놓은 봄, 여름, 가을, 겨울이 있기에 절대 애처롭지 않다. 잠시 잎을 거두고 꿈을 꿀 뿐이다. 사람은 목숨을 거두고 나면 싸늘하게 시체가 남을 뿐이고 그다음 세계가 있다는 윤회설이 떠돌 뿐이다. 하지만 아무도 모르는 일이다. 죽고 나서 그다음은 너도나도 모를 일이다. 나에게도 봄이 있었다. 봄으로 기억된 날은 한수 마을에서 어머니랑 배추장사와 수박장사를 하던 시절이 아니었을까, 그런데 그 시절 잘살아 봐야겠다던 야무진 꿈속에는 가난이 웅크리고 있었다. 그것을 뛰어넘으려고 안간힘을 썼을 뿐인데, 왜 이렇게 한순간에 타다만 장작개비처럼 어디에 정신줄 하나를 놔 버린 것일까, 우동집 안을 비추는 불빛은 따뜻해 보인다. 비록 전깃불이지만 나를 내쫓은 야박한 집이지만, 아직도 저 부엌에는 바다 냄새가 날 것이다. 그 비릿한 다시마 냄새가 이 공원 안까지 밀려 나온다. 저 안에 있는 주인 여자가 이곳에서는 차이콥스키가 자작나무숲을 연주하는 소리를 듣는다는 말이 떠오른다. 저곳에서 무슨 사람 사는 이야기가 늘어져 나오는지. 나는 그곳 이야기를 듣는다. 밀가루 냄새가 밀밭을 불러들여서 파랗게 춤을 추는 듯하다. 어둠 속에서 이 불빛을 보고 노숙자들이 어슬렁어슬렁 몰려온다. 어디서 이 불 냄새를 맡았을까. 살얼음 추위에 살아가는 노숙인들이 남의 모습 같지 않다. 나에게 다가오는 어떤 계절, 아니, 겨울 풍경 같다. 언젠가 나는 또 어느 곳에 놓고 온 정신줄 하나를 잡지 못해서 저렇게 늘어진 머리에 냄새나는 옷을 입고 밥을 얻어먹으러 다닐지 모른다. 자식도 아내도 나를 모르는 체하고 형제도 저 안에 있는 우동 아줌마도 나를 모르는 체할 것이다. 괜스레 슬픈 생각이 든다. 하지만 아직 나는 교사다. 시인이다. 자식의 아버지이며 한 남자다. 그러나 이런 야무진 생각을 계속 갖지 못하는 것이 흠이다.

머리가 헝클어진 할아버지에게 따뜻한 눈빛을 보낸다. 이곳에 모인 노숙인들은 한 번쯤 저 안에 눈이 퀭한 우동 아줌마의 관심을 받았을 것이다. 뜨거운 우동을 한 사발씩 얻어 게걸스럽게 먹었을 것이다. 그런데 어느 날 나처럼 버림받았을 것이다. 뜨겁게 마음을 주다가 걷어 들이는 저 아줌마의 인내력 없는 비겁한 사랑을 잘 안다. 처음부터 차갑게 대하면 기대하지도 않았을 텐데, 처음에는 마음이 약해서 잘해 주다가 조금 있으면 싫증을 내서 공원에 굴러다니는 쓰레기처럼 버리는 저 아줌마의 속마음을 잘 안다.

버릴 때 버리더라도 뜨거운 우동 국물 받아먹고 그 순간만큼은 따뜻했으니까 타다만 장작불을 다시 지피면 벌겋게 탈 수 있으니 다행이다.

　어디서 무엇을 하다가 이곳까지 흘러들어왔는지 모르는 사람들이 내 시 속에 들어온 주인공들처럼 정겹게 와 닿았다. 방금 불우이웃돕기를 한다며 돈을 모아 저 안으로 들어간 기타 치는 아저씨는 과연 그 돈을 어디에 도와주려고 이곳에 추위에 덜덜 떨고 있는 노숙인들은 모르는 체하는 것일까? 다른 사람에게 듣기로는 어느 고아원을 도와주는데 그 돈에 액수를 기억하여 계속 더하기를 해서 영수증을 받아 우동 집안에 붙여 놓는다는 말을 들었는데 사람을 도와주면 그냥 그 자리에서 잊어 버려야 공이 되지 않을까? 그것을 기억해서 사람들에게 알리며 자신의 호주머니 속에는 돈 한 닢을 꺼내어 불우 이웃 함에 넣지 않으면서, 막 걸리를 마시고 본인이 좋아하는 여자들을 쭉 모아놓고 노래를 불러 연 애설을 만들어 가는 그 아저씨는 순수한 생각이 들지 않지만, 요즈음은 그런 위선된 행위의 불우이웃돕기라도 하는 사람이 위대하지 않을까? 나를 우습게 보고 아는 체하지 않고 지나친 사람들보다 이곳에 이렇게 남아 있는 불씨를 살려서 노숙자들에게 불을 지펴 주고 있는 내가 더 위 대하다는 생각이 든다. 그렇다면 나의 남아 있는 생이 겨울이 아닌 따뜻 한 봄이 될 것 같은 훈훈한 바람이 가슴 안으로 들어온다. 살얼음 위에 살아가는 사람들을 위해 불을 지피는 사람이 되니 자신감이 생겼다. 이 제부터 시작이다, 이 어둡고 긴 우울의 터널을 지나 밝은 빛을 보러 나가 자. 이제 나는 다시 빛이 흐트러지는 모습을 보지 않을 것이다. 그동안 에 사람 취급하지 않은 사람들이 깜짝 놀랄 것이다. 일어서는 봄에 뜨거 운 가슴을 안고 이 노숙인들을 위해 불을 지피자. 망상처럼 떠도는 불 이 아닌 실제로 몸에 와 닿는 뜨거운 불을 추운 사람에게로 댕기자. 우 동집 옆에 있는 장작을 가지러 불붙은 부지깽이를 든 채 달려갔다. 노란 배추 속을 찢어 놓은 듯 장작이 가지런히 쌓여있다. 나무를 다 갖다가 밤새 공원 밖에 춥고 배고픈 사람들을 위해 불을 지피자 순간 눈이 반짝이며 힘이 솟았다. 몇 번을 되풀이하여 나무를 안아 공원으로 옮기는데, 벌건 불이 우동집을 향해 덮치고 있었다. 방금 그곳에서 나무를 가지고 왔을 뿐인데 그곳에서 불이 났다. 사람들이 몰려오고 소방차가 요란한 소리를 내며 왔다. 누가 불을 냈을까. 저곳에는 쓰레기가 없었는데 불을 낼 사람도 불을 쬘 사람도 없는데. 추운 하늘에 연기가 구름처럼 올라왔다. 마음속으로 저 불이 확 피어서 저 안에 있는 눈이 퀭한 아줌마 집을 모두 태워 버렸으면 좋겠다는 생각이 들었다. 다시 가슴에 묻은 우울의 그림자가 쫙 빠져나가고 있었다. 막힌 곳이 뚫린 것처럼 시원한 바람이 내 가슴으로 들어온다. 나는 이제부터는 절대로 쓰레기를 태우기 위해 불을 지피지는 않을 것이다. 공원 밖에서 추위에 떨고 있는 사람들을 위해 따뜻한 불을 지필 것이다.

내가 저곳에 놔두고 온 불붙은 부지깽이는 불쏘시개를 모으지 않았고 불을 댕기지도 않았는데 저곳에 큰 불덩어리를 만들어 사람들을 모았다.

조금 있으니 경찰이 나를 불 낸 사람이라 하여 잡으러 왔다. 기가 막힌 일이다.

"느티나무야, 너는 알고 있지 않니? 나는 불을 내는 사람이 절대 아니야. 쓸데없이 의미 없는 불장난을 할 사람이 아니라고, 공원 밖에 춥게 떨고 있는 사람들을 위해 불을 지필 것이며 그 사람들을 위해 내일 아침에 제천 고등학교 국어교사로 근무할 것이라고, 돈을 벌어서 집을 나가 있는 아내와 자식을 위해주고 배고픈 저 사람들에게 우동을 사줄 거라는 당찬 꿈을 가진 건강한 남자라 말을 좀 해다오."

불륜을 했다는 죄책감보다 더 큰 두려움이 다시 밀려온다. 아무리 생각해도 이해가 가지 않는다. 운이 없는 사람에게 더 못살게 구는 사람 사는 이야기에 끼어들기가 싫다. 이제 놓았던 정신 줄을 간신히 잡았는데 내가 들고 다녔던 부지깽이에 불씨가 남아 스스로 불이 돼 버린 것을 불을 냈다 하여 경찰이 잡으러 왔다. 눈이 퀭한 아줌마는 경찰관을 향해 소리를 친다.

"안돼요. 저분을 잡아가면 안 돼요. 저분은 내일 제천고등학교에 출근해야 해요. 저분은 우리 집에 불을 낼 사람이 아니에요. 우리 집은 이십 년 동안 불이 나지 않았어요. 사람들이 하도 많이 찾아와서 몸이 부딪히는 소리에 정전기가 일어난 거예요. 한 번쯤 불이 나기를 바라기도 했었다고요. 우동집에 쏟아내는 나의 청춘이 불을 부른 거예요. 한두 달쯤 문을 닫고 휴식을 취하라며 불이 되어 타올랐어요. 보세요. 이 선생님은 이곳에 불을 지펴서 공원 밖의 사람들에게 따뜻한 온기를 주고 있지 않아요? 내가 늘 이렇게 불을 피워 주고 싶었지만, 마음뿐이었지 불을 피우면 저 노숙자들이 나를 계속 따라와 우리 집에서 죽치고 안 갈 것 같아서 못했을 뿐이에요. 착한 선생님이 나 대신 불을 지핀 거예요. 절대로 잡아가면 안 돼요. 이 선생님 딸이 우리 가게에 와서 아버지에게 늘 친절하게 대해 달라는 편지를 놓고 갔어요. 아버지는 착하고 훌륭한 분이라고 엄마에게 교육을 받는대요. 딸 선생님이 방금 이곳에 있었는데, 집에 갔어요. 늘 제자 걱정을 하며 이 선생님을 바라보고 있어요. 봐주세요. 잡아가면 안 돼요…."

눈이 퀭한 아줌마가 젊은 경찰을 보며 가엾게 매달린다. 그동안 나를 외면했던 저 아줌마가 이렇게 간절하게 매달릴 줄은 몰랐다. 경찰은 이미 신고를 받고 왔으며 내가 몇 번 쓰레기를 태우다가 불 소동을 벌여서 방화범으로 구속을 시켜야 한다는 말을 했다. 공원의 마른 가지 위에서 아직 떨어지지 않고 매달려있는 마른 나뭇잎이 바람에 흔들리며 나를 잡았고 난로 속에서 타고 있는 불줄기가 나를 잡아당겼지만, 공원 밖에서 나를 잡으러 오는 경찰관은 피도 눈물도 없이 나를 잡아간다. 멀지 않아 아침이 될 것이다. 아침이 오면 나는 제천고등학교에 출근해야 하는데….

강순희

충북여성문학상
소설집 『행복한 우동가게 첫 번째 이야기』, 『백합편지』,
　　　『행복한 우동가게 두 번째 이야기』
010-2319-1052, kang5704@hanmail.net
27330 충북 충주시 연수동 4길 10 행복한 우동가게

담

·

이 귀 란

선영아!

구름 한 점 걸린 것 없이 빈 하늘은 그저 푸르기만 하다. 무심하게. 전혀 예상치 못한 길을 따라 지금은 아주 먼 곳에 와 있다. 처음 내 손에 수갑이 채워지고 내 몸에 포승줄이 묶였을 때 느꼈던 수치심이나 굴욕감은 같은 상황에 처한 길고 짧은 사연을 가진 많은 사람을 보고서야 조금씩 희석되고 일상화되어, 지금은 나라는 인간의 근본을 생각하면서 참을성과 기다림을 아프게 체득하고 있다.

어떻게 지내니? 지난가을 참 행복했었다. 너와 함께 술잔에 담아 마셨던 경포대의 바닷바람은 아직 내 안에 있고, 교회에서 함께 갔었던 속리산, 민둥산의 정기 또한 내 머릿속에 그대로 있는데, 인생사 참 묘하기도 하지. 근 20여 년 만에 잠시 행복한 대가로 난 이렇게 남녘의 무심한 푸른 하늘 아래 묶여버렸다.

최근 이삼 년 동안의 내 고생에는 우리 시어머니가 필연이었지만, 그러나 내 탓이라고 생각함이 날 편하게 하고 또 정화시켜주리라 믿는다. 결국 내가 근원이니까. '일 년 반만 더 피해 다니지 왜 잡혀 왔느냐'며 애석해 하는 형사 나으리들의 희한한 반응을 무찌르며 '그래, 차라리 잘 됐어! 잘 된 거야. 이제 밤마다 가위눌리지 않아도 되고 까닭없는 답답함으로 빈 가슴에 말술 부어 넣지 않아도 되고, 재활용이 불가능한 듯 살던 내 몸뚱이 속 장기 하나하나 법무부의 보호 아래 되살려내서 언제인지 모르는 이 수행의 끝에서부터 다시 시작하리라.'는 꽤 반듯한 각오를 다지고 있다. 그래도 기다림이라니?

4~5평 남짓한 방에서 비슷비슷한 사연이라 해도 근본이 전혀 다른 사람들과 해를 맞고 달을 기다리며 얼마일지도 모를 세월을 기다리라니. 인간 심리 참 간사하기도 하지? 어제의 평화롭고 꼭 신의 딸 같기만 하던 심리상태는 오늘은 어느새 불이 되고 폭탄이 되어 내 안에서 터지고 내일은 또 자식 걱정에 목이 메는 초라한 어미인 것이다. 처음 유치장에 갇혔을 때 자식 걱정은 절대 않으려 했었다. 그러면서 나 스스로에게 이렇게 말했다. '그래 장경민, 넌 할 만큼 했어! 이제는 그들 차례야 니가 빠져나온 자리를 좀 봐! 저게 사람이 견딜 수 있는 자리니? 여기서 나가면 절대 그곳으로 돌아가지 마! 아직 늦지 않았으니 새로운 너만을 위해 살아. 니 몸이 상하도록 준비는 해줬잖아. 아이들도 그만하면 다 큰 거야.' 그러면서 의식적으로 애들 생각 안 하려 애썼는데, 이 빌어먹을 정서는 어떻게 된 건지 좀 웬만해지니까 시도 때도 없이 애들 생각이 나고, 또 그 생각만 하면 어김없이 수도꼭지가 열려서 쉴을 앞둔 중늙은이 주제에 구석에 쪼그리고 앉아 꺼이꺼이 주책맞게 숨죽여 운다.

그래도 선영아!

난 평생 남을 위해 살다 이곳에서는 처음으로 누구를 위해서가 아닌 나 자신만의 이유로 잠을 깨고 내 몸을 위해 밥을 먹고 오롯이 나 하나의 생각으로 책을 읽고 글을 쓰고 내 몸을 위해 운동을 하고 또 나 자신만의 이유로 잠이 든다. 뭔가를 잘못했다고 법이 판단해서 빼앗겨버린 소주 한 잔의 자유, 살갑던 이들과의 담소, 무심하게 주고받던 자잘한 사랑과 미움들, 망중한의 벗이었던 한 줄기 연기 속의 내 시류들, 그런 것들에 대한 그리움이 찰과상 위로 퍼지는 알코올 용액처럼 싸한 아픔으로 다가오지만, 그런 것도 없다면 이곳이 어찌 감옥일 수 있겠니?

이제 내일 모래면 한 달이다. 이렇게 얼마를 지내야 할까? 두려움은 없다. 어떻게 할 수 없으니까. 모든 생각들을 보류하고 자유로워질 때까지 그저 빈 마음으로 있으려 할 뿐이다. 이렇게 비우고 비워서 그날이 되면, 막상 무언가를 어떻게 할 수 있게 되면 내 머리가 내 몸이 하얗게 멍해져서 아무것도 못 하게 되는 건 아닐까? 그게 또 걱정이구나. 지금은 하늘도 보이고 눈물도 나지만 세월이 흘러 밥이나 기다려지고 이불 까는 시간 기다렸다가 코 골면서 잠자고, 아침이면 아무 생각 없이 부스스 일어나 또 밥이나 기다려지는 그런 내가 돼 버리면 얼마나 한심할까?

지금은 일도 하고 싶고 가고 싶은 곳도 있지만, 나중에 어느 세월에 아무것도 하기 싫고 아무 데도 가기 싫고 그저 주는 밥이나 먹으려 하고 허구한 날 구들장이나 지고 누워 있으려 하면, 그 좋아하던 술도 안 마시고 멍청이가 돼 버리면 어떻게 할까? 아! 차라리 대그빡 터지게 고뇌할 일이다. 지치게 괴롭더라도 고뇌하고 슬퍼하면서 깨어 있을 일이다. 그것이 나답고 그 모습이 인간다울 테니까.

요새도 니 남편이랑 많이 싸돌아다니냐? 난 하나도 안 부럽다. 여기서 나가면 Life Story를 확 전환시켜서 정말 멋지게 살아버릴 참이니까.

선영아, 밤 11시다. 책장 넘기는 소리, 누군가가 귤 먹는 소리, 잠꼬대 소리, 바로 그 옆에서 남자만큼 한 덩치를 가진 아줌마의 코 고는 소리. 그런 소리를 들으면서 내 몸을 떠난 내 마음은 부산으로, 광한루에 가 있고, 내 아들들에게 벙어리 털장갑을 떠 주고, 짓다 만 집 더 늘려 짓고 친구들 만나 회도 먹으러 가고 늠름한 아들들 데리고 동해안 따라 여행을 다니면서, 그러면서 너무나 바쁜 나는 새벽 다섯 시까지 잠들지 못한다. 그러면서 기도한다. 내 탓으로 여기게 해 달라고. 내 불행의 모든 근원은 나에게서 비롯했으니 세상 그 무엇도 그 어느 누구도 원망하지 말게 해달라고 나의 하나님께 울면서 기도한다. 그런데 지난밤 울음은 후회가 아닌, 내 속에 가득 차 나도 어쩔 수 없는 내가 나가는 소리였던 것 같다. 성경책이 빨리 도착해서 아무 생각 하지 말고 새벽부터 밤까지 성경이나 읽고 기도나 했으면 좋겠다. 이곳은 쇠창살만 날 두른 게 아니고 이런저런 인간들 또한 두 겹 세 겹 두르고 있는 감옥이니까. 이 부자유의 끝에서부터 구속, 기소, 검사, 조사, 수갑, 재판, 사기 등의 낱말들일랑 절대 안 보고 전혀 인연 없는 단어처럼 비현실 속에 묻어버리고 살았음 좋겠다 평생토록.

예전에 길거리에서 별자리 점을 컴퓨터로 출력해 돈을 받고 파는 사람들이 있었는데, 거기에 난 인간의 심연을 들여다볼 수 있는 능력이 있다 하더라. 아! 그게 지금 가장 괴롭다. 정말 난, 인간의 심연 같은 거 안 보였으면 좋겠다. 나의 심연도 구차한데 내 의지와 상관없이 시답잖은 인간 군상들의 심연까지 읽혀져 머리에 연기 날 것 같다.

우리 서로 친구 된 지가 30여 년 가까이 온다. 선영아! 키 작은 코스모스처럼 서로 고만고만하고 비슷하게 춥고 외롭고 우리 청춘은 늘 그렇게 늦가을 헐벗은 꽃잎 같았었지? 그래도 너와 나 우리 헐벗은 꽃잎들 만나면 문학 하나로도 따뜻해지고 꼴에 까뮈를 논하고, 니체를 숭배하고 니가 좋아하는 전혜린을 나도 좋아하고, 내가 흠모하는 김지하를 너역시 관심에 두었었지? 넌 기어이 작가가 되었으니 정말 열심히 해 봐라. 난 이 기구한 삶 마감할 때쯤이면 딱 한 권만 써서 순식간에 대박 터트리고 말 테니까. 우리 마지막에 같이 웃어보자.

흐르는 강물인 듯 흘러가는 내 마음을 그냥 내버려둔다. 애가 타는 듯한 자식 걱정 너머에 또 하나의 내 마음은 왠지 홀가분하고, 평생 느껴보지 못한 자기애도 어렴풋이 생기고 강물 위에 종이배처럼 그저 흘러가다 어딘가에 걸치면 핑계 삼아 게으르게 쉬어가고, 폭풍우를 만나면 곤두박질쳐 그때도 죽음을 맞지 못하면 어느 모래밭에서 누군가의 도움을 받아 또 다른 인연으로 살고, 그런들 어떠하리?

누더기 같은 삶 그냥 벗어버리고 미련 없이 훌훌 던져 버리고 좀 더 가난하더라도 따뜻한 새 삶 만나 살면 어떠리! 축복받지 못한 삶, 축하받아본 적이 없는 숱한 기념일들 그러나 단 한 번의 따뜻한 눈길로, 미소로, 상쇄될 수 있으리라. 말없이 보내주고 오래되어도 변치 않은 가슴으로 맞아주면 그 아니 좋을까?

이 편지 인편에 보낸다. 겉봉투에 교도소 로고 찍히는데 누가 보면 좀 그러니까. 건강하고 사랑하며 살기를

12월 순천에서 너의 웬수로부터.

'으이구, 증말이지 지지리 웬수, 사람이 살면서 송사하지 말고, 시앗보지 말고, 감옥 가지 말라는 세 가지를 고루 거치며 고래 심줄처럼 내 앞에 알짱거리며 속 이는 철천지 웬수 같은 년! 으쩌다 너 같은 느므 년을 만나 웬수 같은 정이 붙어 이렇게 속을 끓여야 하는지 도통 알 길이 없다 증말.'

혼자 눈 뜬 아침 자리에서 일어나자마자 얼른 몸을 일으키지 못하고 썰물 되어 밀려가는 회한에 몸을 맡겼다.

며칠 전 구정 연휴 때, 명절 기간 동안에는 처음 들른 언니 집에서 조카들을 만나고 언니와 단둘이 마주 앉게 되었을 때 내 발목처럼 가는 언니의 허벅지에 머리를 대고 누워보았다. 그리고 일어나 언니의 얼굴을 자세히 보았지. 어쩌면 그렇게 늙어있던지. 그리곤 물었단다. 언니, 언니 얼굴의 어느 모습 어느 주름이 엄마를 닮았어? 난 생각해보면 내 성격 속에 이런 이런 모습이나 행동들, 아버지는 내 나이 삼십 대까지는 살으셨으니까 알 수 있잖아? 지금의 모습에서 고웁고 보드랍고 지혜롭고, 또 뭐 인생의 플러스알파가 되는 부분들은 다 엄마의 피일거야 라는 생각을 하거든? 그런데 외모에 대해서는 좀 더 정확히 알고 싶어. 어느 부분의 어느 주름이 엄마를 닮았고, 언니와 내가 입가와 안무릎과 발목에 녹두알만한 점이 있듯, 지금의 내 모습에서 어느 주름이 엄마의 분신이고 어느 행동이 엄마의 플러스 알파 한 염색체일까, 이러며 엄마를 그리워하고, 언니가 세상을 뜨면 엄마의 모습을 닮은 언니의 일부분을 가져와 집에다 두고 살든지, 아니면 저 서양인들처럼 몸에 지니고 다니며 언니의 체온을 느끼며 살 거야 라며 찔끔거리다 돌아왔단다.

정말 그래, 만약 언니가 세상을 뜨면 언니의 일부를 가져와 모래시계에 담아놓고 오르내리는 모습을 보며 언니가 내게 속삭이는 말을 들을 수 있을 게고, 부모는 세상 뜬 지 오래니 언니의 기억을 가슴에 담고 살 수 있지 않을까 생각을 했단다.

그리고 집으로 들어오면서도 편지는 보지 못했어. 이튿날, 그러니까 주일 오후에 느긋하게 커피잔을 들고 현관문에 서서 보니 삐죽 인사를 하더구나. 다가가니 남편이 아닌 낯선 사람으로부터 온 편지가 떨고 있더구나. 그렇게 너와 마주했어.

이번 설에는 죽음을 자꾸 생각하게 되네. 엄마의 죽음, 미래에 올 언니의 죽음 그리고 더 먼 미래에 올 너와 나의 죽음에 대해서도. 난 너를 어찌해야 할지 정말이지 모르겠다. 언젠가 네가 고지혈증으로 몸져누워 걷지도 못하고 널브러져 있다는 전화를 했을 때 내가 너에게 했던 말 기억나니? '너 차라리 죽어라. 그게 행복한 거야'라던 말.

내가 아는 너의 일생은 자국마다 고약한 가시밭길이고 가슴에는 멍이 들어 더 이상 찔릴 부분이 남아있지 않는데, 그런데도 얼마나 더 아파야 하니? 개똥밭에 굴러도 이승이 낫다고? 그건 배부른 돼지들의 웃기는 말이지. 넌 이 순간이라도 그냥 딱 눈 감기를 바란다. 그러면 울기나 하지 이건 뭐, 지구가 흔들리는 것 같더구나. 휘청거리며 어떻게 집안 정리를 했는지, 그래, 니 얘기라면 이제 강해질 만도 한데 그래도 아직 눈물이 흐르더구나. 염병할.

내내 니 생각에 잠겨 어찌해야 할지 정말 모르겠다. 불똥 튈까 두려워 다가가 만져주기는 싫고, 아마 뭔가 보이지 않는 손길이 이마로 다가옴을 감지했음인가, 지난 일 년여 동안 네가 쏟아놓던 말들. 우리나라의 부실한 법망이 어떻구, 거미줄 같은 그 법을 교묘히 드나들며 사업을 일으키고 김영삼이 경제체제가 어때서 니 사업이 오늘 이렇게 되었구, 그래서 어찌할 수 없는 상황에서 넌 익명으로 피해 살며, 그래도 피해자들에게는 일일이 전화를 걸어 양해를 구했다고. 마치 기차가 지나가듯 술잔에 섞어 떠들어대던 너의 말들은 아직 정리가 되지 않은 채 내 머릿속에서 자리 쟁취하고 있는데 넌 너답지 않게 묶여버렸구나. 그때 넌 정말 양수기처럼 침 튀기며 떠들었는데, 사그라져가는 몸에 유일하게 근육이 발달된 혀를 어찌나 잘 놀리던지. 그래, 결론을 내렸다. 네년이 아무리 똑똑하고 날고 기어도 술 앞에는 장사 없구나, 아마 모르긴 몰라도 술 먹고 만신창이 되어 함부로 누군가와 머리채를 잡았든지, 아님 아니 아니지, 니 남편과 통화하다 들은 것 같다. 니 시어머니 집 문제로 주인 여자와 실랑이하다 그렇게 됐다구. 그래, 생각해보니 정리가 되는구나. 니 입장이라면 그런대로 참고 누를 텐데 날로 쪼그라드는 시엄마가 짠해 그 악스럽게 억지를 쓰며 지옥 같은 행동을 하다 그렇게 됐을 거라고. 내가 너를 보듯 너도 그랬을 거야. 시엄마가 다가오는 건 싫고 그냥 적당한 거리에서 잘 사는 거 보는 거, 그거 지키려다 그리되었던가?

내 삶의 한 자락에 눈물의 강을 이루게 하고, 애틋한 마음으로 차지하고 있는 아주 나쁜 년, 생각하면 알싸한 상채기들 아물지 않은 상처를 반드시 내가 어루만져주고, 감싸주고, 그리고 떼어줘야만 하는 그런 친구. 생각할수록 아까운데 욕만 나오는 년. 그 아까움을 몰라주는 세상은 또 야속하기만 하구.

조금만 더 이성적으로 자신과의 싸움에서 이겨내지 못하고 기어이 술에 파묻혀 그 지경에 이른 년. 장님 코끼리 만지기 격이지. 아무리 지능지수가 발달해 코끼리만 하다 해도 코끼리는 점프하지 못한다는 것을 왜 모를까. 분명한 건 그리움과 미움과 걱정과 안도가 함께 수평을 이룬다는 거다. 너니까.

정상적인 삶의 패턴에서 벗어나 아군도 없이 세상과 적하는 미련한 년. 늘 변방을 허덕이면서 규격화된 사회가 싫다며 비리만을 양산하는 모순 속에서 일상의 탈출을, 괘도의 이탈을 시도하다 높은 담 속으로 묻힌 내 그리운 친구야. 조만간 갈 테니 건강관리 잘하기 바란다. 그러나 이 편지는 보낼 수 있을는지 모르겠다.

선영아!
지난해 오월 고지혈증 진단을 받고 해 오던 운동과 식이요법을 지속하느라고, 또 모주가인 탓에 가까이 않던 군입질이 왕따의 이유일 수도 있어서 실금실금 입에 댄 단 음식들이 술을 못 마시게 된 상황을 대신해서 그 자리에 들어와, 지금은 비만을 (아직은 아니지만) 우려할 만큼 기댈 수밖에 없는 스트레스 해소 거리가 되어 버렸다. 네가 괴산에 살 때 솔잎 흑파리가 기승을 해서 새까매졌던 그 소나무들 지금은 그냥 푸르러 있겠지? 생각나니? 니가 좋아하던 송창식의 노래 푸르른 날이던가?

눈이 부시게 푸르른 날은
그리운 사람을 그리워하자.
저기 저기 저 가을 꽃자리
초록이 지쳐 단풍드는데.
눈이 내리면 어이 하리야
봄이 또 오면 어이 하리야
네가 죽고서 내가 산다면
네가 죽고서 내가 산다면
눈이 부시게 푸르른 날은
그리운 사람을 그리워하자.

김소월 시였던가? 왜 이곳에 와서 하늘이 그리 애틋한지. 푸른 하늘은 더욱 그렇고 푸른 솔 또한 의지하고픈 그 무엇이다. 변화를 가늠할 수 없는 게 하늘뿐이어서 그런가? 담이 하도 높아 '인간으로서는 날아서 못 가겠구만.' 했는데, 그 담이 세상을 가려주어 그리움이 아련해지니 지금은 높은 담이 고맙기조차 하다. 눈에서 멀어지면 생각도 멀어지니까. 다만 내 안쓰런 두 아들의 모습은 어제인 듯 아까인 듯 또렷하게 그리워서 저미는 가슴을 가눌 수가 없다. 어찌하고 사는지. 걱정 말라고 잘하고 있다고는 하지만 그 정경이 쉽게 상상이 되고 에미 없는 자식 꼴 한두 번 본 것도 아니고, 옆에서 일일이 챙겨줘도 허구헌 날 뭔가를 빠뜨리는 큰 아이가 걱정이고 말 잘 듣는다고 온 식구가 부려먹는 작은 아이는 내게 눈물, 그것이다.

안 죽고 살아있는 것만도 하나님께 감사하며 살아야 하련만, 아직 고생을 덜 해서 눈물도 나고 (지상의 숟가락 하나에서처럼) 못 볼 꼴이 아직도 때론 억울하기도 한 것인가?

자꾸만 군것질을 하게 된다. 초조한 걸까? 너두 알다시피 난 세상과 담쌓고 사는 건 이골난 사람인데도 타의에 의해서 이리되니까 내 뇌 신경이 쉽게 동화하지 못하는지, 아니면 너무 잘 동화되어서 여기 있는 여느 사람들처럼 돼 가는 건지 어젯밤 꿈은 정말 깨기 싫었는데. 내가 어느 벽 안의 꼬마 신랑한테(17세라더라) 시집을 갔는데, 나도 작고 예쁘고 신랑은 전쟁 중이인데도 날 목숨처럼 지켜주는 거야. 그 신랑의 부모가 한국에 와서 나를 만나 무슨 혼인서약서 같은 걸 주며 자기 아들 잘 부탁한다고 하더라. 그리고 그곳은 수원이었다. 여기 들어와서 가장 자주 꾸는 꿈이 덩치 큰 남자한테 시집가는 꿈인데, 그건 아마도 아무에게도 보호받지 못하는 내 입장에 대한 반영심리 같다.

방학 중이라 애들 가르치느라 한창 바쁘겠다. 바쁠 수 있을 때 즐겨라. 앞으로 얼마나 더 바쁠 수 있겠니? 얼마 전에 선주가 겨울 내의 두 벌을 애들 아빠 편에 보내왔더라. 도대체 누가 가족이고 뭐가 핏줄인지 그 계집애 똑똑하고 말귀 잘 알아들어 좋아했더니 의리까지 있어서 날 울리더구나.

우리 친정엄마 우리 형제들 무슨 웬수인 양 서로 잘났다고 못 잡아먹어서 안달인데, 거기서 못 받은 사랑이 나보다 어린 여자, 내가 별로 해준 것 없는 이웃에게서 오니, 이렇게 하나님은 어디에서든 사랑받게 하시고, 어떤 방법으로도 사랑하게 하신다. 그래서 매일 감사하며 산다.

한 달 가까이 무위도식한 거 끝내고 식당 일이라도 주어져서 감사하고 많이 움직이니 안 추워서 감사하고, 감사한 마음으로 살아 내 자식들 내 남편, 우리 불쌍한 시어머니 하나님께서 잘 지켜주시리라 믿으니 또 얼마나 좋은지. 그저 인간 뜻대로 말고 하나님 뜻대로 하시라고 기도드린다. 그 뜻이 길든 짧든 그 기간에 내 죄는 사해질 테고 내 가족들 또한 하늘이 지켜줄 테니까. 난 그렇게 믿을 수밖에 다른 방법은 모르니까.

아이들 키우고 살 때는 혼자되는 시간이 너무 좋아서 모두 잠든 밤이면 소주 사다 마시면서 혼자된 시간을 즐기곤 했는데, 오늘 주일 쉬는 날, 옆에 한 사람이 있긴 해도 혼자나 마찬가지인 시간이 이렇게 헐렁하고 기나긴 시간임을 통감한다.

내가 태어나서 한 일 중 가장 의미 있는 일은 아들 둘 낳아 기른 것이라고 입버릇처럼 하던 나의 말은 그래서 진실인 것이다.

선영아! 수원에 이사 와라. 내년쯤. 여기 와서 우리 의지하고 살자. 어차피 그곳에 무슨 연고가 있는 것도 아니고, 니 시댁이나 친정 모두 서울에 있잖니? 지훈이도 제대하면 서울 생활할 거고. 우리 서로 가까이 살면서 연말이면 부부 모임으로 망년회 하고 여름에는 가족 모아서 계곡에라도 가고, 이제는 단풍의 아름다움이 다가오는 나이에 같이 봉사활동도 다니면 얼마나 보기 좋을까? 난 항상 내 명이 짧을 거라 했는데, 이렇게 액땜했으니. 앞으로 꽤나 오래 더 살 것 같다. 너도 노래 잘하니까 우리 무슨 시스터즈 만들어서 노인들 위해 공연 다닐까? 트롯이나 민요 부르면서?

몇 년 전에 루이제 린저 『생의 한가운데』를 다시 읽고 싶어서 사다 놓고 바빠서 아직 못 읽었는데, 니가 찾아서 좀 보내줘라. 사실은 니가 쓴 책도 아직 다 못 읽었는데, 그것도 보내주면 좋고.

선영아! 요즘 내 걱정거리는 내가 여기서 나가면 더 긍정적으로 살게 될지, 아니면 더 부정적이 되어 삐딱하게 살게 될지 알 수가 없어 안타깝다. 물론 생각 속에서야 반듯한 결과 내고 행동할 준비도 착착하지만 (언제 나갈지도 모르면서) 가끔 나도 모르게 내 머릿속에서 전기가 충돌하는 것 같은 느낌이 들거든. 그럴 때는 나는 못 보지만, 내 눈에서도 뭐가 번쩍하는 것 같아. 처음이고 (누구나 처음이겠지만) 얼마 안 돼서 그럴 거야, 응? 시간 지나고 진정되면 안 그럴 거야, 그치?

오늘 애들 아빠가 면회 왔었다. 어리석고 초라하고 못난 인간이다. 여기 들어오면서 아이들 걱정 빼고 바깥일은 싹 잊기로 독하게 마음먹었는데, 오직 내 생각만 하면서 살려 했는데, 오늘 본 그 인사는 너무 못나 보여서 그 못난 인간이 내가 비빌 언덕이라는 사실이 화가 나서 그런 내가 심란하고 이런 상황이 정말 뭐 같아서 조금 울었다. 정말이지 죽음보다 못한 삶이다. 더 화나는 건 이 상황이 종료되면 바깥 사정 추슬러 또다시 전처럼 난 그렇게 살 거라는 사실이다. 천사도 아닌 것이 착하다는 말도 못 듣는 주제가 그렇다고 영악하게 제 이익만 착착 챙기고 수틀리면 내버리는 수단꾼도 못 되는 것이 어정쩡하게 선도 악도 아닌 그야말로 경계인이 아닌가 말이다.

선영아! 나 힘들다. 힘들어 죽을 지경이다. 어쩌다 이 지경이 되었는지. 무르고 싶다. 지난 세월 결혼, 아이들, 아예 내 존재조차도 무를 수 있다면 없던 것으로 하고 싶다. 조그만 구멍으로 들어오는 밥도 참고 받아먹을 수 있고 수갑, 포승줄, 다 괜찮은데, 상황을 이렇게 만든 내 운명과 나 자신은 용서가 안 된다 선영아.

낮에 변호사 만났는데, 여전히 오리무중 난 갈피를 잡을 수 없다. 절망은 더욱 깊어지고. 그러나 오늘도 난 밥을 먹고 씻고 옷을 입고 또 잠을 잘 것이다. 절망한다고 재수 좋게 죽어지는 것도 아니고, 반쯤 미친 상태로 있어도 살아지는 것이 모진 목숨일 터. 그냥 두기로 한다. 어쩔 수 없으니까. 가슴에서 피가 철철 흘러도, 머릿속에서 천둥이 울어도 난 바위처럼 끄떡 않고 그냥 가만히 있기로 했다. 어쩔 수 없으니까. 피 흐른다고 소리 지르고 천둥 친다고 몸부림치기에는 내가 너무 작고 힘 또한 딸려서 어쩔 수 없으니까.

갈수록 나는 말이 없어져 간다. 내 안에 나를 가두고 감옥 속에 또 하나의 감옥을 만들어 난 거기 들어가 살고 있다. 10분 전에 한 생각을 기억 못 하면서 계속 무슨 생각을 한다. 우울증인가? TV를 보거나 얘기를 하면서 옆 사람들은 웃어대는데, 난 뭐가 우스워서 웃는지 모르겠다. 솔직한 내 심정은 선영아, 아무런 제스처도 하지 않고 빨리 구형받고 빨리 선고받고 얼마가 되든지 애도 태우지 말고, 그냥 물 흐르듯 살아버리고 싶다. 하지만 그 기간이 엄청 길어지면 사춘기 내 자식들 잘못될까 두려워 이러지도 저러지도 못하고, 이렇게 내 가슴을 내가 베면서 살고 있는 것 같다. 우울한 얘기만 써서 미안하다.

끝이 있겠지? 지금은 죽을 것 같아도 휴 하고 한숨 돌릴 날이 오겠지? 이렇게 발 잘못 디뎌 낭떠러지에 굴러떨어졌지만, 손톱이 까지고 발바닥이 닳도록 올라가면 또 평평한 길 만나겠지? 하나님이 너와 너의 가정에 함께하길 기도하며, 또한 나에게도 임하시길 기도하며 갑신년 추운 날에. 경민이가.

PS: 내일 재판장에 간다.

작성자: 김선영

제목: 애틋한 내 친구야!   등록일: 200_년 2월 16일

받는 사람: 장경민

경민아, 너를 만나고 오는 길은 눈물의 가시밭길이란 게 무엇인지 쬐끔
은 알 것도 같더라. 정이란 게 뭔지, 젠장, 고운 정보다는 미움이 더 많
았던 것 같은데, 친구 따라 강남 간다더니 친구 따라 가막소까지 갔다
오기도 하구, 너나 나나 오래 살고 볼 일이구나.

어찌나 동동거린 이틀이었던지, 전자편지는 한 면만 가능하다니 두서
가 없구나.

먼저 큰 아이는 정일고로 배정받았고, 등록금은 냈는데 아직 교복은
마련되지 않은 것 같구나. 큰 아이는 학원에 갔다니 공부는 잘하고 있
으리라 믿고 아이 아빠와도 통화를 했는데 한숨만 들쑥날쑥 거리며 뭐
진전이 없더구나. 집 문제가 잘되지 않아 차라리 다행이다 싶다만 니네
집이 니 신랑의 한숨으로 꽈악 차겠다 싶다. 니가 여러 가지로 염려한다
니 아무 대답이 없더라. 아직 선주 씨와는 통화를 못 했는데, 내일 아침
까지는 통화되리라 믿고 니 얼굴이 생각보다는 밝아서 마음은 놓이더구
나. 하기야 나를 맞이하기 위한 연기라 해도 그래도 난 마음은 편하다.

재판이 미뤄짐으로 해서 득이 되는 부분도 있으리라 생각하니 조급
증은 사라졌다만, 사람 사는 일이 그리 돈독지만은 않다는 것을 느끼는
요즈음이구나. 그간 니네 집은 한 번도 가보지 못했는데, 조만간 가볼
예정이야. 가서 뭘 어째야 하는지 기실 모르겠다만, 니 남편을 따잡는다
고 해결될 일도 아니고, 그럴 위인 또한 나도 못 되고.

내 삶의 일부를 눈물로 채우는 못 된 년! 내 눈물이 네 약이 된다면,

니 아들이 잘 자란다면 여한은 없겠다만서도 안타깝고 미안하기만 한 나날이다. 참 많은 날 전에 너를 안 보려 했던 기억, 세상은 가진 자, 힘 있는 자들만의 것이라는 생각으로 함께 진창에 빠지고 싶어 몸부림쳤던 날들, 영화의 한 장면마냥 스쳐 가는구나.

하기사, 넌 오죽하겠냐만서도 넌 늘 잘 이겨내고 도두 잘 닦는 사람이니까, 너 자신으로부터 득하여 더 올곧고 바르게 여물어서 나온다면 그때 대박을 터뜨리든 여성운동가가 되든 그건 네 삶의 몫이다.

엔간히 중언부언 했구나. 허리 병이 생겨서 그만 써야겠다. 별일이지 나에게도 이런 병이 오다니, 한 편으론 야릇하게 즐기기도 한단다. 이 불편함을.

이 밤도 잘 자라. 하늘이 어지간히도 맑드라. 날도 엔간히 풀렸드라. 내일이 기대된다.

작성자: 김선영

제목: 애틋한 내 친구야!   등록일: 200_년 2월 18일

받는 사람: 장경민

경민아, 너를 보고 온 지 사흘이 지났구나. 할 말이 많아 긴 인사는 생략한다. 화요일, 그러니까 어제 니 남편에게 갈 테니 니가 부탁한 것들을 준비해서 기다려 달라고 부탁한 후에, 밤에 수업이 끝난 후 여기서 9시 30분에 출발하여 늦은 밤인데도 정말 미안한 마음을 안고 선주 씨도 만나고 왔단다. 얼마나 고마웠던지. 갓난아기 엄마더구나.

가기 전에 변호사 사무관과 통화했는데, 니 남편과 연락이 두절 돼서

모든 일이 중지 중이라기에 어떻게 하든 다음 수요일(25)까지 준비할 테니 일을 추진해달라고 부탁을 했어. 그리고 먼저 선주 씨네 가서 니가 부탁한 말을 전하고, 여러 가지 니가 상상하는 비디오를 우리도 염려하며 스토리를 꾸몄고, 쌓여있는 편지가 많길래 그걸 들고 니 남편을 만났어. 지난번 니가 부탁한 일은 한 가지도 된 일이 없더구나. 아이 등록금도 날짜를 넘겨 가며 간신히 빚을 얻어 내고 이사며 유선이며 아무것도 하지를 않고 있어. 학교는 정일고. 말했던가? 선주 씨가 잔소리를 해서 안 보고 전화도 안 받는데 나까지 뭐라고 할 수가 없어 그냥 하는 이야기 다 들어주었다. 참 고된 시간이었지. 변호사비는 백방으로 알아보고 있고 토요일에 돈이 나오면 먼저 해준다고 단단히 약속이 돼 있더구나.

난 만약 안 되면 니네 보험이나, 정말 더 안 되면 집이라도 저당 잡혀 대출받을 생각하고 일을 하려고 마음의 준비를 하고 갔는데, 이두 저두 안된다는구나. 과정을 지켜보며 너를 욕했다. 바보 같은 년이라고.

중요한 일은 선주 씨나 나나 더 이상은 비용을 만들 여력이 없다는 거야. 도대체가 사람 구실을 못하고 사는 중에 이젠 자본주의 사회 속에 이래저래 구실도(이범선의 오발탄) 제대로 못 하고 사는 세상이니 둘이 한숨만 들이쉬고 내쉬다 왔지.

니 남편 말에 의하면 그동안 어찌저찌 만들었던 비용은 이미 흔적이 없고 계속해서 돈을 조금씩 만들어 쓰는데 말하면 뭐하겠니? 애들이나 당신이나 집안일을 못해 파출부를 들인다니 더 뭔 말이 필요하겠니? 니가 상황파악을 잘해서 대처해야 할 것 같아. 선주 씨는 이런 상황을 속히 너에게 알려줘야 하는데, 전 도저히 말할 수가 없다며 나에게 부탁을 하더라.

니가 부탁한 책 외에 몇 권을 더 준비했는데, 다음 주 월요일에 부칠

거니까 다음 주면 받아보겠구나. 아, 그리구 선주 씨도 그렇구, 내 느낌도 그렇구 변호사가 신뢰가 가지 않는 건 왜일까? 우리가 알아본 바로는 최소한의 실형을 면할 수가 없다던데, 그 사람은 입찬소리로 집행유예라고 자신하는 건 아닌지. 그러다 나중에 안되면 그만이라고 말야. 혹시 니가 거기서 마음이 약해져 무조건 너무 믿는 건 아닌가 염려스럽다. 가슴 아픈 이야기만 하게 되어 정말 유감이구나. 우리 서로 진실된 따뜻한 가슴으로 세상을 녹이고 악을 녹이고 담을 녹일 날이 오기를 기다리자. 니 남편에게도 말했듯 언젠가는 좋은 날이 와서 웃으며 살 날이 오기를 바란다. 또 쓸게.

무슨 말을 먼저 할까? 선영아!

끊임없이 널 불렀지만 만나기는 정말 싫었다. 더구나 그 두꺼운 투명창 너머로는 정말 아무도 보고 싶지 않았는데, 그 먼 길을 달려온 사람을 이 죄 많은 나는 보지 않을 핑계조차 없구나. 미안하다. 지천명에 들어선 너를 눈물짓게 해서. 자괴감 들게 해서. 너에게 보여줄 초라한 내 뒷모습은 아마도 오늘이 마지막일 게다. 세상에 그 누구도 아닌 오직 나를 위해서 향후 나는 삶의 패턴을 바꾸고 지향점을 높여야겠다는 의지를 가지고 있으며 한다면 하고야 마는 장경민식 오기는 그 의지를 불태우는 에너지가 될 것이다.

널 보내고 돌아오는 길, 옥사의 복도는 참 길기도 하더라. 삐져나온 눈물을 주먹으로 닦으며 어느 성공한 일본 기업인의 말을 기억해냈다. '가난했기에 부지런히 일해서 부자가 됐고 몸이 약했기에 열심히 운동해서 건강해졌다'는 선영아! 넌 고생을 많이 했기에 언젠가 기회가 오면 그 고생의 경험들이 모두 니 삶의 플러스알파로 작용할 것을 믿는다. 위기는 곧 기회라는 건 너에게도 영원한 진리가 될 것이다.

6년 동안 정리되지 않은 채 뒤엉켜 있던 내 인생의 지표들이 이제야 기지개를 켜며 줄서기를 한다. 예전에 사라졌던 내 예지 능력, 꿈의 암시, 자연의 기류를 분별하는 후각들이 꿈틀거리며 되살아난다. 그동안 내 영혼은 죽어 있었나 보다 선영아!

200_년 ○월 ○일, 내 손에 수갑이 채워지던 날은 죽음이라 생각했는데, 이 수형의 끝에서부터 내 인생을 다시 살리라 다짐했는데, 날 가둔 이곳에서 난 마법을 풀고 잃어버린 내 영혼과 입 맞추었다. 수감된 지 한 달 정도 지나면서 이상하게 편안해지고 왠지 좋은 일이 있을 듯싶고, 꿈마다 깨기 싫고 때론 늑골에서부터 어깨로 확산되는 희열 같은 것을 느낀다.

조심스러워서 표현을 않고 내버려 두고 있던 중, 니 메일을 받고 꽤나 괴로워했지만 겨우 3일이 지나니까 또다시 편안해지는 거야. 물론 밤마다 새벽마다 아이들 생각하며 가슴에 바람 소리 한참씩 들지만, (강은교) 근본적인 이 기꺼움은 단순히 내가 익명의 커튼을 열고 죄 사함을 받아 제도권 속으로 재진입하리라는 기대감 때문만은 아닌 것 같다.

행주를 한 통 삶아 방망이로 탕탕 두들겨 빨아서 봄볕에 하얗게 널어 놓고 무지무지하게 행복해하는 나는 내 타고난 품성으로 주님의 평화를 내가 받기도 하지만, 잃어버린 그 무엇을 찾은 느낌을 은밀히 감추어두는 치밀함도 내게는 있다.

날 너무 불쌍해하거나 한심해 하지 않았으면 좋겠다. 몸이 다쳐 병원에 가듯 어디든 사람 사는 곳에는 나름대로의 희비애락과 질서와 챙겨둘 만한 가르침이 존재하는 것 아니겠니? 바쁘게 살면서 쉽게 놓쳐 버리는 사소하듯 아주 소중한 것들을 재발견하는 것은 소득이 아니랄 순 없지.

작년 한 해 서방 때문에, 시어머니 때문에 참 쌈닭처럼 살았다. 작년뿐 아니고 일생을, 주부 서 모 씨의 표현을 빌리면 '누구든 건드리기만 해봐라' 하고 벼르며 살아온 터라 나 같은 다혈질이 징역살이 성질나서 어떻게 하나 걱정했더니 다 방법이 생기더구나.

이름하여 '마음으로 대화하기', 나쁘게 표현하면 '기로써 기죽이기', 누군가에게 화가 나면 그 사람을 향하여 정신을 집중하고 준엄하게 그 사람을 꾸짖는다. 3~4회 반복하면 상대방이 약간 순해지고 10회 이상 '기' 죽이면 싸가지가 좀 생긴다. 여기는 Everybody 싸가지 제로 공화국이거든. 싸움이야 나도 일가견이 있지만 불쌍한 내 새끼들 생각하면 한시라도 이곳에 더 있으면 안 되겠기에 '기' 센 나는 기의 대화를 선택했다. 일방적이라도 뭐 대화는 대화니까. '누구든 대그빡 안테나 세워놓고 기다리면 언제든지 내 텔레파시를 접할 수도 있다.'

난 지금 전라도 순창 땅 청석골 담 밑에 앉아서 전국적으로 기를 보내 때로는 호소하고, 때로는 꾸짖고, 또 어떤 때는 하소연하면서 공간초월을 꿈꾸는 것이다. 어찌할 수 없으니까. 그랬는데, 어제 '틱낫한' 스님의 『화』를 읽던 중, 화가 날 때 상대방과 내면으로 대화를 해서 가라앉히는 은밀한 방법이 양성화됨을 벅차게 경험했다.

선영아! 우리 오랜만에 그냥 편지나 주고받으며 지내자. 고통받아서 실핏줄까지 드러난 영혼이 부르는 노래를 들어보지 않을래? 이 초로인생 살 동안 일어날 수도 있는 일을 겪고 있을 뿐 집안에 갇혀서 '새빠지게' 일하고 술 퍼마시는 거나, 감옥에 갇혀서 영혼 박대해 슬픈 노래 부르는 거나 결과가 좀 안 좋다 해서 내가 시도한 일들을 폄하 당하고 싶지는 않다. 아직 나에게는 남은 세월도 많으니까. 네 눈물, 네 사랑, 걱정, 애정 어린 욕설까지도 오래오래 간직할게. 그리고 애틋해 해줘서 고맙다. 선영아!

네 허리 불편함 야릇하게 즐기지 말고 기체조나 요가를 해서 불편을 개선하고 가뿐한 몸을 즐겨보는 게 어떨까 싶다. 운동으로 낫지 못하는 병이 없다더라. 번거롭더라도 밥 잘 챙겨 먹고 좀 어수선하게 살기 바랄게. 주님의 평화가 너와 함께 하기를 그리고 나도 함께.

200 _ 년 2월 16일

추신: 작은 애도 중학교 가는데, 어느 중학교인지 좀 알아줬으면 좋겠다.

5년이 지났다. 언니의 삼우제를 치르고 경민이에게 다녀왔다. 3시간을 기다렸으나 애틋한 내 친구는 끝내 얼굴을 내보이지 않았다. 돌아 나오는 길, 'OO알콜 치료요양센타'라고 쓴 입간판이 차가운 미소를 짓는다. 담은 더 견고해졌다.

이귀란

소설집 『변방』 국제문학예술대상 수상
010-5511-4179, dlrnlfks77@naver.com
28191 충북 청주시 상당구 낭성면 호정전하울로 165-5

가자미와 노란 헬멧

·

권정미

   젓가락으로 살을 바르는 아주 짧은 순간에도 나는 몇 번이나 고인 침을 삼켰다. 노릇하게 구워진 가자미 한가운데를 길게 가른 다음 가장자리 지느러미 부분을 발라냈다. 꾸들꾸들하게 말렸다가 기름에 구운 가자미의 하얀 속살은 고소하면서도 달았다. 뼈에서 살을 잘 발라내어 크게 한 입 먹을 때의 뿌듯함이 좋았다. 입안에 든 가자미를 다 삼키기도 전에 또 한 젓가락 집어 입에 넣었다. 내가 부지런히 젓가락질을 하고 있는 동안 현우는 하얀 플라스틱 접시 위에 놓인 삶은 메추리알을 까먹고 있었다. 몇 번 젓가락을 들고 가자미를 집었는데, 현우의 젓가락질은 엉성하기만 했다. 그가 건드리는 가자미 살은 들쭉날쭉 찢어지거나 잘게 부서졌다. 나는 발라낸 살 한 점을 현우 쪽으로 밀어주었다. 차라리 살을 발라주는 게 나을 것 같았다.

   순식간에 가자미 두 마리를 깨끗하게 발라먹고 한 마리가 남았을 때 나는 비어 있는 현우의 잔을 채워주고 내 술잔을 들었다. 그때 갑자기 웃음이 터져 나왔다. 참아볼 겨를도 없이 웃음이 터지는 바람에 입안에 남아 있던 가자미 살들이 순식간에 뿜어져 나와 현우의 얼굴에 붙고 말았다. 현우의 이마 때문이었다. 머리카락이 휑하니 빠져버린 그의 이마 위에는 엉성하게 남은 옆머리가 제멋대로 엉켜 있었는데, 그 모습을 본 순간 갯바위에 들러붙은 소라고둥이 떠올랐던 것이다. 그게 그렇게까지 웃을 일은 아니었는데도 주체할 수 없는 웃음이 자꾸 터져 나왔다. 나는 미안하다는 말도 못하고 냉수부터 들이켰다. 현우는 반쯤 눈을 감은 채 닦을 것을 찾았다. 테이블 위에 있던 물휴지는 이미 생선 가시를 바를 때 써버려서 얼굴을 닦을 수가 없었다. 엉거주춤 자리에서 일어나 화장지를 찾던 그는 계산대 옆에 놓인 두루마리 화장지를 뜯어 얼굴을 닦았다. 그리고는 선반 아래에서 무언가를 꺼냈다. 노란 헬멧이었다. 노란 바탕에 화려한 불꽃무늬가 그려져 있는 커다란 헬멧이었다. 현우는 손등으로 이마를 한번 문지르더니, 헬멧을 쓰고 출입문 옆에 걸린 거울 앞으로 갔다. 거울 앞에서 앞뒤 모양새를 재보던 그는 아예 턱을 조이는 벨트까지 단단히 묶으며 자리에 앉았다. 이마가 가려진 현우는 나이보다 젊어 보였다. 그래서인지 그는 들어올 때보다 훨씬 기분이 좋아진 것 같았다. 주방 바닥에 쭈그리고 앉아 마늘을 까던 노파는 헬멧을 쓰고 있는 현우에게서 눈을 떼지 않았다. 뭐라고 한마디 할 듯 입술을 쭈뼛거리더니 이내 시선을 거두고 마늘을 계속 깠다.

초인종 소리에 일어난 건 열 시쯤이었다. 일찍 눈이 떠졌지만 일이 없는 날이라 이불 속에 마냥 누워 있을 때였다. 연락도 없이 집을 찾아올 사람이 없었다. 경비나 이웃이라면 인터폰을 통해 연락했을 것이다. 물건을 사라거나 좋은 말씀을 들으러 오라는 사람일 거라고 생각했다. 몇 번 벨을 누르다 가겠지 싶어 대꾸조차 하지 않았다. 두세 번 그러다 갈 줄 알았는데 벨 소리는 멈추지 않았고 주먹으로 현관문을 두드리기까지 했다. 도대체 누군가 하고 짜증스럽게 문을 열었다. 현우였다. 밤늦게 술을 마시자고 불러내기는 했어도, 불쑥 집으로 찾아오기는 처음이었다. 그는 집안에 들어서자마자 같이 나가자고 했다. 평소의 그답지 않앗다. 무슨 일인지 의아스러웠지만, 나는 잠자코 따라나섰다. 마른 그의 얼굴이 그새 더 야윈 것 같았다. 어딜 가냐고 물어봐도 대답이 없었다.

차는 어느새 동해를 향하고 있었다. 잔뜩 흐린 하늘엔 잿빛 구름이 해파리처럼 뭉글거렸고, 차 안에는 한 번도 들어본 적 없는 지루한 피아노곡이 흘렀다. 휴게소에 들러 우동 한 그릇씩을 먹고 다시 차에 올랐다. 설핏 잠이 들었는가 싶었는데, 눈을 떠보니 바다가 보였다. 도로 여기저기에 물가자미 축제를 알리는 현수막이 걸려있었다. 차를 세운 곳은 축산항(丑山港)이었다. 지방마다 특산물 축제를 한다는 것은 알고 있었지만, 사과나 포도, 인삼도 아닌 물가자미로 축제를 한다는 게 생경스러웠다. '축산'이라는 낯선 지명 때문에 더욱 그렇게 느껴졌는지도 몰랐다.

항구는 사람들로 북적거렸다. 곳곳에 만국기가 걸려있고 농악대의 풍물소리가 요란했다. 엿장수는 트로트 메들리에 맞춰 엉덩이를 흔들며 엿가위를 치고 있었다. 엿 수레 옆에 놓인 스피커를 지날 때는 고막이 윙윙거려 손바닥으로 귀를 막아야 했다. 구판장 앞 공터에는 무대가 설치되어 있었다. 행사 안내판에는 가수들의 얼굴이 커다랗게 나온 포스터가 여러 장 붙어있었는데 전국노래자랑에 자주 나오던 트로트 가수와 젊은 미녀 국악가수였다. 내친김에 가수들의 공연까지 보고 갔으면 싶었다. 내가 포스터를 들여다보며 일정을 꿰는 사이 현우는 저만치 걸어가고 있었다.

어딜 가나 가자미 천지였다. 그야말로 가자미축제다웠다. 늘어선 횟집 수족관에는 가자미가 넘쳐났다. 우럭이나 돔은 따로 담겨 있었지만, 가자미들은 비좁은 수족관 속에 층층이 쌓여있었다. 맨 밑바닥에 깔린 가자미는 위에 있는 가자미들의 바닥이 되었다. 아래쪽 가자미의 몸통 위에 있는 가자미는 또 다른 가자미들의 바닥이 된 채로 팔랑거리고 있었다. 수족관들을 지나자 건어물전이 펼쳐졌다. 잘 말려진 가자미들이 대소쿠리에 수북이 쌓여있고 물기가 덜 마른 것들은 철삿줄에 꿰어져 천막 아래 매달려있었다. 아내가 옆에 있었다면 가자미 말린 것을 보고 좋아했을 것이다.

며칠 전만 해도 나는 아내와 딸을 만난다는 기대에 잔뜩 부풀어 있었다. 아내는 노동절 연휴에 다녀가기로 했다. 석 달 만에 만나는 것이라 더 기다려지고 애가 탔다. 줄곧 아내와 딸을 데리고 어디로 놀러 갈지 궁리하고 있었다. 그런데 어젯밤 갑자기 못 온다는 연락이 왔다. 아이 성적이 안 좋아서 연휴 기간 동안 특별과외를 시킬 거라고 했다. 나는 이제 겨우 열 살인데 좀 뒤처지면 어떠냐고, 남들이 놀 때는 같이 놀아야 한다고 했다. 아내는 내 말이 채 끝나기도 전에 기초가 부실하니 남들이 놀 때 바짝 따라붙어야 할 것 아니냐고 언성을 높였다. 비행기 삯을 아껴서라도 연휴 동안 과외를 더 시킬 거라고 했다. 중국어를 잘 못하니 중국학교의 공부를 따라가기 힘든 것은 당연했다. 딸은 중국어 과외만 하는 게 아니었다. 학교 수업이 끝나면 한국인이 운영하는 학원에 가서 국어와 영어, 수학을 공부하고 바이올린 레슨도 받았다. 악기 하나 연주하는 것은 기본이라고 유치원 때부터 피아노를 가르쳤더니 이젠 바이올린이다. 내가 베이징으로 가겠다고 했지만, 아내는 그 돈마저 아껴서 부쳐달라고 했다. 그런 아내에게 나는 더 이상 아무 말도 하지 못했다.
내가 아내와 딸 생각을 하는 사이 현우는 작은 어선 앞에 서 있었다. 가자미축제 기간 동안 공짜로 태워준다는 배였다. 어느새 승선카드까지 다 써놓고 부르는데도 나는 까마득히 몰랐다. 물을 무서워하다 보니 배를 타는 것은 질색이었다. 그래도 한 번쯤은 타보고 싶었는데, 그게 오늘이 될 줄은 몰랐다.

배가 흔들릴 때마다 난간을 꽉 붙들었다. 속이 메슥거리거나 구토가 생기지는 않았지만, 오금이 저리고 식은땀이 났다. 나는 그게 멀미 때문이 아니라는 것을 알았다. 그래도 생각만큼 견디기 힘든 것은 아니었다. 배에서 내린 나는 두 손으로 얼굴을 쓸어내렸다. 배를 타는 동안 온몸의 피가 한꺼번에 흐르기를 멈춘 것 같았다. 나는 괜스레, 바닷바람을 맞아서 그런지 자꾸만 얼굴이 따끔거린다고 했다.

골목 끝에 있는 술집을 발견한 것은 현우였다. 어시장 근처에서 저녁을 먹기로 하고 횟집을 기웃거렸지만 가는 곳마다 사람들이 빼곡했다. 현우는 큰길가에 있는 몇 군데 식당을 더 기웃거리더니 골목 안쪽으로 들어갔다. 가게보다는 살림집이 많은 골목이었다. 안으로 들어갈수록 길이 좁아져 나는 현우의 뒤를 따라 걸었다. 서너 걸음 앞서가던 현우가 걸음을 멈추었다. 간판을 떼어낸 자리에 녹슨 철사와 늘어진 전선 가닥이 엉켜 있는 허름한 가게 앞이었다. 불이 켜져 있었지만, 도무지 무엇을 팔 것 같지는 않아 보였다. 미닫이문 가까이 다가가자 유리에 붙은 누런 종이가 눈에 띄었다. 안에서 새어 나오는 흐릿한 불빛에 의지해 겨우 '술집'이라는 글자를 알아볼 수 있었다. 현우가 문을 반쯤 열고 고개를 디밀었다. 하얗게 머리가 센 노파가 엉거주춤 의자에서 몸을 일으키며 방금 가게 문을 열어서 당장 시킬 수 있는 안주가 가자미구이 하나뿐이라고 했다. 나는 현우의 팔을 잡아끌었다. 하지만 현우는 도리어 내 팔을 잡아끌더니 가게 안으로 들어갔다.

작은 테이블 다섯 개가 전부인 술집은 손님이 있었던 흔적도 없이 썰렁하기만 했다. 테이블은 군데군데 일그러져 있고 플라스틱 의자는 빛이 바래 있었다. 오월이라 해도 아침저녁 한기가 있어서 그런지 노파는 두툼한 털스웨터에 목도리까지 두르고 있었다. 그러고 보니 가게 안에는 흔한 가스난로 하나 없었다. 못 자욱이 있기만 할 뿐 메뉴판조차 붙어있지 않은 벽에는 누런 얼룩이 번져 있었다. 나는 목소리를 낮춰 아무래도 그냥 다른 데로 가는 게 낫지 않겠냐고 했다. 현우를 생각해서 한 말이었다. 나야 술집이라면 어디든 괜찮았지만, 평소에 현우가 드나드는 술집과는 분위기가 너무 달라서 해본 말이었다. 의외로 그는 조용해서 아주 마음에 든다며 자리를 잡고 앉았다.

초등학교 동창인 현우를 만나게 된 것은 그의 헤어진 아내 덕분이었다. 한때 나는 그의 아내가 운영하는 발레학원의 승합차를 운전했다. 어쩌다 퇴근길에 학원에 들르는 현우와 마주치곤 했는데 그때만 해도 우리는 간단한 인사만 주고받는 사이였다. 창백한 얼굴에 가늘고 작은 눈매를 가진 그는 차가운 인상이어서 누구라도 먼저 말을 걸기가 쉽지 않았다. 어릴 때도 그랬다. 그가 고등학교에서 학생들을 가르친다고 했을 때 나는 분명 수학 과목일 거라고 짐작했다. 내 짐작대로 그는 수학을 가르친다고 했다. 그런 그와 가까워진 것은 작년 겨울부터였다. 현우가 이혼을 한 것이 그 무렵이다. 아직 현우의 이혼 소식을 모르고 있을 때 발레학원이 문을 닫는다는 소식을 들었다. 그렇지 않아도 학원 차 운전을 못 하게 됐다고 말하려던 참이어서 나는 속으로 마침 잘 됐다고 생각했다. 내가 승합차 운전을 그만두게 된 것은 몇 년 동안 소원하던 미니버스를 장만했기 때문이었다. 나중에 학원이 문을 닫은 이유가 현우와의 이혼 때문이라는 것을 알게 되었을 때는 미안한 마음이 들었다. 미안한 마음이 드는 사람이 현우인지 발레학원장인지는 분명하지 않았지만, 마치 내가 그 둘의 이혼을 잘된 일이라고 생각해버린 것처럼 여겨져

마음이 좋지 않았다. 게다가 일찍 결혼한 내겐 초등학교에 입학한 딸이
있는데 현우는 서른다섯 살에 혼자가 된 것이다. 학원이 문을 닫은 뒤
로 현우를 만나지 못했다.

　승합차를 그만두고 미니버스를 운행하면서 나는 이제야말로 제대로
사는 것 같아 뿌듯했다. 하루하루가 새 차를 받은 날처럼 기분이 좋았
다. 버스를 운행한 지 석 달쯤 지났을 때 아내가 중국에 미용실을 내겠
다며 딸을 데리고 떠났다. 갑자기 홀아비가 된 나는 주말마다 단체손님
을 태우고 장거리 운전을 했다. 평일에는 유치원 통학차량으로 버스를
운행하다가 주말이면 다른 지역에서 치러지는 결혼식에 참석하는 하객
들을 태우기도 하고 등산객을 태우기도 했다. 한 번은 고등학교에서 하
는 체험학습에 버스를 몰고 간 적이 있는데, 거기서 현우를 다시 만났다.
대형버스에는 담임선생과 학생들이 타고 내가 운전하는 미니버스에는
담임을 맡지 않은 교사들이 탔다. 목적지에 도착한 뒤 모두 차에서 내렸
는데, 한 사람이 내리지 않고 있었다. 현우였다. 나는 차 안을 청소하고
잠깐 눈을 붙일 생각이었는데 우거지상을 하고 앉아 있는 그를 보자 모
른 척할 수가 없었다. 그때 이후로 우리는 자주 술자리를 가지고는 했다.

　한동안 그와의 술자리는 편치 않았다. 대학 근처에도 못 가본 나는 현
우가 부담스러웠다. 나도 모르게 불쑥 '백 선생님'이라고 부를 때도 있었
다. 백현우. 그는 학교에서 같은 반, 같은 학년이 아니더라도 이름을 알
만큼 유명한 학생이었다. 공부를 잘해서 그렇기도 했지만, 그의 어머니
가 우리들에게 베푸는 호의 때문에 더욱 그랬다. 그의 집은 규모가 큰
두부 공장과 어묵 공장을 하고 있었고 몇 개의 슈퍼마켓도 가지고 있었
다. 현우 어머니는 현장학습이나 체육대회 등 학교행사가 있을 때마다
먹을 것을 푸짐하게 나눠 주었다. 현우와 같은 반이 된 것만으로도 동

네에서는 자랑거리가 될 정도였다. 그런 현우에 비해 나의 존재는 미미하기만 했다. 어머니가 학교 앞에서 문구점을 하고 있는데도 아이들은 내가 문구점 아들이라는 것을 몰랐다. 누군가는 내게 집이 어디냐고 물어보기도 했다. 문구점에 딸린 방과 그 뒤에 있는 손바닥만 쪽방이 우리 집이었는데도 말이다. 그런 처지다 보니 내 쪽에서 먼저 현우에게 연락하는 일은 없었다. 언제나 현우가 나를 불러냈다. 주제에 학교 선생을 술친구로 두는 게 황송하다 싶은 나는 그에게 전화가 걸려오면 무조건 쫓아나가곤 했다.

현우가 나를 찾는 이유는 아무리 늦게까지 술을 마셔도 일찍 집에 들어오라고 잔소리하는 사람이 없기 때문인 것 같았다. 굳이 한 가지 더 이유를 댄다면 내가 현우의 얘기를 잘 들어주기 때문일 것이다. 서로 생각하는 게 다르다 보니 맞장구를 치며 길게 얘기할 것은 없었다. 그러다 보니 누군가 한 사람이 먼저 얘기를 시작하면 묵묵히 들어줄 수밖에 없는데, 대개 말주변이 없는 내가 현우의 말을 들어주는 편이었다. 그는 무슨 얘기든 조리 있게 말을 잘 이어갔고 이것저것 아는 것도 많았다. 한 가지 얘깃거리가 나오면 그와 연관된 이야기가 줄줄이 이어졌다. 내가 얼마 전 호수공원에서 박새를 봤다고 했을 때 현우는 박새의 배 부분에는 검은색 긴 줄이 꼬리까지 연결돼 있다고 했다. 그러더니 쇠박새, 진박새는 아냐고 물었다. 쇠박새의 목 부분에는 검은 띠가 나비넥타이처럼 나 있고, 진박새의 몸통에는 긴 넥타이를 맨 것같이 검은 줄이 배의 중간까지만 나 있다고 했다. 호숫가에는 아마 곤줄박이도 있을 거라고 했다. 늘 그런 식이었다. 이야기를 길게 할 줄은 알아도 재미없기는 나와 다를 게 없었다. 가끔 현우가 하는 얘기를 듣고 있기가 지루해서 드문드문 몇 마디 쓸데없는 말을 꺼내보기도 하지만 나는 금세 할 말이 없어졌다.

"상훈아⋯ 내 머리카락이 좀 더 늦게 빠졌더라면 괜찮았을까? 그랬다면 아내가 나를 떠나지 않았을까?"

현우는 아직도 두 사람이 헤어지게 된 이유가 자신의 대머리 때문이라고 생각하는 모양이었다. 헬멧을 쓰고 나서는 제법 기분이 좋아진 것 같더니 그새 풀이 죽었다. 그는 고개를 떨군 채 젓가락 끝으로 바싹 튀겨진 가자미 꼬리를 꾹꾹 누르고 있었다. 가자미의 지느러미와 꼬리는 모래 알갱이처럼 잘게 부서지고 있었다.

헤어진 지 이 년이 다 되어가는 데도 현우는 가끔씩 발레리나 아내 얘기를 꺼내곤 했다. 아이를 손꼽아 기다리던 현우와 달리 그녀는 아이 낳기를 자꾸만 미뤘다. 발레 때문이라고 했다. 결혼식을 올릴 때만 해도 무성하던 그의 머리숱이 조금씩 줄어들기 시작했고, 둘의 사이도 틀어지기 시작했다. 현우는 그의 탈모가 진행된 뒤로 두 사람의 사이가 나빠졌다고 했지만, 내 생각은 달랐다. 두 사람 사이가 삐걱거리기 시작한 것 때문에 현우의 머리카락이 빠졌을 것 같았다. 어쨌거나 신혼 여행을 갔다 온 뒤부터 그랬다면 빨라도 너무 빨랐다. 머리카락이 빠진 것도, 둘의 사이가 나빠진 것도 너무 빨랐다. 결국, 두 사람은 결혼 삼 년 만에 헤어졌다. 조금씩 빠지기 시작하던 그의 머리카락이 한꺼번에 와락 빠져버린 것도 그 무렵이었다. 이젠 누구라도 그를 서른일곱 살로 봐주기는 어렵게 되었다.

"내가 봤을 땐 그냥, 애초에 니가 사람을 잘못 택했던 거야. 그 여자는 너랑 퍼즐을 같이 맞출 사람이 아니었던 거라고."

어릴 때부터 퍼즐 맞추기를 좋아한 그는 지금도 저녁때 혼자 앉아 퍼즐을 맞추는 모양이었다. 커다란 책상만 한 것은 완성하는 데 며칠이 걸린다고 했다. 바다에서도 그는 퍼즐 얘기를 했다. 멀리 보이는 작은 마을을 바라보며 바다와 항구와 집들이 퍼즐 같다고 했다. 모양과 색이 잘 어울리는 퍼즐 같다고.

현우는 부모님과 같이 여동생의 발레 공연을 보러 갔을 때 아내를 처음 만났다고 했다. 그의 아내는 여동생과 같은 무용학과 학생이었다. 둘은 만난 지 얼마 되지 않아 결혼했고 현우 아내는 곧 발레학원의 원장이 되었다. 현우의 부모가 차려준 것이었다. 현우는 아니라고 할지 몰라도 나는 그의 얘기를 듣고 나서 대번에 알아차렸다. 내가 본 그녀는 현우의 머리카락이 좀 더 늦게 빠졌거나, 아예 빠지지 않았더라도 그와 마주 앉아 오랫동안 퍼즐을 맞출 사람 같지 않았다. 깎아 빚은 듯 코끝이 날렵하던 발레리나와 심한 곱슬머리에 깡마른 현우가 마주 앉아 퍼즐을 맞추는 그림은 도무지 상상이 되지 않았다.

나도 퍼즐을 맞추며 길고 긴 저녁 시간을 보낸 적이 있었다. 딸아이와 함께 맞췄던 퍼즐이 무슨 그림이었는지는 생각나지 않았다. 퇴근길에 놀이방에 들러 딸을 데리고 와서 씻기고 저녁을 먹은 다음 아내를 기다렸다. 혼자 인형 놀이를 하는 딸이 안쓰러워 내가 퍼즐을 맞추자고 했다. 어느 날, 퍼즐 두 조각을 잃어버렸다고 아이가 울었다. 그러고도 몇 번 더 퍼즐을 맞추었는데, 그림이 딱 들어맞지 않는 퍼즐은 다 맞춰도 재미가 없었다. 새로 퍼즐을 살 수도 있었는데 아이가 새것을 사달라고 하지 않아서 내버려두었다. 딸아이도 나도 퍼즐 맞추기는 금방 잊어버리고 말았다.

가자미구이를 먹어보는 건 정말 오랜만이었다. 가자미뿐만 아니라 '생선구이'라는 걸 먹어 본 것도 까마득한 일인 것 같았다. 아내와 함께 살 때도 생선구이를 놓고 밥상에 앉은 적이 별로 없었다. 아내는 아침 일찍 아이를 맡기고 미용실에 나가 저녁 늦게야 들어왔다. 제대로 차린 밥상을 받아본 건 어머니와 함께 살던 때뿐이었다. 아이를 맡기고 일하러 가는 아내에게 반찬 투정을 할 수도 없었다. 나는 냉장고에서 마른반찬을 꺼내고 커다란 통에 담긴 국을 덜어 먹어야 했다. 아내는 국을 끓일 때마다 며칠씩 먹을 수 있을 만큼 많은 양을 한꺼번에 끓여 놓곤 했다. 이웃집에서 생선 굽는 냄새가 나던 어느 날, 나는 동네 슈퍼에 가서 자반고등어 한 마리를 사 왔다. 딸아이와 나는 모처럼 맛있는 저녁을 먹고 누웠는데, 아내는 다음 날 입을 옷에 생선비린내가 배었다고 화를 냈다.

가자미는 잔가시가 없어 먹기가 좋았다. 밥이라도 한 공기 있으면 싶을 만큼 감칠맛이 났다. 어른 손바닥만 한 가자미 세 마리를 다 먹고도 아쉬웠던 나는 얼른 가자미구이를 더 주문했다. 이제는 내가 가자미구이를 먹기 위해 작정하고 이 집을 찾아온 것만 같았다. 노파는 무표정한 얼굴로 가스레인지 불을 켜고 가자미를 굽기 시작했다. 어느새 쌀을 씻어 밥을 했는지 구수한 밥 냄새가 났다. 가자미가 구워질 동안 우리는 김치를 안주 삼아 막걸릿잔을 비웠다.

"이틀 뒤에 차를 처분하기로 했어. 마침, 전에 알던 유치원에서 연락이 왔거든. 차는 모르는 사람한테 파는 게 낫다고 하던데. 그래도 워낙 팔기 아까운 차라서…. 빨리 처분하게 됐으니까 잘 된 거지 뭐."

애지중지하던 버스를 팔기로 결정한 뒤부터는 도무지 살맛이 나질 않았다. 그래도 전에 일했던 공장에서 일할 수 있게 된 게 천만다행이었다. 혹시나 하고 연락해 봤더니 마침 현장에 일손이 부족하다고 했다. 불이 난 공장은 새로 지어졌지만, 경기가 예전 같지는 않았다. 이제 와서 다시 가는 게 낯이 서지 않지만 그런 걸 따질 형편이 아니었다.

아내를 만나 결혼할 때 나는 전자부품공장의 운전기사로 일하고 있었다. 동네 미용실에서 일하던 아내를 소개한 건 어머니였다. 손끝이 야무지고 싹싹한 아내는 어머니가 살아계시는 동안 어머니에게 귀여움받으며 잘 지냈다. 어머니가 돌아가신 뒤 아내가 잠시 문방구를 맡아서 했지만, 미용실에 다니는 것보다 수입이 적어서 재미가 없다고 했다. 학교 근처에 대형문구점과 팬시점이 들어섰기 때문이었다. 아내는 미용실을 차리고 싶어 했다. 흔쾌히 문방구를 정리하고 미용실을 차려주었더니 솜씨 좋은 아내는 금방 단골손님을 만들었다. 모든 것이 순조로웠고 편안하다고 느낄 무렵 다니던 공장에 불이 났다. 인명피해까지 생긴 큰 화재로 직원들은 당장 일자리를 잃고 말았다. 사장은 사고수습이 끝나는 대로 공장 문을 열 수 있을 거라고 했지만, 마냥 손 놓고 기다릴 수만은 없었다. 그래서 시작한 게 학원승합차 운전이었다. 피아노학원 차량으로 시작해서 유치원 버스까지 가는 데는 오 년이 걸렸다. 둘이서 알뜰히 모은 돈으로 변두리 열여덟 평 아파트를 사고 미니버스를 장만했을 때는 남부러울 게 없었다. 아내가 미용실을 해서 차곡차곡 모은 돈이 없었다면 어림없는 일이었다. 지은 지 오래된 아파트이긴 해도 남들한테 손 벌리지 않고 장만한 내 집에서 세 식구가 살 수 있다는 게 마냥 뿌듯했다. 아내의 미용실은 손님이 늘어 직원을 셋이나 두었다. 아내는 딸에게 머지않아 더 큰 아파트로 옮겨 갈 수 있을 거라고 했다.

멀리 공터에서 귀에 익은 노랫소리가 들려왔다. 운전을 하면서 자주 듣던 트로트 곡이었다. 미니버스 안에는 서른 장이 넘는 시디가 들어 있다. 유치원 아이들이 좋아하는 동요와 애니메이션 주제곡에서부터 트로트에서 클래식까지 다양하다. 차에 타는 사람들의 나이나 취향에 따라 음악을 틀어주는 것이 운전하는 재미 중의 하나였다. 밖에 나가 공연을 보고 싶었지만, 현우는 트로트를 좋아하지 않았다. 그렇다고 혼자 내버려두고 공연을 보러 갈 수도 없었다. 노랫소리에 바닷가 마을이 들썩였다. 동네 개들이 한꺼번에 짖어대는 소리와 사람들의 함성 소리가 뒤섞여 한바탕 야단법석이 일어난 것만 같았다.

아내의 연락을 받고 정신없이 쫓아갔던 춘절(春節)의 베이징도 그랬다. 도시는 온통 불꽃놀이에 휩싸여 있었다. 액을 물리치고 복을 기원한다며 터뜨리는 폭죽 소리는 대포 소리 같았다. 브로커만 믿고 베이징으로 갔던 아내는 민박집에서 넋이 나간 채 울고 있었다. 브로커가 사라져 버린 것이다. 귀청이 울리도록 펑펑 터지는 폭죽 소리는 마치 전쟁이라도 일어난 듯했다. 창문을 어지럽게 물들이는 폭죽의 불꽃은 살아있는 화염처럼 혀를 낼름거렸다. 하늘을 가득 메운 화약 연기와 밤새도록 이어지는 폭죽 소리 때문에 더 암담하고 참담한 밤이었다.

미용실에 자주 드나들던 손님의 소개로 베이징시 왕징(望京)구 한인타운에 산다는 중국교포를 알게 되었다. 그는 아내의 미용기술 정도라면 베이징에서 손님을 끌어모을 거라고 했다. 아내도 아이에게 중국어 공부도 시킬 겸 몇 년 나가서 일해보고 싶다고 했다. 말을 듣고 보니 생각만큼 어려운 일도 아닌 것 같았다. 멀리 미국 유학은 못 시켜도 중국 유학이야 못 시킬 것도 없었다. 여기 미용실을 뺀 돈으로 베이징에 세를 얻고 은행에서 조금만 대출을 받으면 번듯하게 새로 인테리어를 할 수 있을 것 같았다. 아내는 미용실이 자리 잡을 동안만 도와주면 중국에서 아이 공부도 시키고 목돈을 모아 올 수 있을 거라고 했다.

아내는 중간소개업자에게 모든 일을 맡겼다. 그를 소개해 준 사람이 동네 사람이었는데 둘은 사촌지간이라고 했다. 그들의 말만 믿었던 게 화근이었다. 그나마 가게 계약금의 전부를 건네주지 않은 것이 천만다행이었다. 아내는 아이를 중국학교에 입학시키기로 해 놓은 상황이라 그대로 돌아올 수 없다고 했다. 하는 수 없이 아파트를 담보로 대출을 더 받았다. 그렇게 일 년이 지나고 아내의 미용실이 차츰 자리 잡아가는 것 같더니 이번엔 다른 한인 미용실이 우후죽순으로 생겨났다. 매달 베이징의 아파트 월세와 과외비를 보내주고 나면 대출금과 이자를 갚아가는 게 빠듯했다. 아무리 생각해봐도 달리 뾰족한 수가 없었다. 이대로 더 버티다간 한순간에 집이 경매로 넘어갈지도 몰랐다. 버스를 처분해서라도 급한 빚부터 갚는 게 상책이었다.

노파는 심드렁하니 텔레비전을 보고 있었다. 뭐가 마뜩잖은 모양인지 절레절레 고개를 흔들기도 했다. 그러다가 힐끔 현우를 쳐다보았다. 그는 취기가 오르는지 헬멧을 쓴 채 고개를 주억거리고 있었다. 다리를 꼬고 한쪽 팔로 마른 턱을 괴고 앉은 모습이 꼭 노란 부표를 부여잡고 물속에 떠 있는 것만 같았다. 헬멧이 무겁고 답답할 텐데 도무지 벗을 생각을 하지 않았다. 내가 식탐하듯 새로 구운 가자미와 밥을 먹어 치우는 동안, 그는 먹는 둥 마는 둥이었다. 무슨 생각을 하고 있는지 내내 젓가락질하는 시늉만 하고 있었다. 나는 그의 잔에 술을 채워주며 눈을 껌뻑였다. 내가 미니버스를 판다는 얘기를 했으면 무슨 말이라도 할 줄 알았는데 대꾸조차 없는 게 서운했다. 도대체 내 얘기를 듣기나 한 것인지….

"그 사람, 가자미를 무지 좋아했어. 비린내가 안 난다고 말이야. 냉동실엔 온통 가자미뿐이었지. 근데 난 이게 그렇게 싫더라고. 너무 자주 먹어서 그랬나 봐. 어느 날엔 그게 미칠 만큼 참을 수가 없는 거야. 그래서 아내 몰래 냉동실에 있던 가자미를 몽땅 내다 버렸어. 정말 지긋지긋했거든. 그때부터 아내가 각방을 쓰기 시작했어. 그땐 왜 그랬는지 모르겠어, 정말!"

내가 정신없이 가자미를 먹어치우는 동안 그는 가자미를 앞에 두고 고해성사를 하고 있었던 모양이다. 가자미를 좋아하지도 않으면서 몇 시간을 달려 가자미축제에 오다니! 나는 갑자기 속이 화끈거리고 목이 탔다. 막걸리병은 진작 비어 있었고, 노파는 다시 냉장고에 기댄 채 졸고 있었다. 나는 노파가 깨지 않게 조심해서 냉장고 문을 열고 막걸리 한 병을 꺼냈다. 조심해서 문을 닫으려는 순간 노파가 갑자기 자리에서 벌떡 일어났다. 선잠을 자다 꿈이라도 꾼 것 같았다. 그 바람에 나는 움찔 놀라 술병을 떨어뜨릴 뻔했다. 잠시 멍하니 서 있던 노파는 겨우 정신이 드는 모양인지 우리가 앉은 자리에서 빈 접시를 가져가 김치를 더 내왔다.

술기운 때문인지 이제 젓가락질이 제대로 되지 않았다. 뒤집어 놓은 가자미의 반쪽을 집을 때마다 살이 부서졌다. 나는 부스러기 하나하나를 집으려 애를 썼다. 그럴수록 가자미 살은 더 잘게 부서졌다. 미닫이 유리창으로 빗방울 부딪치는 소리가 났다. 봄비 같지 않게 굵은 빗방울이 세차게 내리쳤다. 행사가 모두 끝난 바깥은 잠잠했다. 노파는 문을 열고 처마 밑으로 나갔다. 누군가를 기다리는 듯 어둠에 묻힌 골목 어귀를 한참 내다보았다.

처음부터 아내를 중국으로 보내는 게 아니었다. 그때는 왜 아내 말만 믿고 아내가 하자는 대로만 했던 것인지 후회스럽기만 했다. 혼자 있게 될 나 자신에 대해서는 생각해보지도 않았다. 중국이라는 나라가 너무나도 가까워서 그랬을까? 떨어져 지내야 하는 몇 년이라는 시간을 정말 대수롭지 않게 생각했다. 보고 싶으면 언제든지 오갈 수 있을 줄 알았는데, 그게 아니었다. 당장 모든 걸 정리하고 들어와라 소리치고 싶었던 적이 한두 번이 아녔지만, 나는 아직 단 한 번도 아내에게 그 말을 하지 못했다.

마음속에 있는 말을 하지 못하는 건 아버지가 돌아가신 뒤부터였다. 내가 중학교에 다니던 여름 아버지는 물에 빠진 사촌 동생을 구하려다 물 밖으로 나오지 못했다. 사촌 동생도 아버지도 그렇게 떠나버렸다. 비가 온 뒤라 물살이 세다는 걸 알면서도 나는 사촌을 불러내어 강가에 갔다. 내가 강에 가자고 하지 않았더라면 그 여름 한낮에는 아무 일도 일어나지 않았을 것이다.

노파는 멸치와 묵은김치를 다져 넣고 국물을 만들어주었다. 뜨끈한 국물이 들어가자 온몸이 풀어져 나른했다. 국물을 마시다 말고 현우는 헬멧을 벗고 이마를 쓸어 넘겼다. 몇 가닥 남지 않은 머리카락이 땀에 젖어 납작 들러붙었다. 그는 난데없이 모터사이클 동호회에 가입하면 어떻겠냐고 했다. 몸집이 거대한 모터사이클을 감당하기에 그의 몸은 너무 빈약해 보였다. 작고 날렵한 기종이라면 모를까? 그렇다고 김새는 얘기는 하고 싶지 않았다. 헬멧을 쓰니까 젊어 보여서 좋다고, 새로운 취미를 가지는 것도 좋을 거라고 했다. 하지만 그가 몇천만 원이나 한다는 할리 데이비슨 얘기를 꺼낼 때쯤에는 더 이상 그의 얘기가 귀에 들어오지 않았다. 그때 주방에 있던 노파가 손사래를 저으며 말했다.

"행여나, 오토바이 탈 생각은 꿈에도 하지 마시우. 우리 아들도 퀵인가 그거 하다가 세상 버렸구만. 근데 하나뿐인 손자가 또 오토바이 타고 그 지랄을 하길래, 고걸 숨겨다 놓은 거라. 이놈은 또 어딜 싸돌아댕기능가 오지도 않어. 같이 장사 좀 하자니까, 어데로 내빼부리고 오도 않네. 비도 오는데 오토바이 모자도 안 쓰고 어델 갔쓰꼬."

노파의 얘길 들은 현우는 헬멧을 벗어 제자리에 넣어두었다. 사정도 모르고 남의 헬멧을 쓰고 좋아했던 게 겸연쩍어 보였다. 이번엔 그가 의자를 바짝 끌어당겨 앉더니 젓가락을 들고는 먹다 남은 가자미를 뜯어보려 했지만 식어버린 가자미는 딱딱하게 굳어 있었다. 노파가 가자미 접시를 가져가더니 식은 가자미를 프라이팬에 데워왔다. 가자미는 이제 진한 갈색으로 변해 있었다. 그다지 입맛이 당기지 않아 보이는데도 그는 애써 가자미 살을 발랐다. 노파를 생각해서인지, 헤어진 아내를 생각해서 그런 건지 남은 살을 알뜰히도 발랐다.

　우리는 국물 한 그릇을 더 마신 다음에야 술집을 나왔다. 비가 잦아든 어두운 골목은 횟집 간판들이 길을 밝히고 있었다. 하얗거나 노랗거나 푸른…. 어서 집으로 가고 싶었다. 하지만 둘 다 너무 취해 버렸다. 비에 젖은 만국기가 불빛에 번들거리며 펄럭거렸다. 빗방울을 뚝뚝 떨구는 만국기 아래를 지나 노파가 일러준 민박집으로 갔다. 폭풍이 몰아치면 순식간에 방안까지 파도가 들이칠 것 같은 바다가 가까운 집이었다. 달랑 이불 한 채만 놓인 좁은 방으로 들어갔다. 방안에선 생선비린내가 나는 것도 같았다. 현우는 자리에 눕자마자 코를 골았다. 그사이 꿈이라도 꾸는지 입매가 벙글어졌다. 아마도 근사한 헬멧을 쓰고 할리 데이비슨 위에 앉아 있는 모양이었다. 나는 쉽사리 잠이 오지 않았다. 내일이면 미니버스를 넘겨주어야 한다는 생각이 그림자처럼 들러붙어 있었다. 한참 동안 벽에 기대앉아 있던 나는 현우의 등을 밀어 모로 눕히고 나서 그 옆에 누웠다. 눈을 감자 파도 소리가 더 가깝게 들렸다. 바닷물이 마당 안까지 들어온 것 같았다. 나는 서서히 바닷속으로 가라앉았다. 숨을 쉴 때마다 무언가가 온몸을 쥐어짜는 듯 가슴이 조여 왔다. 깊은 바다 밑까지 내려간 나는 가자미가 되었다. 바닥에 납작 엎드린 내겐 지느러미가 없었다. 아무리 몸을 비틀고 버둥거려 봐도 앞으로 나아가지 않았다.

권정미

단편소설 『소풍』, 『모니카의 여름』 외

010-7594-9003, Kavya@hanmail.net

27381 충북 충주시 만리산 10길 15 아침도시A 101-208

어둠 속 서커스

·

김 승 일

8년 만에 잠에서 깨어나 제일 먼저 본 것은 수많은 얼음조각과 무수한 돌덩어리 파편들이었다.

엔진에 손상을 입었는지 우주선 전체가 한쪽으로 기울면서 요란한 경고음을 냈다. 실내 곳곳에 붉은색 경광등이 번쩍였고, 엔진을 관장하는 계기판에선 불꽃이 튀어 올랐다. 비상시에는 수면 모드가 자동으로 해체되기에 지금 우리가 깨어난 것이다.

냉동 수면 상태로 우주를 항해하던 우리 13명은 사고가 난 그 즉시 깨어났다. 그리고 사건의 전말을 파악한 선장은 뛰어난 판단력으로 우주선 기수를 돌려 안전지대로 몰고 갔다.

내비게이션에서는 현 위치가 '카이퍼 벨트'로 표시되었다. 태양계 끝 '오르트 구름' 지대까지는 아직 1년하고도 5개월이나 남은 상황에서 우린 다 죽어야 할 판이었다.

지금으로부터 8년 전 서기 2159년 가을, 우리 원정대는 지구 달기지로부터 출발했다. 인류의 뜨거운 환호를 받으며 출발한 우리의 최종 목적지는 태양계 끝으로, 주된 임무는 우주 전체 물질의 84.5%를 차지한다는 암흑물질을 찾기 위해서였다.

우린 일명 '뉴호라이즌 13 탐사대'라 불렸다. 탐사대는 그 규모가 상당했는데, 인류 절대 희망을 부여한다는 의미로 길이만 해도 200m가 넘는 대형 항모 급 우주선이 지원되었다.

무인으로 조종되는, 식량과 최첨단장비들을 실은 보급선 두 척에다가 별도의 의료선과 연구선이 따라붙었고, 채취한 암흑물질을 운반할 수 있는 초대형 화물 운반선까지 더해 총 6대가 한꺼번에 움직였다. 그러니 비록 소수 정예인원이 참여하는 우주 프로젝트였으나, 원정대 규모는 가히 움직이는 우주 정거장이라 불릴 만했다.

13명으로 구성된 탐사대는 출발 전부터 커다란 화젯거리였다. 잘생긴 외모로 인해 그랬지만, 미지의 태양계 끝자락에서 수년을 허비해야 한다는 자체부터가 그랬다. 게다가 우리 탐사대원이 13명이라는 점과 뉴호라이즌호에 붙은 13이란 숫자가 출발 전부터 쟁쟁한 화두 거리였다.

궁극적으로, 암흑물질의 채취 목적은 중력과 반대되는 힘(척력)을 찾기 위한 노력의 일환에서였다.

20세기 초부터 인류는 과학이라는 지식을 바탕으로 하늘을 나는 비행기와 함께, 지면을 네 바퀴로 굴러다니는 자동차를 만들어 냈다. 하지만 그 후 200년이 넘도록 자동차를 비행기처럼 활용하지는 못했다.

자동차에 비행기 제트엔진, 혹은 헬리콥터 프로펠러를 달아 일반 비행체처럼 대지를 날아오르게 할 순 있을 것이다. 그러나 대다수 사람들이 원하는 자동차 운행방식은 거친 후폭풍을 쏟아내며 하늘 높이 날아오르는 그런 거창한 비행방식 아니라, 자석에 있는 극성의 원리처럼 진동과 소음 없이 부드럽게 떠오르는 유연한 운행방식이었다.

몇몇 과학자들은 전자기 원리로 N극과 S극을 갖는 자석의 특성을 이용해 자기 부상방법을 생각해 냈다. 그러나 거기에는 한계가 있었다. 사람이 감전되어 죽을 만큼의 엄청난 전력이 필요하다는 것은 둘째 치고, 기차 레일처럼 바닥에서 상호작용하는 물질이 있어야 가능했기 때문이다.

그리하여 과학자들은 엄청난 전력 소모 없이도 일반 자석처럼 영원히 닳지 않으면서 중력에 반대되는 무한정한 에너지를 찾게 된 것이었고, 그러한 의지에 따라 신비의 암흑물질을 찾아 이 멀고 먼 우주 탐사를 감행하게 된 것이었다.

초공간 레이더로 검색해 보니 사방으로 우주선 선체에 피해를 입힌 운석층이 안개처럼 드리워져 있었다. 그나마 다행인 것은 우주선 선체에 큰 타격을 입힐 크기로의 운석들이 적다는 것이었다.

사람이 타고 있는 우주선은 선두에 뉴호라이즌 13호뿐이었다. 더군다나 이런 상황을 대비해 수십km씩 간격을 두고 운행한 터라, 뒤따라오던 무인 우주선들의 피해는 거의 없었다.

위험 신호를 보내며 선두의 뉴호라이즌 13호가 방향을 바꾸자 다른 무인 우주선들도 자동적으로 회피 기동을 시작했다. 가는 곳곳에 얼음조각과 단단한 작은 운석들이 떠다니고 있었지만, 우주선처럼 어느 한 방향으로 움직이지 않고 정지해 있어 방향만 잘 틀면 되었다.

카이퍼 벨트 중심에는 지구 위성인 달에 버금가는 거대 운석들이 주를 이룬 반면, 카이퍼 벨트의 시작과 끝부분에는 이렇듯 작은 얼음조각이나 작은 운석층이 밀집해 있다. 선장은 현란한 조종 솜씨로 우주선을 요리조리 틀더니 마침 길이가 16km에 육박하는 거대 운석을 발견해 내고 그쪽으로 선수를 돌렸다.

길쭉한 타원형 운석 표면 위로는 우주선을 착륙시킬 수 없었다. 그래서 선장은 뉴호라이즌 13호를 거대 운석 옆으로 몰고 갔다. 이렇게 큰 운석 옆에 바짝 밀착시켜놓으면 혹시 모를 떠다니는 작은 운석들을 막

아주는 방패 역할을 하게 된다. 더욱이 운석 자체에 약한 중력이라도 있어 장비가 나다닐 지면이라도 있다면 우주선 수리에 도움이 된다는 판단이 섰기 때문이었다.

13명의 대원을 태운 뉴호라이즌 13호와, 무인으로 움직이는 다른 우주선 5대 모두가 일렬로 정박하고도 남을 만큼의 거대 운석이었다. 또한, 우주선들이 일렬로 정박한 지점이 태양을 향하고 있어, 그 태양 빛은 아주 먼 등대의 불빛처럼 약하고 가늘었지만, 그래도 비교적 선명한 시야로 우주선 선체를 관측할 수 있어 좋았다.

엔진이 파손된 뉴호라이즌 13호가 정박할 지점 바로 아래에서 평평한 지면이 눈에 띄었다. 질량을 측정해보니 달에 버금가는 중력이 감지되는 것이, 그 지표면 위로 수리 장비를 타고 다녀도 괜찮아 보였다.

13명의 탐사대원에 속한 내 이름은 가인이다. 나의 역할은 탐사대원들 중 장비 담당으로 주된 임무는 탐사 장비의 조종과 정비이다.

이번 태양계 탐사는 어렸을 적부터 나의 꿈이었다. 우주여행에 대한 공고는 지구에서 무려 10년에 걸쳐 공지된 것이었기에, 10대 때부터 나는 탐사대원이 되기 위한 만만의 준비를 기할 수 있었다.

성인이 되어 대원으로 뽑히고도 거의 3년 동안 달 기지에서 생활을 하면서 만일의 사태에 대비한 훈련을 해왔다. 지금 우리에게 닥친 이 시련도 가상으로 설정해 놓고 숱하게 훈련받은 상황이다.

우주선 좌측 후미에 붙은 보조 엔진 쪽에 문제가 있다는 통보를 받았다. 우리 우주선에 탑재된 핵반응 엔진은 플라스마 분출 방식인데, 말하자면 기체(수소)를 초고온에서 이온화하여 그 플라스마를 추진체로 앞으로 나가는 방식이었다.

뉴호라이즌 13호 최고 지휘관인 에이브라함 선장은 우주선 수리에 앞서 모든 대원들에게 식사부터 할 것을 지시했다. 왜냐하면, 아무리 냉동 수면 상태로 잠자다가 깨어났다 해도 8년 동안 아무런 영양분도 보충받지 못했기 때문이다.

우선 매뉴얼에 따라 간단한 죽과 수프로 첫 끼를 대신했다. 그리고 달콤한 사탕을 먹어가며 충분한 수분을 섭취하고도 6시간이나 지난 후에야 만찬을 즐길 수가 있었다. 음식은 비록 냉동 건조된 식품을 해동한 것이었으나, 이를 두고 불평 섞인 말을 건네는 이는 하나 없었다.

식사 도중 우리의 리더 에이브라함 선장은 앞으로 닥칠 미래를 예견하면서 이렇게 말했다.

"오늘 식사는 이번 연도에 처음이자 마지막이 될지 모르니 모두들 많이 먹어두게. 우주선 수리를 마치고 다시 냉동 수면 상태에 들 때까지는 앞으로 아무 맛도 느낄 수 없는 특수 알약만 제공될 테니."

이 말에 부선장이자 일등 항해사인 하퍼가 한마디 덧붙였다.

"앞으로 카이퍼 벨트를 항해하는 동안 이런 일이 또다시 발생하지 않으리란 법은 없어. 그러니 지금처럼 마음껏 먹고 싶다거나 잠자다가 죽는 것이 허무하다 생각된다면, 냉동 수면 상태에 들어가지 않아도 돼. 공식 서류는 내가 작성해 주지. 암. 단, 오르트 구름 지대에 도착할 1년 5개월 동안 뜬눈으로 파수꾼 역할을 해낼 수만 있다면 말이야."

무심한 표정으로 이런 멘트를 날리는 부선장에게 우리는 야유를 보내며 한바탕 웃었다.

그렇게 싸늘한 농담을 즐기며 제법 풍성한 식사를 마친 우린 조를 짜서 보수 작업에 투입되었다. 우주선 외부에서 작업할 인원은 3명으로 한정시켰는데, 나를 포함한 진영과 캔이 맡기로 했다.

수리 담당의 캔은 일본인이었지만, 진영은 같은 국적에 같은 날 지원한 동갑내기 친구였다.

서로의 우주복 착용을 도와주며 장비를 가지고 내려간 운석 지면은 달과 흡사했다. 주변엔 수없는 크레이터가 분포해 있고, 작은 협곡에 분화구까지 그동안 우리가 훈련받고 생활했던 달 표면의 완벽한 축소판이었다.

달과 다른 점이 있다면 먼지 하나 날리지 않을 정도로 표면이 깨끗하다는 것과, 그 딱딱하고 매끈한 표면 위로 듬성듬성 얼음알갱이들이 놓여 있다는 것이었다. 그러나 지구 6분의 1수준의 중력의 느낌이라든지 하는 주변 풍경들은 천상 지구 위성 달을 닮아 있었다.

캔이 우주 유영을 감행하며 파손된 선체를 수리할 때, 우주선 엔진을 담당하는 진영은 나와 함께 필요한 부품들을 운석 표면에 갖다 놓는 작업을 했다. 소행성 같은 운석 표면에서의 이동은 무한궤도를 장착한 성능 좋은 월면차를 이용했다. 차는 다소 느릿하게 움직였으나, 많은 자제와 부품들을 한꺼번에 실어 나를 수 있어 상당히 효율적이었다.

정박해 있는 뉴호라이즌 13호와 소행성과의 거리는 겨우 20m 남짓했다. 그래서 소행성에 내려다 놓은 부품들과 공구들을 살짝 밀어 올리면 무중력 상태로 우주 유영하는 캔이 힘들이지 않고 쉽게 받아 사용했다.

엔진 담당 진영의 말에 따르면, 엔진 쪽 플라스마가 이동되는 연결 파이프가 손상되었다 한다. 그는 심각한 편은 아니지만, 여분의 부품들을 많이 실어왔기에 새것으로 교체하는 편이 낫다고 말했다.

엔진 예비부품들은 뉴호라이즌 13호로부터 한참 멀리 떨어져 있는 무인 보급선 2호에 실려 있었다. 그렇기에 장비를 모는 내가 직접 가지러 가야 했다.

우주선끼리 떨어져 정박하고 있는 거리만 해도 자그마치 1km였다. 월면차는 아무리 밟아도 상당한 시간을 소모하게 했지만, 긍정적인 마인드를 가진 나로서는 아무런 문제가 되지 않았다. 왜냐하면, 우주의 수많은 별들을 배경으로 한 기이한 정취에 심취할 수 있는 시간이 많아져 좋다 생각되었기 때문이다.

저 멀리 떨어져 정박해 있는 보급선 2호까지 가는 길에는 수많은 분화구와 울퉁불퉁한 크레이터들이 산재해 있었다. 주변에 병풍처럼 드리워진 산을 타고 넘어가려 해도 우뚝 솟아난 산들은 모두가 각이 지고 뾰족해서 장애물과 다름없었다.

그렇게 수많은 크레이터들과, 분화구와, 바늘처럼 뾰족한 산들을 피해서 한참 돌아가다 보니 빛의 영역으로부터 벗어나 그늘진 운석 뒤편에 다다르게 되었다. 그리고 그때쯤인가 월면차에 실려 있는 관측 장비로부터 요상한 신호가 감지되었다.

방사능 수치가 올라가면서 미묘한 중력의 변화가 잡힌 것이다. 나는 요동치는 데이터 수치를 읽어 가면서 본능적으로 뉴호라이즌 13호 상황실에 긴급보고를 했다.

"가인. 지금 있는 곳으로부터 100m 안쪽에 암흑물질 반응이 있네." 나의 보고에 에이브라함 선장의 거친 무선 음성이 파도처럼 밀려왔다.

"네. 저도 파악하고 있습니다. 하지만 우주선 엔진 부품을 가지러 가는 중인데 여기서 어떻게 하면 좋을까요?"

나의 제안에 선장은 생각할 여지가 생겼는지 잠시 뜸 들였다. 그러나 그의 판단은 오래 걸리지 않았다.

"일단 부품부터 가져오게. 아무래도 우주선 수리가 우선이야. 탐사는 수리를 다 한 후에 모두가 참여해도 늦지 않아."

첫날은 이렇게 지나갔다. 밤과 낮이 구분 없는 막막한 우주 공간에선

하루의 개념이 불분명했다. 그나마 옅은 태양 빛이 희미한 달빛처럼 언제나 어둠을 밝히고 있어 다행이었다.

출발 때부터 켜놓은 디지털 시계로부터 하루의 정량을 파악했다. 2시간 작업에 30분 휴식을 취했고, 밤이라 규정된 시간에는 모두가 취침을 해야 했다. 하루의 잠은 정확히 7시간으로 그 누구도 예외는 없었다. 우리를 통제하는 선장까지도 말이다.

뉴호라이즌 13호의 수리는 연장 5일이나 이어졌다. 우주선 외피가 찌그러지거나 구멍 나 파손된 수리는 하루 이틀이면 족했지만, 엔진 쪽은 달랐다. 보조 엔진이라도 엔진 자체가 플라스마 핵 반응로와 연결되었기에 신중에 신중을 기할 수밖에 없는 노릇이었다.

작업을 하면서 우리는(나와 진영, 캔) 무선으로 암흑물질에 관해 서로 얘기를 나누었다. 앞으로 1년을 넘게 가야 할 오르트 구름 지대까지 안 가고 이곳 카이퍼 벨트에서 발견된 것은 어찌 보면 다행이라고. 그리고 언제나 그래 왔듯이 진영이 앞장서서 이야기를 이끌어 갔다.

진영은 특유의 호기심으로 암흑물질이란 존재 형태에 대해 상상의 나래를 펼쳤다. 암흑물질이 빛이 없는 면에서만 존재한다는 가정하에, 검은 우주 공간과의 연관성을 지적해 냈고, 빛조차 흡수해버리는 블랙홀 방식으로 존재하리라는 논조로 말했다.

사실 난 요 며칠 동안 부품을 실어 나르면서 암흑물질이 있는 곳에 다른 대원들보다 조금 더 가까이에 접근할 수 있는 유리한 위치에 있었다.

그런 이유로 처음 암흑물질의 존재를 발견한 것이 나였듯이, 암흑물질을 제일 먼저 채취하는 영광이 나의 몫이리란 생각이 머릿속을 떠나지 않았다. 하루에도 몇 번씩 그곳을 지나치면서 나름대로의 암흑물질 형태를 상상하곤 했는데, 그래서 그런지 마음만 먹으면 암흑물질이 어떻게 생겼는지 제일 먼저 찾아낼 수 있다는 자신감에 차있었다.

인간에게 치명적인 방사선을 내뿜는다 해도 최첨단 기술이 집약된 우주복을 입고 있어 괜찮으리라 생각되었다. 또한, 월면차는 생명 유지 장치를 비롯해 수많은 관측 장비들이 달려 있어 든든하게 여겨졌다.

월면차에 달린 조명등도 제법 강했다. 태양 빛이 들지 않는 운석 뒤편이라도 금세 대낮같이 밝힐 수가 있었다. 그래도 광학기구로조차 확인할 수 없다 하는 암흑물질을 맨눈으로 보기란 쉬운 일이 아니겠으나, 그럼에도 불구하고 혹시나 하는 나의 마음은 판도라 상자를 어거지로 열려 하는 잔혹한 호기심에 들떠 있었다.

진영이 보챘기에 일이 가능했다. 우주선 엔진 수리가 6일째로 접어드는 날 진영은 느닷없이 엔진에 들어가는 부품을 직접 찾겠다며 나와의 동참을 청했다. 그러면서 가는 길에 암흑물질을 찾아보자고 나를 부추겼다.

핑곗거리는 책임의 무게를 한층 가볍게 만드는 강장제 역할을 해낸다.

월면차가 암흑물질이 잔존한 운석 어두운 경계면으로 진입하는 순간, 나는 핸들을 꺾어 암흑물질이 있는 곳을 향해 미친 듯이 가속 페달을 밟았다. 그리고 머리털 끝까지 전달되는 아드레날린의 진한 흥분을 느껴내며 조명등으로 사방을 비춰보았다.

하지만 어찌 된 일인지 빛은 운석 지면에 반사되어 검은 우주 공간 속으로 빠르게 흡수되는 느낌이었다. 그 어디에도 암흑물질의 흔적이라든지 암흑 에너지에 의한 빛의 굴절과 같은 현상은 찾아볼 수 없었다.

이쯤에서 내 마음 한편에 잔존해 있던 애처로운 바람이 통한 것인지 모르겠다. 문득 저 멀리서 조명 빛에 반사되는 하얀 조각이 서서히 눈에 들어오더니, 희망이라는 얄궂은 높새바람이 내 여린 마음을 한껏 부풀려 놓았다.

작은 운석 덩어리들이 달 중력에 버금가는 운석 지표면 가까이에 있어도 중력의 영향을 받지 않고 떠 있다는 점에서 이상하게 보였다.

자세히 보니 반중력 상태로 떠 있는 그것은 한둘이 아니었다. 조명등으로 주변을 집중적으로 비춰보자 수천수만 개에 달하는 물체들이 마치 철새 떼가 무리를 지어 쉴 곳을 찾아 내려오듯이 낮게 떠 있었다. 마침 눈을 혼란스럽게 만드는 그 기묘한 현상은 그것으로 끝나지 않았다. 대기가 존재하지 않는 이런 곳에서 운석 지표면 위로 붕 떠 있는 정체 모를 물체들 사이로 하얀 연기가 모락모락 피어나고 있었기 때문이다.

그 신기하고도 묘한 광경에 진영과 나는 무엇에 홀린 듯 월면차에서 내렸다. 그리고 월면차에 나오는 강렬한 조명 빛을 등진 채로 그렇게 하얀 기운이 피어나는 공중 부양 물체를 향해 걸어가 보았다.

가까이 가보니 그것들은 평범한 운석 덩어리였다. 크기는 성인 남성 머리 정도로, 어느새 무섭거나 두렵다는 느낌은 들지 않았다.

그때 진영이 그 물체를 손으로 만지기 시작했다. 그러더니 괜찮다는 표정으로, "가인, 이 친구야, 아무렇지도 않아. 겁내지 말고 너도 만져봐." 라며 능글맞게 말했다.

사탄이 있다면 바로 이 친구를 두고 하는 말일 것이다. 그리고 그것이 진정한 악마의 유혹이었는지, 난 반신반의한 표정을 하고 떠 있는 물체를 살짝 건드려 보았다.

긴장을 풀지 않고 허리 벨트에 잘 넣어두었던 장비를 꺼내 들었다. 과학적 분석을 하기 위해서였다.

둥둥 떠 있는 운석 덩어리가 움직이지 않도록 한 손으로 붙잡아야 했다. 휴대용 분석기를 들이대 보니 지금 두 발로 디디고 있는 운석과 같은 물질로 판명되었다. 그러나 그 분자구조는 지구나 달에서나 인류가 이제껏 찾아볼 수 없던 새로운 성질의 것이었다.

사람의 머리만 한, 붕 떠 있는 운석 조각들은 한결같게 바닥 면이 넓찍한 형태였다. 표면은 잘 가공된 옥돌처럼 각지거나 모난 것 하나 없이 매끈했고, 우주 유영하듯이 떠 있어서 그런지 여간해서 무게가 느껴지지 않았다.

손으로 잡아 지면을 향해 누르자 자석 극성에 저항하는 것처럼 상당한 반발력이 느껴졌다. 그러면서 그제야 무게감이 전달되었다. 그렇다면 이 운석 자체가 암흑물질일지 모른다는 생각이 스쳤다. 아니면 운석이 암흑물질을 내포하고 있어서 이런 현상이 벌어지고 있는 것일까?

나의 접근은 이처럼 신중한 데 비해, 진영은 붕 떠 있는 무수한 운석들을 마치 심심풀이 장난감처럼 다루었다. 서로 부딪게 하고, 또 밀쳐도 보고, 심지어 그 위에 올라타려는 시도까지 해댔다. 그러더니 무슨 생각이 났는지 그 운석들을 한데 모아 타고 왔던 월면차를 향해 몰고 갔다.

갑자기 진영은 떠 있던 돌들을 월면차 밑바닥에 집어넣기 시작했다. 그렇게 10여 개를 연속적으로 집어넣었을까? 지구 대기권 안에서 거의 1톤에 육박하던 월면차가 서서히 부양하기 시작했다.

이로써 200년 넘도록 인간이 상상했던 꿈이 현실이 된 것이리라! 드디어 암흑물질의 작용에 의한 반중력 원리로 공중을 부양하는 자동차가 이렇듯 철없는 어린애 장난식으로 탄생되었다는 사실이 기가 막힐 노릇이었다.

진영은 월면차가 운석 지면 위로 뜨는 것을 보고 크게 환호했다. 덩달아 나도 그 행위에 찬사를 보내며 즐거워했다. 우리가 삭막한 이곳에서 인류 역사상 최초의 '공중 부양차'를 만들어 낸 것이라 소리까지 내지르면서 말이다.

이렇게 즐기다가 기분 좋게 돌아갔으면 좋았으련만, 금단의 구역을 넘어선 우리의 철없는 행동은 돌이킬 수 없는 사건으로 이어지고 만다.

그때 저 멀리 펼쳐져 있던 운석들 중에서 유독 큰 운석 덩어리가 눈에 띄었다. 운석 위로는 대기도 바람도 없는 상태에서 상당량이 연기가 솟구쳐 오르고 있었는데, 그 때문인지 붕 떠 있는 여느 작은 운석 조각들은 더 이상 눈에 들어오지 않았다.

가까이 다가가 보니 그 운석 덩어리는 지상 3층 규모로의 크기였다. 그렇기에 거대 운석 덩어리는 마치 우리 눈앞에서 최고의 결정체를 맞이한 것 마냥, 오로지 그 거대함만이 신비스럽고 웅장하며 사치스럽게까지 보였다.

둥둥 떠 있는 작은 운석들과 차이가 지는 것이 있다면 바닥 지표면과 떠 있는 공간 사이가 확연히 다르다는 것이었다. 너무나 크고 거대한 운석 덩어리가 지표면 위에 떠 있어 그 현상이 직접 육안으로 관찰되는 것인지 모르겠지만, 분명한 것은 그 텅 빈 공간으로부터 건너편 검은 우주 공간을 배경으로 하고 있는 별들의 위치가 왜곡돼 보인다는 점이었다.

휴대용 랜턴으로 비춰보자 이내 빛의 굴절이 확인되었다. 어느덧 주변엔 운석에서 피어오르던 흰 연기가 안개처럼 내려앉아 지표면 위를 기어 다니고 있었다.

처음 나와 진영은 그 붕 떠 있는 운석 덩어리 밑에 난 텅 빈 공간 속을 탐사하길 주저했다. 작은 운석 덩어리에선 몰랐으나, 이 정도 넓게 왜곡된 공간 안에선 인체에 어떤 영향을 미칠지도 모른다는 생각이 들었기 때문이다.

그렇지만 인간적인 자만심에 도취된 나와 진영은 여전히 충동적으로 이 사태를 관망하고 있었다.

갑자기 그런 용기가 어디서 생겨났는지 모르겠다. 우린 셋 하는 구령과 함께 암흑물질에 의한 척력 작용이 강하게 배어 있다고 추정되는 운석 밑으로 거침없이 들어갔다. 허리 벨트에 찬 장비로부터 방사능 위험 경고등이 요란하게 번쩍였지만, 그 시점엔 아무런 문제도 되지 않았다.

다량의 방사능으로 인해 정신이 혼미하다거나 하는 현상은 없었다. 중력의 변화도 감지할 수 없었으며, 기분도 감각도 여느 때와 다름없었다.

그런데 이상하게 깊이 들어가면 갈수록 검은 우주 공간을 배경으로 한 초롱초롱 별들이 보이지 않았다. 옆에 있는 진영이의 모습은 또렷한데 건너편에 마땅히 있어야 할 우리가 애초에 서 있던 공간은 어둠 속에 사라진 듯했다.

그 이상한 광경과 느낌에 나는 진영에게 되돌아가자 말하곤 뒤돌아섰으나, 웬일인지 진영이 내 팔을 거칠게 잡아챘다.

다시 뒤돌아보니 신기한 광경이 벌어졌다. 난생처음 보는 괴생명체가 눈앞에 있는 것이 아니겠는가! 그 괴생명체는 우리를 유혹하듯이 황홀한 자태를 뽐내며 유유히 헤엄치고 있었는데, 흐물흐물한 외형에서부터 은은한 빛을 발해 내는 투명한 몸체를 가진 것이, 그 형체를 내가 아는 상식선으로 묘사해 낸다면 지구 바다 깊은 곳에서 산다는 심해 해파리와 비슷해 보였다.

물을 한껏 빨아 먹고 수축해 내는 반원형의 머리를 기점으로 수십 개의 촉수가 달려 있었다. 그러나 그렇게 지구 해파리와 비슷하긴 했지만, 그것은 진정한 해파리가 아니다. 이곳은 물이나 대기 하나 없는 그저 텅 빈 우주 공간이었기 때문이다.

처음 이걸 보고는 그냥 멍 하는 기분으로 그대로 굳어져 있었다. 뒤이어 속이 훤히 비치는 또 다른 지구 심해 생명체들이(외계 생명체들) 하나둘 모습을 나타내자, 그제야 황홀감에 도취된 내 몸이 그 놀라움에 반응했다.

어쩌면 이 먼 태양계 끝자락으로부터 다시 지구 깊은 심해로 공간 이동한 것이 아닐까 싶었다. 한편으로 저 해파리 형상을 한 괴생명체가 외계인이 아닌가도 싶었다.

나는 정신을 가다듬고 우주복에 달린 생명유지 장치를 살펴보았다. 무엇보다도 방사능이나 기타 장애로 인한 환각 상태가 의심되었기 때문이다. 그리하여 우주복 내부의 포화 산소농도와 방사능 수치를 측정해보았다. 그러나 예상과 다르게 모든 것이 정상이었다. 우주복 내 산소농도도, 방사능 측정량도, 심장 박동수도, 혈당 수치까지도.

저것들이 미지의 우주 생명체라면 암흑물질 발견에 버금가는 역사적인 순간을 목격한 것이다. 때문에 이 먼 태양계 끝자락까지 와서 다른 외계 생명체와 조우할 수 있다는 사실 자체에 기뻐해야 할 것이나, 그 지구 심해 생명체와 닮은 것들이 기괴한 모습으로 변한 순간, 우리의 들뜬 희망은 여지없이 짓뭉개지고 말았다.

지구 심해 해파리와 비슷한 생명체라 여기고 별다른 위협을 주지 않을 거라는 판단부터가 오류였다. 적어도 주변에서 맴도는 엄청난 방사능에 견디면서도 이렇듯 유연하게 텅 빈 공간을 확보한다는 자체부터 의심했어야 했다.

작아졌다 커졌다 하면서 펄럭이던 둥근 머리를 유심히 바라보던 그때였을 것이다. 맑고 투명했던 둥근 머리로부터 사람의 눈, 코, 입 형체가 나타나더니, 마치 물어뜯을 것 같은 사람의 험악한 표정으로 바뀌었다.

그리고 그 다가올 위험을 예감한 순간, 괴생명체는 맹수처럼 포효하며 사납게 달려들었다.

표독스럽게 옆으로 쭉 찢어진 눈 하며 뱀파이어의 이빨 같은 날카로운 송곳니. 벌어진 입술 사이로는 더럽고 괴기스러운 치열이 또렷했다. 표면적으로 드러난 전체적인 형상은 사람을 닮은 창백한 유령의 모습으로 우리를 공포의 도가니 속으로 몰아넣기에 충분했다.

사람의 영혼이 멀고 먼 이곳으로 와서 저렇게 변한 것인지 모른다. 어쩌면 이곳은 망자들이 머문다 하는 단테의 신곡에서나 나오는 연옥일지 모르겠다.

난 극도의 공포감으로 얼굴을 가리면서 반사적으로 손을 앞으로 뻗어 보았다. 그러나 그 괴생명체는 눈으로만 보일 뿐, 실체가 만져지거나 감각적으로 느껴지지 않는 존재였다.

나의 이런 행동 때문인지 정체를 드러낸 녀석들은 우리를 포위하듯이 주위를 천천히 맴돌았다. 마치 먹잇감을 몰아가듯, 이단자들로부터 제단을 지키려 방어막을 구축하듯이 말이다.

사람과 비슷하면서도 사람의 영혼 같은 것을 품고 있을 것 같은 이 괴생명체들은 날카로운 이빨을 드러내며 우리를 위협했다. 내가 대항하려 주먹으로 허공을 가르자 더욱 격한 반응을 보이기 시작했다.

그렇게 서로가 승강이를 벌이던 찰나, 한 녀석이 무리에서 뛰쳐나와 우리를 향해 야수처럼 돌진했다. 하지만 목표는 내가 아니었다. 녀석은 유령이 사물을 통과하듯이 나의 몸을 그대로 통과해, 바로 옆에 있던 진영의 몸 안으로 파고들었다.

진영 또한 나처럼 손을 앞으로 내밀어 괴생명체의 진행을 막으려 애를 써 보았다. 그러나 아무런 소용이 없었다. 빛의 잔상이나 환영처럼 잡으려 해도 잡을 수 없는 괴생명체는 진영 몸속에 흡수되듯이 무섭게 파고 들어가 사라져버렸기 때문이다.

그런 괴생명체의 행위에 충격을 받은 것인지, 아니면 그로 인해 실제로 타격을 입은 것인지, 진영은 녀석이 몸속을 파고들자마자 그 자리에 고꾸라졌다.

나는 너무 놀란 나머지 쓰러진 진영의 어깨를 잡아챘다. 그러면서 낮은 자세로 뒷걸음질 치며 처음 왔던 곳으로 빠져나왔다.

미지의 공간으로부터 나온 나는 진영의 상태부터 파악해야 했다. 진영의 우주복에 달린 생명유지 장치를 살펴보니 맥박과 심장박동은 정상으로 표시되었다. 그러나 숨 쉬고 있었지만, 그는 눈을 감은 채로 깨어나지 못하고 의식불명 상태에 빠져있었다.

나는 황급히 월면차로 달려가 긴급구조를 요청을 취했다. 그리곤 가쁘게 숨을 몰아 내쉬며 왠지 모를 가슴에 통증을 느껴내면서 그대로 쓰러졌다.

시간이 얼마나 지났는지 모르겠다. 얼핏 에이브라함 선장의 모습 보였다. 뒤이어 희미하게 월면차에 진영이 실리는 잔상이 보였고, 동료들이 붕 떠 있는 운석 조각들을 싣는 장면들이 필름처럼 스쳐 갔다. 울퉁불퉁한 운석 표면 위로 뒤뚱거리며 내달리는 월면차의 모습도 잠깐 보였다 사라져 갔다.

그러나 이게 내 기억의 전부다. 내가 다시 눈을 떴을 땐, 의료선에 비치된 침대 위에 반듯이 누워있었다. 주위엔 의료담당의 내 동료 소피아가 천사 같은 미소를 지으며 나를 반겨 주었다.

"깨어나서 다행이에요. 가인 씨." 아름다운 소피아는 이 말을 남긴 채, 나의 현 상태를 선장에게 보고하기 시작했다.

정신을 되찾은 나는 진영의 안부부터 물어보았다. 그러자 그녀는 진영은 아직 불안정한 상태라 격리 조치되었다 말해 주었다.

매우 안타까운 일이지만, 그 후로 내 절친한 친구이자 같은 국적의 탐사대 동료인 진영은 다시 깨어나지 못했다.

엔진 담당이었던 진영의 부재 때문인지 우주선 수리는 그 후로 4일이나 더 이어졌다. 그때까지 나는 의료선에 누워 휴식을 취해야 했고, 다시 태양계 끝 오르트 구름 지대로 출발하는 날이 되어서야 동료들이 머무는 뉴호라이즌 13호로 돌아올 수 있었다.

의료선 안에서 쉬는 며칠 동안 나는 잠을 이룰 수 없었다. 왜냐하면, 잠들 수 없을 정도로 극심한 악몽에 시달렸기 때문이다.

꿈속에선 내가 쉴 새 없이 죽어 나갔다. 특히나 그 기괴한, 그때의 암흑공간 안에서 보았던 괴생명체들이 계속해서 나를 공격했다. 녀석들은 시시각각 형체를 달리해 달려들었는데, 가령 곤충의 형상으로 변신해서 내 몸을 파먹는다든지, 징그러운 커다란 뱀으로 등장해 나의 다리부터 천천히 집어삼키는 식으로 지독한 고통을 선사해 주었다.

이런 끔찍한 환영들을 얘기하자 의료담당 소피아는 방사능에 과다 노출 시 발생되는 뇌 기능 이상이라 진단했다. 그래서 의료선에 남겨진 동안에 방사능 해독과 더불어 심리치료를 병행해야 했다. 하지만 결과적으로 상태가 회복되긴커녕, 증세는 더욱 심해져 갔다.

엔진 수리를 끝마쳤다는 소식을 듣고 뉴호라이즌 13호에 와보니 진영은 이미 냉동 수면 상태로 수면 캡슐 안에 누워있었다.

하퍼 부선장의 말에 따르면 진영은 깨어날 수 없는 쇼크 상태라 했다. 그래서 지금처럼 냉동 수면 상태로 지구까지 호송할 예정이라 했다.

그나마 다행인 것은 이곳 운석에서 상당량의 암흑물질을 채취했기 때문에 태양계 끝 오르트 구름 지대까지 계속해서 가지 않아도 된다는 것이었다.

지구로 귀환하겠다는 선장의 결정에 대원들 모두가 환호했다. 하지만 다시 8년간 수면 캡슐 안에 들어가야 한다는 현실에 난 적잖은 두려움을 가질 수밖에 없었다.

요 며칠 동안 악몽으로 인해 잠도 청하지 못했는데 냉동 수면 상태 중에서 악몽이라도 꾸거나, 혹은 수면 도중 잠에서 깨어나면 어쩌나? 그렇다고 8년간 나 홀로 수면 캡슐에 들어가지 않고 버틴다는 것은 말도 되지 않는다. 소피아가 델타 수면 상태에서는 절대 그런 일은 일어나지 않을 거라 위로해 주었지만, 엄습해오는 불안감은 여전히 떨쳐 버릴 수 없었다.

어찌 되었건 나의 의지와 상관없이 선장의 지시대로 우린 모두 수면 캡슐로 들어가야 했다. 우주선 항로를 우리의 고향인 지구로 정한 채.

수면 캡슐 안에 들어가자 살을 에는 듯한 차가움이 느껴짐과 동시에 의식이 점점 희미해졌다. 소피아의 말대로 델타 수면 상태에선 꿈을 꾸지 않는 것이 정상이겠으나, 그것이 꿈인지 생시인지 어느덧 나를 향해 웃음 짓고 있는 진영의 모습이 아른거렸다. 그런데 이것도 꿈의 일부인지 모르겠다. 갑자기 진영이 얼굴이 해골처럼 하얘지면서, 암흑공간 안에서나 보았던 해파리처럼 변해져 가는 것 아니겠는가?

여기서 델타 냉동 수면 상태에서 어떻게 꿈을 꾸고, 또 그러한 악몽에 의해 깨어날 수 있나 반문할지 모르겠다. 사실 이제껏 델타 수면 상태로 잠자다가 악몽 같은 것으로 깨어났다는 보고는 없었지만, 악몽으로 인해 내 심장박동은 빨라졌고, 그로 인해 난 자연스레 잠에서 깨어나게 되었다는 현실을 부정할 수 없을 것이다. 최첨단 기술이 집약된 수면 캡슐은, 안에 있는 사람이 어떤 이상 징후를 보이면 냉동 수면 모드가 자동 해제 된다. 그렇기에 아마 내가 그 델타 냉동 수면 상태에서 깨어난 첫 번째 사례가 아닌가 싶다.

한기를 느껴내며 깨어난 나는 캡슐로부터 빠져나와 제대로 걷지 못했다. 장치에 표시된 날짜를 보니 냉동 수면을 시작한 지 겨우 3일 만에 벌어진 일이었다.

연신 헛구역질을 해댔지만, 먹은 것이 없었기에 '왝왝' 소리만 낼 따름이었다. 간신히 정신을 차린 나는 비상보관함에서 작은 물병을 꺼내 들었다. 그리고 달콤한 사탕과 함께 수면 캡슐에서 깨어나면 먹도록 지정된 알약 몇 개를 집어삼켰다.

정신을 되찾은 후 나는 상황을 파악해보려 애를 썼다. 관측 창문으로 우주 밖을 보니 여전히 수많은 얼음알갱이와 작은 운석 조각들이 개떼처럼 떠다니고 있었다. 아직도 카이퍼 벨트를 벗어나지 못한 것이었다.

그런데 그 시점에 이상한 것을 깨달았다. 13개의 수면 캡슐 중 내가 방금 깨어난 캡슐 말고 하나가 더 열려 있다는 것을. 그것은 다름 아닌, 진영이 지구 도착할 때까지 잠자고 있어야 할 캡슐이었다. 수면 캡슐에 달린 장치를 살펴보니 그는 나보다 2시간 먼저 깨어났다.

놀란 나는 뉴호라이즌 13호를 관장하는 중앙 제어 컴퓨터를 작동시켜 우주선 내부에 있을 진영의 위치를 검색해 보았다.

컴퓨터는 손쉽게 엔진실에서 진영으로 추정되는 생명체 반응을 찾아냈다. 그렇지만 무슨 일인지 중앙 컴퓨터는 그것이 진영이라 단정 짓지 못했고, 또 그러한 진영의 모습을 또렷한 실물 영상으로 잡아내지 못했다.

나는 엔진 담당이었던 진영이 제 발로 엔진실로 갔을 거로 추측했다.

정신이 온전하지 않기에 본능적으로 자신이 수없이 훈련받아왔던 엔진실로 향했을 거란 생각이 지배적이었다.

선두에 있는 상황실로부터 후미에 위치한 엔진실까지는 상당한 거리였다. 화재와 같은 폭발 사고를 대비해 플라스마 핵 반응로가 있는 엔진실은 미로같이 만들어졌다. 지그재그로 나 있는 통로들과 암호를 입력시켜야만 열리는 특수 문들과 상당한 두께의 방화문들. 일일이 수동으로 열고 지나가는 데에만 한참이 걸렸다.

엔진실에 거의 접근했을 쯤, 방사능 유출 경보가 스피커를 통해 전해져 왔다. 뉴호라이즌 13호를 관장하는 중앙 제어 컴퓨터는, 고운 여성의 목소리로 엔진실에서부터 방사능 유출이 시작되었다고 알려 주었다.

나는 서둘러서 선내에 비치된 예비 우주복을 꺼내 입었다. 가벼운 소재의 예비 우주복은 우주 공간에서나 입는 두터운 우주복과 다르게 비상시에나 입는 것이다.

이러한 간단한 우주복도 입지 않은 채로 진영이 방사선에 노출되었다면 큰일인 것이다. 그렇게 진영의 안위를 걱정하며 엔진실 문을 열자 놀라운 광경이 눈앞에 펼쳐졌다.

핵 반응로의 안전장치가 열린 채로 진영이 서서 핵 제어봉 노심을 바라보고 있는 것이 아니겠는가? 그 노심은 방사능 덩어리라 말해도 과언이 아니었다. 그리고 그렇게 엄청난 방사능에 피폭되었다면 바로 죽어야 하는 게 정상이겠지만, 진영은 아무렇지도 않다는 듯, 안정적으로 가만히 서 있었다. 아니 그 방사능이 마치 영양분이라도 되는 듯이 미동도 하지 않은 채 그 자리에서 노심을 하염없이 바라고 있을 따름이었다.

나는 "진영!"하고 크게 불러보았으나, 그는 아무런 대꾸도 반응도 하지 않았다. 그래서 더 가까이가, 그를 깨우듯이 어깨를 짚어 보았다.

그제야 인기척을 느낀 진영은 무심코 나를 돌아보았다. 그런데 그 표정은 그전에 내가 알던 진영이 아니었다. 시꺼먼 눈동자가 흰자를 모두 집어삼켜 버린 것이, 어느새 그는 영혼을 상실한 빈껍데기처럼 느껴졌다.

충격인 모습에 난 뒷걸음질 쳤다. 그러나 그의 정체를 알아챈 순간, 그의 손아귀에서 벗어날 수 없었다.

터무니없는 엄청난 힘으로 나의 멱살을 잡아챘다. 그러더니 한 손으로 마치 어린애 다루듯이 가뿐하게 들어 올렸다. 나는 있는 힘껏 발버둥 쳐보았으나, 그 시점에서는 난 나무에 착 달라붙은 작고 힘없는 매미에 불과했다.

이런 내가 가소롭다 생각되었는지 그는 별로 힘들이지 않고 나를 저만치 내던졌다. 그로 인해 난 힘없이 나가떨어졌고, 쓰고 있던 우주 헬멧 특수 강화유리가 금이 갈 정도로의 큰 충격을 입었다. 그러나 어디가 부러지거나 움직일 수 없을 만큼의 타격을 입은 것이 아니었다.

두 팔과 두 다리는 아직 멀쩡하였기에 황급히 일어났다. 그리고 엔진실 밖을 향해 뒤도 안 돌아보고 내달렸다.

그가 쫓아왔기에 우주선 선두에 있는 상황실 쪽으로 가다가 방향을 틀었다. 내게 익숙한 공구 보관실이 생각났기 때문이다. 나는 정신없이 공구실로 들어가 안에서부터 문을 걸어 잠갔다.

숨을 고르며 거추장스럽도록 금이 간 헬멧을 벗어 내던졌다. 그런 후에 무기가 될 만한 공구를 찾기 시작했다. 그렇게 얼마나 지났을까. 스피커를 통해 울려 퍼지는 중앙 컴퓨터의 낭랑한 목소리가 나를 자극했다.

"현시점 부로 뉴호라이즌 13호의 운행 목적지를 오르트 구름 지대로 변경하겠습니다."

오르트 구름 지대? 지구로 귀환하지 않고 다시 태양계 끝으로 가겠다는 말인가? 거기는 왜? 이대로 있다간 우리 모두는 죽을 것이다! 때마침 우주선 선체가 방향을 트는 느낌이 온몸으로 전달되었다.

나는 재빨리 공구실에 비치해 두었던 운석 채취용 드릴을 꺼내 들었다. 장총처럼 긴 드릴의 작동버튼을 누르니, '윙'하는 강한 엔진 소리가 비장한 자신감을 심어 주었다.

당장에 무거운 운석 채취용 드릴을 무기 삼아 상황실로 달려갔다. 도착해 보니 그가 또 다른 무슨 짓을 벌이려는지 냉동 수면 상태로 잠자고 있는 대원들의 수면 캡슐을 만지작거렸다.

그는 제일 먼저 의료담당 소피아의 수면 캡슐을 조작했다. 어느새 안전장치를 모두 해체하고 비상탈출 레버를 잡아당기려는 모션을 취해 보였다.

레버를 힘껏 당기자, 잠자는 소피아를 태운 수면 캡슐은 우주선 내부로 빨려 들어가 총알처럼 장전되었고, 그 안에서 대기 하고 있던 소형 탈출정에 자동으로 장착되었다. 그리고 얼마 지나지 않아 소피아를 태운 탈출정은 작은 불빛을 깜박이며 새까만 우주 공간을 향해 발사되었다. 그녀는 냉동 수면 상태에 빠진 채로 우주 미아가 된 것이었다.

그다음이 뉴호라이즌 13호의 선장 에이브리함의 수면 캡슐이었다. 그는 소피아에게 저질렀던 만행 그대로 에이브리함의 캡슐을 조작하기 시작했다.

그런 그의 행동을 말리려 다급히 달려들었지만, 이미 때는 늦어 있었다. 그가 순식간에 비상탈출 레버를 잡아당겼기 때문이다. 역시나 캡슐은 우주선 내부로 들어가 총알처럼 장전되더니 탈출정에 자동 장착되었고, 더 이상 기다릴 수 없다는 듯, 잠자는 선장을 태운 탈출정은 소리 없는 검은 우주 공간을 향해 무서운 속도로 발사되었다.

다음이 부선장 하퍼의 수면 캡슐이었다. 이때쯤 나는 그를 막기 위해 무슨 짓이든 벌여야 했다.

그를 향해 강력한 드릴을 작동시킨 채로 냅다 달려들었고, '윙' 소리를 내는 운석 채취용 드릴은 상당한 위력으로 그의 몸을 파고들었다. 소용돌이치는 힘이 어찌나 강하던지 드릴 끝은 단숨에 그의 가슴으로부터 등을 꿰뚫어 반대편으로 빠져나왔다. 그러나 그는 어떠한 고통도 느껴지지 않는지 나를 힐끗 쳐다보고는 가볍게 밀쳐냈다.

내가 드릴을 놓쳤어도 드릴은 계속해서 작동되었다. 강한 진동은 그의 몸을 가만히 두지 않았다. 드릴은 무거운 중량을 방향 삼아 그의 몸을 순식간에 두 동강 내버렸기 때문이다.

몸이 반쪽 나 창자가 튀어나왔지만, 그의 의식은 여전히 살아있는 것처럼 여겨졌다. 눈은 아무 일 없다는 듯이 깜박였고, 뇌의 지시에 따라 바닥에 널브러진 손과 발이 조금씩 움직였다. 특히나 그 검은 눈 안에선 해파리를 닮은 괴기한 생명체가, 마치 다른 안식처를 찾아 달라고 간절히 애원하듯 유유히 헤엄쳐 다니고 있었다.

나는 완전한 끝장을 보기 위해 바닥에 떨어져 제멋대로 돌고 있는 드릴을 찾아들었다. 그리고 그의 얼굴을 향해 있는 힘껏 내리꽂았다.

얼굴이 뭉개지자 붉은 혈흔이 아니라 거무튀튀한 분비물들이 튀어 올랐다. 끈적끈적한 젤과 같은 역겨운 물질들이 사방으로 흩날려 내 몸에 달라붙었다.

그렇게 난 이물질을 뒤집어쓴 채로 승리감에 도취되어 제자리에 털썩 주저앉았다.

잠시 멍하니 앉아 있었다. 이 순간만큼 사랑하는 가족들의 환호를 받으며 우주선이 출발했던 시간으로 되돌아가고픈 마음이 간절했다.

문득 수면 캡슐 앞에 놓인 부선장 하퍼 개인사물함이 눈에 띄었다. 나는 사물함을 열어 하퍼가 애중했던 쿠바산 시거를 꺼내 들었다.

시거를 입에 물고 불을 붙인 후 폐 안 깊숙이 연기를 빨아들였다. 그러자 머리에 핑 도는 느낌이 전달되는 것이, 기분이 아까보다 한결 나아졌다.

김승일

전주대학교 졸업
단편소설 『타임로드』, 『J_공화국』 외
010-7134-4601, debroglie@hanmail.net
27385 충북 충주시 충인 6길 9

나그네새의 편지

•

송 재 용

어느 날, 한명철은 사무실에서 한 통의 등기우편물을 받았다. 발신인은 전화연이었다. 봉투를 열어보니 시집과 10만 원권 소액환, 그리고 짤막한 편지가 들어 있었다.

선생님, 이제야 소식을 전해드려 죄송합니다. 7년이 지난 지금 저도 많이 달라졌습니다. 나그네새처럼 여기저기 떠돌아다니다가 수녀가 되어 가난하고 힘든 사람들을 보살피고, 보잘것없지만 시집도 냈습니다. 지금도 선생님의 은혜를 잊지 않고 있습니다. 좋을 일이 있으면 종종 연락을 드리겠습니다. 선생님 내내 건강하십시오.

전화연 드림.

한명철은 시집 표지에 실린 화연의 사진을 보자 7년 전 출장 중에 겪었던 일이 희미하게 되살아나기 시작하였다.

크리스마스이브를 이틀 앞둔 12월이었다.
한명철은 지방출장을 나갔다가 그 지역 대리점 장과 룸살롱에서 술을 마셨다. 대리점장이 접대목적으로 마련한 술자리였다. 술자리에는 젊은 계집애 둘이 나와 서빙을 하였다. 한명철 파트너는 예쁘장한 얼굴에 똘똘하게 생긴 계집애였다. 그리고 가수 뺨칠 정도로 노래도 잘 불렀다.

한명철은 한 시간쯤 술을 마시고는 피곤해서 예약한 모텔로 돌아왔다. 한명철이 잠옷으로 갈아입고 소파에 앉아 텔레비전을 보고 있는데 초인종 소리가 들려왔다. 문을 열어보니 룸살롱에서 술을 마실 때 서빙을 했던 계집애가 문 앞에 서 있었다. 한명철은 불청객을 대하듯 통명스럽게 물었다.

"아가씨, 무슨 일로 찾아왔나?"

"사장님이 선생님한테 가라고 해서 왔습니다."

"사장이라니? 룸살롱 사장을 말하는 거여?"

"네…."

계집애는 한명철의 허락도 받지 않고 제집처럼 방으로 쑥 들어왔다. 그녀는 소파에 앉더니 묻지도 않았는데, 전화연이라는 진짜 성과 이름을 밝히었다. 한명철은 침대에 걸터앉아 그녀에게 사무적으로 말했다.

"대리점장이 마담한테 부탁해 하룻밤 즐기라고 아가씨를 보낸 모양인데, 그대로 돌아가요."

그녀는 당황한 빛을 보이더니 단호하게 잘라 말했다.

"저 지금 돌아가면 곤란해요."

한명철은 기분이 나빠 추궁하듯이 물었다.

"왜 돌아갈 수 없다는 거냐?"

화연은 벽시계를 힐끔 쳐다보더니 뜻밖의 말을 했다.

"지금 돌아가면 술자리에 또 나가야 돼요."

"술자리에 여러 번 나가면 팁을 많이 받을 텐데 잘된 거 아니야?"

"술꾼들 기분 맞춰주려면 피곤하고 짜증 나거든요."

"그런 게 싫으면 룸살롱에서 일을 왜 하나?"

"그러게 말이에요."

화연은 남의 말 하듯이 대꾸하고는 한명철에게 뚱딴지같은 질문을 했다.

"선생님, 승용차 갖고 오셨죠?"

"물론 승용차 갖고 왔지."

"그럼, 저 성당에 데려다주시겠어요?"

"눈 내리는 이 밤에 성당에 데려다 달라니, 너 지금 제정신으로 하는 말이냐? 아니면 아직도 술이 덜 깨 술주정을 하는 거냐?"

한명철은 어이가 없어 반말로 호통을 쳤다.

"저 정신 말짱해요. 선생님 서빙 할 때 술 마시는 척하고 탁자 밑에 있는 쓰레기통에 양주를 모두 버렸거든요."

화연은 미안한 기색도 없이 또박또박 말대꾸를 하고는 성당에 데려달라고 한 이유를 솔직히 털어놓았다.

"실은 룸살롱에서 도망치려고 성당에 데려다 달라고 한 겁니다."

"내일 가면 되지 이 밤에 꼭 가야 할 건 뭐냐?"

"낮에는 함부로 외출 못 해요."

"그러면 감시를 당하고 있다는 말이냐?"

"낮에는 마담이 구해준 집에서 다른 계집애들과 함께 시간을 보내요. 가끔 돈 떼어먹고 도망치는 계집애들 때문에 외출도 함부로 못 하게 해요."

"그럼 나쁜 놈들 꼬임에 넘어가 술집에 팔려 온 거구나?"

"그건 아니고, 마담한테 천만 원을 미리 받고 룸살롱에서 2년간 일하기로 계약서를 썼거든요."

"돈 천만 원 때문에 노예계약서를 체결했다는 말인데 그 정도 돈을 융

통할 부모나 친척도 없냐?"

"부모요? 저는 없는 거나 마찬가지예요. 제가 어렸을 때 어머니는 일찍 돌아가셨고, 아버지는 곧바로 다른 여자와 재혼한 뒤 저를 외할머니한테 맡겨놓고는 죽었는지 살았는지 지금까지 감감무소식이에요. 외할머니 밑에서 겨우 고등학교를 마친 뒤 회사도 다녀보고, 이일 저일 해봤지만, 목구멍 풀칠하기도 바쁘더라고요. 외할머니는 식당 일을 하시다가 병을 얻어 1년 전에 돌아가셨어요. 돈이 없어서 이 사람 저 사람한테 빚을 얻어 할머니 장례를 치렀지요. 창피한 이야기이지만 제가 룸살롱에서 빌린 돈으로 장례 빚을 갚았어요."

화연은 축축이 젖은 목소리로 불행한 자신의 가정사를 털어놓았다. 하지만 한명철은 가진 거 없는 사람들의 흔해빠진 사례일 뿐 아니라, 동정심을 유발하려고 일부러 꾸민 이야기처럼 들려 시큰둥한 반응을 보였다.

"성당에 가든지 도망치든지 그건 네가 알아서 해라."

"선생님, 이 바닥에서 함부로 도망치다가는 뼈도 못 추려요."

"그건 또 무슨 말이냐?"

"술집 마담 년은 계집애들이 도망치거나 잠적하면 조폭들을 동원해 기어코 찾아내고 말아요. 엊그제 도망쳤다가 잡혀 온 애를 봤는데 짐승도 그렇게 대하지 않을 거예요. 다시 도망갈 마음을 먹지 못하게 사내놈을 시켜 성폭행을 하고, 반항하면 죽지 않을 만큼 두들겨 패서 지하실에 감금시켜 놓고 하루 종일 물 한 모금도 주지 않더라고요. 완전히 탈진해서 산송장이 될 정도가 돼서야 옷을 주고 밥을 넣어 주더군요. 그래도 말을 듣지 않으면 계집애를 외딴 섬에 팔아넘기기도 한답니다. 섬에 팔려가면 영영 빠져나오지 못하고 폐인이 되어 죽게 된대요."

"네 사정을 들어보니 딱하기는 한데, 내가 나설 일이 아닌 거 같다."

"선생님, 그러시지 말고 한잠 주무시고 술이 깨면 새벽에 성당에 데려다주세요."

그녀는 염치도 자존심도 깡그리 버린 채 막무가내로 매달렸다. 한명철은 화가 나 말썽을 부리는 개한테 발길질을 하듯 쥐어박고 싶었지만, 꾹꾹 참았다. 한명철은 그녀가 더 이상 매달리지 못하게 할 요량으로 다른 방법을 제시했다.

"내 생각 같아서는 경찰서에 가서 도움을 요청하는 게 좋을 거 같다."

"경찰에 도움을 부탁하느니 섶을 지고 불 속에 뛰어드는 게 나을 걸요?"

그녀는 세상 물정 모르는 소리 하지 말라는 듯이 빈정거리는 투로 말했다. 한명철은 면박을 당한 느낌이 들어 머쓱한 표정을 지었다.

"선생님, 경찰에 도움을 요청하면 마담 년한테 금세 연락이 가 도로 잡혀 오게 되어 있어요."

"하긴 일부 못된 경찰 놈들이 촌지 받아먹는 재미에 마담과 결탁해서 장사하는 데 편의를 봐주기도 하겠지."

"촌지 정도가 아니고 정기적으로 상납하는 걸로 알고 있어요."

"그 술집은 힘들게 돈 벌어서 엉뚱한 놈들 배만 불려주는구먼."

"술장사해서 돈을 벌려면 여기저기에 돈을 처바를 수밖에 없는가 봐요."

"그건 또 무슨 말이냐?"

"단골손님한테는 진짜 양주를 팔지만 뜨내기손님한테는 가짜 양주를 팔아 몇 배씩 남겨 먹지요. 술집 계집애들 동원해 성매매로 돈 벌지요. 카드결제 구좌를 여러 사람 이름으로 개설해 두고 매출을 분산시켜 탈세하지요…. 힘쓰는 기관 놈들이 마음만 먹으면 술집 문 닫게 만드는 건 일도 아니지요."

"마담이 아주 못된 짓만 골라서 하는 술집이구먼."

"세상이 온통 썩어 문드러졌는데 그 술집만 나쁘다고 욕할 수 없지요. 수단 방법 안 가리고 돈 벌면 장땡이라고 생각하는 인간들이 이 나라에 널려 있잖아요?"

"너 세상 보는 눈이 삐딱한데, 사고 쳐서 갈 데가 없으니까 술집에서 일하는 거 아니냐?"

"사실은 저 고등학교 졸업하자마자 유명한 전자회사에 입사해 노조 활동하다가 고발당해 6개월간 콩밥을 먹었어요. 전과자 딱지 때문에 대기업이나 대형 마트 같은 데에서는 일자리를 구할 수 없어 전국 방방곡곡 떠돌아다니며 다방이며 노래방, 식당 같은 데서 잠깐잠깐 일했지요."

"그래? 내가 보기에 똑똑하고 경험이 많아서 장사를 하면 돈을 긁어모을 거 같은데, 지금 일하는 술집에서 경험을 쌓은 뒤 술장사하는 게 어떠냐?"

"아시다시피 저는 흙수저를 물고 태어나 가진 것도 없지만, 가슴에 털 난 여자가 아니라서 술장사해봐야 돈을 벌기는커녕 빚더미에 눌려 죽을 거예요."

"하긴 내가 보기에도 악독하고 파렴치한 여자처럼 보이지는 않는다."

"그래서 돈 버는 건 포기하고, 가난하지만 시를 쓰며 마음 편하게 살 수 있는 둥지를 찾아 도망치려고 하니까 저 좀 도와주세요."

"너, 내가 만만해 보이는 거냐? 아니면 사람 보는 눈이 형편없는 거냐?"

"갑자기 그게 무슨 말씀이세요?"

"나는 남의 딱한 사정을 봐줄 만큼 인정 많은 놈이 아니란 말이다."

"제가 보기에 선생님은 곤경에 처한 사람에게 도움을 주실 분 같아 제치부며 속내를 모조리 까발렸는데, 쓸데없는 짓을 했나 보네요."

"지금까지 네가 한 말은 못들은 걸로 할 테니 그만 잠이나 자라."

한명철은 자신에게 득이 되지 않으면 남의 일에 관심을 두지 않은 지가 오래되었다. 또한, 알량한 동정심을 베풀다가 골치 아픈 일에 휘말리는 우를 범할 만큼 순진하지도 않았다. 한명철은 술기운이 가시자 피로가 밀려들어 하품을 하고는 침대에 누웠다. 한명철은 5분도 안 되어 코를 드렁드렁 곯기 시작했다.

화연은 소파에 기대앉아 잠을 청하였다. 하지만 악귀 같은 술집 마담년의 징그러운 낯짝이 눈앞에서 어른거려 쉽사리 잠을 이룰 수가 없었다.

화연은 룸살롱에서 손님 서빙을 시작한 지 일주일쯤 지나 마담에게 일을 그만두겠다고 선언하였다. 그러자 마담은 빌린 돈 천만 원을 한꺼번에 갚지 않으면 계약을 파기할 수 없다고 단칼에 거절하였다. 화연이 다른 곳에 취직해서 빚을 틀림없이 갚을 테니 계약을 해지해달라고 애원했지만, 마담은 콧방귀만 뀌었다.

"네년 말을 어떻게 믿고 계약을 해지한단 말이냐?"

"제가 변제각서를 쓰면 되잖아요."

"각서 같은 소리 하고 자빠졌네."

"언니, 제발 제 사정 좀 봐주세요. 빚은 틀림없이 갚을게요."

"네가 무슨 재간으로 빚을 갚겠다고 큰소리를 치는 거냐?"

"좋은 일자리를 구해 월급 많이 받게 되면 대출을 받아서 빠른 시일 안에 빚을 갚을 테니 내 말 믿어줘요."

"네 주제에 좋은 일자리를 구한다고? 자던 소가 벌떡 일어나 웃겠다."

"시간이 걸려서 그렇지 찾아보면 왜 없겠어요?"

"너, 자꾸 생떼 쓰면 사창가에 팔아넘길 테니 입 닥쳐, 이 년아!"

"무슨 말인가 알았어요."

화연은 겁이 덜컥 나 계약해지를 포기하고 말았다.

며칠 뒤 다른 날과 마찬가지로 화연은 술자리에 나갔다. 술자리 분위기가 무르익자 사내가 밤을 함께 보낼 수 없느냐고 치근거렸다. 화연은 칼로 무 자르듯 단호하게 거절하였다. 그러자 사내는 지갑에서 십만원을 빼서 화연의 가슴에 찔러 주었다. 화연은 즉시 돈을 돌려주었다.

술자리가 끝날 무렵 마담이 화연을 룸 밖으로 불러냈다. 마담은 매상을 엄청 올려주는 손님이니까 그 사내와 외박을 나가라고 화연에게 압력을 넣었다. 화연은 죽어도 몸을 팔 수 없다고 거절했다. 그러자 마담은 삿대질을 하며 화연에게 상욕을 퍼부었다.

"네년 밑구멍은 아무나 못 쑤석거리게 특허 냈냐? 외박 나가라면 나가지 똥고집을 왜 그리 부리는 거야 이년아!"

"아니, 술 마실 때 손님 기분 맞춰주면 됐지, 몸까지 팔라는 건 인간을 개돼지로 취급하는 거 아니에요?"

"솔직히 말하지만 내 눈에는 네년들 사람같이 안 보인다. 그리고 눌은 밥 된밥 따지다가 언제 내 빚 다 갚을 거냐?

"빚 갚은 것도 좋지만, 몸까지 망가뜨릴 수는 없잖아요?"

아무리 족쳐도 화연이 말을 안 듣자 마담은 미끼를 툭 던졌다.

"그럼 좋다. 넌, 처음 나가는 외박이니까 다른 애들보다 화대를 곱쟁이로 줄 테니 내 말 들어라."

"화대를 두 배 아니라 열 배를 주어도 전 못 나가요!"

마담이 파격적인 제안을 했지만, 화연은 요지부동이었다. 마담은 이를 뿌드득 갈더니 화연에게 협박성 경고장을 날렸다.

"그래? 네년이 언제까지 버티나 두고 보자."

자정이 훌쩍 넘어 손님들이 다 돌아가고 장사가 끝나자마자 마담은 화연을 술 냄새와 담배 연기가 찌든 컴컴한 룸으로 끌고 갔다. 조금 뒤에 인상이 험악한 사내가 뒤따라왔다. 마담은 화연에게 옷을 벗으라고 윽박질렀다. 화연이 옷을 벗지 않고 버티자 사내가 달려들어 강제로 옷을 벗기었다. 팬티만 남자 마담이 화연의 오디 색 젖꼭지를 손가락으로 비틀며 다그쳤다.

"너, 내가 보는 앞에서 저놈하고 섹스를 할 거냐, 아니면 앞으로 외박을 나갈래?"

"저 남자와 섹스를 하라니 그게 무슨 말이에요?"

"저 자식 물건도 잘생기고, 섹스 테크닉이 출중해 이 바닥에서 계집애들한테 인기 상종가를 치는 놈이다. 네가 저 자식과 섹스를 하면 생각이 달라져서 외박 나가라고 몰아치지 않아도 자진해서 나갈 거다."

사내의 덩치는 황소만 하고, 팔뚝과 가슴에 흉측한 문신이 새겨져 있었다. 사내가 바지를 내리자 화연은 부들부들 떨며 마담의 다리를 잡고 통사정했다.

"언니, 잘못했어요. 앞으로는 언니 말은 무조건 따를 테니 제발 한 번만 봐줘요."

"인생 선배로 충고하는데, 가진 거 없는 주제에 자존심 내세우고 체면 차리다가는 돈을 벌기는커녕 굶어 죽는다고, 등신아!"

"무슨 말인가 알았어요."

"젖퉁이 탱탱하고 피부 야들야들할 때 사내들 기분 풀어주며 한 푼이라도 더 버는 게 장땡이여, 이 년아! 내 나이 되면 돈 주면서 밑구멍 벌려도 볼 늘어진 고무신처럼 헐렁거린다고 사내들이 거들떠보지도 않는다고, 이 썩을 년아!"

"언니, 무슨 말인지 새겨들을 테니 한 번만 용서해주세요."

화연은 눈물을 철철 흘리며 애걸복걸하였다. 마담은 화연에게 옷을 던져주고는 대못을 박았다.

"내일부터는 외박 무조건 나가는 거다. 안 나가면 벌금 20만 원씩 물려도 좋지."

"알았어요. 언니가 죽으라면 죽는시늉까지 할게요."

"그래, 좋다! 내 지시를 이유 없이 따르겠다고 약속했으니 오늘은 이정도로 끝내마."

마귀할멈보다 더 악독한 년! 흠, 내가 호락호락 네년한테 당할 줄 아냐?

가까스로 위기를 모면한 화연은 수단과 방법을 안 가리고 룸살롱에서 탈출하기로 결심하였다. 그리고 가짜 양주 판매에 성매매, 거기다가 술집 계집애들을 상대로 고리대금업까지 하면서 힘없는 인간들의 피를 빨아먹고 사는 마담 년을 기어코 감옥에 보내겠다고 이를 뿌득뿌득 갈았던 것이다.

화연은 물을 한 모금 마시고는 창가로 갔다. 소리가 나지 않게 커튼을 젖히고 유리창을 통하여 밖을 내다보았다. 창밖의 불빛 사이로 하얀 눈발이 흩날리고 있었다. 밤이 깊은 탓인지 거리에는 사람들의 그림자조차 보이지 않았다. 다만 가로수 불빛이 졸린 눈으로 밤을 지키고 있을 뿐이었다.

화연은 인간 흡혈귀들의 소굴에서 탈출하지 못하면 평생 절망과 분노를 씹으며 쓰레기 같은 존재로 살게 될지도 모른다고 가정하자 눈앞이 캄캄하였다. 아니, 창문을 열고 풀썩 뛰어내려 죽고 싶었다.

악귀 같은 마담 년의 손아귀에서 빠져나가지 못할 바에는 자살하는 편이 나아. 아니야! 절대 탈출을 포기해서는 안 돼. 어떠한 방법을 동원해서라도 도망쳐야 돼. 하늘은 스스로 돕는 자를 돕는다고 했잖아? 최선을 다하면 방법이 나올지 몰라. 정말 이대론 죽을 수 없어!

화연은 마음을 다시 한 번 다잡고는 창가에서 돌아와 소파에 앉았다. 한명철이 잠에서 깨어날 때까지 마냥 기다릴 수 없어 화연은 이불을 어깨까지 끌어올리고는 소파에 기대어 잠을 청하였다.

한명철이 잠에서 깨어났을 때는 아침 6시였다.

한명철은 침대에서 내려와 출입구 벽에 설치된 전기 스위치를 올렸다. 방이 환해지자 한명철은 잠들어 있는 화연의 얼굴을 물끄러미 바라보았다. 까만 머리칼로 반쯤 가려진 화연의 얼굴에는 형언하기 어려운 고통이 배어 있었다. 악몽에 시달리는지 이따금 괴로운 신음 소리를 토해냈다.

한명철은 그녀에게 가까이 다가가 어깨를 흔들었다. 그녀는 움찔 놀라며 눈을 떴다. 그녀는 본능적으로 몸을 웅크렸다. 섹스를 하려고 일부러 깨운 줄 알고 화연은 겁먹은 눈빛으로 한명철을 바라보았다. 한명철은 겁먹지 말라는 투로 부드러운 목소리로 말했다.

"불편해 보이는데 침대에 올라가서 자라."

"저는 이대로가 좋아요."

그녀는 소파에 등을 묻고는 다시 눈을 감았다. 그녀에겐 침대에서 자든 소파에서 자든 그 건 전혀 중요하지 않았다. 어떻게 해서 악의 소굴에서 탈출할 기회를 얻느냐가 중요할 뿐이었다.

"침대에 올라가서 자라니까!"

한명철이 명령조로 말하자 화연은 눈을 다시 뜨고 그의 얼굴을 빤히 쳐다보았다. 싫다는 데도 굳이 침대에서 자라고 강요하는 이유를 알 길이 없었던 것이다.

"해가 뜨려면 멀었는데 선생님은 그동안 뭘 하시려고요, 날 보고 침대에서 자라고 하세요?"

"모텔에서 나가기 전에 샤워도 하고 수염도 깎아야 할 거 아니냐?"

"몇 시에 나가실 건데요?"

"7시쯤 나갈까 한다."

"다음 행선지가 어디인데요?"

"서울에서 그다지 멀지 않은 곳이다."

순간 화연의 눈빛이 반짝거렸다. 한명철의 다음 행선지가 서울과 멀지 않은 곳이라는 말을 들은 순간 다시 희망의 끈을 잡았다고 생각했던 것이다.

"선생님, 죄송하지만 승용차에 태워서 서울까지 절 데려다주시면 안 돼요?"

"나와 출장지까지 동행하겠다는 거냐? 너 참 막무가내도 보통 막무가내가 아니구나."

한명철은 이맛살을 찡그리며 짜증을 부렸다.

"선생님, 제발 저를 도와주세요. 네? 선생님!"

"안 된다는데 도대체 너 왜 이러는 거냐?"

"선생님, 저를 구해주시면 평생 그 은혜 잊지 않겠습니다. 선생님, 이렇게 부탁드립니다."

그녀는 뜨거운 눈물을 흘리며 두 손을 맞잡고 애걸하였다. 그녀의 모습은 안쓰럽다 못해 처연하였다.

미친 짓을 하는 셈 치고 이 계집애의 부탁을 들어줄까? 아니야. 이 계집애를 구해준들 나한테 득이 될 게 없잖아? 더구나 방문할 대리점이 아직도 남았는데, 계집애를 차에 태우고 다닐 순 없잖아? 그렇더라도 나의 선심이 이 계집애의 삶의 방향을 바꾸어놓을지도 모르는데, 끝까지 거부하는 건 잔인한 짓인데….

한명철의 가슴 한 귀퉁이에서 잠자고 있던 연민이 눈을 껌벅이기 시작했다. 그러면서 지금까지 만사를 자신한테 잇속이 없으면 거들떠보지 않았던 이기심이 조용히 숨을 죽였다.

아무리 애원해도 한명철이 냉정한 태도로 일관하자 화연은 그의 속셈을 읽고는 슬쩍 자존심을 건드렸다.

"선생님, 혹시 저를 도와주었다가 곤란한 일이라도 당할까 겁이 나서 망설이는 건 아니죠?"

화연이 비겁한 사내라고 에둘러 비난하자 한명철은 얼굴을 붉혔다. 한명철은 구겨진 자존심을 되찾으려고 임기응변식으로 변명을 늘어놓았다.

"그게 아니라 회사 일에 쫓겨 너를 도와줄 시간이 없다!"

화연은 더는 안 되겠다 싶어 노골적으로 돈으로 흥정을 걸었다.

"만일 선생님이 저를 마담의 손아귀에서 탈출시켜 주신다면, 당장은 아니지만 돈으로 충분히 보상해 드리겠습니다."

한명철은 돈이라면 사족을 못 쓰는 속물로 취급당하자 화가 치밀었다.

"아무런 대가가 없어서 망설이는 게 아니란 말이다!"

"그게 아니면 제가 구해 줄 가치가 없는 여자처럼 보이기 때문인가요?"

"그것도 아니다!"

"그러면 몸을 팔러 온 계집애가 즐겁게 해주기는커녕 괴롭히니까 속으로 화가 나서 애를 먹이는 건가요?"

"한 마디로 나는 너한테 인정을 베풀고 싶은 마음이 없다."

한명철은 그녀가 더 이상 매달리지 못하게 냉혹한 목소리로 잘라 말했다.

"그렇다면 더 이상 선생님한테 매달리지 않을게요."

화연은 소파에서 발딱 일어나 겉옷을 벗고는 욕실로 들어갔다. 그녀는 몸 구석구석 닦고는 타월로 하체만 가린 채 욕실에서 나왔다. 물기가 남아 있는 반라의 모습을 보고 한명철은 의아한 표정을 지었다.

"너, 왜 옷을 안 입고 욕실에서 나오는 거냐?"

"죽으면 나중에 입은 옷은 모두 벗기고 새 옷 입히잖아요?"

그녀는 외투 호주머니에서 약병을 꺼내 갖고 침대 위로 올라갔다. 그녀가 약병 뚜껑을 열려고 하자 한명철이 물었다.

"그게 뭐냐?"

"수면제에요. 이거 먹고 더럽고 치사한 세상과 하직하려고요."

"너, 지금 나한테 욕하는 거냐? 아님 협박하는 거냐?"

한명철은 눈을 부라리고는 침대로 다가가 약병을 빼앗으려고 달려들었다. 그녀는 약병을 빼앗기지 않으려고 이불을 얼른 뒤집어썼다. 한명철은 이불을 홱 젖히고는 약병을 들고 있는 그녀의 팔을 잡았다. 그녀의 벌거벗은 몸이 불빛에 적나라하게 드러났다. 탄력 넘치는 젖가슴 하며 엉덩이, 그리고 우윳빛 피부가 고혹적이었다. 한명철은 그녀를 가슴에 끌어안고 약병을 억지로 빼앗고는 야단을 쳤다.

"너, 정말 죽고 싶으면 내가 방에서 나간 뒤에 수면제를 먹든 목을 매든 해라."

"선생님, 지금 제가 선택할 수 있는 길은 죽음밖에 없잖아요?"

"네 부탁을 안 들어주니까 날 골탕을 먹이려고 술수를 부리는데, 경찰에 신고할 테니 그리 알아라."

한명철이 겁을 주자 화연은 두 손을 마주 잡고 싹싹 빌었다.

"선생님, 잘못했어요. 절대 경찰에는 신고하지 마세요. 경찰에 잡혀가면 룸살롱 마담에게 인계돼 지하실에 감금된다고요."

"그러면 더 이상 나를 짜증 나게 하지 말든지."

"선생님, 알았습니다."

화연은 옷을 입고는 침대에서 내려와 소파에 앉았다. 그녀는 손지갑에서 묵주를 꺼내더니 눈을 꼭 감고 기도를 올리기 시작했다. 인간에게 아무리 하소연을 해도 구원의 손길을 내밀지 않자 마지막으로 하느님에게 도움을 요청하였다.

기도하는 그녀의 모습은 타락할 대로 타락한 이 세상에서 살아가기에는 너무도 순수한 여자같이 보였다. 한명철은 그녀를 단지 몸을 팔러온 여자로 취급했던 자신이 부끄러웠다. 결코 신이 되길 원하지도 않았고 신이 될 가망도 없지만, 세파에 휩쓸려 살아가면서 냉혹한 인간으로 변한 자신이 새삼 혐오스러웠다.

화연이 기도를 끝내자 한명철은 그녀에게 다가가 진지하게 말했다.

"기도하는 네 모습을 보니까 내 마음도 경건해지는 거 같다."

"신에게 제 운명을 맡기기로 결심했더니 마음이 한결 편해지네요."

화연의 목소리에는 꿈과 희망을 포기한 사람처럼 체념이 배어 있었다. 한명철은 마음이 편치 않을 뿐 아니라 화연에게 죄를 지은 느낌이 들었다.

악연도 인연인데, 악의 수렁에서 빠져나오려고 발버둥 치는 이 계집애를 구해줘야겠군. 그래야 나중에 후회하지 않을 것 같아. 끝내 나 몰라라 하고 외면하면 화연이 평생 날 원망하다 못해 저주를 퍼부을지 몰라….

한명철은 벽시계에 눈길을 주었다. 시계의 시침이 7자를 가리키고 있었다. 한명철은 화연의 어깨를 토닥이며 중대한 결단을 내리듯 목소리에 힘주어 말했다.

"화연아, 방에서 빨리 나갈 준비를 해라."

"선생님! 절 구해주시기로 마음을 바꾸신 거예요?"

화연은 믿어지지 않는지 한명철의 얼굴을 뚫어지게 바라보았다. 한명철이 고개를 끄덕이자 화연은 눈물을 글썽이며 고마움을 표했다.

"선생님, 감사합니다! 감사합니다!"

영원히 새장에 갇혀 있을 줄 알았다가 천우신조로 문이 열리자 하늘을 향해 비상을 하려는 새처럼 화연의 눈에서 새로운 희망의 빛이 반짝거렸다.

한명철은 차분한 목소리로 화연에게 앞으로 취해야 할 행동을 상세하게 설명해 주었다.

"내가 먼저 나가 모텔 주차장에서 시동을 걸고 있을 테니까 너는 5분 후에 방을 나와라. 너는 나보다 먼저 모텔을 빠져나가 모텔 입구 길가에 있는 공중전화부스에서 전화를 거는 체하고 기다리고 있어라. 내가 서

행을 하면서 전조등을 세 번 뻔쩍거릴 테니 차가 가까이 가면 공중전화 부스에서 나와 빠른 동작으로 승용차 뒷자리에 올라타라."

"선생님, 잘 알았습니다."

한명철은 그녀보다 먼저 모텔 방에서 나왔다. 그는 불빛이 희미하게 비치는 비상계단을 타고 1층으로 내려왔다. 밖에 나오자 찬 공기가 확 얼굴을 감싸 안았다. 주위에는 여전히 옅은 어둠이 깔려있었다. 그는 모텔 공터 주차장으로 가 승용차 문을 열고 시동을 건 다음 다시 차에서 내려왔다. 화연이 모텔에서 빠져 나올 시간을 주기 위해서 승용차 트렁크에서 먼지털이개를 꺼내 차 유리창에 묻은 눈을 천천히 털어 냈다. 눈을 다 털어 내고는 차에 올라 차를 몰아 모텔 주차장에서 빠져나왔다. 눈이 소복이 쌓여 있는 길을 따라 조심스럽게 차를 몰다가 큰길에 이르러 전조등을 서너 번 번쩍거렸다. 그러자 화연이 공중전화부스에서 재빨리 튀어나왔다. 한명철은 차를 세운 뒤 창문을 내리고 뒷자리에 타라고 손짓을 했다. 그녀가 뒷자리에 앉자 다시 한 번 주의를 줬다.

"혹시 모르니 사람들 눈에 뜨이지 않게 몸을 바싹 낮춰라."

"네."

한명철은 조심스럽게 차를 몰기 시작했다. 제설차가 눈을 치워놓기는 하였지만 길이 미끄러워 시속 40km 이상은 낼 수 없었다. 30분쯤 달리자 어둠이 걷히면서 구름 사이로 빨간 해가 얼굴을 내밀었다. 한참을 가자 상가와 건물들이 모여 있는 작은 읍이 나타났다. 한명철은 문을 연 식당이 있나 길가에 잠시 차를 세우고 주위를 두리번거렸다. 화연은 창문을 내리고 밖을 내다보다가 갑자기 소리쳤다.

"선생님, 저기 시외버스 정류소가 있네요!"

"그렇구먼?"

"저 여기에서 내릴게요."

"여기서 내리면 어디로 갈 건데?"

"제가 알아서 안전한 곳을 찾아가겠습니다."

화연은 차에서 내리기 전에 망설이다가 한명철에게 부탁했다.

"선생님, 죄송하지만 명함 좀 주시겠어요?"

"명함은 왜 달라고 하는 거냐?"

"제가 어디엔가 정착을 하면 선생님께 편지를 보내려고요."

"그럴 필요 없다."

"선생님 더 이상은 귀찮게 안 할 테니 얼른 주세요."

"네 말 믿어도 되지?"

"선생님은 맨날 속고만 사셨나 봐요."

화연을 여유를 찾았는지 농담으로 응수했다.

한명철은 지갑에서 명함과 함께 십만 원을 꺼내 화연에게 건네며 말했다.

"지갑 안에 수면제와 묵주밖에 없으니까 이 돈 받아라."

화연은 어리둥절한 표정을 짓고는 조심스럽게 손을 내밀었다. 화연은 명함과 돈을 손지갑에 넣으며 굳게 약속했다. "선생님, 이 돈은 꼭 갚아드릴게요."

"안 갚아도 된다."

"선생님, 이 은혜 결코 잊지 않겠습니다."

"네 꿈을 꼭 이루기 바란다."

"선생님, 고맙습니다! 정말 고맙습니다!"

화연은 승용차에서 내려 한명철을 향해 다시 한 번 고개를 숙이고는 버스정류소로 천천히 발길을 옮기기 시작하였다.

송재용

한길 문학동네 등단
소설집 『쓰다만 주례사』, 장편소설 『금강별곡』 외
중편 『쓰다만 주례사』 MBC 베스트 극장 방영
010-3355-8800, jysong8800@naver.com
32984 충남 논산시 중앙로 260번길 59-5. 105동 406호

대전블루스, 그날

·

김 미 정

흐린 날이다.

신문을 읽다 한 면이 눈에 확 들어온다. 관절에 탁월하다는 내용의 전면광고였다. 또 마찬가지겠지 뭐. 주영은 대수롭지 않게 다음 장을 넘긴다. 근데 뭔가 당긴다. 신문 한 장을 다시 왼쪽으로 넘겨 광고면을 꼼꼼히 살핀다. 과학적인 임상시험 결과인 효과를 나타내는 그래프, 치료에 쓰고 있는 약재의 효능이 세세히 설명되어 있다.

속은 셈 치고 딱 6개월만. 주영은 단순한 게임처럼 생각하며 한의원에 전화로 예약한다.

예약 전화를 끊자 갑자기 귀찮은 마음이 스멀거린다. 청주와 대전의 둔산동을 대중교통으로 오가야 한다는 생각을 하자 피로가 더 몰려온다.

주영은 이미 12년 전, 스틱으로 운전면허를 땄다. 운전면허를 딴 후, 바로 연수를 해준다고 그녀의 남편은 조수석에 앉았다. 차 문의 손잡이를 꽉 잡고, 천장에 매달린 손잡이까지 움켜쥔 그의 표정은 굳어 있었다. 차 문의 손잡이를 잡은 손조차 바들바들 떨었다. 그 모습에 주영의 약한 심장은 곧 떨어질 듯 덜렁거렸다.

주영은 소형차인 베르나로 연습해 운전면허를 땄다. 하지만 중형차인 소나타 운전석에 앉자 액셀과 브레이크마저 헷갈리며 버벅거렸다. 그는 버럭 호통을 쳤다.

"이런 여자에게 운전면허를 줘! 이~런 엉터리 샤끼들!"

"..."

간신히 덜렁거리던 주영의 심장은 툭, 떨어져 버렸다.

그 날 이후 주영은 핸들을 잡지 않았다.

아침 8시에 집을 나선다. 예약한 대전 한의원에 가는 날이다.

집에서 20여 분 정도 걸어가면 남부 터미널이다. 대전이 친정이라 일
년에 네댓 번은 대전에 가는 편이다. 친정 행사가 있을 때는 주로 남편
과 함께 승용차로 다녔다. 동창 모임이나 혼자 가게 될 때가 있다. 그런
날은 일 년에 한두 번 정도 직행버스로 다녔다.

매표소 창구 안으로 카드를 내밀며 대전 복합터미널요, 말하는 주영
의 심장이 살짝 두근거린다.

그동안 정형외과와 내과에 10여 년 넘게 다녔다. 청주에서 치료해도
별 나아지지 않자 충남대학병원, 을지병원에 다니기도 했다. 나중엔 서
울 한양대학병원까지 가서 정밀검사를 받았다. 전국에서 이름난 류머
티스 관절염 의사는 다행히 류머티스는 아니니 지방에서 물리 치료하
면 된다고 말했다. 그 이후 주영이 사는 동네에서 제법 이름난 병원 원
장과 상담했을 때였다.

물리치료는 물론 한의원에도 다니며 침도 맞고 한약도 먹었는데 점점
나빠진다고 말했다.

"아줌마, 풀이나 풀뿌리 먹어서 무슨 병을 고쳐요? 여기서 꾸준히 물
리 치료하며 관절 약 먹으면 괜찮아져요. 매일 와서 물리치료 받으세요."

원장은 눈도 마주치지 않은 채 위압적인 어조로 그렇게 말하며 차트
에 몇 자 끄적거렸다.

한 시간 기다린 후 진료 시간은 2분 정도였다. 주영은 왠지 아줌마란 소리마저 비하하는 듯 느껴졌다. 권위적이며 인간미 없는 원장으로 소문 났지만, 병원은 늘 환자들로 북적거렸다.

대전 시청역 5번 출구로 나와 직진으로 5분 정도 걷다 보니 한의원 건물이 보인다. 미리 인터넷으로 위치를 알아두었더니 수월하게 한의원을 찾았다.

한의원에 들어서자 생각보다 한산해 보인다. 3명이 순번을 기다리는 중이다. 주영은 잠시 병원 벽면에 걸린 의사 면허증을 읽고 글과 그림들을 둘러본다. 조금 후 자신을 부르는 소리에 주영은 원장실로 들어선다.

한의사는 환자를 대하는 자세가 좀 다르다. 병이 생긴 근본적인 원인을 연구하는 듯하다. 먼저 차분하게 환자의 말을 오래도록 귀 기울이며 듣는다. 겸손한 자세에 목소리조차 나긋나긋하다.

언제부터 손가락이 아프기 시작했냐고 묻는다.

그녀가 아프기 시작한 그 무렵의 이야기를 꺼내 놓을 때였다. 한의사는 고개를 주억거리며 아, 하며 공감의 표정을 짓는다.

"선생님께서 그런 극심한 스트레스를 받았군요. 그때 신체 중 가장 약한 부분이 상하는 겁니다. 뇌출혈로 안 쓰러진 게 천만다행입니다."

자신보다 한참 젊은 한의사의 말에 주영은 하마터면 눈물을 쏟을 뻔한다. 사소한 일에도 서운하고 예민해지는 게 갱년기 탓일까? 의사에 대한 신뢰 한 겹이 주영이 마음에 얹어진다.

의사와 면담을 끝냈을 때 말갛게 생긴 실장이란 여자가 안내하며 조근조근 설명한다. 한약은 정성껏 다려 2, 3일 후면 택배로 배송한다고 말한다. 하지만 보통 짓는 한약값보다 10배쯤 되는 만만치 않은 금액이다. 주영은 '3개월 할부로 해주세요.'라며 카드를 내민다. 딱 6개월만….
명세서의 금액을 확인하며 주영은 긴 숨을 몰아쉰다.

　한의원에서 상담과 치료를 끝내고 전철을 타고 대전역에 도착한다. 빠져나갈 출구가 잠시 헷갈린다. 주영은 3번 출구로 빠져나온다. 에스컬레이터에서 내리니 엉뚱하게 대전역 앞이다. 주영은 역 근처 시계탑 쪽으로 걷는다. 뭔가 하늘에서 흩날리며 내려오고 있다. 첫눈이다.
　시외버스터미널로 가려면 왼쪽 도로로 돌아가야 한다. 하지만 주영은 예전에 있던 시계탑 쪽으로 발길을 옮긴다. 30년 넘게 대전을 오갔지만, 오늘에서야 시계탑을 생각하다니….
　첫눈이 내릴 때마다 무디어진 주영의 가슴에 작은 파동이 수런거리곤 했다. 그러나 첫눈 내린다고 설렌다는 말조차 자연스레 할 수 있는 나이가 아니지 않은가? 주영은 여러 추억의 조각들을 떠올리며 시계탑을 찾아 두리번거리지만 보이지 않는다. 이미 시계탑은 철거되고 사랑의 꽃시계탑으로 변해있다. 커다란 꽃시계 탑 위로 하얀 눈이 서리서리 앉는다.
　33년 전, 주영이 결혼하는 날도 첫눈이 한 달이나 일찍 내렸다.
　시월 하순답지 않게 하늘이 흐리더니 쌀쌀한 바람까지 불며 첫눈이 흩날렸다. 늘 그렇듯 첫눈은 눈인 듯, 눈이 아닌 듯 희미했다. 그래도 사람들은 시답지 않게 내려도 그해 처음 내리는 눈이면 첫눈이라고 한다.
　결혼하는 날, 눈이 내리면 잘 산다더라. 시월에 무슨 바람이 이리 매차고 눈이 내려? 신부가 한 성질 하나 보네.
　교회서 예식을 마치고 근처 연회 식당으로 가는 길에 어째 시월에 눈이 내린다냐! 하객들은 궁시렁거렸다. 하객들이 하늘을 올려 다 보며 어이, 추워! 하며 옷매무새를 여몄다.

눈발은 갓 빻은 햅쌀 가루처럼 가볍고 부드럽게 날린다. 주영은 공원처럼 꾸며진 꽃시계 탑을 바라본다.

대전역 하면 그 옛날 20대 때의 아스라한 추억이 풍긴다. 젊은이는 미래를 말하고 늙으면 과거를 얘기한다더니… 이렇게 늙어가고 있구나. 주영은 그런 생각이 들자 마음이 더 허허롭다.

초로의 시간을 지나는 자신을 느낀다. 싸늘한 바람 한 줄기가 빈약한 가슴을 치며 지나간다.

시계탑의 시각은 4시 30분을 지나고 있다.

아까부터 어떤 남자가 시계탑 근처를 서성거린다. 검정 뿔테 안경과 바바리코트를 입은 중년의 남자다. 희끗희끗한 웨이브 진 머리에 체크 머플러를 두른 모습에서 지적인 분위기가 풍긴다. 그 옛날 그의 모습과 겹쳐진다. 그러나 주영은 곧 흐읏, 하며 곧 웃고 만다. 눈이 더 침침해졌나. 하긴 그 사람보다 더 훤칠하게 커 보인다.

설마….

내가 지금 무슨 생각을 하는 거야. 우연이란 영화나 드라마에서나 있는 일이지. 주영은 머쓱해진 마음으로 소담스레 쏟아지는 눈을 바라본다.

그가 있는 하늘 아래도 지금 첫눈이 올까? 첫눈은 으레 어설프게 내리고 마는데, 올해 내리는 첫눈은 한겨울에 내리는 함박눈처럼 퍼붓고 있다.

요즈음 기상이변으로 날씨를 예측하기가 어렵다. 날씨를 예측하는데 보통 최신의 슈퍼컴퓨터가 사용된다고 한다. 하지만 가장 발전된 최신의 장비로도 예측이 자주 빗나간다. 그럴 수밖에 없는 것이 여러 가지 요소가 복합적으로 작용하는 날씨를 정확히 예측하기가 보통 힘든 일이 아니라고 한다. 삶도 마찬가지 아닐까? 청년 시절에는 삶의 미래를 전혀 예측하지 못하듯.

오랜 가뭄에 갈라진 논바닥 같던 주영의 마음에 첫눈이 천천히 젖어 든다.

30여 년 전, 대전역 근처를 지날 때였다. 그때도 첫눈이 흩날렸다. 시계탑 아래에 서 있을 때 정감 있고 둥근 목소리로 그가 말했다.

항상 첫눈이 내리는 날이면 대전역 시계탑 앞에서 만나는 거야. 우리가 부부가 됐어도. 오후 4시부터, 7시까지 기다리자. 그럴 리 없겠지만… 만약에 우리가 헤어져도, 어느 지역에 살더라도 대전을 기준으로 첫눈 내리는 날, 여기서 만나자. 꼭! 아무리 세월이 가도 대전역 시계탑은 설마 없어지겠어?

그의 목소리가 생생히 들려온다.

그 말에 주영은 흐흥, 하며 웃었다. 만약에 남남이 됐어도? 할머니, 할아버지가 되더라도 첫눈이 오면 여기서 만나는 거야?

왼손잡이인 그는 대답 대신 주영의 매끄럽고 흰 오른손을 잡아 그의 주머니 안에 넣었다. 주머니 속에서 포개진 그의 손은 따뜻했다.

"그런 슬픈 눈으로 나를 보지 말아요, 가버린 날들이지만 잊혀지지 않을 거예요. 생각나면 들려 봐요. 조그만 길모퉁이 찻집…"

그는 노래를 흥얼거리다 말고 주영을 바라보며 우리 기차 여행 가자고 말했다. 역 안으로 뛰다시피 가서 차표 2장을 끊었다. 첫눈이 내리는 날에 20대의 들뜬 청춘들은 목포행 완행열차에 올랐다.

대전발 0시 50분 발차, 소요시간 7시간.

'대전블루스'란 애달픈 노래에 나오는 바로 0시 50분 발차 목포행 완행열차였다.

호남선을 달리는 완행열차는 서대전역을 지나고 공주를 지나 지금은 익산이라 이름을 바꾼 이리 역에 잠시 멈췄다. 그는 기차 안에서 수레처럼 밀고 다니며 파는, 홍익회에서 간식거리를 샀다. 주홍색 나일론 그물망에 든 국광 사과 몇 알, 삶은 달걀, 사이다를 달리는 기차 안에서 나눠 먹었다.

광주역에 도착했을 때 사람들이 물밀 듯 들어섰다. 미리 좌석을 예매한 사람들이 오자 그들은 앉아 있던 자리에서 일어났다. 기차 바닥에 신문을 깔고 앉았다. 억센 광주 사투리 소리가 거칠게 느껴졌다. 조용했던 기차 안은 소란스러워졌다. 6개월 전의 광주 사태를 떠올렸다. 신군부 세력이 장악한 혼란기에 억울한 죽음을 당한 영혼들이 차창 가에 매달려 윙윙거리며 따라왔다.

최루탄을 쏘는 바람에 눈물, 콧물을 흘리며 눈조차 뜨지 못하고 학생 데모대에서 흩어졌던 날들이 떠올랐다.

기차는 목포를 향해 기적 소리를 울리며 지루하도록 달렸다.

드디어 목포역에 도착했다.

아침 8시 전이었다. 그들은 화장실에 들어가 손을 씻었다. 시커먼 땟물이 흘렀다. 거울을 보자 노숙자와 다름없는 모습이었다. 7시간 동안 기차 매연에 그을린 얼굴을 서로 보고 웃음을 터트렸다.

세수를 하던 주영의 코에서 새빨간 코피가 줄줄 흘렀다. 급히 손수건으로 코를 막았다. 그땐 티슈도 없을 때였다. 그는 안절부절못했다. 20대 열정으로 갑자기 떠난 기차 여행이 아무래도 무리였다며 걱정스러운 표정이었다.

목포역 근처에서 아침 식사로 콩나물 해장국을 먹었다. 계획은 유달산 등반이었지만 하얗게 변한 핼쑥해진 주영이 얼굴을 보고, 그는 도저

히 안 된다고 했다. 유달산까지 가는 건 아무래도 무리였다. 그들은 목
포역에서 다시 대전행 기차를 타고 뒤돌아 갔다. 기차는 무려 7시간을
대전을 향해 달렸다.

그런 날이 있었던가? 주영은 까마득한 추억을 떠올린다. 쏜살처럼 지
나간 30여 년의 세월이다.

대전역을 지나치면서 생각지 못했던 시계탑이 왜 이제야 보이는 걸까.
그건 아마도 앞으로 살아갈 날들이 어쩌면 생각보다 짧을 수 있다는 생
각이 든다.

20대 초반의 여자는 버스를 기다리며 자꾸 손목시계를 들여다보았
다. 아까부터 옆에서 서성거리던 청년이 여자를 흉내 내듯 자신의 손목
시계를 눈 가까이 대고 보았다. 11월 끝자락에 부는 바람이 매섭게 몰
아쳤다. 낙엽 비가 되어 쏟아지는 갈색 잎들이 바람이 부는 대로 땅 위
에 나뒹굴었다.

버스는 오지 않았다.

버스는 오지 않는다.

버스는 오지 않을 것이다.

여자는 초조해졌다.

형사 콜롬보처럼 트렌치코트를 차려입은 청년이 주영 앞에서 자꾸 서
성거렸다. 그의 모습이 눈에 익었다. 검은 뿔테 안경 속에서 빛나는 눈빛
이 주영의 앞으로 성큼 다가왔다.

"시내에 나가십니까?"

주영은 고개를 주억거렸다. 그는 곧 택시를 잡으려고 이리저리 뛰어다

니기 시작했다. 간신히 빈 차를 세웠다. 청년은 차 문을 열며 함께 합승하자고 했다. 청년의 맑고 큰 눈 때문이었을까? 주영은 스스럼없이 택시에 탔다. 그 시절만 해도 택시가 흔치 않아 합승하는 경우가 많았다.

"친구 만나러 갑니까?" 주영은 미소만 띤 채 고개만 끄덕였다. 택시 안에 한동안 어색한 침묵이 흘렀다.

"공부하다가 너무 답답해서… 그림이나 구경할까 하고, 화랑에 가려구요."

택시는 시청을 지나고 은행동 중심가로 들어서며 홍명상가 앞에서 멈췄다.

주영은 감사하다는 인사를 하며 돌아섰다. 10여 미터쯤 걸어갈 때까지 청년은 머뭇거리며 주영의 뒷모습을 바라보았다. 그러다 갑자기 개구쟁이 소년처럼 뛰더니 주영이 앞에서 짠, 하며 멈춰 섰다. 주영은 무슨 일이냐는 듯 바라보자 청년은 머쓱한 표정으로 말했다.

"그게 아니고요. 나도 함께 갈게요. 뭐 남자친구면 한 대 맞는 거고, 여자 친구면 다행이구요."

참 넉살도 좋은 웃기는 사람이네, 생각하며 차가운 표정으로 주영은 얼굴을 획 돌렸다.

찻집의 계단으로 내려서는데 청년이 뒤에서 갑자기 으악! 하며 소리쳤다. 주영은 또 뭐야 하며 뒤돌아보았다.

"에이, 아직도 철부지잖아? 모모는 철부지, 모모는 무지개. 모모는 생을 쫓아가는 시곗바늘이다…."

그는 노래를 흥얼거리며 계단을 따라 내려왔다.

찻집 이름이 '모모'였다. 요즘 시내버스 안이나 길거리 리어카에서 자주 듣던 노래였다.

찻집 안으로 들어서자 큰 고목 나무 옆에 경희가 앉아 있었다. 주영은 경희의 앞자리에 앉았다.

"처음 뵙겠습니다. 실례합니다."

뒤따라 온 그의 우렁찬 소리에 찻집 안에 있던 사람들이 그들 쪽을 힐끔 쳐다보았다. 그는 거침없이 주영의 옆자리에 털썩 앉았다.

"계집애, 너 언제 남자친구까지…."

살짝 눈을 흘기며 경희는 배실배실 입귀를 올리며 말했다.

"아니야, 아니야…. 나도 진짜 모르는 사람이야, 정말."

"에, 저는 C 대학 회계학과 복학생 3학년 김성철입니다."

그는 학교 선배였다. 학과는 다르지만 같은 대학 선배인 그를 더 외면할 수 없었다. 주영은 C 대학 영문학과 1학년이었고, 경희는 간호학과였다. 복학생이어서인지 천성이 능글맞은 건지 그는 천연덕스러웠다.

그들은 찻집에서 나와 대흥동에 있는 진로 집으로 향했다. 진로 집으로 가는 중에 대흥동 성당과 성심당 제과점을 지나쳤다. 가로등 불빛이 거리에 떨어져 쌓여가는 낙엽 위를 덮고 있었다.

식당 안으로 들어서자 공기가 후덥지근했다. 청춘들의 왁자지껄한 분위기에 건배를 외치는 열정이 달아올랐다.

은행동에 있는 진로 집의 두부 두루치기, 백금녀 집의 오징어무침은 그 시절 대전의 유명한 맛집이었다. 대부분 젊은 직장인과 대학생들이 즐겨 찾던 식당이었다. 시골에서 유학 온 학생들이 많았던 국립대생들은 주머니 사정이 늘 아슬아슬했다. 진로 집의 푸짐한 안주에 소주 서너 병 정도면 1, 2차까지 한꺼번에 즐거운 시간을 보낼 수 있었다.

그들은 진로집을 나와 대전역 앞 은행동 거리를 걸었다. 거리는 한결 조용했다. 싸늘한 공기마저 신선하게 느껴졌다.

"이렇게 헤어지긴 좀 서운한데, 우리도 한 번 다른 세계에 쳐들어갑시다!"

그가 이끈 새로운 세계는 디스코텍이었다.

"어, 첫날부터 이거 진도 막 나가는 거 아냐?"

경희는 주영이 얼굴을 마주 보며 얘기하다 서로 키득거렸다.

디스코텍에 들어서자 고막이 터질 듯한 음악 소리와 현란한 조명에 블랙홀에 빠진 느낌이었다. 스테이지에는 발 디딜 틈 없이 사람들로 북적였다. 오늘 세상을 끝장내려는가. 온갖 몸부림을 치며 흔들었다.

주영은 고막과 심장이 터지며 영혼이 쑥 빠져나가는 느낌이었다.

성철은 먼저 경희와 블루스를 추었다. 배짱이 있어 당당한 것인지, 복학생이 되면 저리 노글노글해지는 건지 주영의 마음은 어수선했다.

음악이 끝나자 경희가 자리에 앉으며 너도 그만 빼지만 말고 추워 봐, 하며 부추겼다. 주영은 막춤은 춰도 블루스는 죽어도 못 춘다며 거푸 손사래를 쳤다. 그리고 의자에 더 깊숙이 엉덩이를 꾹 눌렀다. 성철은 주영에게 오빠 같은데 뭘 그래, 하며 손을 잡아끌었다.

더 거부했다간 민망한 상황만 벌어질 낌새였다. 음악에 맞추어 천천히 따라서 하면 돼, 하는 그의 말과 다르게 주영은 자꾸 그의 발을 밟았다. 처음으로 남자와 몸을 밀착해 춤을 추니 난감하고 어색해 죽을 지경이었다. 심장은 눈치 없이 더 콩콩거렸다. 그는 아예 주영이 구두를 벗기고 자기 발등 위에 주영의 발을 올려놓았다.

…그대 그림자에 싸여 긴 세월 그대와 함께 가나니. 그대의 가슴에 나는 꽃처럼 영롱한, 별처럼 찬란한 진주가 되리라….

허스키한 여가수의 목소리에 파묻혀 둘은 스테이지를 빙글빙글 돌았다.

세상이 돌고 있다.

지구가 돌고 있다.

TV나 라디오에서 이 노래가 더러 흘러나올 때마다 30여 년이란 세월이 흘러도 그 장면이 선연히 떠올랐다. 그의 발등에 올라간 채 춤을 추던 그때 그 모습.

어느 순간의 이미지가 비슷한 한 조각의 삶에 닿으면, 그 이미지가 뇌리 속에 질기도록 떠다닌다.

"주영 씨, 울 엄마, 아버지도 집에서 가끔 이렇게 춤을 추시곤 해요. 둘 다 의사세요. 밤에 촛불 켜놓고 레드와인 마시다가 이렇게 춤을 추시곤 해요. 그런 모습 보면 나도 빨랑 장가가서 저리 살아야지, 하거든요."

그가 귀에 바짝 대고 속삭였다. 그의 뜨거운 입김이 주영의 목덜미까지 와 닿아 후끈거렸다.

주영은 그의 말을 들으며 생각했다. 가정환경이 편안해서 사람이 그리 밝고 당당하구나.

경희를 집에 먼저 바래다준 후, 주영이가 사는 달동네 어귀까지 걸었다.

구멍가게인 옥천 상회를 지나며 대동이발관을 돌아 오르막길을 올라갔다.

밤은 적막 속에 깊어만 갔다.

성철은 골목 가게에 잠시 들렀다 나오더니 주영에게 노란 종이봉투를 안겨주었다. 종이봉투 안에는 조카들과 먹으라는 과자와 귤이 들어있었다.

주영이네 집 앞에 이르자 그는 손을 흔들며 말했다.

"오늘 즐거웠어요. 내 꿈 좀 꿔줘요."

성철의 모습이 어둠 속으로 사라지고 전봇대만 덩그러니 서 있었다.

대학생이 되었다고 멋대로 밤늦게 돌아다니냐는 어머니의 긴 꾸중을 들은 후, 주영은 정신없이 씻고 자리에 누웠다. 천장의 사각 무늬를 바라보자 아직도 귓전에서 음악 소리가 들려왔다. 그와 스테이지에서 춤추는 듯 어지럼증이 일었다. 주영은 책장 위에 놓아둔 노란 봉투를 바라보았다.

김성철, 그는 어떤 사람일까?

주영은 대학 입학 후 세 번 정도 미팅에 나갔다. 같은 학과인 미영이가 미팅에 낄 때는 남자들의 시선은 대부분 미영에게 쏠렸다. 키는 작지만 오뚝한 콧날과 큰 눈이, 넙데데한 다른 여학생보다 단연 돋보였다. 역시 남자들이란 어쩔 수가 없구나. 호기심으로 시작한 미팅 자리에서 스무 살 즈음에 남자들의 행동은 뻔했다. 파트너가 마음에 들면 전화번호를 어떻게든 따서 여학생에게 애프터를 신청하는 것에 목숨을 걸다시피 했다.

여고 때 오로지 입시공부만 하면서 꿈꾸던 일이 있다. 대학 가면 미팅에 나가 사려 깊고 멋진 남자친구를 만나겠다는 거였다. 그러나 동네 오빠들보다 더 촌스런 애들이 수두룩했다. 눈앞에 보이는 것만 생각하고, 단순한 가치를 지닌 또래 남자들에게 주영은 금방 식상해졌다.

눈에 보이지 않는 것도 볼 수 있는 사람, 귀에 들리지 않아도 들을 수 있는, 그런 사람 없나요? 그런 공익광고라도 내고 싶은 심정이었다. 그즈음에 복학생이던 성철을 만났다.

더 깊어져 가던 가을밤이었다. 벼락같은 호통 소리가 담 너머로 넘어왔다.

"에이, 후레자식 같은 놈! 밤늦은 시간에 어디서 함부로 아가씨 이름을 불러대!"

대문 앞에서 비를 맞고 성철이 서 있었다. 주영은 노여워하는 아버지의 눈을 피해 뒷문으로 몰래 집을 빠져나왔다. 우산을 씌워주는 주영의 손을 꼭 잡아 성철은 자신의 코트 주머니 속으로 넣었다.

말없이 둘은 가을 빗속을 걸었다. 여느 때와 달리 그의 눈빛이 서늘했다.

"그냥, 그냥 보고 싶었어. 늦은 밤인 줄도 모르고…. 나 오늘 장학금 받아 너무 좋아서. 춥지 않니?"

주영은 성철의 손이 더 차갑게 느껴졌다. 그들은 대전 중앙로에 있는 '여울목'에 들어갔다. 원목으로 된 실내장식이 고풍스러워 보이는 레스토랑이었다. 레스토랑 한가운데 검은 그랜드 피아노가 보였다. 긴 생머리를 한 여자가 피아노를 치고 있었다. '슬픈 로라'란 곡이었다.

비 오는 날 듣는 '슬픈 로라'의 선율은 영혼까지 빨려드는 듯했다.

레드와인을 마시며 가만히 음악을 듣는 그들. 그때는 전혀 생각하지 못했다. 대학생인 그가 무슨 돈이 있었을까? 지금 생각해보면 어쩌면, 성철은 늘 최후의 만찬을 준비했는지도 모른다.

그날, 성철은 평소보다 우울해 보이고 뭔가 불안한 기색이었다. 그는 주영의 눈을 오래도록 바라보다가 낮은 목소리로 물었다.

"주영아, 너의 인생을 나… 나에게 걸 수 있겠니?"

그 말을 듣자 주영의 마음에 문짝 하나가 쿵, 떨어져 나갔다. 그를 2년 정도 알았지만, 사랑한다는 말 한 번 하지 않던 사람이 느닷없이 인생을 걸겠냐고? 뭐든 느리게 생각하고 선뜻 결정을 내리지 못하는 주영의 대답은 생뚱맞게 튀어나왔다.

"아직, 우린……. 너무 이른 거 아니야?"

뭔가 준비되지 않은 현실, 아직 이루지 못한 꿈. 혼란스러운 마음에 주영은 뒤죽박죽으로 말했다.

그때는 어렸고, 삶의 여러 방면에 미숙했다.

"그렇구나. …우리의 미래는 불확실하다는 게 확실해."

그의 긴 속눈썹이 가늘게 떨리며 낯빛이 어두워졌다.

"…그래. 나는 졸업도 못 했고, 아직 갖춰진 게 아무것도 없지…"

그날 이후부터였던가? 주영은 성철이 도서관에 틀어박혀 있다는 얘기만 들었다. 그를 이해할 수 없었다. 인생을 함께하고 싶다던 사람이 그날 이후 아무 말이 없다니.

주영은 일주일이 지났을 때 고민하다 그의 자취 집을 찾아갔다. 휴대폰은커녕 집 전화도 흔치 않던 시절이었다. 그를 부르는 인기척에 안집 아주머니가 슬리퍼를 끌며 나왔다.

"성철 학생 고향에 다녀온다고 내려갔지. 날씨도 이리 추운데 연탄도 못 때고, 라면만 가끔 끓여 먹는 것 같더만. 또 휴학하려나 봐. 수강 신청을 못 한 거 같여. 에그, 딱해 죽겠어. 잘생기고 똑똑한 학생이 너무 고생여. 학생 형편이 괜찮으면 좀 도와주면 좋겠구먼."

아주머니는 말하면서 주영의 표정을 슬쩍 탐색해보았다.

며칠 후 주영은 성철의 자취 집을 다시 찾아갔다. 아주머니한테 흰 봉투를 내밀었다. 쌀과 연탄을 들여놔 달라며 부탁했다. 아주머니가 성철에게 빌려주는 것처럼 해달라는 말도 잊지 않았다.

그 일이 자신이 대학을 졸업하지 못하는 결정적인 사건이 될 줄이야. 주영은 전혀 생각지 못했다. 성철의 말처럼 미래는 불확실하다는 게 확실했다.

주인아줌마에게 건넨 흰 봉투 안에는 주영이가 낼 2학기 등록금이 들어있었다.

1980년 신군부 세력은 우리의 현실을 가로막았고, 미래는 막막했다. 영어 교사가 되려던 주영의 꿈은 20대 초반에 물거품처럼 사라졌다.

2학년 겨울방학이 막 시작되었을 때 성철로부터 편지가 왔다. 그는 전주에서 아르바이트하고 있다고 했다.

정말, 보고 싶다 … 내려와 줄 수 있겠니. 그 내용만이 주영의 뇌리에서 남아있다.

지금이라면 당장 혼자라도 내려갔을 텐데, 20대는 뭐가 그리 두렵고 불안했는지 모른다.

주영의 20대는 미래에 대한 불안으로 지독하게 소심했다.

주일은 꼭 지켜야 되고, 남에게 절대 해를 끼쳐서는 안 되며, 결혼 전까지 순결을 지키는 게 여자로서 가장 큰 가치인 줄 알았다. 부모님에 의해 그렇게 길러졌다.

주영은 여고를 졸업할 때까지 개근상과 우등상을 놓치지 않았다. 모태부터 시작된 세뇌교육과 종교교육으로 대학에 무난히 입학할 수 있었다.

오랜 세월이 지난 후에야 깨달았다. 자신의 뜻대로 살아 간 사람들이 얼마나 있겠냐만 주영은 자신의 뜻대로 제대로 살지 못한 인생이었다. 동네어른들과 친척들의 칭찬 때문에 공부만 하는 학생이었고, 부모님이 늘 착한 우리 딸, 하는 그 말 때문에 삶에 순종적으로 살았다.

주영은 50년이란 세월의 고갯마루에서 자신의 삶을 뒤집어 보았다. 자신의 20대 시절은 용기가 없었고 비겁한 삶이었다는 걸 그제야 알아차렸다. 진작 자신의 뜻대로 살았더라면, 삶이 지금과 달랐을까?

주영은 경희네 친척 집에 간다는 거짓말로 부모님께 허락을 받았다. 아무리 성철을 만나러 간다 해도 처녀 혼자 낯선 도시에 간다는 건 그 시절 주영이로선 언감생심이었다.

전주 고속터미널에서 성철은 친구와 함께 기다리고 있었다.

한옥마을은 평화롭고 한산하기만 했다. 요즘엔 외국인과 많은 관광객이 전주 한옥마을을 찾는다. 한옥에 대한 감흥도 없이 그저 눈으로 훑어본 기억뿐이다. 20대 초반에 눈에 들어오는 건 은은한 멋과 풍미보다 감각적이고 역동적인 것이다. 시간의 흐름에 따라 같은 사물도, 자연도 받아들이고 느끼는 게 사뭇 다르다.

택시로 덕진공원에 도착했다. 공원의 호수는 꽁꽁 얼어있었다. 마침 눈발이 퍼붓듯 쏟아지기 시작했을 때 러브스토리 주제곡인 OST가 흘러나왔다. 한껏 운치 있는 공원에 감미로운 음악이 퍼지자 영화의 한 장면 속에 서 있는 느낌이었다.

별명이 말괄량이 삐삐인 경희가 성철에게 미끄럼을 태워달라며 콧소리를 내며 말했다. 그러자 성철은

"주영아, 미끄럼 태워줄게. 아, 경희 씨는 우리 주영이 뒤에서 좀 밀어 봐요!"

그 말에 경희는 눈을 하얗게 흘기며 비긋이 웃었다.

"그래, 둘이서 오늘 주인공 해라, 해! 내가 오늘 조연에 무수리까정 다 해줄게!"

20대 시절엔 몰랐다. 누군가를 빛나게 해주는 배경이 되는 일도 인생의 아름다움일 수 있다는 것을…. 그들은 덕진공원에서 젊고 푸른 웃음을 흩날렸다. 고향 친구라는 남자는 간간이 웃음만 흘리며 공원 벤

치에 앉아 있었다.

저녁이 되자 공원 근처인 '수라간'이란 한정식집으로 들어갔다. 성철이 미리 예약한 식당이었다. 처음으로 24찬으로 차려진 밥상 앞에서 스무 살 즈음의 여자들은 감탄을 쏟아냈다.

수라간에서 먹는 김치는 감칠맛과 깊은 맛이 났다. 여러 반찬들도 푸짐하고 맛있었다. 남자들은 술을 몇 잔 오가며 분위기는 무르익어 갔다.

그때 숙소라고는 호텔과 여관, 여인숙이 있던 시절이었다. 학생이었지만 성철은 여관으로 예약을 해놓았다.

샤워를 한 후, 주영과 경희는 전주의 고전적인 이미지에 대해 얘기를 나누고 있었다. 옆방에 친구와 있던 성철이 문을 두드렸다. 잠깐 주영이와 할 얘기가 있다고 했다. 경희는 짜증스러운 음성으로 너, 빨랑 들어와야 해. 알았지? 하며 주영에게 다짐을 받아냈다.

걱정하지 말라며 경희를 안심시킨 후 주영은 성철을 따라갔다.

성철은 숙소를 나와 근처에 있는 작은 레스토랑으로 들어갔다. 온종일 명랑했던 성철이 숙연한 모습으로 말했다.

"주영아, 사실 너에게 솔직하게 고백할 일이 있어. 사실 나는…"

그의 큰 눈이 금방 젖어들었다.

"다, 알고 있었어.

그의 자취방에 처음 갔을 때였다. 차를 타러 그가 부엌으로 나갔을 때였다. 책상 위에 쌓아놓은 몇 권의 책 중에 니체의 『짜라투스트라는 이렇게 말했다』가 눈에 띄었다. 주영은 책을 집어 들었다. 제목만 들어 봤던 책이었다. 이리 어려운 책을 읽고 있어? 생각하며 펼쳐 든 책에서 종이 한 장이 팔랑, 떨어졌다. 책 속에 그대로 끼워두려고 집어 들었을 때 그건 주민등록등본이었다. 세대주, 김성철. 그리고 가족란엔 아무도 없었다. 아니, 그럼 의사 부부라는 부모는? 그러나 주영은 성철에게 아무것도 묻지 않았다.

주영이 다 알고 있다는 말에 그의 큰 눈에서 눈물이 기어이 봇물 터질 듯 쏟아졌다.

"…아버지는 외과 의사였는데, 내가 세상에 나오기도 전에 갑자기 심장마비로 돌아가셨대.

난 아버지 얼굴을 한 번도 보지 못한 사생아야. 아버지가 돌아가시기 전까지 풍요롭게 살았던 엄마는 내가 다섯 살 때 개가를 하셨대. 30대 초반의 젊고 미인인 엄마는 혼자 살 수가 없었나 봐.

재혼해 살면서도 대학 1학년 때까지 학비를 대주셨는데, 근데 암이 발견되자 6개월을 못 넘기고 2학년 봄에 돌아가셨어."

성철은 얘기하다가 제 설움에 겨워 어깨까지 들먹이며 울었다.

"…엄마는 개가해서 새 아빠의 두 자녀를 16년이란 세월을 키웠어. 근데 세상은 참 무섭더라. 엄마가 돌아가신 지 한 달이나 지났을까. 이제 미성년자도 아니니 나보고 독립하라고 했어. 그 상황에 내가 살 궁리는 입대였어."

점점 그의 울음이 짐승의 울부짖음으로 변했다. 낮에는 택시기사로, 밤에는 부기학원 강사로 일한다고 했다. 그렇게 밤낮으로 뛰어야만 한 학기 등록금과 생활비를 겨우 마련해서 3학년까지 올라왔다.

그 이야기를 들으며 주영은 자신이 참 한심한 생각이 들었다. 그동안 레스토랑에서 레드와인을 마시며 식사하던 일들… 그럴듯하게 폼 내고자 애썼던 성철의 허세가 애처로웠지만 미웠다.

주영은 그의 손을 잡았다. 그때 주영이 울었던가. 그의 손이 까칠했다.

자신에게 인생을 걸겠냐는 성철의 물음에 예전에 어정쩡하게 대답한

게 떠올랐다.

'그래, 우린 운명이구나. 이젠 너에게 내 인생을 거는 거야.'

주영은 성철의 고백을 들은 후 그렇게 결심했다. 그러나 말로 표현하지 못했다.

"그래서… 주영이가 나랑 결혼하면 너무 고생할 것 같아. 이렇게 일하면서 언제 졸업할지도 모르고… 막내로 자란 니가, 니가 감당할 수 있을까?"

그가 그렇게 불안하고 두려워할 때 왜 믿음과 힘이 되는 말을 하지 못했을까? 주영은 그 당시에 무기력하고 철없던 자신이 답답하고 수치스러웠다.

통행금지가 있던 때였다. 12시 전에 숙소로 서둘러 돌아가야 했다. 성철의 폭풍 같은 울음 앞에서도 주영은 경희가 걱정되었다. 그러나 성철은 여자의 마음은 한순간 달라진다고 믿고 있었다. 부부 금실이 유달리 좋았던 성철의 엄마도 다른 남자에게 개가하며, 하나밖에 없는 아들을 외가에 던져 버렸다고 생각했다. 주영은 그와 운명을 함께하기로 결심한 이상 그의 원대로 함께 있는 건 문제가 되지 않았다. 단지 경희가 낯선 도시, 더구나 여관방에서 기다리는 게 걱정스러웠다. 자신의 모든 것을 드러낸 성철은 술에 취해버렸다. 주영은 빨리 숙소로 돌아가자고 채근했다. 통행금지 시간이 다 됐고 경희가 걱정된다고 말했다. 성철은 자기보다 경희가 더 중요하냐고 주사를 부렸다. 주영은 뭔가 불안해졌다. 화장실에 가는 척하면서 레스토랑에서 나왔다. 뛰어서 숙소에 들어섰을 때 통행금지 사이렌이 울리기 10분 전이었다.

경희는 반가운 기색도 잠시, 배탈이 나서 화장실에 계속 들락거렸다.

다음 날, 군산으로 가서 유람선을 탔다. 장항까지 갔다가 유턴해 오는 배였다. 처음 타보는 유람선 위에서 드넓은 서해 바다를 바라보았다. 우리의 앞날에 파도가 밀려와도 폭풍우가 몰아쳐도 헤쳐 나갈 수 있다고 믿었다. 성철은 피곤한 기색이 역력했다.

어젯밤 주영이 숙소에 들어온 후, 5분 후쯤 그의 인기척이 들렸다. 고향 친구가 있는 옆방으로 들어가며 잘 자, 하는 목소리는 멀쩡했다.

성철은 말없이 고향 친구와 바다만 바라보았다. 푸른 바다처럼 창창하게 삶이 펼쳐지리라 생각했다. 그러나 한 치 앞을 내다볼 수 없는 게 인생이란 걸 오랜 세월이 흐른 뒤에야 알게 되는 걸까?

유람선 여행 후 대전행 고속버스를 탔다. 주영은 착잡한 심정으로 차창 밖을 내다보았다. 어젯밤 성철의 고백과 그의 울음이 주영의 마음속에 침잠해 있었다. 생각해보면 그들은 너무 가난한 연인들이었다. 주영은 경희에게 성철의 이야기를 털어놓았다.

"어머, 그 선배 그런 아픔이 있는데도 어쩜 그리 유쾌하고 밝을까? 하지만 주영아, 결혼은 현실이래. 우리 큰언니 보니까 죽고 못 산다고 결혼했잖아. 근데 애 둘 낳고도 고시공부만 하는 형부가 이젠 원수 같대. 울 큰언니 시댁도 너무 없는 집안이고. 큰언니가 나보고 뭐라는 줄 아냐?

살아보면 이놈이나 저놈이나 마찬가지라고. 그러니 이왕이면 조건 좋은 남자 만나야 그래도 돈 걱정 하나는 안 하고 산다고 하더라."

경희의 말을 들으며 주영은 차창 밖을 바라보고 있었다. 스산한 한겨울 들녘이 더욱 황량해 보였다.

"성철이 그 선배 전라도 사람 티 낸다고 뒷담들 많이 하더라. 현재 고아나 마찬가지네 뭐….

그리고 완고한 니네 아버지가 허락이나 하시겠냐? 성철이 그 선배, 니아버지한테 처음 인사드릴 때 주민등록 떼어오라 했다며? 또 노골적으로 난 전라도 사람 싫다, 하시며 돌아앉으셨다면서? 에공, 갈 길 멀~다."

경희는 의자에 머리를 기대며 눈을 감았다. 대전이 가까울수록 주영
의 머리는 헝클어진 실타래처럼 뒤엉켰다.

전주에 다녀온 지 일주일이 지났을 때, 보고 싶다며 성철이 찾아왔다.
그런데 주영은 그를 만나지 않았다. 자신조차 왜 그를 만나려 하지 않
은지 혼란스러웠다.

그의 애달픈 울음과 슬픈 실루엣이 한동안 주영의 몸과 마음을 흔들
었다. 그러나 아직 학생의 본분은 지켜야 한다고 믿었다.

이제까지 보여주었던 자신의 가면을 벗었을 때, 사실과 직면할 때의
당혹스러움. 그러나 그 모습 그대로 이해하고 사랑한다면 그건 진정한
사랑이라고 생각했다. 주영은 고백한 후의 그 모습 그대로 성철을 사랑
했다.

열정은 시간이 지나면 사라지지만, 사랑은 아무리 시간이 흘러도 심
연 속에 새겨있다.

주영을 만나지 못하고 성철은 전주로 내려갔다. 그 후 주영은 그가 보
낸 차가운 하얀 봉투를 열며 생각했다. 이렇게 끝이구나.

주영아, 나는 네가 보고 싶어 일을 할 수 없었다. 그래서 간신히 휴가를
내어 내 나름대로 간절함 때문에 너를 만나러 왔던 거였어. 앞으로 내 평
생에 여자 앞에서 그렇게 울 일이 있을까?

내가 너에게 뭐라 할 말이 있겠니. 어떤 위치도, 아무것도 가진 게 없
는 고학생일 뿐인 내가….

언제 졸업할지도 모르는 현실이 내 앞에 놓여 있을 뿐이다.

아무리 세상이 어수선하고 우리 미래가 불확실해도 너와 함께라면 나는 뭐든 할 것 같았다. 우리는 가난하지만 서로 사랑한다고 믿었다.

지인의 도움으로 절에 들어가서 국제공인회계사 시험에 도전하려고 한다.

내가 확고한 위치가 되었을 때, 좀 더 떳떳한 모습으로 네 앞에 다시 서겠다.

주영아, 그러나……그때까지 기다려 달라고 말하진 못하겠다.

더 건강해지고 행복하길 바란다.

1981년 2월 눈이 쏟아지는 날에 성철.

세월이 오래 흘렀다.

주영은 젊은 날 겁 많고 소심했던 자신에게 말했다.

그와 가는 데까지 가봤어야 해.

가다 막히면 앉아서 쉬기도 하고, 쉬다 보면 새로운 길이 보였을 텐데. 어느 글처럼 햇살과 바람은 그 누구의 편도 아니래. 햇살은 말없이 세상을 골고루 비추고, 바람은 때리기도, 어루만지기도 하며 지나가는 것이야. 어느 길을 선택하든 그 몫은 단지 자신의 탓이란다.

시계탑에서 지난 젊음을 회상하던 주영은 허기가 느껴진다. 근처 식당으로 들어선다. 아직도 눈이 쏟아지고 있다. '역전 가락국수' 식당 안의 벽면에는 오래된 세월의 흔적들이 남아 있다. 한쪽 벽면에 수많은 낙서들로 빽빽하게 채워져 빈 공간의 틈이 전혀 없다.

주영은 간판 밑에 '추억의 대전역 가락국수 4000원'이란 글자를 읽으며 오랜만에 가락국수를 먹는다. 국수 맛이 예전과 같을 리 없다. 그렇게 맛있던 음식들이 이젠 다 시들한 것도 나이 탓일까?

식당에서 나오니 꽃시계탑의 시각은 7시 10분을 가리키고 있다.

시계탑 근처에서 바바리코트 남자는 아직도 누군가를 기다리는 듯 서성이고 있다. 주영은 택시 승강장으로 들어선다. 휴대폰을 쥔 투박한 손이 저려온다.

바바리코트 남자는 오른손은 주머니에 넣고, 왼손바닥을 하늘을 향해 들고 간다. 그는 택시 승강장 반대편으로 총총히 걸어간다.

시계탑의 시각은 7시 15분을 지나고 있다.

김미정

크리스찬 문학 단편소설부문 신인상 수상
소설집 『오래된 비밀』
010-5492-3722, kmj4571@hanmail.net
28793 청주시 서원구 1순환로 1137번길 130 주공A 322동 105호

속에 천불

•

오 계 자

하늘이 어제보다 또 한 뼘 올라갔다. 어머니 산소 가는 길에는 갓 스물 여대생 볼살처럼 반지르르 윤기 나는 알밤이 발길을 잡는다. 추석에 뵙지 못해 찾아온 못난 아들놈의 손에 든 검은 봉지에는 달랑 소주 한 병에 새우깡이다. 그나마 어머니 앞에 술병을 놓으면서 생각이 난다. 종이컵이라도 하나 얻어 올걸. 그래도 울 엄마는,

"나 주려고 사 왔냐, 너 마시려고 사 왔냐?"

하시며 볼웃음으로 만사형통 내 편인데 뭐. 아직도 내 응석이면 만사 오케이라고 무조건 믿는다. 이곳에 모시던 날, 불효의 소행들이 새록새록 살아나서 속을 후볐는데 그 속 아직 아물지 못하고 두 번째 가을을 맞는다. 빚지고 못 갚으면 이런 기분일까 올 때마다 드릴 게 많은데, 기회를 잃은 자의 휑한 마음, 그 빚 이제 갚을 수 있을 만큼 철들었는데 채권자가 없다.

"제가 어머니에게 걱정가마리가 된 것은 못난 놈 믿는다며 하고 싶은 것 다 하도록 내버려두신 탓이지요. 하고 싶은 것이 팔자요, 믿는 것이 운명이라 하시던 말씀처럼 네, 어머니 제가 팔자대로 살았습니다. 자유민주주의로 자란 놈이 절뚝거리는 나라에서 민주주의를 해보자는데, 세상은 도리어 나를 비정상이라고 했지요. 큰 뜻을 품고 정의의 사도인 양 총구 앞에 돌멩이 들고 맞섰지만, 결국 철부지의 영웅 심리 취급합

디다. 그때는 진정 펄펄 끓는 애국심이었답니다. 4·19 다비데군(群) 형님들의 정신을 대물림처럼 이어받아서 군정을 타도해야 한다고 우린 결의했거든요.

이제야 귓결로 들었던 당신의 말씀들이 귓속으로 들어옵니다. 학생은 오직 공부가 주업이요, 온 국민이 자기 맡은 주 임무에 충실하면 그것이 애국이라고요. 우리가 아무리 외치고 몸부림쳐도 그 원하는 민주가 지름길로 달려오진 않으니, 진짜 나라가 걱정되면 머리에 지식과 정보를 쌓아서 국민의 의식 수준부터 높이라고 하신 말씀을 되곱쳐 봅니다. 다 익은 성인이요, 지성인인 줄 알았던 진피아들도 어머니의 눈에는 설익은 가슴에 혼불이 아닌 모닥불만 태우는 걱정가마리였습니다. 진정 정의를 위해 투쟁했지만 모래성을 쌓았어요. 일본강점 36년간 잘못 세뇌된 국민의 사고(思考)를 더 걱정하시던 어머니 말씀에 그렇게 깊은 나라 걱정이 함축되어 있는지 몰랐네요. 그래도 후회는 없어요. 딴엔 옳은 길 걸었으니까요."

어머니 옆에 벌러덩 누워 바쁜 구름에서 옛 기억을 더듬는다.

바람이 식어서 선선해지면 용케도 속에서 먼저 알고 감성에 젖곤 했다. 사내 녀석이 너무 티 나게 가을 탄다고, 어머니는 가끔 놀리면서 책살 돈을 미리 주고 그 용도는 개의치 않으셨다. 머리 쓰다듬어 주시던 그때가 행복이었나 보다. 나도 나지만 어머니도 그러셨을 것 같다. 당신의 삶을 몽땅 남편과 아들에게 쏟아부어도 그것이 보람이요, 흥이었으니까. 또한, 행복이셨다. 내가 대학에 들어가면서부터 어머니의 흥은 막이 내려앉아 버렸다. 그놈의 데모 때문에 어머니의 애간장은 녹고 또 녹아, 나중엔 녹을 것이 없어 그 자리를 바람이 차지했는지 헛웃음이 헤프셨다. 속 가슴의 울음을 걸러서 내놓는 아린 웃음.

어머니는 하지 마라, 또는 왜 그랬느냐고 다그치지 않으셨다. 그래서 변명할 기회가 없었다. 법대를 원하셨지만 후세에 역사를 알려야 한다는 고집으로 사학과를 선택할 때도 오히려 어머니는 아버지를 설득시키셨다. 전교조 문제로 교단에서 쫓겨났음을 알게 된 날은 내 손을 꼭 잡으시고 말씀하셨다.

"우리 아들 너무 똑똑해서 시대를 앞서가니 어쩌면 좋아? 처자식을 위해서라도 그냥 흐름에 적응하면 좋겠지만, 네 입에서 나올 답변은 뻔하다. 나라의 교육이 제대로 돌아가야 내 새끼들도 제대로 자란다고. 그래, 맞아. 그러나 하나만 생각지 말고 둘 생각도 좀 해라. 뜻을 펴지 말라는 건 아니다. 현명한 방법을 찾으란 말이다. 아들아, 자신의 신념과 일에 최선을 다하는 것은 당연하다. 마찬가지로 가족과 자신에게 최선을 다하는 것도 당연하잖아? 무슨 말인지 알지?"

다시 교단으로 돌아가던 날은 말없이 바라보는 눈빛에 만감이 교차했다.

그렇게 무던하시던 어머니께서 대학 2학년 어느 날 화들짝 놀란 모습으로 학교에 오신 적이 있다. 화염병 던지는 뉴스를 보고 다급하셨다. 집에 들어가지 않고 너더댓 날 학교에서 지내고 있을 때였다. 아들을 설득시키러 왔다는 애절함에 몸수색까지 치르고 들어오신 어머니는 나한테 냄새부터 맡으시더니 놀란 모습으로,

"민우야, 화염병은 안 된다. 그것은 살인의 흉기가 될 수도 있어. 화염병은 절대 안 된다. 총기를 든 군인과 다를 게 뭐니? 투쟁만이 성사는 아니다. 내 눈에는 너의 생각, 너의 신념과는 다른 목적으로 과격함을 선동하는 부류가 있어 보인다. 이용당하지는 말아라. 이런 방법이 최

선이니?"

어머니는 정말 안절부절 어쩔 줄을 모르셨다.

"엄마, 걱정 마세요, 우리 아들 장하다고 격려해 주세요. 용기를 주세
요. 아무도 나서지 않으면 국민이 더 우민화되어버려요. 화염병은 나도
반대의견을 내놓았지만, 무자비한 군경들 앞에서는 피할 수 없답니다.
그만 가세요."

사색이 되신 어머니를 두고 난 들어가 버렸다. 그날을 잊지 못한다.
내 아들이 그때의 나만큼 자라고 보니 그 당시 어머니 심정이 더 사무친
다. 당신의 손자가 나와 서울대 동문이 되어 법대에 합격한 날 어머니는,

"살아생전 소원성취하는구나! 고맙다. 네 아버지가 1년만 더 계셨으면
이런 광영도 볼 텐데 말이다."

하시며 촉촉한 눈으로 손자의 손을 덥석 잡으셨다.

얼마나 좋으시면 소식 전하기 위해 포 한 마리, 청하 한 병 사 들고 아
버지 산소도 다녀오셨다. 나는 법대를 원치 않았지만 그래도 어머니께
내가 하지 못한 효도를 대신 해주는 녀석이 고맙다.

한동안 낮에는 어머니가 밤에는 마누라가 TV를 못 보게 했다. 뉴스
화면마다 등장하는 옛 다비데 군단의 동지들이나 선후배들이 서로 적
이 되어서 헤집고 싸우는 꼬락서니 때문에 혈압 올린다는 게 이유다.

사람의 마음이 저렇게 가볍게 변할 수도 있고, 악랄하게 변할 수도 있
는가 하면 양심을 더덜곱난 손익 계산할 수 있다는 것이 믿기지 않는다.
바람 앞에 가랑잎이 아니라 권력 앞에 가랑잎이다. 속에 천불이 난다.

죽음을 각오한 채 군정을 타도하겠다고 손과 손에 돌멩이 쥐고 총구
를 상대했다. 몹쓸 고문도 굳건히 이겨내고 옥살이를 당당하게 치르며

서로 격려하고 힘이 되던 동지들이 그때의 옥살이를 표심 붙잡는 도구로 삼는다. 진짜 목숨 바쳐 싸운 동지들은 저들의 들러리였나? 저들의 노둣돌이었나. 속에 천불 난다.

사람의 시신, 온 국민의 애간장을 녹이는 소년 소녀들의 시신을 두고 정치적 매개체로 이용해서 우려먹고 또 우려먹는 파렴치한 무리에 머리가 희끗희끗한 동지들이 있는가 하면 내가 아끼던 후배들도 있다. 나는 안다. 저들의 가슴에는 이건 아니다 하지만, 머리로는 표심의 손익계산을 해야 한다는 걸. 피어보지도 못하고 꺾인 불쌍한 수백의 영혼들이 누구를 원망하려나? 사리사욕에 눈멀고 당파싸움에 눈이 먼 여의도 군단? 종합청사? 서초 군단? 아니면 구중궁궐?

어머니 말씀처럼 대한민국 국적을 가진 우리 모두에게 그 책임이 있다. 썩어가고 있는 구석구석 청소하고 소독하라는 하늘의 메시지치고는 희생이 너무 커서 기가 턱 막힌다. 그럼에도 그 뜻을 저버리고 모두들 다른 목적으로 바쁘다. 어린 넋을 위해서 진정 머리 숙이는 자가 보이지 않는다. 기회로 삼아 물고 늘어지고 한쪽은 출구 찾기에 바쁘다. 이제는 보인다. 목소리보다는 손길이요, 비판보다는 반성임을, 나는 민주주의를 외치며 화염병 던지고 민주국가의 가장 기본인 질서조차 지키지 않았다. 민주주의적 사회에서 자라지 못하고 권력이 주름잡는 사회에서 익숙해진 우리 세대는 권위적 의식이 박혀있다. 아무리 민주주의 정치를 하겠다고 결심해봤자 그것은 머리에서 짜는 계획일 뿐 관습은 쉽게 끊어지지 않는다. 권력이란 쥐고 나면 자신도 모르게 스며들 듯 왕이 된다. 조선 시대부터 이어온 진보이념, 진보가치는 발전도 후퇴도 없이 고스란히 이어지고 있다. 뉴스에 아베라는 이름만 나오면 섬뜩하다. 아베 노부유키가 이 땅을 떠나면서 던진 말이 소름 돋기 때문이다. 바로 식민교육이 어떤 것인지 지금까지 겪고 있고, 오늘도 뉴스들은 피가 솟구친다. 그가 남긴 말은 "과거는 조선이 일본보다 앞선 것은 인정하지만, 이제는 100년이 걸려도 그런 시대는 오지 않을 것이다. 왜냐하면, 어떤 무기보다 더 무서운 식민지 교육을 철저하게 세뇌시켜 놓았기 때문이다(이지성의 『생각하는 인문학』에서)." 그 식민교육으로 인해 국민들은 우매(愚昧)하게 변화했고, 심지어는 자신도 모르는 사이 대국에 손 비벼 오던 국민 근성이 은근슬쩍 노예근성으로 자리 잡아버렸다. 서로 이간질하며 위쪽에 손 비비고, 아래는 짓밟는 근성까지 세뇌되어 있음을 본인은 모른다. 더 속에 천불이 나는 것은 여의도 철새 무리와 서초라고 별수 없고 작금에 사회 돌아가는 꼴을 보니 딱 아베 노부유키가 던진 말이 예언처럼 되어가고 있다는 것이다. 상위권 자녀들은 제대로 돌아가는 나라에 보내 교육시키니 이 나라 교육에 관심 두지 않다가 선거 때면 갑자기 급조된 제도가 나온다. 그 제도가 오래갈 리 없다. 우리나라만큼 교육제도가 자주 바뀌는 나라는 못 본 것 같다. 속에 천불이 난다. 정치, 경제, 교육, 종교 등 각 분야의 리더들뿐만 아니라 우리 국민 모두가 제발 아베 노부유키가 뱉은 말 좀 뼛속까지 새겨서 이 악물었으면 좋겠다. 나는 조금이라도 교육에 보탬이 되려고 교육자를 선택했지만, 날개는커녕 허리도 펴지 못했다.

내가 전교조에 발을 디딘 것은 순수 참교육 이념이었다. 시험에 시달리는 아이들이 진정 안쓰러웠다. 이 나라가 준비 없이 독립한 후 여러모로 커리큘럼이 되지 않은 상태로 교육이 시작된 관계로 문제가 많았고, 그동안 많이 개선되어왔지만 그래도 잘못 끼워지고 있는 단추를 바로잡겠다는 뜻이었다. 세상이 빨갱이 단체, 좌파 이적이라고 비난하면 덤터기 씌운다고 생각했다. 매스컴을 통해서 일부 교사들이 잘못 지도하고 있음을 접할 때는 부풀리기 모함이려니 생각했다.

그때 뜻을 함께하던 자들이 현실에서 행하는 짓거리를 보면서 순수는 이용당한 것일까 의문이 생긴다. 나는 무엇인가?

학생 시절부터 정년까지 이용만 당한 것인가? 아니다. 그래도 우리들이 불태운 청년기의 끓는 피가 희생했기에 이만큼이라도… 말문이 막힌다. 이만큼이 얼마만큼인데? 속에 천불이 나서 털고 일어나려는데, 휴대폰이 나를 대신해서 부르르 온몸을 떨고 있다. 낯선 번호가 뜬다.

"이민우입니다."

"아, 선생님. 혹시 서울대 사학과 72학번 그 이 선생님이십니까?"

"그런데요?"

"선생님 존함은 많이 들었습니다. 준영이 이력서에서 선생님 존함을 보고 혹시나 해서 이준영 군에게 물어보고 전화 드린 겁니다. 저는 준영이 선배 조정현입니다. 인(字) 구(字) 쓰시는 분이 제 아버지십니다. 친구분이라 들었습니다."

조인구라! 게다가 아들 녀석이 내 아들과 같이 근무를 한다고? 이건 또 무슨 장난 같은 인연인가? 자식들이 무슨 죄냐 싶지만, 선뜻 대답이 나오지 않는다. 눈을 감고 길게 숨을 쉰 다음에,

"그렇구나. 그 친구, 자네 아버지는 안녕하신가?"

어머니도 포함해서 묻고 싶던 안부를 소리내기 직전 도로 삼켰다.

"네, 가끔 선생님 말씀하십니다. 오늘 아버지께 말씀드리겠습니다. 선생님은 건강하시죠? 아버지 전화번호 문자 드리겠습니다. 두 분 만나시면 좋을 듯합니다."

어쭈, 내 말을 가끔 한다고? 설마 지 마누라 앞에서 하는 건 아니겠지.

"그렇게 반갑구먼, 그 친구 지금은 뭐하는가?"

"퇴직하시고 박물관대학 강의도 듣고 봉사활동도 하십니다."

"나하고 같군, 반갑네. 준영이 하고는 한 사무실인가?"

"네 저하고 한 팀입니다. 지금 자리에 있습니다. 바꿔드릴까요?"

"아닐세, 아직 덜 익었으니 잘 인도해주시게. 부탁하네."

"별말씀을요. 아주 반듯하게 잘 자란 청년이구나 했는데 역시입니다."

"고맙고 반갑네. 이만 끊겠네."

"네, 선생님. 건강 유념하십시오."

이제야 탑세기를 털며 일어난다. 그리고 아차 싶다. 야생 진드기가 그리 무섭다고 했는데. 쯔쯔가무시라든가 그것도 그렇고…. 재바르게 등이며 전신을 탁탁 털고 내려와서 샤워부터 하고 벗은 옷은 세탁기에 넣었다.

그사이 메시지가 왔다.

'저희 아버님 폰 번호입니다. 010-8992-××××.'

파란색 숫자를 보는 눈빛에 감도는 의문의 기운은 화가 분명하다. 그화만큼 힘이 주어진 손가락으로 파란색 숫자를 누를까 말까 하는 순간 수신 신호음이 울린다. 방금 조군이 메시지로 보내준 그 번호가 뜬다. 아들 메시지 받고 곧장 파란색 숫자를 눌렀나 보다.

"이민우입니다."

"살아있네그려, 살아있어. 나 조인구여. 전화를 바로 받는 거 보니까 자네도 전화하려던 참이었구먼."

볼때기 가득 웃음이 고인 목소리다. 저 목소리와 동반된 표정까지 눈에 선하다. 내게 증오를 심어준 그때 그 표정.

"이 친구야. 전 세상에 무슨 인연이 깊어서 자식들까지 이어지는가 말이여."

한참을 통화하다가 조인구 선생이 먼저,

"어여 끊고 우리 지금 만나지. 집이 어디야? 나는 방배동인데."

"나는 성북동. 내일은 내가 병원 예약된 날이고 모레 만나자."

"모레는 무슨 모레여? 지금 만나지, 그런데 병원은 왜? 몸이 안 좋아?"

"걍 검진 받아보려구."

"그럼 안 되겠다. 밤부터 금식이지. 술 마시면 내일 혈액 검사도 지장이 있으니까 모레 만나자. 다시 전화할게. 우와, 진짜 반갑다. 그런 거 보면 우리가 참 소극적이 되어버렸어, 옛날엔 궁금하면 무조건 찾아 나서잖아."

"맞아, 그동안 자네 소식 궁금하긴 했지만 찾을 생각은 못 했네. 우리 모레 다시 통화하자. 어디쯤이 적당할까?"

"내가 장소 시간 따로 통보할게."

"좋을 대로 해. 참, 지숙 씨 안녕하시지?"

기어코 묻고 말았다. 찰나 후회와 괜찮다는 두 마음이 엇박자로 엉긴다.

"마누라? 안녕은 한데 어딜 쏘다니는지, 우린 거꾸로 내가 삼식이고 와이프가 일식이여. 자네는?"

"우린 둘 다 이식이, 게다가 그림자야. 옛날 혼자 있었던 시간들 다 보상받는단다. 내일 건강검진도 같이하겠다고 저러네. 모레 다시 통화하자."

"응, 그래. 모레 보자."

한참 동안 휴대폰을 바라보고 서 있는 모양새가 멍하다고 할까 분노가 섞인 여운을 먹고 있는 것 같기도 하다. 폰은 닫았지만 맴도는 기운은 숨죽였던 그리움이다. 생각대로라면 당장이라도 달려가서 조인구 이

자식 발길로 차고 싶다. 40년 재워둔 분노가 치민다. 제대 후 임용고시 준비로 도서관에서 살다시피 할 때 내 자취방에 찾아온 지숙이의 꽃을 꺾어버린 놈. 내가 없던 일로 하겠다고 사정사정했지만, 용서조차 받아 줄 용기를 잃고 수녀가 되겠다고 결심한 그녀다. 부모님의 간곡함으로 설득시켜 저놈이랑 결혼을 했다. 음흉한 놈. 불행을 기원하고 싶었지만 저놈의 불행은 곧 지숙이의 것이기도 하니까 잘 살기를 진심 바랐다. 내 화를 돋운 건 그놈이 아들에게 내 말 많이 했다는 것이다. 지숙이 앞이라고 금기시했을 리가 없지. 한두 번도 아니고 많이 들었단다. 그때마다 지숙이 속은 어땠을까? 배려는 물론 상식도 없질 않나, 지숙 씨에겐 평생 지울 수 없는 상처일 텐데 말이다. 아마 나를 말하면서 그놈의 눈길은 지숙 씨 살피느라 가자미가 되었을 게다.

"검진 결과는 어때?"

편하게 밥 먹을 수 있는 한정식집 방석에 엉덩이가 닿기도 전에 묻는 조인구의 말에,

"왜? 암이라도 기대해?"

이민우의 뜬금없는 대답에 영문을 몰라 조인구의 눈동자는 커다란 눈 흰자위 한가운데서 섬이 되었다. 이민우에겐 결코 뜬금없지 않다. 인구만 보면 속이 꼬인다.

"어쩌나 현재는 이상 없고 서너 가지 검사는 며칠 뒤에 알 수 있다네."

여전히 이민우는 빈정대고 감을 잡지 못한 조인구는 갑자기 진지해진다.

"이 친구, 웬 꽈배기? 설마?"

"그래. 네 목소리 듣던 날, 순간 옛날 괘씸했던 감정이 반가움보다 먼

저 살아나더라."

"자네 혹씨이~ 결혼생활에 문제 있어?"

"아예 그렇길 빌어라. 미안하지만 우리 와이프 누구하고는 차원이 다르지."

"왜 이래? 벼르고 싸우러 온 친구 같다. 이러지 말자."

이민우는 꼬여버린 자신이 스스로 황당하고 창피하기도 하지만, 40년 전 그 날의 상황이 영상처럼 선명하게 펼쳐지는 바람에 잠시 이성을 잃은 것 같은 느낌이다. 우선 이 분위기부터 수습을 해야 된다는 급한 마음에,

"마시고 싶다."

엉뚱한 말로 침묵은 깨트렸지만, 그날 밤 지숙이 하도 울어서 퉁퉁 부었던 얼굴이 눈에 선하다. 40년 아니라 400년이 나를 훑어가도 어찌 잊으랴.

"자네 금식 직후고 검사 하면서 내부에 기계가 건드렸으니 안 마시는 게 좋을 거 같아서 부러 낮에 보자구 했네."

가식이 아님을 안다. 그럼에도 속은 뒤틀린다. 수십 년이라는 햇수가 다 쓸어간 줄 알았다. 그런데, 이 자식을 보니 당시보다 더 선명하게 다가온다. 이성을 찾자, 찾자, 찾자. 화장실이라도 다녀올까 할 때 밥상이 들어온다. 머릿속에서 질깃질깃한 잡동사니들이 엉겨 돈다. 내가 이 정도밖에? 저 자식은 정말 아무 일 없는 듯 백지화가 된 건가? 그럴 리 없지.

"자네 이거 더덕 참 좋아했지. 짠 것과 매운 것은 피하라고 예약할 때 부탁했네. 먹어봐. 국물부터 먼저 먹고."

"고맙게도 그기까지 신경을 쓰는 것 보니 자네 자상한 건 여전하구면

그려."

시키는 대로가 아니라 내 의지로 죽부터 한 숟가락 떠먹었다. 머릿속
도 조금은 가라앉는다. 먼저 옥돔구이 쪽으로 손이 가자, 또 옥돔이 부
드러워 좋다는 둥 조기랑 옥돔은 지방 함유가 낮아서 소화가 잘된다는
둥 하더니 옥돔 접시를 내 앞으로 밀어준다. 순간적으로 짜증스런 말이
툭 튀어나갈 뻔했다. 참으려고 얼른 죽 그릇을 들어 한 모금 삼켰다. 숨
한번 들이마시고,

"나 환자 아냐. 편하게 먹어."

"아이쿠, 버릇이 또 나왔네. 나 말이야, 실은 지금 자칫 옥돔 뼈 발라
줄 뻔했어. 쌍둥이 손자 키우면서 밥상머리에 앉으면 그게 일이거든. 습
관이야."

"그랬구나, 좀 이상타 했지. 날 환자 취급하는가 싶기도 했구."

이제야 둘은 편하게 웃으며 식사가 시작된다.

"이 옥돔은 참 깔끔하게 잘 구웠네. 며느리 출산하고 퇴원하는 날 딴
엔 저녁준비 한다고 옥돔을 굽는데, 아주 다 부숴버렸지 뭐니."

조인구는 분위기가 자연스레 편해지자 다행이다 싶은지 조금은 오버
하는 느낌이다. 개의치 않고 이민우가 옥돔구이 방법을 설명한다.

"옥돔은 말야, 물기를 다 닦은 다음에 참기름을 살짝 발라 주고 그기
에 밀가루를 아주 조금만 뿌린 후 적당하게 달궈진 팬에 식용유를 좀
능을 두어서 붓고, 옥돔은 엎어지게 놓는 거야. 지지지 할 거야. 불을
약불로 줄인 후 노릇노릇 익었다 싶으면 팬을 기울여 뜨거운 기름을 계
속 퍼서 옥돔 등에 끼얹으면 껍질이 노릇하게 익거든? 남는 기름을 따
르든지 키친타월로 닦아 낸 후 접시를 대고 팬을 뒤집으면 모양이 그대

로 살아있지."

음식을 씹다 말고 바라보며 의아해 넋을 놓고 있던 조인구는 그제야 씹던 음식을 삼키며 어떻게 된 거냐고 다그친다.

"쉐프 되었나? 이봐, 이민우! 변한 건 자네잖어, 내 친구 이민우는 주방 하고는 거리가 멀어. 야, 밀가루는 왜 뿌려?"

"밀가루는 비린내를 잡아주고 쫄깃한 감을 더해준다네, 장모님이 지금은 돌아가셨지만, 한식요리 연구하시는 교수였네."

분위기는 완전히 가벼워지고 웃음소리가 잦다.

"인구 자네는 검찰청을 거쳐서 정계로 진출할 것이라 생각했었는데, 의외로 감사원에 들어갔다는 소문 듣고 뜻밖이었어. 행정, 사법 양쪽 다 졸업 전에 패스하고 왜 그쪽으로 간 거야?"

"법대 간 걸 참 많이 후회했다. 우리 부모님이나 집안이 모두 지극히 평범한 공무원 아니면 교육자인데 자네도 알잖어, 법 동네 줄잡기, 연수원에서 나 같은 놈에게도 내미는 손은 있더라. 내가 어느 줄이 튼튼한지 알아야지. 안다 해도 그 손이 영원한 큰손일까 싶기도 하고 해서 안전한 길로 가려고 미리 경재 쪽으로 공부 좀 했어. 잘했다고 생각해. 금융 감독원 경제부원장으로 제대했으면 됐잖어, 안 그래?"

"잘했어, 자네가 대선이 끝나면 취임식도 하기 전 다음 권력 쟁탈에 혈안이 되는 진흙탕의 일원이라면 그려 안 만나지. 국민들은 매스컴만이 소식통이고 그 소식통은 지네 기분대로 뉴스 만들고 국민 이름 팔아 쥐락펴락하질 않나. 잘은 모르겠지만 내 눈에는 정계가 마치 눈에 띄지 않는 흡혈귀 소굴 같아 물어뜯는 아수라장 말이야."

"그보다 나는 자네가 아까워도 너무 아깝다고 했네. 고등학교 시절 난 한 번도 자네를 앞지르지 못하고 삼 년 2등이잖아. 이를 악물고 너만 이기고 싶었다는 거 알아? 덕분에 내 실력은 잘 다졌지만 약 오르게 너는 죽어도 역사 선생 하겠다며 우기더라. 한편으로 확고한 신념을 가진 자네가 부럽기도 했어. 지금 생각하면 내 친구 자네야말로 참 애국자며 참된 길을 선택해서 평생 옳은 길을 걸었구나. 감탄보다 존경한다. 아마자네 제자들은 모두 정신상태가 제대로 잡혀 있을 것이라 믿네. 그게 얼마나 중요하고 큰 공인가? 역사만 제대로 알아도 올바른 국민이 될 것이니까 말이야. 자넨 선견지명이 있었어. 이 나라 사회가 이렇게 될 것임을 예견했지? 그래서 아들 통해 자네 소식 듣고 얼마나 반가웠는지 몰라. 존경하네."

인구가 말하고 있는 동안 머릿속에는 '내 일등을 뺏으려다 끝내 못 이루고 지숙이를?' 생각하다가 스스로 털어낸다.

"존경까지는 아니라도 내 뜻을 알아주니 반갑다. 자네도 자네만 생각하면 잘 선택한 것 같긴 하지만, 나라 생각하면 아깝지. 조인구는 아수라장에 들어가서 배짱 좋게 바로잡는 일을 했어야 해. 범국민적 아쉬움이지 싶다. 모두가 비난과 탄식만 하면 어떡해, 나만이라도 앞서서 바로잡자고 나서야지. 실은 올바른 정치철학을 품고 있어도 당론에 따라야되니 내놓지 못하는 인사들은 장외로 나가잖아. 미국처럼 개인 의견을 주장할 수 있어야지."

"이 사람아, 자네라면 웃자고 한 말에 어른들이 죽자고 덤빈다고 하면 뭐라고 할 거야? 그걸 가래? 말어? 이런 현실이야. 먹고 튀는 '먹튀'보다더 속 뒤집는 것이 '아말'이거든. 뻥 치고 뒤로 빠져서 '아니면 말고' 하는 짓 말이여. 정계 인사들이 많이 써먹는 꼼수잖아? 지들은 아니면 말고하면 끝나지만, 피해자의 실추된 이미지는 회복이 어렵지. 요즘 최순실게이트에 온 나라가 들썩이는 꼴 봐. 진실 밝히고 찌라시는 걸러낸 다음에 죽이든 살리든 해도 될 것을 성급하게 대통령 하야까지 들먹이잖아? 문제 부풀리고 웅성웅성 부추겨 나라 흔들어 놓고 저 뒤에서 지켜보는 ×은 볼때기 가득 비웃음 머금었을 거야. 난 말이야, 처음에는 어떻게 생각했냐면 권력 등에 업고 기업들에 갑질 행세하며 좀 뜯었겠지 싶었어. 비서실이나 정부 각 부처에서는 지들이 알아서 과잉충성한 거라 생각하고 이번만은 대통령 엮어 넣지 말고 최 게이트에 관련된 인사들만으로 끝내길 바랐다. 우리나라도 이제 제발 대통령이 조용히 퇴임하기를 빌었다. 역대 대통령들 한 분도 조용히 물러나지 못한 것은 다 자신들 탓이 크지만, 레임덕 시기만 되면 대통령 갈구는 게 전통이 되어버릴까 걱정이여. 이번에는 친동생들까지 방어벽을 치고 측근도 두지 않았으니 별문제 없을 줄 알았지 뭐니? 그런데 이게 뭐야? 최순실 부녀의 욕심이 도를 넘어 이성을 잃고 하늘을 찔러버린 게지. 법대로 조사하고, 국민이나 기업이나 정치가들은 혹시 새롭게 입수한 정보가 있으면 수사에 협조하면서 기다리면 안 되나? 이런 경우엔 말이야, 국민 모두가 본연의 자리로 돌아가는 것이 애국이라 생각해. 오늘 KBS에서 「최순실 게이트 진상규명 긴급현안 질문」을 생중계하더라. 야당 살맛 났어. 완전 갑질 행세야. 어쨌든 이런 방송으로 국민들 궁금증을 해소해주면 좋겠다는 생각인데, 이 나라 최고 지성인 집단인 대학교 교수들이 대통령하야 피켓 들고나오질 않나, 오늘은 변호사들까지 나서니 '아하, 내가 모르는 대통령의 큰 죄가 있나 보다.' 싶더라. 그분들이 대통령 하야 후 폭풍 생각 안 했겠어?"

"끌어내려야 철저한 수사를 할 수 있다는 거지.

대통령까지 끌어내리면 김정은이 축배 들겠지. 옛날 김일성 사망 뉴스 보고 '축 사망'했듯이 말이야. 그동안 한 여인의 치맛자락이 온 나라를 이 지경 만들 동안 지들은 뭐했다니? 여소야대 정국에서 야당은 뭐 했냐구? 아이구, 속에 천불 나 파헤쳐 들수록 창피하고 존심 상해. 권력 앞에서 무조건 손바닥 비비는 바지 놈들. 진보 깃발 앞세운 무리들 봐. 당시 장관 불러 앉혀놓고 어떻게든 끼어 맞춰보려고 하더구만. 천불 나는 것은 아무리 온실 안의 화초처럼 자라다가 아픔은 겪었다지만 사회성은 제로야. 세상 물정 깜깜한 어린이에게 나라 맡긴 기분이야. 어쨌거나 지금은 좀 더 멀리 좀 더 높이 보는 침착성이 필요해. 속에 천불 나는 그 구덩이에 들어가지 않았다는 내 선택이 얼마나 다행인지 요즘 새록새록 아찔해. 그건 그렇고 성군이나 영웅은 난국에서 나온다는데, 이 와중에 다음 대권 주자를 눈 닦고 찾아봐도 인물이 없어. 어쩌니."

조선 시대보다 더 수준 낮고 악랄한 근현대사를 보면서 더러는 발전 과정이라 생각하며 그 과정에서 부작용도 맛보고 성공도 하는 것이라 여길 때도 많았다. 허나, 현실이 그런 과정이라기엔 너무나 저질들이다. 저질러 놓고 떠밀고, 헤집어 놓고 쏙 빠지는 짓거리들. 정몽헌 회장의 죽음도 그렇다. 결국은 아버지의 유지를 미끼로 걸려들어 이용만 당하고 죽음으로까지 몰렸다. 이민우는 여기까지 생각하다가,

"정몽헌의 150억 행방 말이야, 전달할 때마다 영수증 받을 명분이 아니라지만 김재수에게 건네줄 때부터 이익치, 박지원, 김정일까지 전하면서 흔적이 그렇게도 깜깜할 수 있어?"

"녹음기를 소지할 상황도 아니고, 박지원의 완전 부인이 오리발인 거 심증뿐 증거를 발표할 수 없잖아. 아무리 억울해도 자살은 아니지."

"난 이해가 안 돼. 명색이 태어나면서부터 돌다리도 두들겨 보고 건너시는 아버지 밑에서 사업을 배우고 듣고 보는 것이 사업인 사람이 그렇게 허술할 리가 없다고 생각해. 분명 말 못할 뭔가 있어."

다 공감하고 있던 내용이지만 이민우도 속에 천불 나는 걸 어쩔 수 없다.

누구랑 앉아도 세상 돌아가는 이야기들이 속에 천불 나는 내용들이다. 딴엔 바른말이라고 나서서 옳은 말 했다가는 벌떼들의 습격을 감당 못 할 터, 거리로 나서는 젊은이들을 잠재우기는커녕 고등학생까지 나선다. 저 아이들이 진정 사태파악을 제대로 하고 나선 걸까 더럴곱난 해서 우우 부추기는 찌라시에 분노한 건 아닐까?

이 나라가 준비 없는 해방으로 정치, 행정 모두가 우왕좌왕 비틀거리면서도 성장하고 있다. 문제는 교육이다. 커리큘럼 없는 교육제도서부터 가정교육, 학교교육, 사회교육 기초에 이기적 기운이 깔려있음이 문제다. 36년 동안 식민지 교육에 젖은 어른들이 그 사고방식으로 2세 교육을 해왔다. 우리 세대가 그 2세에 속한다면 조금 나아진 2세들이 또 다음 세대를 올바르게 교육하면 좋겠다. 제대로 된 선진국 가서 교육받은 젊은이들도 많으니 희망적이 아닌가 싶다가도, 일전에 본 방송이 또 맘에 걸린 이민우다.

"얼마 전 SBS 방송에 '요즘 젊은 것들의 사표'라는 주제로 방송하는 거 봤냐? 스펙은 고점수지만 일은 꽝, 말하자면 '일못고스펙'이라는 신조어가 나올 정도여. 무엇을 하고 싶다는 목표도 의지도 없이 어깨 힘 줄 수 있는 기업 간판만 쫓아 입사했다가, 배겨내지 못하고 사표 던지는 거란다. 더 기가 막히는 것은 엄마들 중에서 자식들 스펙만 만들어 주는 게 아니라 회사서 못한 일까지 해결해준다는 마마 사원도 있다니 이 일을 어쩐다니."

듣고 있던 조인구는 전혀 몰랐나 보다. 정말이냐고 놀란다.

"와, 그게 사실이면 이거 심각하네. 속에 천불은 여의도, 블루 하우스, 서초동 그쪽만이 아니구먼 그려. 이거 이거 센 엄마들, 자식만 망치는 게 아니라 나라까지 망치는구먼. 자네처럼 2세 교육을 위해 모든 재능 다 내려놓고 선생님 하겠다는 젊은이가 많으면 좋겠지만, 교사를 발샅의 때꼽재기 취급하니 누가 교사 하려고 하겠니? 이 와중에도 차세대 교육에 몸 바치겠다고 임용고시 준비하는 젊은이들에게 진심 격려의 박수를 보내고 싶구나."

이래저래 속에 천불 나는 일뿐이다. 두 사람은 먼 산 불구경하듯 온 국민이 비판만 하고 있을 때가 아님은 느끼지만 뾰족한 수가 떠오르지 않는다.

"이건 어떨까? 자네가 일간지에 힘든 시국일수록 영웅 심리나 부추김에 넘어가지 않도록 써서 기고를 하는 거 말이야. 콧방귀만 끼고 아무도 동조하지 않는다 해도 가만히 앉아서 한숨만 쉬는 것보다는 나을까 싶다."

조인구의 권유에 슬며시 쓴웃음을 머금던 이민우는,

"이 사람아, 대통령하야 시위는 참가자 수를 부풀리지만 하야 반대 시위도 지금 엄청난 숫자거든. LA서도 그렇고. 허지만 그런 건 방송 안 하잖아? 이 판에 게재할 수 있다고 생각해? 옛 통진당 세력들, 지금 대통령 하야로 끝나지 않아. 민주주의 퇴진이야. 북한의 핵무장으로 평화통일 정책이 막히자 박근혜 대통령이 북한체제 변화를 선포했거든. 저들의 집중적인 물고 늘어지기와 온 힘 다한 발악 같은 선전에 온 나라가 넘어가고 있어. 난 기자들 똑똑한 줄 알았는데 아닌 거니? 알면서 같은 좌파니."

"허긴, 저들은 내세울 숫자가 중요해. 어제(11월 11일) 촛불집회에 나온 사람들 표정들 봤어? CNN 외신에서는 다들 즐거운 얼굴이고 애견까지 안고 나온 사람들이 있다잖아. 대통령 하야를 촉구하는 가슴 아프고 슬픈 사람들이 아니야."

울어야 할까 웃어야 할까? 어이가 없다. 이민우는 마누라가 새삼 고맙다.

"마누라 자랑 하나만 할게. 평소 TV를 봐도 꼭 아이들과 토론 아니면 상황에 따른 대처법을 심어주는데, 육영수 님 총 맞던 날 뉴스 보면서 열 올리며 설명하더라. 아무리 높은 분이라도 수위 아저씨가 자신의 임무인 신분 검사를 했으면 이런 일 없다고 말이야. 그 당시 까만 세단에 쫙 빼입은 양복만 보고 신분 확인 없이 통과시킨 것이 문제였잖아. 무슨 말인지 알지? 각자 맡은 임무의 책임감과 충실함이야. 권력, 윗선 눈치 볼 것 없이 옳은 것만 주장하고 임무를 다하는 거야. 또 한 가지는 정계든 법계나 연예인이든 동료를 비판할 때는 필히 자신부터 열어 본 후에 짐작이 아닌 확실한 사실적 근거가 있어야 된다구. 주위의 부추김에 귀 열지 말고 자신의 주장에 귀를 열어야 된다 말이여. 난 사실 이번 최순실 게이트에서 교수들이 대통령 하야 피켓 들고 시위하는데 놀랐어. 이 나라 최고 지식인들이 아직 수사 중임에도 불구하고 후폭풍을 감수하면서까지 저런다니. 나라를 팔아먹었다 해도 확인은 해야 처벌이 나오잖아? 자유로운 수사를 위해서 하야? 말이 되냐? 나라의 수준은 곧 국민의 수준이요, 국민의 수준이 나라의 수준이라 생각했는데 교수들까지?"

"학생이 스승을 따르는 게 아니라 스승이 학생을 따르는 거지 인기를 위해서."

조인구의 말에 교육자로서의 사명감에 불태우던 이민우는 가슴이 벌렁벌렁한다.

"그런 말 함부로 하지 마, 아무렴 그건 아냐 아닐 거야."

"나도 아니면 좋겠다. 허지만 계산 없이 순수 애국심으로 피켓 들고나오는 사람이 얼마나 될까? 애견 안고 시위라?"

둘은 말을 잃었다. 찻잔에서 피어오르던 김도 멎었다.

▌**오계자**
───────

새한국문인 수필 신인상, 동양일보 소설 신인상
수필집 『목마른 두레박』, 『생각의 궤적』, 소설집 『첩부』
010-8992-4567, okj0609@hanmail.net
28939 충북 보은군 보은읍 어암길 19-5

메르스

•

정 순 택

"야야! 너 몸이 안 좋다며?"

"예, 어쩌다 보니…."

"너 주말에 온다고 한 것 말이다. 안 왔으면 좋겠다."

"예…에?"

"지금 병원에서 무서운 병이 전염된다고 야단법석인 것 알고 있잖니? 그렇게 무서운 병에 걸리기라도 하면 어떻게 되겠냐?"

"메르스 말이군요. 알고 있어요. 그렇지만 영동엔 아직 안전하던데요."

"그런 소리 말아라. 여기도 야단법석이다. 그리고 네가 몸이 허약해졌다는데, 만약에 나 때문에 왔다가 못 쓸 병이라도 걸린다면 내 가슴에 못질하는 것 아니냐? 너 혼자만도 아니고 여럿이 올 텐데. 절대 오면 안 된다. 알겠지! 왜 대답이 없어?"

"그래도…."

"야야! 그런 소리 말고 내 말을 들어라. 이 소리 허투루 듣지 말고 명심해야 한다. 알겠지? 빨리 대답해."

"예, 알았어요."

힘이 하나도 없는 언니의 전화를 받고 소희는 가슴이 미어졌다. 큰마음 먹고 일정 잡았는데, 어디 듣도 보도 못한 병이 들어와 나라를 발칵 뒤집어 놓는 통에 발목 잡히게 생겼다. 남에게 신세 지는 것을 싫어하는 언니가 안간힘을 쏟아서 하는 소리를 귀담아 안 들을 수도 없지만, 그러다 훌쩍 떠나기라도 한다면 평생 가슴이 무너질 것 같았다. 계획된 날은 아직 며칠 남았으니 관망했다가 정말 영동에 창궐한다면 포기하는 것이고 그렇지 않다면 실행하고 싶었다. 바쁘다는 아들까지 시간을 내겠다고 했는데, 이번에 무산되면 다시 시간 낸다는 게 쉽지 않을 것이다. 며칠 전 형부의 전화가 생생히 들리는 것 같았다.

초등학생까지 지니는 휴대전화다. 단축번호만 누르면 연결되는 등의 편리함 덕분에 집 안에 있는 유선전화는 거의 자리만 차지한다. 오랜 습관이 몸에 밴 노인 같은 경우만 수첩을 뒤져 보면서 적힌 번호를 꾹꾹 누를 것이다. 그러다 보니 집에 있는 전화가 울리기 아주 드문데, 실로 오랜만에 소희네 집에 요란한 소리를 냈다. 송수화기를 들자 미수의 나이답지 않게 카랑카랑한 목소리다. 소희는 의외의 음성에 순간 놀라 귀를 의심하면서 이 어른이 맞기나 한 것인지 가름부터 하게 되었다. 무소식이 희소식이라는 듯 서로가 살았고 최근에는 소희의 체중이 10kg 빠지는 통에 만사가 귀찮아졌다. 아무리 그렇다지만 한참 나이가 적은 사람이 너무 무관심한 듯하여 송구스런 생각이 번뜩 들었다. 소희는 큰형부가 코앞에라도 있는 듯 풀 먹인 삼베처럼 날이 서졌다.

말이 형부지, 아버지 같았다. 소희가 산골의 초등학교 졸업하고 도시 학교로 진학하면서부터 몸을 의탁했었다. 언니 내외는 아무것도 모르는 철부지를 보살피면서 친딸처럼 대해주었다. 이제는 같이 늙어간다는 핑계로 조금은 누그러졌지만, 십 년 전만 해도 형부가 어려워 옆에 있으면 몸이 스멀거렸다. 형부도 할 말만 할 뿐이었다. 여느 사이처럼 정이 그리워 전화하기보다는 딱히 안부가 궁금하거나 인사치레 정도이지만, 그런 것도 연하자의 몫일 것이다. 하늘같이 높으신 분은 쉽게 움직이면 큰일 나는 것으로 알았다. 그런 분이 전화를 했다는 것은 보통 일은 아닐 것 같아 소희도 모르게 긴장되었다. 당나귀 귀가 되어 촉각을 곤두세웠다.

"동기간은 알려야 될 것 같아 전화했네. 자네 언니가 병원에서 시술받고 있다네. 그러면 수고하게."

형부는 당신 하고 싶은 말만 하고, 철커덕하는 수화기 내려놓는 소리가 들렸다. 불같은 성격이 그대로 드러났다. 수술이 아니고 시술이라고 했는데, 그 상황이 언뜻 떠오르지 않아서 물으려 하는 것을 조금의 겨를도 안 주고 끊어버렸다.

언니가 투병 중이라는 것은 알고 있었지만, 형부가 전화한 것과 그 내용으로 봐서 짐작은 할 수 있겠는데 그동안 너무 무심한 것 같았다. 처음 넘어져 허리 다쳤다는 소식에 달려가 얼굴 내밀고는 그만이었다. 전국이 일일 생활권이라지만, 오고 가는데 하루씩을 잡아야 했다. 쉽게 다녀올 처지가 아니라서 큰마음 먹어야 했다. 언니의 안부는 가까이 살고 있는 오빠를 통하여 듣고 있었지만, 최근에는 그마저도 뜸했다. 소희가 갑자기 쓰러지면서 정신을 차릴 수 없었기 때문이었다.

오늘내일하는 시누 남편 문병하는 일이야 당연하지만 기분이 이상했다. 남편이 동행하자는 것을 뿌리치지 못하고 따라나섰던 것이 화근이 되었다. 그날은 매월 1일 유관순 시단의 행사에 낭송하기로 되어 있었다. 겸사겸사 일정을 잡았었다. 집에서 일찍 출발하여 천안 병원에서 첫눈을 보았다. 12월 초입, 예년 같으면 포근했으련만 자기도 모르게 몸이 움츠러드는 날이었다. 병원을 나서는데 함박눈으로 변해있었다. 병천 아우내공원의 낭송 준비하는 분들은 갑자기 온 한파에 혼비백산하였다. 친 천막이 들썩거려 잡아맨다고 진땀 빼고 있었다. 겨우 자리를 봐 놓고는, 행사 전에 배를 든든히 채우자며 떡국을 내놓았다. 떨리는 몸을 추스르고 싶어 찬바람 속에 서서 먹었다. 소희는 차례를 기다리는데 몸이 으스스했다. 뜨뜻한 아랫목이 그리웠다. 남편에게 갔으면 좋겠다고 했는데, 그럴 수는 없다며 조금만 참아달라고 했다. 어떻게 하던 추스르고 싶어 화장실에 갔는데 거기서 쓰러졌다. 몸을 가눌 수가 없게 되자 옆에 있던 상인을 향해 소리쳤고 남편과 전화가 이어져 구급차까지 출동하였다. 허겁지겁 온 대원들은 먼저 차 안으로 옮기고 혈압 재는 사이 몸에 훈기가 돌아 우선해졌다. 천안의 병원으로 가는 것보다 소희의 집이 있는 청주가 좋을 것 같아 남편의 차로 옮겨 탔다. 지척을 분간하기 힘들게 눈발은 흩날렸다. 남편은 경고등을 켜고는 운전하는데 소희는 토악질이 일어났다. 차 안에 봉지가 있어 다행이었다. 한 그릇도 다 안 먹었는데 한없이 나왔다. 배 속에 든 것이 그렇게 많을 줄이야! 건더기가 모두 나오자 물만 쏟아냈다. 진정된 듯했는데 차가 병원 앞에 멎자 다시 시작되었다. 구석지에 염치 불고하고 엎드렸다. 그렇게 확 비우고 병원에서 이런저런 검사를 받는데, 특별한 증상은 없다는 결론이었다. 지켜보면서 관찰할 수밖에 없다 하여 집에 왔는데, 그 뒤부터 조금만 먹으면 배가 아파서 견디기 힘들었다. 다시 찾은 병원에서 차근차근 검사했으나 모두 정상이었다. 지푸라기라도 잡는 심정으로 한의원을 찾았는데 증상은 마찬가지였다. 그러는 동안 체중은 쑥쑥 내려갔다. 몰골이 말이 아니게 변한 끝에 발에 딱 맞았던 신이 헐떡거렸다. 십년지기도 길에서 마주쳤을 때 누구야 하며 의아해했다. 이래서 사람을 기피하나 보다 하는 생각이 들었다. 벼랑 끝에서 찾은 곳이 정신과였다. 의사는 정신질환으로 그럴 수도 있다며 처방해주었다. 그 약을 먹고부터 조금씩 차도가 있어 빠지던 체중은 진정되었다. 이러다 불길이 꺼질까 봐 은근히 걱정도 했는데, 이제는 그런 것은 기우이길 바라며 활기 찾으려 하고 있다. 입었던 옷이 제 태가 날 때를 기다리는데 형부의 전화가 왔었다.

언니는 마음고생이 누구보다 많았다. 남들은 시집가면 이내 들어서는 아이가 언니에게만 외면하는 듯했다. 별의별 일 다 한 끝에 딸 하나를 얻었다. 모두 단산할 즈음이었다. 그 딸이 시집을 갔고 아들을 하나 얻어 입이 귀에 걸렸는데, 어찌 된 일인지 오래 가지 않고 이내 머졌다. 새파란 나이에 아주 먼 곳으로 훌쩍 떠나고 말았다. 사위가 생업을 좇아 안산으로 이사하여 사는 통에 피붙이 하나 있는 것 얼굴 보기 힘들었는데, 그마저도 못 볼 처지가 되었다. 세월호가 진도 앞바다에서 전복되었을 때 수학 여행 가던 학생 중의 하나였다. 오로지 외손자 자라는 맛에 살았는데, 앞섰다는 소식에 길길이 뛰다가는 그만 푹 쓰러지면서 허리뼈를 다쳐 옴짝달싹 못 했다. 그 길로 외손자 따라가는 줄 알았는데, 우선하여 퇴원했지만 그리 오래 가지 않았다. 재수에 옴 붙은 사람은 뒤로 넘어져도 코가 깨진다는 식으로 울안에서 넘어지면서 돌에 부딪혀 엉덩이뼈가 부서졌다.

소희는 다시 입원했다는 소리만 들었을 뿐이었다. 처음에는 같이 아파해준다고 갔었지만, 생활의 흐름이 있었다. 매번 얼굴을 삐쭉 내밀었다 돌아오는 것도 남편과 자식에게 미안한 생각이 들었다. 그것을 아는 언니와 형부는 부담스럽다며 알리는 것조차 꺼렸다. 에둘러 들었을 때는 바로 찾아뵙겠다는 생각이었지만, 행동으로 이어지지는 못했다. 가까이 있으면 쪼르르 달려갈 수도 있겠지만, 모든 일을 제쳐놓아야 할 수 있는 처지였다. 장병에 효자 없다는 말이 그런 데서 나온 것 같았다. 소희에겐 어머니 같은 언니여서 항상 죄스러운 마음은 안고 살아간다. '가봐야지! 가봐야지!'하면서 가슴에 납덩이를 안고 사는데 형부의 전화를 받았다. 동기간에게는 알려야 될 것 같아서라고 했다. 그 말이 내포하고 있는 의미가 되새겨졌다. 모든 것 접어놓고 곧장 내달려야 할 것 같은데… 하루하루가 거미줄처럼 얽혀 있었다. 이런저런 궁리가 따랐고 전화하는 과정에서 그렇게 급박하지 않다는 것을 알게 되었다. 안도의 한숨을 쉬면서 다음 주말로 결정하고는 달력에 동그라미를 그렸다. 아들에게 조심스럽게 이모의 소식을 전하자 선뜻 동행하겠다고 했다. 일정을 쪼갠 끝에 어렵사리 하는 말을 들으며 눈시울이 붉어지기까지 했는데 무산되는 일이 일어났다. 꿈에도 생각지 못했던 일이 한반도에 생기면서 언니가 오지 말라는 전화까지 했다. 무언지 모르게 막히기만 하는 언니 때문인 것도 같아 이런저런 생각이 떠올랐다.

언니는 당신의 단 하나뿐인 혈손이 안산에 있는 그 학교의 학생이라는 것을 전혀 몰랐다. 뉴스에서 기울어진 배가 나왔을 때, 대한민국인데 하면서 조금만 지나면 모두 구출될 것으로 알았다. 당국의 구조 발표를 들으며 그러면 그렇지 하고 고개 끄덕였는데 소식이 달라지기 시작했다. 점점 눈이 휘둥그레지는 소식만 들렸다. 안타까운 소식에 입이 다물어지지 않았지만, 그때까지만 해도 그 안에 누가 있는지 생각 밖이라서 남의 일로 여겨졌다. 위대한 대한민국의 능력을 누구보다 믿는 마음에다 처음의 여성 대통령에게 거는 기대가 남달랐기에 그런 것도 같았다. 대통령 아버지가 대통령 시절 가난한 나라를 배불리 먹을 수 있게 만든 것을 생각하며, 그 피를 물려받았으니 조금은 혼란스러운 나라지만 반석 위에 올려놓을 것이라 찰떡같이 믿었다. 그런 분이라면 그깟 일은 식은 죽 먹기 같다는 생각이 절로 들었다. 같은 여성이라는데 남다른 애착이 느껴져 팔을 걷어붙일 때는 힘이 넘쳐났었다. 누구보다 앞장서느라 오지랖이 넓다는 소리도 들었지만 코웃음으로 넘겼다. 자랑스러운 나라로 거듭날 것을 확신했는데, 그 기대를 아는지 모르는지 당연히 구조될 것으로 알았던 아이가 꽃다운 나이에 생을 마감하게 만들었다. 언니는 아이에게 남다른 애착을 가지고 있는 심정이라, 애처로운 소식에 싸해져 쿵쾅거리는 가슴을 진정하느라 애를 먹었다.

대한민국은 한강의 기적을 이룬 나라였다. 경제 대국으로 수출입 통틀어 세계의 10위인데 한 자리 숫자가 코앞이라 모두는 들떠있다. 움츠렸던 가슴이 떡 벌어진 지가 오래되었다. 첨단과학인 아이티 강국이라고 자타가 공인하여 마음만 먹으면 못할 것이 없을 정도가 되었다. 이북이 쏘아 올린 인공위성의 파편 쪼가리가 태평양 가운데 떨어졌는데, 그것을 수거해내는 대한민국이었다. 상상을 초월할 정도의 대단한 나라인 것이다. 그러한 나라가 바로 코앞인 연안에 기울어져 있는 여객선쯤이야 하는 생각이었는데, 어찌 된 일인지 세월호 사건에서는 되는 것이 하나도 없는 것 같았다. 엉뚱한 소리만 꼬리에 꼬리를 물고 있었다. 해서는 안 된다는 것이 뭉쳐졌다가 파헤쳐지는 모습 같아 어안이 벙벙해졌다. 아무리 그렇다지만 그 많은 목숨이 매달려 있는 일이었다. 한 고등학교의 수학여행길이었다. 희망의 싹은 어찌하든 돋워야 했다. 자원봉사자는 넘쳐나는데, 당국의 하는 일은 지지부진하다는 소리만 들렸다. 그런 가운데 숱한 목숨들이 멀리멀리 날아가 버렸다. 생각할수록 꿀 먹은 벙어리가 되어 고개가 절로 떨어졌다. 그런데 그중에 언니는 당신의 핏줄이 있다는 것은 한참 후에야 알게 되었다. 아이의 아빠가 혹시나 하면서 기다리다 완전히 포기한 다음에야 알렸기 때문이었다.

아이의 아빠는 핏덩이를 남겨두고 아내가 훌쩍 떠났을 때 입술을 깨물면서 모두에게 말했었다. 이 아이를 위해서는 어떤 일이라도 다 하겠다. 엄마 없는 표가 안 나게 키우겠다. 나라의 동량으로 만들어 먼 훗날

아내를 만났을 때 잘했다는 말을 듣고 싶다고 했는데, 그 말을 지키기 위해 그러는지 모르지만 하여튼 최선을 다하고 있었다. 늦게 얻은 딸에게서 떨어진 씨앗이 잘 자라는 것을 보면서 무한히 흡족해했는데 생각지 못한 일로 제 어미를 따라갔다. 그러니까 나라가 어미를 따라가게 만든 것 같아 그때까지 걸었던 기대가 한꺼번에 와르르 무너지는 심정이었다. 국록을 먹고 있는 누군가가 구할 의지만 있었으면 달라졌을 것 같았다. 하나같이 강 건너 불구경하는 식으로 건성이었다. 당연히 해야 하는 일인 것을 뒷짐만 지고는 입만 요란하게 움직이는 것 같이 보이기조차 했다. 그렇게 많은 사람을 불귀의 객으로 만들고는, 그렇게 만든 원인을 짚는다고 야단법석을 떨어 나라가 요란스러웠다. 그런 가운데 무슨 피아라는 말도 무성히 나왔고 제도가 잘못되었다며 뜯어고치겠다고도 했었다. 그런데 제 돌을 넘겼을 때는 안전 불감증이라는 말 등 조금도 변하지 않은 모습으로 제자리로 돌아온 것 같았다. 빈 깡통 두들기는 듯 시끌벅적하기만 했던 것이다. 그때 대가가 있는 희생이라도 되었다면 오늘날 이런 소란은 없을 것도 같았다.

코로나바이러스가 처음엔 박쥐에 기생했었는데, 낙타에 옮겨 살면서 메르스라는 수식어가 덧붙여졌다. 메르스 코로나 바이러스는 사람에 감염되어 호흡기 질환을 일으키면서 고열을 수반하였다. 2012년 사우디아라비아에서 처음 발견되었고 이때 치사율 40%라는 기록을 남겼다. 메르스는 낙타를 통해서만 감염시킬 수 있다. 한반도는 동물원에나 가야 볼 수 있는 낙타라서 무관한 놈이었다. 그 질환은 전문가나 알면 족할 수도 있었다. 그런데 농장을 경영하는 분이 중동에서 있는 회의에 참석하며 여러 나라를 거쳤다. 한 달 반 만에 귀국한 얼마 후, 고열에 기침이 심하여 병원을 찾았다. 한반도에서는 듣도 보도 못한 놈이었으니, 의사들이 꼭 집어 밝히기는 어려웠을 것이다. 의사는 지금까지의 경험을 종합한 처방이 최선으로 생각했을 것이고 환자는 차도가 없으면서 다른 병원을 찾아가는 것은 당연하였다. 한국의 의료제도는 1, 2, 3차 진료로 되어 단계를 거치기 때문이다. 응급환자는 단계를 안 밟아도 되는데, 그 환자가 어떻게 했는지는 모르지만 근 10일을 이 병원 저 병원 전전하며 보냈다고 한다. 그러다가 중동 호흡기 증후군 메르스 코로나 바이러스라는 것을 알게 되었다.

법정 전염병이라는 것이 있고, 관계자는 필히 보고하게 된 대한민국이다. 고열에 호흡곤란이 오래 지속되었다면 전염을 의심하여 격리 치료하는 것은 당연하다. 그런데 그 가족이 간호하면서 전염되었고, 같이 입원했던 환자에게 전염되었으며 문병했던 사람까지 전염되었다는 보도를 들으면서 대한민국 국민들은 눈이 휘둥그레지고 말았다. 대한민국이 어떤 나라인데 그런 일이 일어날 수 있는지 하는 생각이 절로 들었다. 한강의 기적이 일어나기 전이라면 그럴 수도 있겠다고 생각되겠지만, 21세기 한국은 달라져 모든 기술이 하늘을 찌르고 있었다.

아프리카에서 에볼라 바이러스가 창궐했을 때, WHO에서는 대한민국의 의술에 손을 내밀었다. 한국에서는 의료 선진국으로서 당연한 의무로 생각하고 의료진을 파견했고 이제는 잠잠한 에볼라이다. 세계인은 값싸고 질 좋은 한국의 의술을 부럽게 바라보면서 의료관광을 오고, 한국의 어떤 병원은 어느 도시에 지사를 설치하여 운영하기도 한다. 그런 수준에서 메르스는 낙타가 있는 곳에서만 발생하는 병이기 때문에 그렇게 되었다고 할 수는 없는 일이었다. 방기한 결과로밖에 볼 수 없었다. 그러다 보니 중국에서는 화가 단단히 난 목소리다.

시초 발병자의 아들은 어머니와 누이동생이 간호하다가 전염되었고,

같은 병실에 있던 분들도 같은 증세가 나타난 것을 알게 되었다. 자기도 가족과 같이 아버지를 간호했는데 열이 시작되었다. 혹시나 하는 생각으로 당국에 신분을 밝히면서 알렸는데 그때 기준으로 정해진 체온보다 낮다는 이유로 묵살되었다. 그리고 그는 회사의 일로 중국에 출장 갔고, 몇 곳을 거치다가 중국당국에 의하여 격리되었으며 메르스로 확정되었다. 인구가 밀집한 중국 대륙이 발칵 뒤집히고 말았다. 한국이 못 쓸 병을 방기하여 결과적으로 대륙에 수출했다는 말까지 나오기에 이르렀다. 더욱 심한 주장은 중국을 발칵 뒤집어 놓은 자가 완쾌되면 구속해야 한다는 것이었다. 방기한 죗값을 치르게 해야 한다는 주장이 약했던지 중국당국이 안 받아들인 것에 가슴을 쓸어내려야 했다.

대한민국에서 통제를 안 하는 동안, 메르스는 위력을 발휘하여 최종 목표까지도 많이 달성했다. 바이러스가 가장 무서워해야 할 의사와 간호사까지도 침범했다. 친지가 입원하면 없는 시간을 쪼개어 문병하는 문화이다. 메르스는 절호의 기회를 만난 양 그런 사람을 공격했다. 외래환자가 입원하려면 이런저런 수속이 필요하고 많은 시간이 소요된다. 속히 입원 치료받고 싶으면 응급실을 찾는다. 그러다 보니 큰 병원의 응급환자는 넘쳐난다. 응급실을 찾는 사람 가운데 메르스의 공격을 받은 사람이 있었고, 그를 치료하는데 보조하는 사람과 그 곁에 있었던 사람 등이 숱하게 메르스의 목표가 되었다. 급기야는 응급차를 운전한 사람까지도 손을 뻗쳐 무너뜨렸다. 메르스가 실로 무차별적인 공격에 쾌재를 부르는 동안 사람들의 가슴은 콩알만 해졌다.

이런 소식은 대한민국만이 아니고 세계에 퍼졌다. 처음 소식 들을 때는 대한민국이니까 하면서 이내 진정될 것으로 알았다. 그런데 잡힌다는 소식보다는 퍼지고 있다는 소식이 앞섰고, 이제는 통제 불능이라는 소식까지 들려오고 있다. 의아하지만 현실이었다. 지금까지 생각한 의료 선진국은 확대 포장된 것처럼 느껴졌다. 의료만이 아니고 통제조차도 믿을 수 없을 것 같았다. 메르스 공격이 확정되고 나서 살폈는데 조금만 빨랐다면 그리고 통제가 정확히 이뤄졌다면 하는 생각이 절로 들었다. 하는 일이 없이 그저 메르스에게 당하고만 있는 것 같은 느낌까지 들고 있다.

메르스의 표적이 되면 제삿밥을 떠놓아야 한다. 무조건 피하고 볼 일이다. 그 방법은 사람이 많이 모인 곳을 피하는 것이 우선일지도 모른다. 특히 병원엔 발을 들이지 않는 것이 상책이다. 하는 인식을 하면서 사회가 뒤숭숭해졌다. 부득이 참석해야 될 자리면 마스크로 자신을 보호했다. 축하해주는 결혼식장에서도 마스크로 얼굴을 가린 기이한 풍경이 벌어졌다. 그러다 보니 눈만 겨우 보이는 사진이 날아다녔다.

몸이 아파도 병원에 가면 메르스에게 공격받을 것 같아 미뤄지게 되었다. 자연 생업이 위축되는 가운데 어림짐작이라도 메르스가 얼찐댈 것 같으면 기피하였다. 인지상정이라 했던가? 세계인은 한반도에 오기를 꺼리는 동안 관광업계는 파리 날리는 꼴로 바뀌었다. 백화점 고객 중 하나가 중국의 관광객이다. 그들이 취소하면서 찬바람이 일어나 꽁꽁 얼어붙고 있다. 덕분에 여객기 운항이 많이도 축소되었다.

"어머니! 이모 찾아뵙는 것 미뤄야 할 것 같아요."

"왜."

"저, 주 중에 회사 중요한 분을 모시고 중국에 다녀와야 해요. 만의 하나가 염려되어 병원에는 안 갔으면 좋겠다는 생각이 드네요."

"그렇다면 어쩔 수 없지."

"죄송해요. 이모도 뵈어야 하는데 어머니가 이해해주셔요."

"알았다. 염려하지 말고 일에나 충실해라."

"알겠습니다. 그러면 이만 끊겠습니다."

아들의 전화를 받고 나자 마음이 혼란해지는 소희였다. 주위에서 만류하는 소리 들을 때하고는 달랐다. 메르스가 이내 찰싹 달라붙는 것 같았다. 허약해진 사람은 오래 못 버티고 쓰러진다는 소리가 귓속을 맴돌았다. 남편에게 뜻을 전하자 역지사지해보라고 했다. 그렇지만 두려웠다. 잠잠해질 때를 기다리기로 했는데 형부의 소리가 계속해서 들려왔다. 또한, 언니의 전화도 함께 윙윙거렸다. 마음의 갈피 잡느라 안간힘을 써야 했다. 그런 가운데 예상치 못한 곳에서 전화가 왔다.

"저어, 소희 이모님이시죠?"

"예. 소희는 맞는데 누구….'

"저 천곡의….'

"아, 아! 그, 그렇군요. 마, 맞아요, 맞습니다."

형부와 언니는 딸을 시집보내고 몸을 의탁할 곳 찾다가 형부는 당신 형님을 찾아갔다. 불문곡직 조카를 달라고 하자 처지를 알고 있어 원하는 데로 양자로 떼어주는 수속을 밟았다. 그렇게 얻은 아들은 소희 또래였다. 사돈처녀 하던 사람이 이질이 되었다. 자연 서먹서먹하여 만나는 게 서로 부담스러웠다. 그 사람이 장가들면서 같은 식구가 된 천성이었지만, 그때 언니는 소희에게 알리지 않고 큰일을 마쳤다. 그런데 언니 딸이 먼저 가자 양아들의 생모는 그리될까 두렵다며 환속을 들고 나왔다. 언니 내외는 인연이 거기까지라며 두 말도 않고 응했다. 그렇지만 맺은 인연이 서류로 바뀌는 것은 아니었던 모양이었다. 어려울 때 의지처가 되었는데, 불행은 꼬리를 무는 것인지 그 아들의 명이 길지 않았다. 천성이와 핏덩이를 놓아두고 하늘나라로 향했다. 조선 시대는 모든 것을 운명으로 받아들였지만, 언젠가부터 재혼하는 게 다반사가 된 세상에서 천성은 달랐다. 양쪽의 시부모를 모시고 아이들을 잘 길러 지금은 모두 출가시켰다. 소희와 교류는 없었지만, 언니를 통해 간간이 소식은 들었다. 그런 천성으로부터 온 전화였다. 조금은 어색하여 자기도 모르게 말이 더듬거려졌다.

"저, 아버님이 중환자실에 입원했어요."

마른하늘에 날벼락 같은 말이었다. 깜짝 놀라서 목소리에 힘이 들어갔다.

"뭐, 뭐라고요."

언니가 입원하고부터 형부는 매일 아침이면 버스를 타고 K 시로 갔다. 버스에서 내려 시 외곽에 있는 병원까지는 택시를 탔다. 병원에서 간호하다 저녁이면 다시 집으로 돌아갔다. 그렇게 하는 동안 몸은 말이 아니었을 것이다. 노인네 혼자서 먹는 것이나 바로 챙겼을지는 의문이었다. 거기까지는 알고 있었지만 그다음은 감감무소식이었다. 며칠 전 갑자기 쓰러져 가까운 병원에 갔는데, 그곳에서는 손쓸 수 없다며 1차 병원을 권하였다. 그리되어 응급실을 통해 중환자실에 입원했다는 것이었다.

그 말을 듣는 순간 소희는 가슴이 울컥했다. 진작 가봐야 했는데 그놈의 메르스가 무엇인지 미적거리다 큰일을 당하는 것 같았다. 조금의 망설임도 없이 무조건 그쪽에서 요구하는 대로 하겠다는 생각 끝에 치하가 절로 나왔다.

"애쓰시는데 도와줄 게 마땅치 않을 것 같네요. 고맙습니다. 언니에게 자주 들었는데 그런 큰일까지 치르는군요. 퍽이나 고맙지만 더 이상 할 수 있는 게 없을 것 같아 안타까울 뿐입니다."

"그렇게 말해 주시니 제가 고맙습니다. 모든 일은 제가 당연히 해야 할 바인데 제 형편이 말이 아니어요. 하루에 두 번 있는 면회지만 시간에 맞춰 갈 처지가 못 돼서요. 좀 거들어 주었으면 하는 마음으로 전화했어요."

"가봐야지요. 가봐야 하고말고요. 몇 시까지 가면 되나요?"

"12시와 5시가 면회시간이어요."

"그렇군요. 내일 12시에 도착하면 되나요."

"그래 주시면 더 바랄 게 없겠지요. 고맙습니다. 감사합니다."

"천만에요."

전화를 남편 곁에서 받았는데 끊자마자 남편은 고개를 갸우뚱했다. 내일 같이 병원이 예약되었다는 것을 상기하면서 어떻게 할 거냐고 물었다.

"병원이야 다음에 가면 되지 뭐. 아마 첫차가 7시에 있을 거야. 그것 타고 가면 11시면 도착할 것이고 택시 타면 충분하겠지."

다른 생각은 없었다. 그저 달려가고 싶었다. 그런데 남편은 소희와 다른 생각을 하면서 한사코 말렸다.

"당신이 가서 무엇을 할 수 있는지 생각해보아야 할 것이오. 지금 문병하는 것이라면 안 말리지만 중환자실을 지켜야 한다는 생각이 앞서는데…. 건강한 몸이라면 당연하다고 할지 몰라도 당신의 몸으로는 그 일을 감당할 수 없어요. 그렇다면 당신은 마음뿐이라는 것이오. 그쪽에서 바라는 것이 무엇인지 깊이 생각했으면 좋겠어요."

"…."

"전화한 것을 유추하면 생각하고 생각한 끝에 결정했을 것이오. 얼마나 답답했으면 먼 곳인 줄 알면서 전화했겠소. 우리가 그분들의 사정을 빤히 알고 있어서 하는 말이오. 생각할수록 묘안이 없다는 것이 안타까울 뿐이오. 간병은 필수적인데 적당한 사람이 떠오르지 않는 것이 사실

이어요. 아무리 생각해도 오직 나만이 담당할 수 있을 것 같네요. 그런데 내가 하더라도 문제가 이만저만이 아니군요. 여관을 정해놓고 있어야 할 것 같아요. 가서 보고 결정해야겠지만, 그럴 확률이 높다고 생각됩니다. 그러니 여기의 일을 우선 봐 놓고 같이 출발합시다. 그렇게 하는 것이 좋을 것 같습니다."

당연한 말에 꿀 먹은 벙어리가 되었다. 그리고는 남편의 말을 따르기로 했다. 천성에게 전화하여 남편과 같이 가는데 저녁 면회시간에 맞출 것을 알렸다.

K 시에 3시 반 경에 도착했다. 언니가 입원하고 있는 B 병원부터 찾았다. 다친 뼈에 대한 수술은 이미 마친 상태였다. 언니는 종합병원의 몸이었다. 병원에서는 근육에 힘이 붙어 스스로 움직일 수 있을 때를 기다리고 있었다. 단지 걱정되는 것은 정신이 오락가락하는 것이라고 간병인이 귀띔해주었다.

언니는 입맛이 떨어져 먹는 둥 마는 둥 한다고 했다. 많이 먹고 기력을 빨리 회복하기 바라면서 왜 그러느냐고 따지자, 남편이 쓰러졌다는데 밥이 목으로 넘어가겠느냐고 말하며 눈시울이 붉어졌다. 어쩌다 견우와 직녀가 되었는지 생각할수록 가슴이 먹먹해졌다.

A 병원 중환자실에 시간에 맞춰 도착했다. 문이 열리고 우르르 들어가는 대열을 따라갔다. 눈을 두리번거리자 형부는 앉아 있었다. 겉보기에 멀쩡한 것 하나만으로 가슴이 뻥 뚫리는 것 같았다. 어찌 된 것입니까 하자 위가 넓게 손상되어 피를 많이 흘린 끝에 혼수상태로 들어왔다고 했다. 여기 와 진정되었으며 경과가 아주 좋아, 내일 위내시경으로 확인하고는 일반병실로 옮길 것이라는 말에 한숨이 절로 나왔다. 그 말을 들은 남편은 확실한 것을 알고 싶다며 의사와 통화했다. 그리고 11

시에 검사하고 일반병실에 가면 조금 더 지켜보면서 절식한 것을 끊겠지만, 이내 퇴원은 못 할 것이라는 말을 들었다고 했다. 노쇠한 몸이라 기약할 수 없다는 말에 형부는 고개 끄덕였고, 이를 본 남편은 조심스럽게 말을 꺼냈다.

"두 분이 같은 병원에 입원했으면 합니다만."

"뭘 그럴 것까지야."

"아닙니다. 그리하는 것이 모든 면에서 좋을 것 같습니다."

"그렇다면 어미와 상의해봐."

"예, 알겠습니다. 제가 알아서 처리해보겠습니다."

그렇게 한 남편은 의사와 다시 상담하였다. 전원(轉院)시키는 등 편리를 봐줄 수 있다는 말에 고무되었다. 그리고는 A 병원에서 두 분이 같이 계시는 것이 더 좋겠다며 안심 병원으로 지정된 이유를 들었다. B 병원의 동의가 있어야 하고, 입원할 병원에서는 자리가 있어야 했다. 그 결정은 원무과와 담당 의사의 몫이었다. 전원(轉院)하기 전에 지금까지 병역을 알 수 있는 소견서가 필요하다는 것도 알게 되었다. 앞으로 하는 일이 순조롭기 바라면서 남편은 형부에게 말하자 고개를 끄덕여주었다.

면회시간은 30분이었다. 천성은 문 닫기 임박하여 도착했다. 소회와 남편은 먼저 일어나 대기실에서 기다렸다. 얼마 후 나온 천성은 같은 병원에 입원하는 말을 들었다고 했다. 일행은 앞으로의 일을 상의하면서 B 병원으로 향했다.

B 병원에서도 전원(轉院)에 동의했다. 그에 따른 서류도 흔쾌히 승낙했다. 서류가 바로 될 것처럼 말하다가는 내일 아침을 약속했다. 그 정도면 손에 넣은 것이나 같았다. 일행은 두 손을 모으면서 밤이 이슥한 시각에 식당을 찾아들었다. 그리고 소희 오빠가 살고 있는 B 시로 향했다.

소희 오빠와 언니는 D 시에 살고 있었다. 또한, 천성도 인근에 살고 있어 오빠의 거처도 알았다. 만약 오빠가 건강했다면 소희에게 연락하지 않았을 것이다. 오빠는 누워 있었다. 형부가 중환자실에 있는 것을 소희로부터 들어서 알게 되었다. 우선 추스르고 나서 문병하겠다고 했다.

소희는 아픈 오빠를 바로 보지도 못하고 꽁지 빠진 꿩 달아나듯 아침 일찍 나섰다. 일행이 B 병원에 도착했을 때, 언니가 잠들어 있었는데 서류를 찾자마자 잠든 분이 깰 것을 염려하며 손사래 치고는 A 병원으로 달렸다. 그리고 원무과장과 마주 앉았다.

"거기에 적혀 있는 분의 남편이 지금 이 병원 중환자실에 계십니다. 조금 후 검사를 마치면 일반병실로 옮긴다는 말을 어제 들었습니다. 두 분이 다른 병원에 떨어져 계시게 할 수는 없을 것 같습니다. 어렵겠지만 간청합니다."

원무과장은 서류 검토하고는 신경외과에 접수했다며 의사와 상의하라고 했다. 그런데 의사는 통원치료를 권했다. 그 한마디에 물러날 처지가 아니었다. 사정사정하자 그렇다면 내과에서 알아보라며 몇 자 써주었다.

내과 담당 의사는 몇 가지 물어보고는 선뜻 동의했다. 십 년 묵은 체증이 내려가는 것 같았다. 불나게 B 병원으로 가 퇴원 수속을 밟으며 환자 이송 차까지 요구했다. 소희 언니는 A 병원에 도착하면서 휠체어에 앉았다. 외래환자가 되어 진찰받는 형식을 밟아야 했다. 순서를 지켜야 했고, 절차를 따라야 했다. 병실에서 조금 앉아 있으면 아프다며 누워만 있던 분이었다. 휠체어에 앉아 오랜 시간을 버티자 아무 데나 눕고 싶다고 했다. 곁에서 보기 민망할 정도였다. 조금조금만 하면서 진찰 마치자 입원 수속을 밟으라고 했다.

병실 잡는 것이 쉽지가 않았다. 2인실에서 두 노인네가 같이 입원하는 것이 좋지 싶었는데 자리가 없었다. 병실이 가깝기 바라며 주문한 것이 안 먹혀들었다. 담당자는 모니터를 살피고 이리저리 뒤진 끝에 다인실 겨우 한 자리 있다며 배정해주었다. 안심 병원의 효과가 나타난 때문인 것 같았다. A 병원은 언제나 입원할 수 있다는 통념이 어느새 깨져 있었던 것이다.

A 병원은 출구마다 사람이 지켜 서서 체온기를 들이대었다. 몸의 열이 정상이면 손에 소독수 뿌리는 것은 기본이고, 마스크 쓰는 것은 권장사항이었다. 그렇게 하면서 K 시 모든 환자가 모여든 것 같았다. 반면 언제나 북적여 입원하려면 순서를 기다리던 B 병원은 병실이 남아돌아 환자들을 한쪽으로 모으고 있었다. 메르스의 위력은 대단하여 병원의 순서를 뒤바꾸었다. 그런 가운데 B 병원에서 A 병원으로 옮기는 일을 하고 있었다.

입원실이 결정되고 진료실에 가야 했다. 원무과에서 준 쪽지를 간호사에게 보이자 X선 촬영을 하고 채혈 후 심전도검사를 하라는데, 노인네는 어린애처럼 눕고만 싶어 했다. 벌써 2시간을 넘겼으니 그럴 만도 했다. 병실에 들어가 허리 펴는 게 우선일 것 같다는 말에 간호사의 머리가 끄덕여졌는데 조금 후 달라졌다. 병실에서 모두 마치고 올라오기 바라기 때문이라고 했다. 어쩌지 못하고 고분고분하는 게 상책 같았다. 촬영실로 향했고 자세 취하는 과정에서 문제가 일어났다. 갑자기 구토증이 일어난 것이었다. 한바탕 소란 끝에 마쳤다. 다음은 채혈하면서 혈관을 못 찾아 애를 먹었다. 옆에서 지켜보는 사람의 애간장을 다 녹인 끝에 겨우겨우 해냈다. 그렇게 바라던 병실로 향할 수 있게 된 것이었다. 어제 갑자기 생각된 일의 결실을 보기에 이르렀다. 시작이 있으면 끝은 있게 되어 있어 소희 언니가 새로운 병실에 눕게 되었다. 두 노인의 상봉은 쉽게 이뤄질 것을 생각하며 소희 부부는 주차장을 향했다. 천성은 따라 나오며 한마디 했다.

"이모부 처음 뵐 때 예사 분으로 안 보였는데 큰일 하셨습니다."

"천만에요. 나야 그저 평범한 사람일 뿐인데…. 두 분을 같은 곳에 모시고 싶다는 생각이 커서 그렇게 보였을 것입니다. 그 기대가 일을 성사시켰지요. 나야 뭐…."

그렇게 말한 소희 남편은 생각에 젖어들었다.

"진짜 예사 분이 아닌 분은 따로 있다. 중환자실에서 일반실로 옮긴 분이다. 미수의 나이에 당신의 몸은 조금도 생각지 않고 마나님을 돌본다는 것이 결코 쉽지 않았을 것이다. 측은지심이 있었기 때문에 가능한 일이었다. 그러다가 속이 터져 피를 쏟고 생명이 경각에 달렸었다. 나랏일을 하는 사람들이 노인처럼 측은지심이 있었다면 세월호 사건으로 울부짖지 않았을 것이고, 하찮은 메르스가 이렇게 커지진 않았을 것인데 아쉽기만 했다. 요즘 유행하는 노래가 있다. '내 나이가 어째서'이다. 사랑하기 딱 좋은 나이라는 것인데, 호호백발 노인에서부터 코 흘리기 어린애까지 입만 열면 하는 소리이다. 듣기 민망할 정도인데 모두 좋다고 깔깔댄다. 오로지 자기만을 생각한 끝에서 그럴 것이다. 대한민국에서는 어떤 것과도 무관하게 내가 어째서이다. 자기 처지는 모른 체하고 내가 어째서 하면 그만이다. 구린 것이 뻔해도 장점만 내세우며 하는 소리에 결과적으로는 수긍하게 된다. 밝히려면 큰 싸움으로 번지기 때문일지도 모르지만, 그런 것이 대세가 된 지 오래된 것 같다. 그런 사람에게 노인이 보여준 측은지심에서 나온 실천이 조금이라도 있으면 좋을 텐데, 우선 편하고 자기 좋은 것만 찾기 바쁘다. 그러면서 남이야 어찌 되건 몰라라 한다. 그러다 보니 평생을 같이 산 처지에서 갈라서기 예사다. 황혼

이혼하면 좋다고 하는데 그 반대편에서도 좋을지는 모를 일이고, 진짜 좋은지도 모를 일이다. 또한, 그에 따른 식솔들이 어떻게 되며 주위로부터 어떤 대우가 기다리고 있는지도 모를 일이다. 그런데도 자기 혼자만 좋겠다고 황혼이혼이 늘어나는 추세라고 한다. 그런 사람들은 노인의 측은지심에 나온 살신성인의 실천을 보고 느꼈으면 좋겠다."

갑자기 멍해진 남편을 보고 있던 소희는 서둘러 가기를 재촉했다. 부르릉 시동을 걸자 천성은 손을 흔들었다. 어디서 달려왔는지 모를 시원한 바람이 휙 불고 지나갔다.

정순택

수필집 『평범한 일상』, 『두만강 따라 오른 백두산』, 『선각자 정안립』
010-2465-0376, jungstaek@hanmail.net
28475 충북 청주시 흥덕구 직지대로 639번길 48

충북 청소년
소설 문학상

심사평

당선작

신남고등학교 우해민 「부조화」

수상소감

2017 충북 청소년
소설문학상 공모

심 사 평

　충북교육청이 후원하고 충북 소설가협회가 주관하는 청소년 소설 문학상 공모와 시상이 다섯 돌을 맞았다. 과연 중학생과 고등학생이 응모할까 의구심에서 출발한 처음 몇 해는 고등학생 작품이 당선작으로 뽑혔다. 고등학생이니까 중학생보다 높은 수준의 작품을 쓸 것이다라고 잠재된 사고에 혼란을 줄 단편소설이 응모되어 당선되는 해도 있었다. 분량에서도 대부분 단편소설로서의 면모를 갖추었고, 소설인지 일기인지 기행문인지, 그야말로 연필 가는 데로 줄줄 분량을 채운 수필인지, 응모수준에 미치지 못하는 작품이 있기는 하였지만, 올해 작품에서는 확실하게 달라진 면모가 발견되었다. 오락가락하던 소재와 줄거리 전개와 묘사도 예년과는 판이하였다. 적잖이 놀라면서도 흐뭇한 웃음이 절로 나왔다.

　응모 소설들은 그해의 사회적 공기를 담기 마련이다. 학교폭력과 같은 우울한 소재가 드러날 것으로 예상했으나, 이 또한 예상을 빗나가기도 했다. 특히 청소년에게 범람하는 일본만화를 흉내 낸 감성과 줄거리와 묘사 모방을 경계하며 응모 소설을 하나하나 읽어나갔다. 당선으로 선정되기에 무리가 없는 소재로 그들의 내면적인 갈등과 심리를 다룬 작품도 있었다. 도무지 무엇을 말하고자 하였는가를 끄집어내기 어렵게 빡빡한 문장을 읽을 때는 거부감과 끝까지 읽어야 하는 의무감으로 망설이기도 했다. 하지만 응모자의 열정을 고려한다면 끝까지 진지하게 읽어주고 심사해주어야 함은 당연함이다.

단편소설의 수준은 소재가 놓인 상황 위에서 새로운 태도와 형식으로 스토리를 재구성하고 국면을 전환시키며, 다음 단계로 빠져나가는 참신성과 상상의 힘에 의해 달라진다. 그런 면에서 일부 응모작은 소재가 모호하고, 이야기를 반복하다가 끝을 맺는 경우가 있었다. 응모자가 옆에 있다면, '무엇을 쓰고자 함인가?', '왜 이 작품을 썼는가?'라고 묻고 싶은 작품도 있었다. 소설로서 작품성을 인정받기 어렵다는 의미다.

반복되는 '그러므로', '그래서' 등이 감칠맛을 빼앗고 있어 아쉽다. 또한, 간결하지 못하고 길게 이어가는 문장을 절제하지 못함도 소설의 흡입력과 긴장감을 감소시킨다.

최종심에 오른 작품에서 심사위원은『부조화』를 당선작으로 합의하였다. 19살 청소년으로서 부모가 된 아빠의 사회적 소외감과 고난을 차분하고 간결하면서 흡입력이 있게 그린 단편소설로의 면모를 갖춘 작품이다. 이야기를 끌어내는 문장도 군더더기가 없다. 다만, 미래의 어른이 되고 사회의 주인이 될 청소년으로서의 고난과 아픔을 희망적으로 극복하려는 의도가 부족하다는 것이 아쉽다. 당선에 만족하지 말고, 간결하면서 심도 있는 문장력과 이야기 얼개를 엮어 가는 능력을 살려, 밝고 희망적이며 미래지향적인 소설을 썼으면 하는 바람이다.

심사위원 김창식, 안수길, 박희팔, 최창중, 전영학

부조화

•

산남고등학교 우 해 민

　　다급한 발자국이 거리에 새겨진다. 혹시 누가 볼까 주위를 둘러보는 것도 잊지 않았다. 다행히 주변엔 나와 민아 말고는 아무도 없었다. 길에는 그 흔한 가로등 하나 없어 가까이 있는 사람의 형체도 겨우 보일 정도였다. 숨을 가쁘게 내쉬었다. 머리카락은 온통 땀에 젖어 있었고, 심장은 쉬지 않고 뛰어댔다. 손등으로 땀을 문질러 닦으며 옆에 조용히 따라오는 민아를 바라보았다. 민아는 누군가에게 들킬까 품에 있는 아이를 세게 끌어안고 있었다. 답답하지도 않은지 아이는 민아의 품에서 얌전히 자고 있다. '그래, 차라리 자는 게 낫지.' 나는 작게 입을 달싹거렸다. 그때, 사람 인기척 소리가 들렸다. 나는 빠르게 모자를 푹 눌러 썼고, 민아는 고개를 숙였다. 그는 우리를 보지도 않은 채 자기 갈 곳을 갈 뿐이었다. 늘 지나치는 이 골목이 오늘따라 낯설어 보이는 건 왜일까? 달빛이 나와 민아를 비추고 있다. 작고 길쭉한 그림자가 아스팔트 위에 새겨진다. 내 옆에 있는 민아와 민아의 품에서 자고 있는 아이. 그 모습은 꼭 다정한 가족 같았다. 우리의 실제와는 달라 괴리감이 느껴졌다. 만약 우리가 조금 더 나이가 많았다면 만약에 내가 일자리를 얻었다면 지금 우리는 어땠을까? 나는 고개를 작게 저었다. 이러고 있을 시간 없어. 조금 있으면 해가 뜰 것이고, 아침 일찍 출근하는 사람들이 하나둘 나올 것이다. 그러기 전에 모든 일을 끝내야 했다. 조급함이 무의식 속에 있는 나를 깨웠다. '좀 빨리 걸어. 조금 있으면 사람들이 나올 거야.' 내 발 폭에 맞추기 위해 민아는 뛰다시피 걸어야 했지만, 신경 쓸 여력이 없었다.

걸어가면 갈수록 건물들이 줄어든다. 나는 작게 한숨을 쉬며 주위를 둘러보았다. 아는 사람들로 가득했던 그 거리와는 달리 이곳은 와보지 않은 곳이었다. 민아도 안심이 됐는지 아이를 꽉 껴안았던 팔에 힘을 풀었다. 그럼에도 나는 걷는 속도를 늦추지 않았다. 그건 민아도 마찬가지였다. 서둘러야 했다. 아침이 되기 전엔 집에 도착해야 비로소 모든 것이 끝난다. 걸어갈 때마다 달빛이 우리의 뒤를 쫓는다. 그래, 바로 여기야. 전봇대 바로 아래, 버려진 상자 안. 우리의 계획을 실행시키기에 이보다 더 좋은 곳은 없을 것이다. 나는 민아에게 눈짓을 주었다. 내 눈빛을 본 민아는 살짝 고개를 끄덕였다. 민아의 눈은 빨갛게 충혈되었고, 손은 벌벌 떨렸다. 그 안에는 두려움과 불안으로 가득했다. 나는 애써 시선을 먼 허공에 두었다. 검은 배경 속 오로지 달만 환하게 빛난다. 엄마의 품에서 벗어나서일까? 아니면 차갑게 식은 콘크리트 바닥에 놓여서일까? 내내 자고 있던 아이가 울기 시작한다. 나는 민아와 함께 황급히 자리를 떴다. 이제 우리를 뒤쫓는 그림자는 두 개뿐이다. 아이의 울음소리가 검은 그림자의 끝자락까지 따라온다.

언제나 긴장되는 순간이었다. 넥타이를 건드려 보기도 하고, 얼굴에 경련이 일어날 정도로 미소도 지었다. 주름 하나 없이 깨끗한 피부와 풍성한 머리카락, 그에 반해 손은 거칠다. 거울 속 내 모습을 보니 양복이 나를 입은 건지, 내가 양복을 입은 건지 구별이 되지 않는다. 왁스로 반듯하게 올린 머리. 그 덕분에 항상 까치집이 지어 있던 머리는 차분해졌다. 검은 구두엔 뿌연 먼지가 앉아 있다. 휴지로 구두를 대충 닦았다. 오늘만큼은 꼭 합격해야 했다. 생활비는 점점 바닥을 치고, 주인집 아주머니의 월세 독촉전화에 밀린 세금을 내라는 고지서, 언제 돈을 갚을 거냐는 친구들의 문자메시지에 핸드폰은 진절머리가 날 정도로 울려댔다. 그뿐만이 아니었다. 세 식구가 먹고살기엔 아르바이트 월급은 턱없이 부족했다. 아이의 분윳값, 기저귓값, 옷값만 해도 등골이 휠 정도였다. 손바닥이 땀으로 흥건하다. 그때, 나를 부르는 소리가 들렸다.

문을 열자, 차가운 공기가 나를 덮쳤다. 여섯 개의 눈동자가 오로지 나를 쳐다보고 있었다. 입술을 살짝 깨물었다. 긴장한 티를 내서도 면접관들의 눈을 피해서도 안 됐다. 내가 수없이 많은 면접을 보면서 깨달은 것들이었다. 애써 미소를 지으며 자리에 앉았다. 내가 의자에 앉자마자 질문들이 쏟아진다. 여기에 지원하게 된 계기가 무엇이냐? 솔직하게 돈을 벌기 위해 왔다고 말할 수 없어 미리 준비해둔 말을 술술 내뱉었다. 면접관들의 얼굴에 만족스러운 미소가 번졌고, 내 말에 동감하듯 고개가 끄덕여진다. 아직까진 분위기가 좋았다. 내가 원하는 방향대로 흘러가고 있었다.

"그런데, 농업 고등학교를 나오셨네요. 중간에 자퇴까지 하셨고요."

그 말이 내 귓전에 박힌다. 늘 듣는 말인데도 불구하고 면접관의 말이 내 머릿속을 맴돌았다. 학교 얘기만 나오면 아무런 말도 나오지 않았다. 실업계 고등학교에 다닌 것도, 그곳에서 적응을 못 해 자퇴를 한 것도 사실이었다. 내 인생에서 학교란 나를 구속하고 억압하는 존재일 뿐이었다. 내 잘못이 아닌데도 반성문을 썼고 정학을 당했다. 그 누구도 나를 믿어주지 않았다. 흰색 종이에 자퇴서라는 글씨를 눌러 쓸 때 뒷일은 생각하지 않았다. 그저 학교를 벗어났다는 그 생각에 발목을 잡고 있던 족쇄가 사라지는 것 같았다. 하지만 시간이 가면 갈수록 고등학교 중퇴라는 학력은 긴 꼬리표처럼 나를 따라붙었다. 고졸도 아닌 중졸. 아까 전과 달리 면접장이 후덥지근한 공기로 가득 찼다. 바짓단을 꽉 잡으며 벌벌 떨리는 손을 감췄다. 와이셔츠가 땀으로 젖어 몸에 달라붙었다. 무슨 말이라도 꺼내야 하는데 윗입술과 아랫입술 사이에 강력 접착제를 바른 것처럼 떨어지지 않았다.

"수고하셨어요. 좋은 결과 있기를 바랄게요."

짓눌린 발걸음을 억지로 옮겼다. 마치 내 귓가에 대고 '넌 탈락이야.'라고 말하는 것 같았다. 밖으로 나오자 수많은 지원자들이 보였다. 어떤 지원자는 혼자서 자기소개를 연습하고 있었고, 또 다른 사람은 몸을 이리저리 움직이며 한시도 가만히 있지를 못했다. 모두가 노력하고 열심히 하지만 저 중에 누군가는 합격이고, 다른 이는 불합격 통보를 받는다. 그것이 현실이었다. 내가 그들을 이긴다는 것은 불가능에 가까웠다. 그들은 인문계 고등학교를 나와 유명한 대학교를 나왔을 것이다. 나처럼 고등학교도 졸업하지 못한 사람은 그들 중에 없을 게 분명했다. 차라리 나도 민아처럼 인문계 고등학교에 갈 걸. 하다못해 검정고시 준비라도 할걸. 후회는 나를 끝까지 쫓아와 더 처절하게 만들었다. 입술의 색이 없어질 때까지 꽉 깨물었다. 집에 가면 뭐라고 설명해야 할지, 그 생각만 하면 머리가 욱신거렸다. 민아의 특유의 비꼬는 말투가 사방에서 들린다. 넌 그래서 안 돼. 그러게 누가 학교 그만두래? 귀를 막으며 소리를 차단하려 하지만, 민아의 음성은 내 귓가에 머릿속에, 그리고 내 가슴속에 새겨진다.

벌써 하늘이 어두워지기 시작한다. 파란색으로 가득했던 하늘은 칠흑 같은 검정으로 색을 바꾸었다. 화려한 네온사인으로 물든 도시를 지나 골목 깊숙한 곳으로 들어가자 작은 건물들이 옹기종기 모여 있는 것이 보인다. 흔히들 이곳을 달동네라 불렀다. 내가 사는 곳이기도 했고, 민아와 아이, 우리 세 식구가 사는 곳이기도 했다. 그 흔한 가로등도 몇 개 없어 이 거리는 항상 깜깜했다. 힘없이 비틀거리는 다리를 애써 바로 잡으며 천천히 걸어갔다. 온몸이 땀에 젖어 빨리 집에 가 씻고 쉬고 싶었다. 늘 다니는 이 골목이 오늘따라 왜 이리 길어 보이는지 알 수 없다. 저녁 시간인데도 거리엔 뛰어놀던 아이들도, 길고양이들도, 아무것도 보이지 않는다. 빈 거리를 혼자 쓸쓸히 걸어간다. 오로지 달빛만이 나를 반겨준다. 그때, 핸드폰이 울리기 시작했다. 진동으로 해 놓았지만, 워낙 조용해 소리가 크게 울리는 기분이 들었다. 핸드폰을 열어 메시지를 확인했다. 민아였다.

"이따가 올 때 기저귀 부탁해. 다 떨어졌어."

핸드폰을 주머니에 쑤셔 넣었다. 눈살을 찌푸리며 훅 하고 크게 숨을 들이마셨다. 알 수 없는 화가 들끓었다. '너는 손이 없어? 발이 없어? 자기가 직접 사오면 되잖아. 오늘 나 힘들어. 알잖아?' 빠르게 핸드폰을 꺼내 자판을 치지만 다시 지울 수밖에 없었다. 돈이나 벌어오던가. 네 아르바이트 월급으론 허리띠로 졸라매도 모자라.라고 답장이 올 것이 눈에 선했다. 오늘만큼은 민아에게 먼저 말을 걸고 싶지 않았다. 말을 하면 할수록 서로의 목소리만 높아질 뿐 해결되는 것은 하나도 없었다. 민아를 피하는 것이 아니다. 그저 지금은 쉬고 싶었다. 결국, 집을 코앞에 두고 마트로 발걸음을 옮길 수밖에 없었다.

저녁 시간이라 그런가? 마트 안은 사람들로 북적였다. 여기저기서 특급 세일을 한다며 외치는 소리가 들린다. 나는 그 소리를 무시하며 망설임 없이 아이 용품 코너로 들어갔다. 기저귓값 8,320원. 나는 뒷주머니에서 지갑을 꺼냈다. 불과 1년 전인 작년 크리스마스, 마지막 10대 때 민아가 준 선물이었지만, 지금은 실밥이 다 터지고 가죽의 물이 빠져 회색빛을 띠고 있었다. 바꿔야 했지만, 지갑을 사느니 차라리 집안 살림에 보태는 것이 나았고, 무엇보다 10대를 추억할 수 있는 마지막 물건이라 그런지 쉽게 바꿀 수가 없었다. 지갑에 들어 있는 돈은 총 천 원짜리 두 장, 백 원짜리 세 개. 기저귀를 사기엔 돈이 부족했다. 점심값도 안 되는 돈이다. '왜 이리 비싸? 기저귀는 낱개로 안 파나?' 나는 내 귓가에만 들릴 정도로 작게 말했다. 기저귀를 원래 있던 자리에 놓았다. 사야 했지만 살 수가 없었다. 그때 내 옆을 지나가는 남자가 보였다. 남자가 끌고 있는 카트 안엔 아이 용품이 가득 실려 있었다. 내가 사야 했을 기저귀와 아이들이 좋아하는 딸랑이, 로봇 장난감. 그 옆엔 남자의 손을 잡고 있는 아이도 보였다. 부러운 눈으로 남자를 바라보았다. 남자는 그저 바쁘게 자기 일만 할 뿐 나에겐 눈길 하나 주지 않는다. 남자가 작은 점이 될 때까지 나는 남자에게 시선을 뗄 수 없었다.

무거운 발걸음을 옮긴다. 결국, 기저귀는커녕 빈손으로 들어왔다. 민아의 잔소리가 머릿속에 그려졌다. 나는 크게 숨을 내쉬었다. 분명 내 능력을 들먹이며 '넌 그러니깐 안 되는 거야.'라고 말할 게 뻔했다. 그럴 때마다 나는 민아의 시선을 피하며 괜히 자고 있는 아이를 건드리곤 했다. 사실 나도 민아처럼 대학이라는 곳에 가고 싶었다. 아니, 그 전에 실업계가 아닌 인문계 고등학교로 원서를 넣으려고 했다. 하지만 원장은 네가 거기 가서 공부할 것 같냐며 지금 성적으로는 턱도 없다며, 차라리 취업이나 빨리하라고 내 의사와는 관계없이 농고로 나를 내몰았다. 그에 비해 민아는 원장이 직접 인문계 고등학교로 가라며 추천했다. 민아는 악착같이 공부했다. 고등학교 내내 장학금을 놓치지 않았고, 그 덕분에 대학교도 수월하게 들어갈 수 있었다. 나와 민아는 전혀 달랐지만, 서로를 가장 많이 이해했다. 같은 날 같이 사랑의 집에 입성해서 그런가? 아니면 부모가 없다는 그 묘한 동질감 때문일까? 생일이 똑같아서일까? 알 수 없었다. 그저 서로를 많이 좋아하고, 이해해줬고, 아꼈다. 사랑의 집에서도 우리 두 사람은 유명했다. 어디를 가든지 항상 붙어 다녔다. 그러다 19살, 그 끝자락에 민아가 임신을 하게 됐다. 아무런 생각도 들지 않았다. 임신이라니? 믿기 힘든 현실이었다. 거짓말 아니냐는 내 말에 민아는 빨간 줄이 두 개 그어진 임신테스트기를 보여주었다. 선명하게 보이는 두 개의 빨간 줄, 눈앞이 깜깜했고 두려웠다. 내가 할 수 있는 일이라곤 민아를 다독이는 것밖에 없었지만, 그렇다고 아이를 버릴 수 없었다. 내 부모와 같이 내 자식을 버리고 싶지 않았다. 만약 아이가 생긴다면 그 누구보다도 잘 키울 거라고, 버리지 않을 것이라며 나 자신과 약속했었다. 작지만 따뜻한 집과 단란한 가족. 내가 늘 꿈꾸던 것들이었다. 나는 아이를 져버릴 수 없었다. 그건 민아도 마찬가지였다. 우리가 가장 원하고 바라던 것은 가족이었으니깐.

축 처진 어깨를 이끌며 집안으로 들어왔다. 문을 열자, 퀴퀴한 냄새가 코를 찌른다. 나도 모르게 눈살을 찌푸렸다. 싱크대엔 지저분한 그릇들이 쌓여 있고, 옷들이 이곳저곳에 널브러져 있었다. 곰팡이가 피어있는 벽 아래 아이가 누워있다. 민아는 또 어디를 나가는지 검은색 정장 치마와 깨끗한 모직 코트를 입고 있었다. 내가 방안에 발을 들이자마자 민아는 떨어진 가방을 들더니 나를 지나쳐간다. 어디 가냐고 물어볼 새도 없었다. 민아의 발걸음 진동이 아이에게까지 전달된 것인가? 아이가 울기 시작한다. 한번 시작된 눈물은 그치질 않았다. 민아는 아이를 곁눈질로 보더니 이내 고개를 흔들며 다시 문 쪽으로 걸어간다. 나는 아무런 말도 없이 그 모습을 지켜보고만 있었다. 내가 할 수 있는 일이란 존재하지 않았다. 밖으로 나가는 민아를 막을 수는 없었으니까. 나는 작게 한숨을 쉬며 민아의 나가는 뒷모습을 바라보았다. 깔끔한 코트에 비해 민아가 맨 가방은 형편없었다. 민아가 맨 저 가방, 내가 처음으로 아르바이트에서 받은 월급으로 사준 가방이었다. 가방을 받고 어찌나 좋아하던지, 그 모습이 머릿속에서 그려졌다. 오래 돼서 그런지 색이 매우 탁해졌고, 낡아 보였다. 새 가방을 사주고 싶었지만 그런 가방 하나 더 사는 것보다 생활비에 보태는 것이 더 나았다.

찰칵, 문이 닫히는 소리와 함께 민아의 모습도 사라졌다. 보나 마나 새벽에나 들어오겠지. 귓가에 아이의 울음소리가 끊임없이 들려 왔다. 아이의 울음이 나를 부른다. 나는 작게 한숨을 쉬며 아이를 품에 껴안았다. 곧, 아이의 울음소리가 잦아들며 곧 집안이 조용해졌다.

그때, 바지 주머니에서 진동이 울린다. 면접 보기 전 벨 소리에서 진동으로 바꿔놓은 것이 생각이 났다. 혹시, 합격전화인가? 이번엔 취업을 할 수 있는 건가? 심호흡하며 떨리는 손으로 핸드폰을 열었다. 올라갔던 입꼬리가 다시 원래 위치를 찾는다. 친구였다. 며칠 전부터 전에 빌렸던 돈을 갚으라고 독촉하는, '네가 그렇지 뭐.'라고 말하며 내 자존심을 밟는. 그럴 때마다 미안하다며 조금만 시간을 달라며 비굴하게 굴었다. 이젠 그것도 한계였다. 어쩌지? 당장 생활비도 없는 마당에 돈까지 갚으라니, 머리가 욱신거렸다. 엎친 데 덮친 격이라는 말을 지금 상황에 쓰는 말이라는 것을 이제야 알게 된다. 떨리는 목소리를 듣기 싫어 물 한잔을 쭉 들이켰다. 갈증은 쉽게 해소되지 않고 목 안을 더욱 갑갑하게 했다. 양손으로 핸드폰을 잡고 귓가에 올려놓았다. 친구는 전화를 받자마자 본론으로 들어갔다. 인사 따윈 필요 없다는 듯이.

"언제 갚을 건데? 시간도 많이 줬잖아."

나는 한참 동안 아무 말도 하지 않았다. 그저 흔들리는 동공을 어디에 둘지 몰라 이곳저곳을 살폈다. 시곗바늘이 옆으로 이동한다. 지금 이 순간 1초가 꼭 1시간이 지난 것 같은 괴리감이 느껴졌다. 시간은 더디게 흘러갔다. 울다 지쳐 잠든 아이를 조심스럽게 이불 위에 내려놓았다.

"조금만 더 기다려 주면 안 될까? 알잖아. 나 요즘 힘든 거. 아이까지 있어서…"

친구는 내가 이 말을 꺼낼 걸 알았는지 코웃음을 쳤다. "넌 항상 그런 식이지. 뭐만 하면 아이, 아이, 아이. 이번이 마지막이야. 이번 달 안으로 갚지 못하면 경찰에 신고할 거니 명심해."라며 소리쳤다. 전화를 끊고 난 뒤 나오는 건 깊은 한숨밖에 없었다. 손톱을 물어뜯자 새빨간 피가 배어 나왔다. 불안할 때마다 나오는 버릇이었다. 온몸에 힘이 없어 바닥에 쓰러지듯 누웠다. 옆에 있던 작은 이불을 아이에게 덮어주었다. 아무런 걱정도 없이 자는 아이가 힘들거나 무언가를 원할 때 울면 다 해결되는 아이가 부러웠다. 지금 이 순간 시간이 멈추면 좋겠다는 부질없는 생각을 하며 나는 서서히 눈을 감았다. 내가 눈을 떴을 때 모든 것이 꿈이었으면 좋겠다는 헛된 희망을 꿈꾸며. 환했던 주변이 점점 어두워진다.

창문 사이로 햇빛이 들어온다. 나는 그 빛을 피하려고 몸을 뒤척였다. 다시 아침이었다. 아이는 여전히 내 품속에서 자고 있었고, 작고 낡은 집도 그대로였다. 싱크대에 있는 그릇들도, 지저분한 방안도, 벽에 피어있는 곰팡이들까지 변한 것은 하나도 없었다. 꿈이길 기도했지만 현실이었다. 어제 있었던 일들이 계속 반복된다. 내가 원하든 원하지 않든지 나는 내 시간의 굴레에서 벗어날 수 없다. 나는 비틀거리며 자리에서 일어났다. 혹시나 아이가 깰까 조심스럽게. 민아는 아직 들어오지 않은 모양이었다. 신발장에 있던 민아의 하이힐이 없는 걸 보면. '이 시간까지 안 들어오고 뭐 하는 거지? 새벽 3시면 들어왔었는데.' 밀려오는 걱정에 민아에게 전화를 걸었지만, 수신음만 갈 뿐 민아의 목소리는 들리지 않았다. 긴 수신음이 끊기더니 기계 목소리가 들리자 신경질적으로 통화종료 버튼을 눌렀다. 그동안 억지로 참았던 것들이 쏟아져 내린다. 민아는 항상 이랬다. 친구들과의 만남만 중요하고 다른 것들은 신경도 쓰지 않았다. 자신의 학력에 도움을 주는 사람이 호출하면 시간이 몇 시든 간에 뛰쳐나가곤 했다. 학력에 집착하는 민아가 이해 가지 않은 것은 아니었다. 우리 같은 출신들이 성공하기 위해선 스펙, 명예 이런 것이 가장 중요했다. 알고는 있지만, 바깥을 더 좋아하는 민아를 볼 때면 씁쓸하기도 하고, 한편으론 부럽기도 했다. 민아가 스펙을 쌓기 위해 노력하고 있을 때 나는 일자리를 찾아야 했으니까. 대학, 문화생활, 포기한 지 오래였다. 한때 검정고시를 보려고 했으나, 그걸 할 바엔 아르바이트를 하나 더 뛰는 게 민아와 나, 그리고 아이를 위한 길이었다.

그때 문이 열리는 소리가 들린다. 문은 열릴 때마다 항상 괴상한 소음을 냈다. 고쳐야 했지만, 일자리를 찾느라 잊고 있었다. 또 얼마나 들으려나? 그것만 생각하면 한숨이 나왔다. 나는 급하게 자리에서 일어나며 현관문을 열었다. 역시 예상대로 민아는 온몸에 술 냄새를 풍기며 들어왔다. 욱하는 기분이 턱 끝까지 차오른다. 눈을 매섭게 치켜뜨며 민아를 바라보았다. 고개를 숙이고 있던 민아가 나를 본다. 우리 둘의 시선이 허공에서 맴돈다. 먼저 눈길을 피한 사람은 민아였다. 민아는 힘없이 머리를 감싸며 주저앉았다. 나는 천천히 다가가 민아의 얇은 손목을 세게 붙잡았다.

"얘기 좀 해."

민아는 붙잡힌 팔목을 빼내며 내 쪽에 있던 몸을 반대편으로 돌리곤 할 말이 없다는 듯 몸을 웅크렸다. 나는 머리를 잔뜩 헝클었다. 답답함이 온몸을 뚫고 나와 나를 감싸는 느낌이었다. 언제나 먼저 말을 거는 사람은 나였고, 민아는 대화를 피했다. 그저 짧은 문자만 날릴 뿐이었다. 편안하길 바라던 이 집은 언제부턴가 짐짝 같았다. 짐은 하나둘 쌓이더니 곧 내 온몸에 둘러졌다. 차근차근 올려진 것이 아니라 뒤죽박죽으로 뒤엉켰다. 이리저리 흔들린 짐은 서서히 조금씩 금이 가기 시작했다. 그 압박감을 이기지 못하고 밖으로 뛰쳐나갔다.

아침이라 그런지 거리는 사람으로 북적였다. 양복을 입고 한 손에는 서류가방을 든 채 걸어가는 사람도 있었다. 그 양복엔 피곤함에 절여 있었다. 나와는 다른 지친 모습이다. 왠지 모르게 그 모습을 닮고 싶었다. 또 다른 사람은 나와 비슷한 또래로 보였다. 전공서적을 팔에 끼며 당당한 걸음으로 걷고 있다. 그가 발을 뗄 때마다 내 시선이 그 발걸음으로 향했다. 그가 남긴 발자국이 사라질 때까지 나는 망부석이 된 것처럼 가만히 서 있었다.

나는 마트 앞에 있는 의자에 앉으며 신문을 꺼냈다. 신문엔 여러 사건이 빼곡하게 채워져 있었다. 게임중독에 빠진 부모가 아이를 굶겨 죽인 사건, 뺑소니 용의자를 찾는다는 내용, 여러 사건 사고로 가득했다. 거의 부정적인 사건으로 신문이 채워 있었다. 내가 원하는 페이지가 아니었다. 나는 황급히 신문을 넘겼다. 곧, 일자리로 가득한 페이지가 나왔다. 천천히 훑어보았지만 내가 할 수 있는 일은 없었다. 계약직이 아닌 정규직을 구해야 했다. 머릿속이 실이 엉킨 것처럼 복잡해졌다. 나는 천천히 자리에서 일어났다. 그리고 마트 안으로 들어갔다. 어제 사지 못한 기저귀를 사야 했다. 민아는 당연히 사지 않을 것이다. 대신 사와 달라는 부탁은 이제 하기가 싫었다. 분명 나를 비웃을 것이다. 그 웃음소리가 듣기 싫었다. 그러다 보니 말 수가 급격하게 줄었다. 나는 내 능력을 비웃는 민아의 목소리가 듣기 싫어서였고, 민아는 자기 자신보다 아래 있는 나를 상대하기 싫었겠지. 설상 말을 걸어도 거는 쪽은 언제나 내 쪽이었고, 대답하는 쪽은 민아였다.

딸랑 하는 종소리와 함께 문이 열린다. "어서 오세요. 싱싱마트입니다."라는 인사가 귓가에 울렸다. 나는 곧바로 아이 용품 코너로 들어갔다. 오늘은 꼭 기저귀가 필요했다. 거의 다 떨어져 이제 한 개밖에 남지 않았다. 하지만 한낱 백수인 나에게 돈이 있을 리가 없었다. 나는 살짝 뒤를 돌아 주변을 살펴보았다. 다행히 이른 시간이라 그런지 마트 안은 고요했다. CCTV도 보이지 않았다. 이번이 기회였다. 나는 벌벌 떨리는 손을 내밀어 중간 크기의 기저귀를 집었다. 그리고 내 품속에 넣었다. 금이 가 있던 짐짝들은 더 이상의 압력을 이기지 못하고 서서히 무너진다. 다리가 후들거리고 심장이 뛰어댔다. 볼록 튀어나온 배를 잡고 어정쩡하게 걸어갔다. 할 일을 끝낸 나는 빠르게 마트를 벗어났다.

마트를 벗어났어도 내 걸음은 느려지지 않았다. 오히려 뒤에서 누군가 쫓아오는 느낌이 들어 거의 뛰다시피 걸어갔다. 집 앞에 도착해서야 안심이 되었고, 참고 있던 숨을 몰아쉬었다. 손은 아직도 떨리고 있었다. 나는 그 떨림을 애써 무시하며 집 안으로 들어갔다.

숨을 헐떡이며 들어오자 민아가 나를 바라보았다. 나는 어색한 미소를 지으며 별일 아니라는 듯 손을 저었다. 민아는 고개를 기웃거리더니 학교 간다고 말만 하고 집 밖을 나섰다. 또 집엔 나와 아이만 남겨졌다. 민아가 나가자 아이가 울기 시작했다. 기저귀를 만져보니 밑이 축축했다. 나는 품속에 숨겨두었던 기저귀를 꺼냈다. 아이의 젖은 기저귀를 새것으로 바꿔주자, 아이는 만족한 듯 미소를 지었다. 아이의 밝은 웃음이 나를 더 짓누른다. 이런 날을 꿈꾸며 아이를 키우겠다고 결심한 것은 아니었다. 누구보다도 잘 돌볼 자신도 있었고, 사랑해줄 수도 있었다. 그러나 사랑과 들어가는 돈은 별개였다. 아이를 사랑하긴 했지만, 돈 없이 키울 수 없었다. 계속되는 친구의 독촉전화에, 매일 같이 날라 오는 고지서에, 아이에게 들어가는 돈까지, 생각하면 할수록 머리가 아팠다. 아이가 없었다면 일자리도 더 편하게 알아볼 수 있었을 텐데. 누워 있는 아이의 몸을 토닥이자 아이는 서서히 눈을 감았다. 아무것도 모르는 아이는 그저 곤히 잠에 빠져 있다.

시곗바늘이 돌고 돌아 벌써 저녁 시간이 됐다. 오늘도 민아는 늦으려나? 밥이라도 먹어야겠다는 생각에 밥통을 열었다. 내 솥에 말라붙은 밥풀 몇 개가 나를 맞는다. 배가 요동을 치고 있었지만 먹을 만한 것이 없었다. 결국, 아무것도 먹지 못한 채 주변을 서성일 때 익숙한 향수 냄새가 났다. 민아였다. 웬일로 이렇게 일찍 들어왔지? 수많은 의문이 내 머릿속을 헤집고 다녔다. 항상 풍기던 술 냄새도 나지 않았다. 그런 내 시선을 느꼈는지 민아도 나를 쳐다보았다. 오랜만에 민아의 모습을 제대로 보았다. 예전과는 달리 피부는 푸석해 보였고, 눈 밑엔 다크서클이 거뭇했다. 그때 보았던 깨끗한 코트가 아니라 낡은 옷을 입었고, 굳은살 하나 없던 손은 거칠어져 있었다. 예전과는 사뭇 다른 민아의 모습에 가

습속 응어리가 터져 나온다. 입술을 꽉 깨물다 눈을 감았다. 민아 앞에서 우는 모습을 보이기 싫었다. 무엇이 우리를 이렇게 만든 것일까? 우리가 고아라서? 그건 아닐 것 같았다. 부모님이 없더라도 성공한 사람은 많았으니까. 그러면 누구일까? 나는 바닥에 누워 편하게 자고 있는 아이에게 시선을 돌렸다. 민아도 아이를 바라보았다. 우리의 시선이 마주쳤다. 오늘따라 민아는 힘이 없어 보였다. 한쪽 나사가 빠진 로봇 같았다. 그런 민아를 나는 작게 고개를 끄덕였다. 아이만 없다면 지금보다 사는 것은 좋아질 것이다. 내 부모처럼 되지 않을 거라는 결심은 이미 무너진 지 오래였다. 잠시 고민하던 민아가 아이를 끌어안았다. 아이와 함께 하는 마지막 순간인데도 웬일인지 눈물이 나지 않았다. 민아는 한참 동안 품속에 아이를 바라보았다. 나는 입술을 꽉 깨물며 집을 나섰고 곧 아이를 품에 안은 민아가 따라 나왔다. 이미 나와 민아는 돌아올 수 없는 강을 건넜다. 옅은 그림자가 우리를 따라온다. 거리엔 다급한 발걸음 소리가 울린다. 우리가 그토록 바라고 원했던 가족은 흩어졌고, 그 끝엔 민아와 나만이 남았다.

유난히 더웠던 여름이 지나가고 가을이 왔다. 가을의 나른함에 취해 몸을 이리저리 뒹굴었다. 민아는 저녁때나 올 것이고 그때까지는 자유였다. 나는 손을 뻗어 리모컨을 들었다. 전원이 들어오는 소리와 함께 티비가 켜졌다. 티브이를 켜자마자 뉴스에서 앵커의 목소리가 들려온다.

"속보입니다. 어느 한 10대 부부가 아이를 지하철 보관함에 버렸다는 소식입니다. 다행히 아이는 곧바로 구출되어 건강상의 문제는 없다고 합니다. 도망친 아이 부모는 얼마 가지 않아 곧바로 붙잡혀 조사를 받고 있습니다."

리모컨이 바닥에 떨어졌다. 손이 떨리며 눈동자가 흔들렸다. 천천히 눈을 깜빡거리자 기억 저편에 있던 아이의 울음소리가 귓가에 울린다. 손으로 귀를 막아 보았지만 역부족이었다.

그때의 내 모습이 영화의 한 장면처럼 스쳐 지나간다. 티브이를 끄기 위해 떨어진 리모컨을 주웠지만, 떨리는 손은 자꾸 리모컨을 놓치며 다른 버튼을 눌렀다. 결국, 리모컨을 발로 세게 찼다. '퍽' 하는 소리와 함께 건전지가 빠져나왔다. 방구석에 아직 버리지 않은 아이의 이불과 배게, 몇 개 쓰지 않은 기저귀가 눈에 띈다. 쓰레기봉투 안에 빠르게 집어넣었다. 아이의 울음소리는 내 귓전에 계속해서 박힌다. 귀를 꽉 막은 채 황급히 밖으로 뛰쳐나갔다. 거리엔 아무도 없었다. 그러나 귀를 막으면 막을수록 아이의 울음소리는 점점 커졌다.

"그만 들리란 말이야."

조용한 거리에 내 목소리만 울려 퍼진다. 나는 힘 빠진 다리로 계속해서 걷고 있었다. 마치 아이의 울음소리가 나를 이끄는 것 같은 착각을 불러일으킨다. 환했던 거리는 점점 어둑해지기 시작했고, 그림자 색도 점점 옅어진다. 거리에 두 사람이 보이기 시작했다. 황급히 뛰어가는 남자와 그를 따라가는 여자. 여자의 품 안엔 아이가 있었다. 나는 눈을 손으로 비비며 그들을 바라봤다. 잘못 본 것 같아 눈을 빠르게 깜박였지만, 그러면 그럴수록 선명하게 형체가 드러났다. 그들은 나를 보지 못했는지, 아니면 모른 척 한 것인지 내 옆을 다급히 지나갔다. 나는 바닥에 주저앉았다. 머리에선 식은땀이 쏟아져 내렸다. 바짓단을 꽉 쥐며 고개를 푹 숙였다. 쓰레기봉투 안에 있던 아이의 용품들이 거리에 쏟아졌다.

회색빛의 그림자가 나를 주저앉힌다. 발원지를 알 수 없는 울음소리

가 계속해서 들려온다. 아무리 귀를 막고 눈을 감아도 잔상은 사라지
지 않았다.

산남고등학교 우 해 민

「부조화」라는 작품을 냈을 때 '설마 되겠어?'라는 마음으로 보냈습니다. 2차 심사 대상으로 뽑혔을 때도 1차라도 붙은 거로 만족하자고 생각했는데 이런 큰 상을 받게 되어 무척 기쁩니다.

〈아이를 버린 10대 부부〉라는 뉴스 기사를 접하신 적이 있으실 것입니다. 저는 그런 뉴스를 보고 난 뒤 「부조화」라는 소설을 구상하게 되었습니다. 뉴스와는 달리 저는 막 10대를 벗어나 20대가 된 학생을 주인공으로 삼았습니다. 비록 한 살 차이지만, 20살과 19살에게 떨어지는 사회적 시선, 환경이 다르다는 것을 보여주고 싶었습니다. 결국엔 아이를 버리게 되지만, 저는 그 모습을 통해 이들이 얼마나 인생의 끝자락까지 왔는지를 나타내고 싶었고, 또 다시는 이런 일이 일어나지 않았으면 하는 바람으로 소설을 완성했습니다.

제 소설을 좋게 봐주셔서 감사하고, 앞으로도 더 노력해 좋은 글을 쓰도록 하겠습니다. 감사합니다.

2017 [충북 청소년 소설 문학상] 공모

충북소설가협회는 1995년 1월 15일 창립되어 소설가 23명이 회원으로 활동 중이며, 1998년 소설 동인지 『조각보 만들기』를 창간호로 발간하여 2017년에는 충북소설 제20집을 발간합니다. 충북교육감이 후원하고 충북소설가협회가 주관하는 **2017 충북 청소년 소설문학상 작품을 공모**합니다.

모집 부문: **단편소설로 미발표 창작물**이어야 합니다.

원고 분량: 200자 원고지 70매 내외

시상 내역: 당선 1명, 가작 2명(고등학생1, 중학생1)에게 당선패와 충북교육감 표창

응모 자격: 충청북도 소재 중·고등학교 재학생

응모 기간: 2017년 8월 1일부터 8월 30일까지

응모 방법: 원고는 반드시 A4용지로 출력해야 하며, 우편으로만 접수합니다.

원고 앞부분에 200자 원고지 분량을 밝혀야 합니다. 응모 시 우편봉투에 '충북 청소년 소설문학상 응모작'임을 명시하고, 연락처(전화번호, 주소)를 꼭 남겨 주십시오. 응모된 원고는 반환하지 않습니다.

접 수 처: (우) 28774 충북 청주시 상당구 중흥로 70 현대3차 A 302-1402

충북 청소년소설문학상 공모 담당자(김창식)

심   사: 예심과 본심으로 나누어 충북소설가협회가 위촉한 심사위원의 심사를 거칩니다. 심사 경위는 충북소설 홈페이지(http://cafe.daum.net/chnovel)에 밝힐 예정입니다.

발   표: 2017년 9월 20일 입상자에게 개별 통지하며

충북소설 홈페이지(http://cafe.daum.net/chnovel)에 공고합니다.

당선작은 충북소설 동인지에 게재합니다.

당선자는 성인이 되었을 때 충북소설가협회 가입 자격을 부여합니다.

문   의: 전화 010-4812-7793, 충북소설가협회 충북 청소년소설문학상 담당자

(충북소설 홈페이지에 문학상 심사평 등을 참고할 수 있습니다.)

＊ 2012 충북 청소년 소설문학상 ＊
당선 : 조정수(청원고), 가작 : 홍종현(상당고), 박서연(원평중)

＊ 2013 충북 청소년 소설문학상 ＊
당선 : 조승미(옥천고), 가작 : 허정호(대원고), 유희주(율량중)

＊ 2014 충북 청소년 소설문학상 ＊
당선 : 권 솔(중원중), 가작 : 박예슬(영동고), 김교연(산남고)

＊ 2015 충북 청소년 소설문학상 ＊
당선 : 김소연(단양고), 가작 : 이주희(보은고), 임서빈(옥천여중)
〈2015 당선작 및 심사평은 소설집 『편지개통 재개』에서 읽을 수 있습니다.〉

＊ 2016 충북 청소년 소설문학상 ＊
당선 : 우해민(산남고), 가작 : 김태리(옥천고), 김교연(산남고)
〈2016 당선작 및 심사평은 소설집 『은산철벽』에서 읽을 수 있습니다.〉